# Seit du nicht da bist

LOUISE CANDLISH

# Seit du nicht da bist

ROMAN

*Aus dem Englischen*
*von Julia Walther*

Weltbild

Die englische Originalausgabe erschien 2007 unter dem Titel
*Since I Don't Have You* bei Sphere, London.

Besuchen Sie uns im Internet:
*www.weltbild.de*

Genehmigte Lizenzausgabe für Verlagsgruppe Weltbild GmbH,
Steinerne Furt, 86167 Augsburg

Übersetzung: Julia Walther
Umschlaggestaltung: Atelier Seidel – Verlagsgrafik, Teising
Umschlagmotiv: plainpicture GmbH, Hamburg (© plainpicture/Arcangel)
Gesamtherstellung: CPI Moravia Books s.r.o., Pohorelice
Printed in the EU
ISBN 978-3-8289-9541-3

2013 2012 2011 2010
Die letzte Jahreszahl gibt die aktuelle Lizenzausgabe an.

# Prolog

*London, 1988*

Ich kann mich nicht mehr erinnern, an welchem Tag genau wir unseren Pakt geschlossen haben, aber natürlich war es Jennys Idee. Von uns dreien neigte sie am ehesten dazu, sich für eine Sache zu begeistern oder zu etwas hinreißen zu lassen. Oliver nannte sie unseren ›Hitzkopf‹.

Wir saßen in unserem Stammcafé, die Babys schliefen neben uns in ihren Kinderwagen, da ließ Jenny plötzlich den Blick über die Nachbartische schweifen, als befürchtete sie heimliche Zuhörer, und flüsterte dann mit eindringlicher Stimme: »Wir sollten schwören, uns gegenseitig um unsere Mädchen zu kümmern. Ihr wisst schon …, *falls etwas Schreckliches passiert.*«

Ich sah leicht schockiert von meinem Kaffee auf. ›Schreckliches‹ passierte doch nur anderen Leuten, oder? Leute, von denen man dann in der Zeitung liest? *Uns* würde doch sicher nichts geschehen. Mariel neben mir zog eine Augenbraue hoch. Ich beschloss erst ihre Antwort abzuwarten, bevor ich selbst den Mund aufmachte. Wenn Jenny unsere Aktivistin war, dann hatte Mariel die Rolle der gelassenen Realistin.

»Die Wahrscheinlichkeit, dass beide Elternteile gleichzeitig einem Krebsleiden erliegen, ist ziemlich gering«, meinte sie auch prompt ganz vernünftig. »Oder dass sie bei einem Flugzeugabsturz ums Leben kommen, ohne dass ihr Kind im Sitz zwischen ihnen hockt. Glaub mir, Jen, hier wird niemand zum Waisenkind.«

Jenny verzog das Gesicht und schnappte sich eine Strähne ihres dicken rotgoldenen Haares. Sie besaß die Angewohnheit, Teile davon zu einem festen Zopf zu flechten, der ihr dann über die Schulter hing, bis er sich von selbst wieder auflöste. »Na dann eben auch, falls nur ein Elternteil sterben sollte.« Sie sah Mariel fest in die Augen. »Toby fliegt doch beruflich andauernd um die halbe Welt, oder? Jetzt gerade ist er im Fernen Osten, stimmt's?«

»Jen!« Nun war ich wirklich geschockt, aber Mariel lachte bloß. »Na, danke für diesen aufbauenden Gedanken. Ich werde meinem Gatten ausrichten, dass er seine Lebensversicherung aufstocken sollte.«

»Ich meine es ernst, Mariel. Solche Dinge passieren!«

Schweigend sahen wir uns alle drei an. »Na gut, ich bin dabei«, meinte ich schließlich. Am Gesichtsausdruck meiner Freundinnen konnte ich erkennen, dass meine plötzliche Ernsthaftigkeit sie überraschte. Keine Ahnung, welchen ›Part‹ ich in unserer Runde spielte, aber irgendwie hatte dieses Thema mich nun doch berührt und ich war nicht bereit, das zu ignorieren. Da Oliver nach wie vor bis spät in die Nacht arbeitete – und auch nicht gerade wenig trank –, gefiel mir die Vorstellung ganz und gar nicht, dass mir etwas zustoßen könnte und Emma damit einer Schar Nannys ausgeliefert wäre – überwacht von Olivers Mutter – oder, schlimmer noch, seiner Assistentin.

»Mariel?«, drängte Jen.

Mariel nickte, wobei die Seitenpartien ihres dunklen Bobs nach vorne über ihre Wangen fielen. »Natürlich bin ich dabei. Ihr wisst doch, dass ich für die Mädchen alles tun würde.«

»Dann haben wir einen Deal«, strahlte Jen. »Wir werden sie gemeinsam bis zur Uni begleiten, und wenn es das Letzte ist, was wir tun. Oxford, denke ich mal, nein, Harvard!«

Mariel gluckste bei dem Gedanken, doch ich konnte nicht

so schnell in Heiterkeit umschwenken. »Und außerdem werden sie auch immer füreinander da sein.«

»Vorausgesetzt, dass sie sich tatsächlich gut verstehen«, warf Mariel vorsichtig ein.

»Was redest du denn da? Natürlich werden sie das«, verkündete Jenny mit Bestimmtheit, und nun musste auch ich lächeln. Ich wusste genau, die anderen beiden dachten das Gleiche wie ich: Wenn unsere Töchter auch nur annähernd so gute Freundinnen werden würden wie wir, dann hätten sie extremes Glück. Sie wären dann dreimal so gut fürs Leben gewappnet, dreimal so gut beschützt.

Im Grunde alles mal drei.

# ERSTER TEIL

*»... mit sechs bin ich schlau wie die großen Leute,*
*drum bleib ich für immer sechs ab heute.«*
A. A. Milne

# Kapitel 1

*London, Juli 1994*

Als sie kamen, um ihre Kinder von der Party an Emmas sechstem Geburtstag abzuholen, fragten mich die Mütter, wo denn Oliver sei. Es war schließlich Freitagnachmittag, fast schon Wochenende, und Väter sind nun mal bei Kindergeburtstagen besonders gefragt.

So musste ich mir eine ganze Menge ungläubiger Kommentare anhören:

»Er ist nicht da? Was für eine Schande aber auch.«

Ja.

»Dann ist er bestimmt geschäftlich unterwegs, oder? Irgendeine Reise, die er nicht verschieben konnte?«

Nein, bloß in seinem Büro in der Stadt.

»Und er konnte gar nicht weg? Nicht mal für ein paar Stündchen?«

Anscheinend nicht.

»Also wenn du mich fragst«, meinte Ruby Sherwoods Mutter Lesley, »für mich wäre das ein Grund zur Scheidung!« Erleichtert stellte ich fest, dass außer Ruby bereits alle Kinder abgeholt worden waren.

»Rachel, komm und trink einen Schluck«, rief mir Mariel von der Wohnzimmertür aus zu. Sie hatte vermutlich schon eine ganze Weile dort gestanden und nur auf den richtigen Moment gewartet, sich zu meiner Rettung einschalten zu können. »Die Mädchen sind völlig erschlagen, sieh nur!«

›Die Mädchen‹ – wir benutzten diesen Ausdruck auch, wenn Cats kleiner Bruder Jake mit von der Partie war – lümmelten nebeneinander auf dem Sofa, die Partykleidchen um sich herum aufgebauscht, die Füße ausgestreckt, so dass man die schmutzigen Fußsohlen ihrer hellen Strumpfhosen sehen konnte. Wie kleine Debütantinnen, die bei Morgengrauen schließlich ermattet in die Kissen sinken. Um sie herum lagen noch die Reste von Geschenkband und Girlanden, Teller mit Kuchenkrümeln und zerknüllten Servietten. Alle Augen waren gleichermaßen gebannt auf den Fernseher gerichtet. Disney. Dornröschen, wenn mich nicht alles täuschte.

Catherine, Daisy und Emma: unzertrennlich, genau wie wir gehofft hatten. Cat saß in der Mitte und hatte ihren Kopf an Daisys Schulter gelegt. Wieder einmal musste ich denken, dass Cats unterschiedliche Gesichtspartien abwechselnd ihren Eltern ähnlich sahen, wie bei diesem Kindermalspiel, wo man immer einen Körperteil malt und den Streifen dann nach hinten weg faltet, bevor man das Blatt an den nächsten Spieler weiterreicht. Am Schluss wird die endgültige Gestalt in ihrer ganzen Unstimmigkeit enthüllt. Das kräftige braune Haar war Tobys – knick –, die weit auseinanderstehenden, haselnussbraunen Augen und die kleine Nase Mariels – knick –, der entschlossene Mund und das energische Kinn wieder aus Tobys Familie – knick –, der schlanke Hals und die zarten Schlüsselbeine aus der von Mariel.

Daisy war eine andere Art Mischung, mit Jens herzförmigem Gesicht und dem offenen, vertrauensvollen Blick, gepaart mit Bobs schärferem Profil. Nur Emma schien die perfekte Miniaturausgabe eines einzigen Elternteils zu sein, doch ich wusste von Fotos von mir, dass ich selbst in Emmas Alter nicht halb so einnehmend hübsch gewesen war: große blaue Augen, die Iris wie ein leicht verschwommener Blütenkranz um die Pupille; Wangenknochen, die bereits jetzt von Fremden kommentiert wurden; das Buttergelb ihrer Haare könnte kein Frisör je bei einem Erwachsenen imitieren. Das wird mal eine richtige Schönheit, sagten alle. Schwer zu beurteilen, antwortete ich, stets versucht, meinen Stolz zu verbergen. Im Grunde waren sie allesamt bereits kleine Schönheiten, diese drei hier, genau wie sämtliche anderen Wesen, die heute bei uns getanzt und gespielt hatten.

Ich folgte Mariel in die Küche, wo Jen die Reste des abgestandenen Sekts in unsere bereits benutzten Gläser füllte. »Lass das stehen, ich hol uns was Besseres zu trinken.«

Vorbei an einem Meer aus lilafarbenen Luftballons und dem schiefen Turm ungeöffneter Geschenke verschaffte ich mir Zugang zu Olivers Weinlager im Keller, dessen Temperatur und Feuchtigkeit ständig von einem kleinen, komplizierten Apparat an der Tür kontrolliert wurden, und griff wahllos zu. In der Küche fand ich in einem Regal hoch oben, außer Reichweite von Kinderhänden, die schlichten Kristallgläser.

»Mhmm, dieser Wein ist echt lecker.« Mariel machte es sich auf einem Küchenhocker bequem.

Jen grinste. »Heh, das ist nicht zufällig ein *edles Tröpfchen*, das Oliver für Emmas einundzwanzigsten Geburtstag reserviert hat, oder?« Sie ahmte Olivers sonoren und ein wenig theatralischen Tonfall nach, woraufhin Mariel und ich kicherten. Nur meine Mutter, die an der Spülmaschine herumwerkelte, zeigte keine Reaktion. Ich warf ihr einen Blick zu, der hoffentlich signalisierte, dass diese Art der Spöttelei bloß spaßig gemeint war und ganz gewiss nichts mit mangelnder Loyalität zu tun hatte.

»Sind Sie sicher, dass Sie sich nicht zu uns gesellen mögen, Alysa?«, erkundigte Jen sich bei meiner Mutter. Sie hasste es, jemanden auszuschließen. Im Lauf des Nachmittags hatte ich zufällig mitgehört, dass sie Mum fragte, wie denn Kindergeburtstage in Griechenland gefeiert wurden. Da war mir selbst erst wieder bewusst geworden, dass Mum in Emmas Alter ja noch an ihrem Geburtsort, auf der Insel Santorin, gelebt hatte. Bestimmt hatte Jen Geschichten über Festgelage, zerschmetterte Teller und Tänze im großen Kreis erwartet, doch Mum sprach nicht gerne über ihr Heimatland – außer um uns zu warnen, dass es ›verflucht‹ sei –, und die herzensgute Jen hatte ihre lieb gemeinten Bemühungen um sie schließlich einstellen müssen.

»Mami, wir haben Durst, wir brauchen Saft …«

»Ah, das Geburtstagskind!« Emma schlang ihre Ärmchen um mich, wobei sie ihren Kopf in meine Rippen bohrte, bis ich mich neben sie kniete, um sie in den Arm zu nehmen und meine Nase in ihrem wunderbaren Haar zu vergraben, das nach einer Mischung aus Zitronen und Karamell duftete. Wie so oft fragte ich mich, wann die Zärtlichkeiten wohl ausbleiben und durch Schmollen ersetzt würden, weil sie einen Fernseher in ihrem Zimmer oder mehr Geld für Klamotten wollte.

Sechs. War sie immer noch mein kleines Mädchen oder schon eine Große? Sie selbst war es gewesen, die den heutigen Tag zu einem solchen Meilenstein deklariert hatte. Seit sie sprechen konnte, sagte sie Dinge wie: ›Wenn ich mal sechs bin‹, ›Ich wäre gerne schon sechs‹ oder ›Sechs ist die beste Zahl überhaupt‹. Sie dachte nicht etwa, dass das Leben erst mit sechs begann, so wie viele ältere Mädchen sechzehn als entscheidendes Alter betrachteten. Eine solche Logik lag ihr noch fern. Es schien eher so, als sei sechs für sie der Gipfel all dessen, was es zu erreichen galt.

Nun entzog sie sich meiner Umarmung und schmiegte sich an meine Mutter. »Komm und sieh dir den Film mit uns an, Oma.«

Alysa ergriff ihre ausgestreckte Hand. »Gerne, mein Schatz.«

Wie immer freute es mich zu sehen, wie nahe sich die beiden standen. Außerdem war ich dankbar darüber, dass mein eigenes Verhältnis zu meiner Mutter davon profitiert hatte. Ein kleines Wunder in Anbetracht des Schweigens, das vor acht Jahren zwischen uns herrschte, als mein Vater gestorben war und wir uns beinahe gegenseitig aufgegeben hätten. (Zumindest hatte ich sie aufgegeben. Seit es Emma gab, war mir jedoch klar geworden, dass dies umgekehrt für meine Mutter nie in Frage gekommen wäre.) Wahrscheinlich handelte es sich lediglich um eine Art Schachmatt, und wenn jemand festgefahrene Positionen zwischen zwei Erwachsenen auflösen konnte, dann war es ein Kind.

Ich setzte mich ebenfalls ein paar Minuten mit ins Wohnzimmer, denn ich wusste, dass Mum uns gerne beide neben sich hatte, eine auf jeder Seite, so wie sie einst von Ehemann und Kind flankiert wurde. Während des Großteils ihrer eigenen Kindheit hatte sie ihre Eltern für sich gehabt, und so fühlte sie sich in einer Dreierkonstellation sehr wohl.

*Ihr zwei seid alles, was ich habe …* Sie sprach es nicht laut aus, doch ich wusste, was sie dachte.

Ja, glücklich zu dritt, aber gleichzeitig auch der Risiken gewahr, die diese Dreisamkeit barg.

In der Küche nahm Mariel mich beiseite: »Wo steckt Oliver denn nun wirklich?«

»Bei der Arbeit natürlich. Irgendwelche japanischen Kunden sind in der Stadt. Es stand nie zur Debatte, dass er noch herkommen würde.«

»Mein Gott, er weiß die Grenzen wirklich auszuloten, was?«

Ich zuckte mit den Schultern. »Ist ja kein Weltuntergang.«

»Ich finde, du bist zu verständnisvoll«, meinte Jen. Sie warf einen Blick auf die offene Wohnzimmertür. »Besonders nach dieser Geschichte mit Charlotte.«

Diese *Geschichte*. Schon irgendwie seltsam, Untreue als Geschichte zu bezeichnen. Vor allem in Bezug auf Oliver, der doch alles so rational anging. Charlotte war nach dem Uniabschluss als Trainee bei ihm in der Firma eingestiegen und stellte damit wohl unwiderstehliches Frischfleisch dar. Ich konnte mich noch gut erinnern, wie ich Mariel und Jen heulend von ihr erzählt hatte, wie mein Körper jedes kleinste bisschen Trost brauchte, das sie mir boten. Doch selbst während ich noch weinte, beschloss ich, ihm zu vergeben.

Jens Augen funkelten wütend. »Mein Gott, wenn ich Bob mit einer anderen erwischen würde, dann ginge es mir wie dieser Frau in Amerika. Wie hieß sie doch noch gleich, Mrs Rabbit?«

»Bobbit? Die, die ihrem Mann den Penis abgeschnitten hat?« Mariel kicherte. »Na, die Skalpelle hast du ja als Fußpflegerin zur Hand, vermute ich. Oder zwingt Bob dich dazu, deine Ausrüstung im Auto zu lassen? Das wäre von jetzt ab wahrscheinlich empfehlenswert. Ich möchte nur ungern als Leumundszeugin vor Gericht aussagen, danke, kein Bedarf.«

Ich amüsierte mich prächtig, doch Jenny war noch nicht fertig. »Ich finde einfach, dass Untreue, nun ja, *unverzeihlich* ist. Wenn man den Partner nicht mehr will, warum trennt man sich dann nicht einfach?«

Einen Moment lang herrschte Schweigen. Ich begegnete Mariels Blick, die sich auf die Lippe bis – ein eindeutiges Zeichen, dass sie über vertrauliche Dinge nachdachte. Ich glaubte zu wissen, um was es sich handelte, und konnte bestimmt auf sie zählen, mir zuliebe das Thema zu wechseln. Wir beide waren schon einige Jahre befreundet, bevor wir Jenny kennenlernten, und es gab ein paar Dinge – nun ja, eine Sache im Besonderen –, die ich nur ihr erzählt hatte. Charlotte war ein Thema für die Dreierrunde gewesen, denn das hatte sich irgendwie richtig angefühlt. Nicht so jedoch das, was danach passiert war.

»Glaubst du denn, dass Bob und du je heiraten werdet?«, fragte sie nun Jen in jenem freundlich-vertraulichen Tonfall, den sie durch ihre jahrelange Arbeit fürs Gesundheitsamt perfektioniert hatte. Natürlich fragte sie damit auch indirekt, ob Jen glaubte, dass sie sich je trennen würden. Die war sich dessen wohl durchaus bewusst, denn sie warf einen weiteren Blick Richtung Tür, bevor sie antwortete.

»Er nervt mich manchmal furchtbar, aber er ist nun mal Daisys Vater.«

Mariel nickte. »Stimmt. Und wenn sich alle Paare trennen würden, die sich gegenseitig nerven, gäbe es bald keine mehr.« Das war eine typische Mariel-Bemerkung. Infolge ihrer eigenen sicheren Ehe mit Tony war ihre Toleranz gegenüber anderen, weniger beispielhaften Verbindungen groß: Untreue, Konflikte, ›Mini-Aufstände‹, wie sie sie gerne nannte. Nichts davon war unüberwindbar. Unvollkommenheit galt es nicht nur zu vergeben, sondern auch zu vergessen. Ich persönlich neigte ein bisschen zu sehr dazu, daran festzuhalten.

»Jen! He, Süße, was ist los?« Mariel hatte Jen plötzlich den Arm um die Schultern gelegt, die zu meiner Verblüffung angefangen hatte zu weinen. Ich beugte mich vor, um die Küchentür zu schließen, bevor ich mich auf Jennys andere Seite schob. Sie zog wütend an ihren Haaren, während dicke Tränen über ihre Wangen kullerten. »Es ist nur so, o Mann, das ist bescheuert, aber diese Art, wie er mich manchmal ansieht. Also Bob. Sein Gesichtsausdruck, das ist pure *Verachtung*. Er scheint mich viel nerviger zu finden als früher. Aber ich mache nichts anders, da bin ich mir ganz sicher.«

»Ist ja gut«, versuchte ich sie zu trösten. »Natürlich machst du –«

»Ich hab es nur alles so satt«, unterbrach sie mich mit einem Schniefen. »Absolut die Schnauze voll!« Sie sah über mich hinweg auf die glänzenden Schränke und hohen Fenster meiner Küche. »Keine Ahnung, wir rackern uns irgendwie pausenlos ab, und dann kommt doch nichts dabei heraus.«

Sanft nahm Mariel Jen das gekippte Glas aus der Hand. »Du bist erschöpft, Liebes. Wie wäre es, wenn Rachel und ich am Wochenende Daisy zu uns nehmen, und ihr zwei fahrt mal für eine Nacht weg?«

Jen schüttelte den Kopf. »Wir sind momentan so pleite, dass wir uns das gar nicht leisten könnten. Und um ehrlich zu sein, bin ich mir gar nicht so sicher, ob ich überhaupt ein ganzes Wochenende mit ihm allein verbringen mag.«

»Dann ein Abendessen«, schlug ich vor. »Morgen Abend. Oder wenigstens einen Drink. Ein bisschen Zeit nur für euch, raus aus der Bude. Mehr braucht ihr gar nicht.«

»Danke, das wäre klasse.« Jen schnappte sich eine rosa Partyserviette von der Arbeitsplatte, um sich die Nase zu putzen. »Mein Gott, was mache ich hier bloß? Ich will nicht, dass Daisy mich so sieht.«

Ich zeigte auf die geschlossene Tür. »Keine Sorge, die hören keinen Ton. Außerdem sind sie völlig hypnotisiert vom schönen Prinzen.«

Mariel sah lächelnd zwischen uns beiden hin und her. »Wie lange *das* wohl halten wird?«

Oliver kam um zehn nach Hause, als Emma bereits schlief und ich selbst auch schon sehr schläfrig war. Er sprach von verstopften Straßen, doch in seinen Augen konnte ich immer noch die flackernden Zahlen der Computerbildschirme sehen. Seine einst gute Figur verschwand zunehmend zugunsten den sich ansammelnden Pölsterchen. In der Kombination mit seinem bereits ziemlich ergrauten Haar ließ ihn das älter aussehen, als er war. Man hätte ihm locker zehn Jahre mehr gegeben, einer dieser alternden Finanzheinis, die langsam von ihren Banken aufgefressen wurden. Während ich die Spülmaschine weiter ausräumte, hörte ich, wie er die Treppe hinauftapste – er schlich immer so betont leise, als sei er ein Einbrecher in seinem eigenen Haus. Wollte man ungnädig sein, könnte man es als mangelnde Erfahrung bezeichnen, denn wer regelmäßig seine Kinder ins Bett bringt, weiß genau, dass diese nach einer Geburtstagsparty wie der heutigen nicht mal von einer startenden Concorde aufwachen würden.

Die Weinflasche auf dem Tisch war leer. Vielleicht hatte er sie tatsächlich für einen besonderen Anlass zurückgelegt. Armer Oliver. Keine Ahnung, wann ich angefangen hatte, mit in den Spott über meinen Mann einzustimmen – ja meine Freundinnen schienen mich sogar dazu zu ermutigen. Eine seltsame Vorstellung, dass er es einem nicht übelnehmen würde, oder schlimmer noch, dass er gar kein Recht dazu hatte. Ich redete mir ein, dass Jen und Mariel wie Schwestern für mich waren, ebenso diskret wie loyal, und dass unsere Bemerkungen sich nicht von denen unterschieden, die wir über Toby oder Bob fallenließen. Doch das stimmte nicht. Bob mit seinen ungeduldigen Temperamentsausbrüchen und seinen Leidenschaften war viel zu kompliziert, um ihn nicht ernst zu nehmen. Ja, an Bob verzweifelten wir vielleicht, aber es käme uns nie in den Sinn, ihn zu verspotten.

Toby wiederum war zuallererst mein Freund gewesen, bevor er oder ich Mariel kennenlernten. Darum nahm er eine Sonderstellung ein, durch die ihm entsprechende Bewertungen erspart blieben. Als Ehemann würde er niemals in den Augen der Freundinnen seiner Frau zweidimensional erscheinen. Für Oliver jedoch traf das zu. Und es war noch nicht einmal wirklich unfair, denn das, was er den anderen beiden Paaren und zurzeit auch mir gegenüber präsentierte, war in der Tat mager genug, um als Klischee durchzugehen: ein Wein schwenkender Banker im steifen Zweireiher. Ich wusste, was die anderen dachten, ohne dass sie es aussprechen mussten: Er gehörte zu jener Sorte Menschen, die soweit sympathisch sind, dass man an ihnen nicht direkt etwas auszusetzen hat, die man sich aber nur schwer im normalen Leben vorstellen kann – beim Sex zum Beispiel, oder auf dem Klo, beim Müllrausbringen oder, ganz offensichtlich, beim Beaufsichtigen von Kinderspielen. Ich wusste es natürlich besser, zumindest war es früher mal so gewesen. Und als Oliver jetzt wieder in der Küchentür auftauchte, spürte ich erneut, wie sehr sich die Dinge verändrt hatten, genau das, was ich so tapfer hatte verleugnen wollen.

»Wie geht's ihr?« Ich bemühte mich um ein aufrichtiges Lächeln.

»Völlig außer Gefecht.«

Im Kühlschrank fand ich noch eine angebrochene Weißweinflasche und schenkte ihm ein Glas ein. »Sie hatte ja auch einen tollen Tag. Sie findet es fantastisch, sechs zu sein.«

»Na, wem ginge das nicht so? Schließlich muss sie sich noch keine Gedanken um ihre nächste Steuererklärung machen, oder?« Er kippte die Hälfte des Weins in großen, lautlosen Schlucken hinunter. »Ist deine Mutter schon nach Hause gegangen?«

»Ja, sie war mir eine unglaubliche Hilfe. Im Grunde hat sie sich um fast alles gekümmert. Die ganzen Aufräumarbeiten. Ich sollte ihr morgen ein paar Blumen schicken, als Dankeschön.«

Er sah mich skeptisch an, und ich fragte mich, was an dieser Idee falsch sein könnte. Mum war wirklich große Klasse gewesen. Dann wurde mir klar, dass ihn meine Freundlichkeit verwirrte. Er erwartete, dass ich ihm die heimische Hölle heiß machen würde. Der Gedanke versetzte mir einen schuldbewussten Stich, gefolgt vom Gefühl der Ungerechtigkeit, mit Höllenfeuer in Verbindung gebracht zu werden, wo ich doch bloß versuchte, eine vernünftige Ehefrau zu sein.

»Ich hatte jedenfalls einen wirklich beschissenen Tag«, verkündete er und stieß dazu jenen Seufzer aus, auf den ich gewartet hatte. Lang und heldenhaft. Ich nannte das seinen Odysseus-Seufzer, den er stets anbrachte, wenn er als müder Krieger zu seinem Weib heimkehrte, als Versorger, den nun nach gutem Essen und einem Bett verlangte, nicht nach einer Runde Vorhaltungen à la ›Wo zum Teufel bist du gewesen?‹.

»Es tut mir leid, dass ich so spät komme, es war kein –«

»Kein Problem«, meinte ich und stellte fest, dass sein *kein* und meines perfekt synchron waren. Ich legte das Geschirrhandtuch zur Seite. »Ich werde ein Bad nehmen. Bin völlig kaputt.«

Ich zwang mich, beim Vorbeigehen Körperkontakt mit ihm aufzunehmen, indem ich meine Hand leicht auf seinen Bauch legte und mit der Schulter die seine berührte. Er wiederum bemühte sich, meine Geste zu erwidern, indem er nickend seine Lippen in meine Richtung spitzte, der Hauch eines Luftkusses. Danach waren wir beide frei, unserer jeweiligen Wege zu gehen.

# Kapitel 2

Es war ein klarer, windstiller Tag und das Rauschen des Verkehrs auf der Pimlico Road schien lauter als gewöhnlich. Selbst bei geschlossenem Fenster klang es mir irgendwie immer noch in den Ohren.

»Rachel«, sprach mich mein Chef Simon in betont sachlichem Tonfall an. »Hast du einen Moment Zeit?«

Brav sah ich von meinen Unterlagen auf. Seit ich Simon auch privat gut kannte, kam mir sein berufliches Ich ziemlich lächerlich vor. Neben ihm stand ein junges Mädchen mit ausdrucksloser Miene.

»Ich möchte dich deiner neuen Bildrecherche-Assistentin Harriet vorstellen. Würde es dir was ausmachen, sie einzuweisen?«

Ehrlich gesagt, ja. Ich hatte nur eine halbe Stelle und kaum Zeit übrig, vor allem, wenn ich in der Mittagspause schnell noch die Einkäufe für die Ferien erledigen wollte. Doch Simon nahm meine ausgesandten Signale offensichtlich nicht wahr, und damit war die Sache gegessen. Ich würde länger arbeiten müssen, um das Versäumte aufzuholen. Zum Glück war heute Jen dran, die Mädchen von der Schule abzuholen. Dazu gehörte auch, ihnen anschließend etwas zu essen zu machen und bei den Hausaufgaben zu helfen.

Es war irgendwie zur Selbstverständlichkeit geworden, dass wir drei unsere Angelegenheiten wie eine große Familie handhabten, zumindest unter der Woche. Die Arbeitszeitenregelung war kompliziert: Ich arbeitete drei Tage die Woche als

Bildredakteurin für einen kleinen Kunstverlag, manchmal noch einen halben Vormittag zusätzlich, falls jemand Urlaub hatte. Jen stand als freiberufliche Fußpflegerin auf Abruf ihrer Kunden bereit, während Mariel, deren Elternzeit nach Jakes Geburt langsam dem Ende zuging, normalerweise Montag bis Donnerstag als Apothekerin im örtlichen Gesundheitszentrum angestellt war.

Beim Gedanken an Cats kleinen Bruder hob sich meine Laune. Natürlich würde ich diesem neuen Mädchen hier helfen. Vermutlich war es ihr erster Job und sie war bestimmt nervös.

Ich strahlte sie an. »Gut, Harriet, dann holen wir uns erst mal einen Kaffee, und anschließend zeige ich dir, wo du was findest. Danach kannst du mir ja einfach mal über die Schulter schauen, und ich erkläre dir nebenher, was ich mache. Einverstanden?«

»In Ordnung.«

Ich veranlasste, dass sie ein Telefon, einen Mac, den nötigen Bürokram und eine Kaffeetasse bekam, zeigte ihr, wie man jede Buchung auf der Masterdatei eintragen musste, wie man die Kontaktdaten der Agenturen fand und aktualisierte, Dias beschriftete und bereits erschienene Bücher kalkulierte. Dann bemerkte ich, dass sie das Foto auf meinem Schreibtisch betrachtete.

»Das ist meine Tochter, Emma. Es wurde an ihrem sechsten Geburtstag vor ein paar Wochen aufgenommen.«

Harriet rollte zwar nicht mit den Augen, doch ihr Blick wurde glasig, was so ziemlich die gleiche Botschaft ausdrückte: Sie hatte mich nicht gefragt, warum also erzählte ich ihr das? Wahrscheinlich war ich eine dieser besessenen Mütter, von denen sie schon gehört hatte, die ihre Berufung darin sahen, ihre Kinder in jeder Unterhaltung zu erwähnen, egal wie passend oder unpassend. Ich unterdrückte einen Seufzer. Sie war ein harter Brocken, diese Harriet. Verdammter Simon, in letzter

Zeit schien er immer mich für solche unliebsamen Aufgaben auszuwählen. Manchmal fragte ich mich, ob er mich damit bestrafen wollte. Dann wieder wurde mir klar, dass er mich damit bloß in seiner Nähe behalten wollte – damit ich ihn ja nicht vergaß –, wohl in der Hoffnung, dass das Pendel vielleicht ein weiteres Mal zu seinen Gunsten ausschwingen würde. Ich sah noch genau sein Gesicht vor Augen, als ich ihm einige Wochen zuvor verkündet hatte, dass wir gewisse Dinge beenden mussten. (›Dinge‹, was für ein nüchterner Euphemismus!)

»Warum?«, hatte er gefragt.

»Du weißt genau warum. Ich bin verheiratet. Es hätte niemals so weit kommen dürfen.« Noch während ich sprach, spürte ich, wie sehr ich ihn durch das Breittreten solcher Klischees verletzte. Im Grunde erniedrigte ich damit gleichzeitig auch mich selbst, denn wieso hatte ich mich überhaupt darauf eingelassen? Oliver und Charlotte. Ein Klassiker: Wie du mir, so ich dir – mit dem feinen Unterschied, dass ich meinen Part in diesem Vergeltungsspiel geheim gehalten hatte.

Ich griff nach einer Mappe mit der Aufschrift ›Verschiedenes‹ und reichte sie meiner neuen Kollegin. »Magst du diese Dias mal durchblättern und sehen, welche du identifizieren kannst?«

»Klar.«

Wie alt war sie wohl? Einundzwanzig oder zweiundzwanzig? Noch ein Kind. Plötzlich drifteten meine Gedanken ab. Doch statt mich an meine eigenen Jugendtage zu erinnern, überlegte ich, wie Emma wohl als Erwachsene sein würde. Hätte sie dasselbe coole, überlegene Auftreten? Würde sie einen stillen Schreibtischjob wie meinen wählen oder zur Abenteurerin werden, die das Risiko sucht? Wann immer ich an solche Dinge dachte, verselbstständigten sich meine Gedanken, bis ich schließlich ganz benommen war – mit Leib und Seele eines der besessenen Muttertiere, vor denen man Harriet gewarnt hatte. Würde Emma ebenso wild darauf sein, sechsundzwanzig zu werden wie jetzt sechs? Wen würde sie lieben? Und wen hassen? Würde sie wissen, dass sie auf meinen Rat vertrauen konnte, oder alles daransetzen, selbst die kleinsten Details vor mir zu verheimlichen, wie ich es mit meiner Mutter getan hatte? Aus bloßer Angst vor dem ernüchternden Seufzer, der entzogenen Erlaubnis? Was würde aus ihr werden? *O bitte, ich will es wissen!*

Simon kam angeschlendert. Sein Blick streifte Harriet kaum, bevor er meinen fand. »Und, wie geht's hier drüben so? Ich dachte, ich könnte euch beide zum Mittagessen ausführen.«

»O Gott, ist es schon so spät?«

Harriet hob mit plötzlicher Begeisterung den Kopf. Mir war zuvor gar nicht aufgefallen, wie gut Simon heute aussah. Seine dunklen Locken fielen ihm in die Augen, sein Lächeln versprach Spaß und sein legerer Kleidungsstil ließ ihn fast ein wenig wie ein Rockstar wirken. Ich wusste, dass er viel eher der brave Junge war, Sohn eines Schulinspektors, der am liebsten die Nase in Bücher steckte. Doch auf diese neue, einundzwanzigjährige Assistentin musste er wohl recht verwegen wirken.

»Danke«, antwortete ich, »aber ich habe noch so viel zu tun. Ich bin nicht mal dazu gekommen, mich auf unser Meeting um drei vorzubereiten …«

Enttäuscht senkte Harriet den Blick. Mit dem Rücken zu ihr fügte Simon leise hinzu: »Du wirkst gestresst, Rachel, wie wäre es mit einem schnellen Drink nach der Arbeit?«

»Tut mir leid, aber ich muss anschließend gleich weg. Ich bin mit Jen und Mariel verabredet …« Ich verschwieg die Namen unserer Männer, ohne so recht zu wissen, weshalb. Würde es mit Simon je wieder wie vorher sein?

»Na gut.« Er hob die Augenbrauen und fuhr sich beim Weggehen mit den Fingern durch die Haare.

Harriet sah ihm nach, bevor sie sich wieder zu mir drehte. In ihrem Blick schien zum allerersten Mal ein Funken Interesse an meiner Person zu liegen.

»Und wie lange arbeitest *du* hier schon?«

Ich lächelte, bereit, ihre frühere Apathie als Schüchternheit abzutun. »Seit fast zehn Jahren, allerdings mit einer Unterbrechung.« Es sei wichtig, wieder zu arbeiten, hatte man mir stets versichert, denn es hätte verschiedene Vorteile: Mein Gehirn wäre ausgelastet, Emma wüchse mit dem Vorbild auf, dass Frauen nicht zwangsläufig zu Hause bleiben müssten, und außerdem brächte es mir mein eigenes Geld ein. Dieses gehörte wirklich nur mir, jeder Penny davon. Einer der Vorteile von Olivers Megaeinkommen war nämlich, dass er keinerlei Interesse an meinem Gehalt hatte. Es war für ihn völlig in Ordnung, dass ich es auf einem separaten Konto für schlechte Zeiten hortete, während unser gemeinsames Konto alle erdenklichen Ausgaben deckte. Manchmal vergaß ich es beinahe und rührte es nur an, wenn ich ihn mit einem Geschenk überraschen wollte, dessen Preis er nicht einfach durch einen Blick auf seine Kreditkartenabrechnung herausfinden sollte.

Harriet sah mich mit offenem Mund an. »Du bist seit zehn Jahren bei Pendant? Aber wie alt bist du denn dann, Rachel?«

»Zweiunddreißig.«

Sie schien so verblüfft, als hätte ich hundertzweiunddreißig gesagt. »Mein Gott, so alt siehst du aber bei Weitem nicht aus!«

Mein Lachen war echt. »Ach, zehn Jahre gehen rasend schnell vorbei, Harriet, glaub mir.«

Wir hatten ausgemacht, uns in einem Pub am Rande von Hampstead Heath zu treffen, zu dem ein riesiger Biergarten gehörte, der im Winter verlassen dalag und im Sommer brechend voll war. Es war Anfang Juni und das abendliche Vogelgezwitscher ging beinahe im Motorengebrumm unter. Der

Himmel über uns verfärbte sich dunkelblau, doch am Horizont leuchtete immer noch ein gelber Streifen. Es hätte genauso gut Morgendämmerung sein können. Ich musste an eine Bemerkung von Oliver denken, irgendwo im Urlaub am Meer, lange vor Emma, als wir am Strand lagen und der Wind sanft über uns hinwegstreifte, als sei er Schlaf. »Ich mag den Himmel, wenn nicht klar ist, ob die Sonne auf- oder untergeht«, hatte er gesagt. »Wie damals als Kind, als man seine Eltern noch fragen musste, ob es schon Morgen ist.«

Genau so fühlte ich mich jetzt. Ich war mir nicht sicher, ob dieses warme Gefühl in meinem Bauch der Nostalgie oder der Vorfreude entsprang – ein besonderes London-Gefühl jedenfalls. Ich war hier aufgewachsen, und obwohl mich manche für eine ziemlich penible Person halten, haben mir in Wirklichkeit die schmutzigen Haare, der schwarze Rotz, der Zigarettenrauch in meinen Kleidern und der Verkehr, der Abgase gegen meine nackten Beine hustete, nie viel ausgemacht. Man musste nur ein Stückchen weitergehen, und schon wiegten sich hohe Bäume vor dem Himmel oder jemand – höchstwahrscheinlich Bob – hörte eine Eule rufen oder erspähte zwei junge Füchse.

Wie ausgemacht, trafen sich heute nur die Erwachsenen. Babysitter kümmerten sich gegen überraschend unterschiedliche Stundensätze um unsere Lämmchen. Nachdem geklärt worden war, wer was trank, wer fuhr, wer rauchte und wer telefonierte, verkündete Bob: »Also Leute, das Thema Kinder ist tabu.« Bob neigte dazu, das Zepter an sich zu reißen. Das lag nicht etwa an seiner äußerlichen Erscheinung, denn er war weder groß und kräftig noch klein und unscheinbar, was einen gewissen Napoleon-Komplex gerechtfertigt hätte. Nein, er sah im Grunde ziemlich normal aus. Mittelgroß, leicht untersetzt, ein freundliches Gesicht. Er war einfach bloß diese Art Mann: der älteste Sohn, der von klein auf zum Anführer erzogen wurde. Und je stärker ausgeprägt die Persönlichkeit seines Gegenübers, umso größer war sein Bedürfnis, denjenigen in dessen Schranken zu verweisen.

Er und Jen mussten sich gestritten haben, denn sie durften sich als Erste ihre Plätze aussuchen und setzten sich am langen rechteckigen Tisch auffällig weit auseinander. Mariel saß Jen gegenüber, Toby und ich jeweils in der Mitte und Oliver, der eben mit einem Tablett mit Getränken ankam, nahm den letzten freien Stuhl gegenüber von Bob ein.

»Bitte schön, für wen war der Wodka Tonic?« Er klatschte das Tablett auf den Tisch, wobei Bier überschwappte und sich sofort einige helfende Hände nach den Gläsern ausstreckten. Ich konnte mir einen genervten Seufzer nicht verkneifen. Oliver warf mir daraufhin einen schnellen Blick zu, als wollte er sagen: ›Nun mach mal halblang‹, und ich sah weg. Dies war unter anderem der Sinn solcher Treffen, der Zusammenkünfte zum Abendessen oder in der Kneipe. Es ging darum, sich gegenseitig in Paarkonstellation zu bewerten, zu sehen, ob die Summe aller zusammengenommen diese Woche mehr wert war als jedes einzelne Paar für sich. Ich fragte mich im Stillen, ob die anderen auf dem Heimweg wohl Hypothesen aufstellten wie ›Ich gebe ihnen maximal noch ein Jahr‹ oder ›Diese ganze unterdrückte Feindseligkeit kann ja nicht gut sein für Emma‹. Doch verschüttete Getränke hin oder her, ich verspürte keine echte Feindseligkeit, als ich meinem Mann wieder ins Gesicht sah, das mit seiner sanften Miene eher von Sorgen gezeichnet schien. Wie er sich so mit Bob in ein Gespräch über die Arbeit vertiefte (ein bekanntermaßen schwarzes Loch der Kommunikation), empfand ich eher Dankbarkeit: Er wusste, dass ich Toby viel zu selten sah und meine Aufmerksamkeit gerne auf ihn konzentrieren wollte. Also war ich ihm doch immer noch wichtig.

»Wie läuft's bei der Arbeit, Toby?«

Toby zuckte mit den Schultern. »Wie immer. Für heute

Abend wurde zum Glück ein Gruppenmeeting abgesagt. Sonst würde ich in diesem Moment erfahren, ob die Leute bereit sind, dasselbe minderwertige Schokoprodukt auch dann noch zu kaufen, wenn es in kleine Stücke gebrochen, in billiges Goldpapier gewickelt und zu einem weitaus höheren Preis angeboten wird.«

Ich grinste. »Ich vermute mal, ja.«

»Ich auch.«

»Aber das muss euren Auftraggebern doch dann eigentlich reichen?«

»Eher nicht. Ich habe das Gefühl, dass sie genauere Studien wollen.«

Toby hatte ursprünglich vorgehabt, sich auf eigene Beine zu stellen, seinen sklaventreibenden Arbeitgebern die besten Mitarbeiter abzuwerben und seine eigene Agentur zu gründen. Doch seit Jakes Geburt war dieser Plan nur noch selten zur Sprache gekommen. Ein Kind bedeutete Verantwortung, ein Aufschieben der Pläne, zwei Kinder hingegen bedeuteten das Aufgeben der Pläne.

»Und woran arbeitest du gerade?«, wollte er wissen.

»An einem Buch über Florenz. Es heißt ›Das Athen am Arno‹.«

»Der Titel klingt ein bisschen irreführend, wenn ich das so sagen darf.«

»Ich weiß, aber Simon besteht darauf, ihn beizubehalten.«

Toby grinste. »Und wie geht's Simon so?«

»Gut, denke ich. Wie immer.« Ich warf einen schnellen Blick zu Oliver hinüber, der geräuschvoll sein Bier trank und dabei Bobs Tirade über irgendetwas lauschte.

Toby setzte ein ernstes Gesicht auf. »Also, das Buch, erzähl mir davon. Viele Bilder, nehme ich an. Werdet ihr hinfahren und Aufnahmen machen?«

»Nein, das gibt das Budget wohl nicht her«, seufzte ich. »Das scheint zum Normalzustand zu werden. Eine Schande. Ich würde trotzdem gerne fahren. Als ich das Manuskript gelesen habe, wurde mir klar, dass ich seit der Uni nicht mehr in Florenz war. Vielleicht können Oliver und ich im Herbst ein paar Tage hin, nur wir beide.«

»Tja, mit Kindern ist das alles nicht so einfach«, stimmte Toby mir zu. »Ich kann mir nicht vorstellen, dass sie allzu lange durch die Uffizien spazieren.«

»Das Schlimmste ist das Schlangestehen.«

»Ja, ich fürchte auch, dass es die nächsten Jahre wohl eher an die Algarve geht. Vielleicht noch mal ein Abstecher nach Disneyworld. Das würde dir gefallen, Rachel, viele riesige Achterbahnen.«

»Sei ja still. Meine Hände fangen schon an zu schwitzen, wenn ich bloß daran denke.«

Damit war ich anscheinend nicht allein, denn ich konnte spüren, wie es neben mir hitziger wurde. Ein Blick bestätigte mir, dass Bob kurz davor war, vor Ungehaltenheit zu platzen. Oje, hatten Toby und ich seine Regel gebrochen? Dann wurde mir klar, dass Jen und Mariel am anderen Ende des Tisches ebenfalls dabei ertappt worden waren, wie sie sich murmelnd über Kinder unterhielten. Und zwar nicht nur über die zu Hause im Bett, sondern auch über mögliche zukünftige. Welch Ketzerei! Anzunehmen, dass das Thema Familienplanung interessanter sein könnte als die Geschichten über Arbeit, Arbeit und nochmals Arbeit, die unseren Teil des Tisches beschäftigten!

Jens Gesicht spiegelte eine Mischung aus Frust und Schuldgefühlen wider, so dass ich mich fragte, wie viel Bob wohl mitgehört hatte. Denn bestimmt war – wie immer im Gespräch mit Mariel oder mir – die Frage nach einem zweiten Baby aufgekommen. Sie und ich hatten das bis zum Umfallen diskutiert und waren an unseren unterschiedlichen und seltsam gegensätzlichen Dilemmata fast verzweifelt. Was das Finanzielle anging, hätten Oliver und ich problemlos noch mehr Kinder haben können, und ich hatte gewiss nicht vorgehabt, Emma als Einzelkind aufwachsen zu sehen. Da ich selber eines war, kannte ich die Langeweile nur zu gut, die den Gegenpol zur ungeteilten Aufmerksamkeit darstellte. Doch es hatte zwei Fehlgeburten gegeben und den einen oder anderen falschen Alarm, bis Tests schließlich belegten, dass ich wohl kaum ein zweites Kind zur Welt bringen würde.

Bei Jen und Bob wiederum gab es zwar keinerlei biologisches Hindernis, dafür aber finanzielle. Ich hatte schon immer den Verdacht, dass sie viel mehr von der Hand in den Mund lebten, als der Stolz es ihnen erlaubte zuzugeben. In unserem Viertel stiegen die Mieten unaufhaltsam, und sie wären nie in der Lage, eine Anzahlung für ein Eigenheim zu leisten. Keiner von beiden hatte Eltern oder andere Verwandte, die ihnen unter die Arme greifen konnten, und der von uns angebotene Kredit war umgehend abgelehnt worden. Meiner Meinung nach war Geld nicht wichtig, aber das konnte ich nicht laut sagen, und Jen würde mir wohl auch kaum glauben. Ich machte mir Sorgen um sie. Sie war schließlich gerade mal dreißig, und warum sollte jemand anders darüber bestimmen, wann ihre gebärfähige Zeit zu Ende war?

Da er Bobs Gesichtsausdruck bemerkte, wackelte Toby schnell mit dem Zeigefinger in Mariels und Jens Richtung, wie ein nachsichtiger Lehrer, der zwei Schülerinnen zurechtweist, die beim Kichern während der Morgenandacht erwischt wurden. »Nun kommt schon, meine Damen, es gibt im Leben noch mehr als Babys.«

»Das sollte man doch hoffen«, fügte Bob hinzu. Vielleicht meinte er es ja nur spaßig, aber es klang unangenehm verbittert. Am liebsten hätte ich ihm einen Tritt gegen das Schienbein verpasst. Dieser Wunsch wurde umso größer, als ich ihn dabei ertappte, wie er Oliver auf der Suche nach einem Verbündeten in seiner lächerlichen Kampagne ansah. Er begegnete dem finanziellen Erfolg meines Mannes mit Respekt und Missgunst gleichermaßen.

»Darf's noch ein Schlückchen sein?«, erkundigte sich Toby und stand auf.

»Das Gleiche noch mal«, erwiderte Oliver prompt. Vorher hatte er noch über Müdigkeit geklagt, doch seit dem Spaziergang hierher war er deutlich munterer geworden. Das war jedoch vor seinem ersten Drink gewesen, und mir fiel auf, dass die letzte Runde Guinness von einem Whiskey begleitet worden war – an Abenden wie diesem allerdings nichts Ungewöhnliches, da die Sperrstunde und die Taxis nach Hause nie allzu weit entfernt waren. Kaum fing man an sich zu entspannen, verkündete irgendjemand, es sei zehn vor elf und der Abend fast vorbei. Wenn Bob einfach mal Jen in Ruhe lassen würde, dann könnte ich die vertraute Runde genießen. Die Unterhaltungen kreisten wie meist darum, dass wir Frauen uns endlich mal einen Abend oder zwei freinehmen mussten, um uns so richtig verwöhnen zu lassen und *wirklich* zu entspannen. Die Männer kämen schon klar, selbstverständlich täten sie das. Der andere Plan (der weit größere Chancen auf tatsächliche Umsetzung hatte) war der eines junggesellenähnlichen Trinkgelages am Nachmittag, das längst überfällig war und unbedingt durchgezogen werden musste.

»Was ist mit dir, Ollie?«, dröhnte Bob. »Lust auf Fußball nächsten Samstag? Im Half Moon gibt's jetzt Satellitenfernsehen.«

Oliver, der die Angewohnheit hatte, Einladungen stets anzunehmen, ohne vorher mit mir Rücksprache zu halten, erwiderte freudig, das sei eine ausgezeichnete Idee. Wahrscheinlich würde er tatsächlich hingehen. Er ließ sich oft auf solche Vorschläge ein, ohne selbst je welche zu machen.

»Na«, meinte Jen, »in dem Fall könnten wir ja die Kinder mit zum Streichelzoo nehmen.« Ihre Stimme klang scharf, als sie Bob quer über den Tisch hinweg in die Augen sah. »Darf ich jetzt ihre Namen nennen, Bob?« Sie sprach sie betont langsam, einen nach dem anderen aus. »Daisy, Cat, Emma, Jake ...«

Alle Gesichter sahen mit unterschiedlich amüsierten Mienen in Bobs Richtung.

»Natürlich darfst du das«, meinte er verschnupft. »Wovon redest du überhaupt?« Und mit diesen Worten wandte er sich seinem Bier zu.

# Kapitel 3

Mariel pflegte stets zu sagen, dass man alles Wesentliche über Oliver erfahren konnte, wenn man sich nur fünf Minuten mit seinem Vater Donald über Großvater Frank unterhielt. Frank Freeman war als Tyrann bekannt gewesen. Als der Zahnarzt ihm die fauligen Zähne durch dritte ersetzte, bestand er darauf, dass seiner Frau ihre absolut gesunden Zähne ebenfalls komplett gezogen wurden. Er starb im Alter von fünfundfünfzig an einem Schlaganfall, woraufhin die geplagte Lynn in ihrem kleinen Dorf in Hampshire für einen Skandal sorgte, indem sie einen Stein auf den Sarg warf und brüllte: »Ich hoffe, du verrottest in der Hölle, du Schwein.« Anschließend machte sie sich daran, sich selbst zu Tode zu saufen.

Mein Schwiegervater, Donald, war Frank und Lynns einziges Kind und deren Erziehungsmethoden waren eher ungewöhnlich. Als kleiner Junge fand er Weinbergschnecken in seiner Pausenbrotdose, und man hatte ihn dazu angehalten, nachts in seiner Schuluniform zu schlafen, inklusive gebundener Krawatte. Bestrafung erfolgte durch Schläge mit der Gürtelschnalle, als Belohnung bekam er einen Zigarettenstummel zum Paffen. Die Erleichterung, endlich ins Internat flüchten zu dürfen, wurde ein wenig durch die Tatsache getrübt, dass Frank während Donalds Abwesenheit dessen Lieblingskaninchen schlachtete.

Donald hatte sich von seiner lieblosen Kindheit nie erholt und wurde auch nie müde, davon zu erzählen. Emma lauschte seinen Geschichten mit demselben faszinierten Gruseln wie den Märchen von Hänsel und Gretel oder Rumpelstilzchen. Wäre er ein Video gewesen, hätte ich es ausgeschaltet und weggepackt, bis sie älter war. Rosemary ging mit den schlechten Erbanlagen ihres Gatten auf ähnliche Art um wie Lynn in der Generation vor ihr: Ich konnte mich kaum an eine Zeit erinnern, da kein Gin durch ihre Adern geflossen war. Wenn sie sich nicht gerade über ihre jungen Jahre als Bühnenschauspielerin ausließ, fiel sie ihren Gesprächspartnern gerne ins Wort – mit Beobachtungen über Olivers Angewohnheiten als Kind. Beobachtungen, die sie im Lauf eines Wochenendes so oft wiederholte, dass Donald sie mit wachsender Ungeduld anzufahren pflegte: »Red keinen Schwachsinn, Weib!« Wir hatten ein Foto von den beiden, wie sie bei uns im Garten saßen, vor sich auf dem Tisch Hochprozentiges. Beide sprachen, keiner hörte dem anderen zu.

Mit der nächsten Freeman-Generation nahmen sowohl die Bestrafungen als auch die exzentrischen Ernährungsformen glücklicherweise ein Ende. Das Gleiche galt jedoch nicht für die familiäre Schwäche für starke Drinks. Schon an der Uni war Oliver der Ruf als trinkfester Zechkumpan vorausgeeilt. Zumindest galt das für seine Clique insgesamt, eine der nobelsten auf dem Campus. Sie gehörten zu jener Sorte Studenten, denen die Eltern Wohnungen jenseits des Campus bereitstellten und für die der Beitritt in besonders feierfrohe Verbindungen einer der Hauptgründe war, sich überhaupt einzuschreiben. Oliver war der blonde, helläugige Sunnyboy der Gruppe, lebenshungrig und welterfahren. Seine weibliche Gefolgschaft war so zahlreich, dass mich das allein schon davon abhielt, mich weiter in seine Nähe zu wagen. Seiner Anziehungskraft war ich mir aber durchaus bewusst. Der konnte sich niemand entziehen.

Nach dem Studium nahm er einen Job im Finanzsektor an und gab sich bedingungslos den Achtzigern hin. Als ich ihm wieder begegnete, hatte er bereits etliche Sprossen der Karriereleiter erklommen, was sich in den geröteten Augen und dem Bauchansatz eines Workaholics widerspiegelte. Es war ein Donnerstag. Wir hatten es beide auf den letzten freien Tisch in meiner Stammkneipe am Sloane Square abgesehen.

»He, dich kenn ich doch.« Oliver klang sichtlich zufrieden mit sich und erweckte mit diesem einen Satz sämtliche meiner unterdrückten Bewunderungsgefühle zu neuem Leben.

»Ich kenn dich auch«, erwiderte ich und zog dabei eine Augenbraue hoch – schließlich war auch ich inzwischen älter und mutiger.

»Warum teilen wir uns den nicht einfach«, schlug er mit Blick auf den Tisch vor. »Die Stühle sollten ja für die anderen noch reichen.«

Und so kam es, dass Oliver, wie er am Morgen nach unserer ersten gemeinsamen Nacht frohlockend feststellte, die ›anderen‹ locker an die Wand spielte. Dabei handelte es sich um seine Immer-mal-wieder-Freundin Melissa und meinen neuen Chef Simon. Es dauerte nicht lange, bis er mich mit seiner Mischung aus Anspruchshaltung und Verletzlichkeit eingenommen hatte. Seine trübselige Kindheit, von der er auf solch trockene Weise berichtete, bestätigte bloß meinen Eindruck, dass er völlig anders war als alle Menschen, denen ich bisher begegnet war.

Während er mit dem Daumen zart unter meinem linken Auge entlangfuhr, als wolle er eine Träne wegwischen, meinte Oliver: »Mir ist an der Uni nie aufgefallen, dass du Faye Dunaway ähnlich siehst. Stimmt doch, oder? Als sie noch jung war, meine ich.«

»Ich weiß nicht so recht.« Das Ganze war mir ein bisschen peinlich. »Vielleicht liegt es an meinem breiten Gesicht …«

»An deinen tollen Wangenknochen«, korrigierte er mich. »Und diesem kühlen Blondinenlook …«

»Du meinst meine hellen Strähnchen?« Ich hatte mit Komplimenten noch nie gut umgehen können, doch ich war mir der Grobheit durchaus bewusst, mit der ich sie brüsk von mir wies. »Außerdem ist meine Nase länger als ihre. Ich habe griechisches Blut, wenn auch etwas verdünnt.«

Er lächelte. »Also wenn ich mich nicht irre, dann ist gerade griechisches Blut schwer zu verdünnen.«

Die achtziger Jahre waren eine dynamische Zeit auf dem Arbeitsmarkt, und Oliver ritt auf dieser Yuppie-Welle mit, die all jene so verachteten, die noch ohne Brett am Strand standen. Geld vom Weltmarkt flutete herein. Mich überraschte der berufliche Erfolg meines Mannes kaum. In meiner romantischen Vorstellung war er von seiner lieblosen Familie verstoßen worden und hatte eine neue im Kreise seiner Kollegen gefunden. Und in mir natürlich.

Meine Freunde hielten uns wohl für ein seltsames Paar, ich kultiviert, er eher ungehobelt, aber das war eine sehr vereinfachte Sichtweise. In Wirklichkeit bestand eine gewisse Symmetrie in unserer Beziehung: Ich hatte die religiöse Lenkung meines Vaters gegen den finanziellen Schutz durch meinen Mann eingetauscht, während Oliver ein gottloses Heim verlassen hatte, um Geld zur persönlichen Religion zu erheben. So unähnlich waren wir uns gar nicht. Und wir waren glücklich, in jenen Anfangstagen, so glücklich wie ein Freeman-Paar nur sein kann.

»Noch fünf Minuten, Mami, *bitte*!«

Wie immer versuchte Emma den Moment des Lichtauslöschens hinauszuzögern. Sie hoffte, dies sei einer der Abende, an denen ich da mitspielen würde. Und so war es dann auch. Ich saß auf ihrer Bettkante und fuhr mit dem Finger die Buchstaben des Alphabets nach, die mit Raupenstich auf ihre Tagesdecke gestickt waren. Emma nutzte die Gelegenheit und stellte mir weitere Fragen über die Ferien. Das Schuljahr dauerte nur noch eine Woche. Sie war erschöpft, wenn auch nicht so erschöpft wie vor den Weihnachtsferien – irgendwie schien das erste Halbjahr die Kinder mehr mitzunehmen. Im Juli war dann alles vorbei, und sechs freie Wochen sind eine ganz schön lange Zeit für junge Menschen.

Dieses Jahr hatten wir vor, Donald und Rosemary zu besuchen, die ihren Alterswohnsitz vor Kurzem nach Frankreich verlegt hatten. Dort würden wir ein Wochenende gemeinsam mit Olivers Schwester Gwen, ihrem Mann und den beiden Jungs verbringen, bevor wir weiter in die Nähe von Nizza fuhren, wo wir zehn Tage lang eine Villa für uns alleine gemietet hatten. Für die Zeit bis zu unserer Abreise waren Einkaufen, eine Beatrix Potter-Ausstellung und Kinobesuche geplant. Es würde Pizza und Erdbeermilch und Spiele im Garten geben, die uns nach der zwangsläufigen Trennung während des Schuljahres wieder enger zusammenschweißen würden.

Ich zeichnete mit dem Zeigefinger das ›E‹ nach. »Vergiss nicht, dass ihr morgen einen Ausflug in die Kew Gardens macht.«

»Weiß ich doch.«

»Ich hab dir lauter leckere Sachen für die Mittagspause eingepackt.«

»Danke, Mami.«

In den Gärten war ›Blumenwoche‹ und Emmas Klasse plante einen Ausflug, um eine Riesenpflanze in Kew zu bestaunen. Miss Morrissey, die Lehrerin, hatte sogar Einzelportraits neben dem gigantischen Titanenwurz versprochen. (Wenn das mal kein ehrgeiziges Versprechen war.)

»Und musst du dazu deine Uniform anziehen oder deine normalen Kleider?«

»Die Uniform, das hab ich dir doch schon gesagt.« Emma liebte dieses Spiel, bei dem ich ganz vergesslich tat und sie mir bei allen möglichen praktischen Dingen auf die Sprünge helfen musste. Diese Vorliebe fürs Besserwissen, Versorgen und Herumscheuchen schien allen Mädchen angeboren zu sein. Cat, Daisy und Emma liebten es, sich um uns zu kümmern, unsere Haare zu bürsten, uns Snacks zu servieren, unsere Fehler zu korrigieren und uns zu zeigen, Wie Es Richtig Ging.

»Freust du dich darauf, die komische Blume zu sehen?«, fragte ich.

»Das ist keine komische Blume. Sie heißt *Titan arum*. Das ist nämlich lateinisch. Hat Miss Morrissey gesagt.«

»Ist es das?«

»Nicht griechisch, wie Oma Alysa spricht.«

Das war nun eine höchst interessante Aussage. Ich hatte mit meiner Mutter fast zwei Jahrzehnte unter einem Dach gelebt und sie nur einige wenige Male griechisch reden hören. »Oma Alysa spricht aber nicht oft griechisch, oder?«, fragte ich beiläufig, sehr darauf bedacht, nicht zu neugierig zu klingen. Das merkten die Mädchen nämlich gleich und schnappten sofort zu.

Emma dachte nach. »Sie hat uns die Zahlen beigebracht, mir und Cat.«

»Ach ja? Das wusste ich gar nicht.«

»Ja.« Stille. »Das war ziemlich schwierig. *Eno, thio, tria.* Schwieriger als französisch. *Un, deux, trois …*«

»Was bist du nur für ein erwachsenes Mädchen inzwischen, das schon drei Sprachen spricht.«

»Und die lateinischen Wörter, die darfst du nicht vergessen. Das sind schon *vier.*«

»Natürlich, mein schlaues Lieschen. Jetzt ist aber Schlafenszeit. Du kannst dir aussuchen, in welcher Sprache du die Schäfchen zählst.«

Es war ein warmer Abend, die Wolken hatten sich wie weiche Federkissen über der Stadt versammelt, und ich stellte das

Fenster auf Kipp, um etwas Luft hereinzulassen. Dann hob ich ein paar Bücher vom Teppich auf und räumte sie auf ihren Regalplatz zurück, legte Haarbänder und Spangen in das Körbchen auf der Kommode und stellte das Licht mit dem Dimmer so ein, wie Emma es zum Einschlafen gerne mochte.

»Ist Papa schon da?«, fragte sie, mittlerweile leicht schläfrig.

»Nein, noch nicht. Und er wird auch bereits aus dem Haus sein, wenn du aufwachst. Er muss morgen nämlich nach Paris. Aber bis zum Wochenende ist er zurück.«

»Na gut.«

»Gute Nacht, meine Süße.«

»Gute Nacht, Mami.«

Wie immer schaute ich später noch mal bei ihr rein, um das Licht zu löschen und sicherzugehen, dass sie auch wirklich schlief. Einige Sekunden lang starrte ich ins Dämmerlicht, bis ich ihr Gesicht am Rand der Matratze ausmachen konnte. Ich staunte über die wunderbaren kindlichen Gesichtszüge: die langen Wimpern über den Wangen, der Mund weich und arglos, die Proportionen von der Natur so angelegt, dass sie im Stärkeren Sanftmut weckten. Und diese Haut, so seidig und hell, der kostbarste Stoff auf der Welt. Und ich dachte wie alle Eltern, wenn auch vielleicht nicht täglich, so doch an den meisten Tagen: *Sie gehört mir, dieses unglaubliche kleine Wesen gehört mir.*

Ich blieb länger als gewöhnlich im Türrahmen stehen und sah sie einfach nur an.

# Kapitel 4

Freitagnachmittags holten wir die Mädchen immer gemeinsam von der Schule ab und nahmen sie zu einer Runde heiße Schokolade und Kuchen mit in das kleine ungarische Café. Am Tor der Moss Hamlet School endete freitags für uns offiziell die Arbeitswoche (nicht dass wir unseren Männern das so mitgeteilt hätten – die sollten ruhig in dem mühsam anerzogenen Glauben bleiben, dass jede freie Minute bei uns Müttern einem Jonglierakt gleichkam). Jen sagte immer, es seien die Freitagnachmittage, an die man sich später erinnert. Da würde keiner mehr wissen, wer einen dienstags abgeholt hatte.

Die höheren Klassen sprangen heute schon auf dem Schulhof herum, als wir ankamen, und zogen auf Brusthöhe in ihren königsblau-goldenen Outfits an uns vorbei. Mariel hielt nicht viel vom Blau, sie sagte, es erinnere sie an einen Parteitag der Konservativen, aber mir gefiel es, weil es Emmas blaue Augen betonte. Bei der Geburt waren sie dunkelblau gewesen. Kurz vor dem Wechsel zu braun war die Farbe ein wenig verblasst und dann geblieben. Der Prozess erinnerte mich an Ölfarben, die immer ein oder zwei Nuancen heller trockneten als der Farbton frisch aus der Tube.

»Ist mit Bob alles in Ordnung?«, erkundigte ich mich bei Jen.

Sie nickte. »Tut mir leid wegen neulich Abend. Er war mal wieder ein regelrechter Idiot.«

»Sei nicht albern«, mischte Mariel sich ein. »Er war genau wie immer.«

»Soll das etwa heißen, er ist immer ein Idiot?« Zum Glück klang Jens Lachen echt genug, so dass Mariel und ich uns einen erleichterten Blick zuwarfen.

»Ich bin froh, dass das Schuljahr bald vorbei ist«, seufzte Mariel und rückte den Sonnenschirm über Jake zurecht. Dieser saß kerzengerade in seinem Buggy und beobachtete wie immer fasziniert die älteren Kinder. »Wo bleiben sie denn?«

»Sie sind noch nicht aus Kew zurück«, meinte ich. »Schau, der Minibus steht nicht auf dem Parkplatz. Wahrscheinlich stecken sie irgendwo im Stau. Du weißt doch, wie das freitags ist.«

»Nicht nur freitags«, warf Jen ein. Von uns dreien besaß sie das größte Umweltbewusstsein, und Mariel und ich hatten hautnah den mühsamen Prozess miterlebt, als Jen sich nach langem Hin und Her schließlich dazu durchgerungen hatte, ein Auto für die Arbeit zu kaufen. Zuvor hatte sie ihre Ausrüstung im Linienbus von Kundin zu Kundin geschafft. Belustigt beobachtete ich, wie sie nun skeptisch zum Himmel aufsah, als würde sich dort garantiert scheußlicher Smog zu einer Dunstglocke zusammenballen. Das sonnige, klare Wetter war jedoch perfekt für einen Schulausflug. »Und, was habt ihr so fürs Wochenende geplant?«

Während Mariel uns irgendeine seltsame Konstruktion beschrieb, die Toby aus Luftpolsterfolie und Zeltpflöcken bauen wollte, registrierte mein Unterbewusstsein irgendwie das Wort ›Unfall‹. Sofort ging mein Hirn mögliche Bilder von verschütteten Getränken, nassen Betten, unvorsichtigen Schubsern durch, bis ich, höchst erstaunt, die Schulleiterin Mrs Wilkes den Flur entlang auf die Glastüren vor uns zustürmen sah. In den zwei Jahren, die Emma nun schon die Moss Hamlet School besuchte, hatte ich die Dame kein einziges Mal in Eile gesehen. Es wurde generell ein bedächtigeres Tempo bevorzugt. Doch nun kam sie auf uns zugerannt, als sei ein Rudel Wölfe hinter ihr her. Sie hielt erst direkt vor Jakes Buggy an.

Dann öffnete sie den Mund, brachte aber zunächst keinen Ton heraus. Ich spürte, dass das, was sie zu sagen hatte, alles verändern würde.

»Können Sie mich alle hören? Ich habe gerade Nachricht bekommen, dass der Bus auf dem Rückweg von Kew in einen Unfall verwickelt wurde.«

*»Was?«*

Sofort scharten sich zwanzig Mütter oder mehr um uns, Panik breitete sich wie ein Lauffeuer aus. Eine Stimme übertönte alle anderen: »Ist jemand verletzt?« Man konnte hören, wie alle kollektiv die Luft anhielten.

Mrs Wilkes zögerte. »Das können wir noch nicht mit Sicherheit sagen.«

Also ja, dachte ich dumpf. Ja, es gibt verletzte Kinder und ja, Emma ist eines davon.

»Scheiße!«, rief Jenny, und niemand kümmerte sich darum, dass vielleicht noch unschuldige Kinderohren in Hörweite waren. »Wo sind sie denn jetzt?«

Widerwillig gab Mrs Wilkes den Namen einer Kreuzung preis, ungefähr zehn Minuten entfernt, woraufhin die Eltern, manche mit Säuglingen oder Kleinkindern im Arm, auf ihre Autos zustürzten, ohne sie ausreden zu lassen. Ich war zu Fuß gekommen, da ich vor dem Sommerurlaub noch gerne ein paar Pfunde loswerden wollte. Mariel wohnte so nah, dass sie grundsätzlich nie das Auto nahm. So folgten wir automatisch Jenny zu ihrem verbeulten Alfa, den sie eine Straße weiter abgestellt hatte. Es dauerte ewig, Jake aus seinem Buggy zu befreien und auf dem Rücksitz zu verstauen. Mariel versuchte murmelnd, ihn zum Schlafen zu bringen. Ich verspürte plötzlich den eigenartigen Wunsch, er wäre mein Sohn, damit ich meine komplette Aufmerksamkeit auf ihn richten könnte und mir nicht ausmalen musste, was in zehn Minuten alles passieren konnte und was womöglich schon passiert war.

Jen ließ den Wagen an, legte krachend einen Gang ein und würgte den Motor ab. Ihre Knie zitterten heftig und ich sah, wie sich ein Muskel in ihrem Hals verkrampfte, als versuche sie, mühsam zu schlucken.

»Wir sollten ganz ruhig bleiben, Jen, ich bin sicher, es geht ihnen gut. So ein großer Bus ...«

»Aber der hat keine Sicherheitsgurte, oder?«, flüsterte Mariel vom Rücksitz. Also lief auch vor ihrem inneren Auge ein Horrorszenario ab.

»Es heißt immer, dass man es spürt«, sagte Jenny zur Windschutzscheibe, als wir losfuhren. »Dass man in den Knochen spürt, wenn etwas Schreckliches passiert ist. Aber ich fühle das nicht. Ihr?«

Ich antwortete nicht sofort. Was war mit dieser seltsamen Ahnung, die ich hatte, noch bevor Mrs Wilkes überhaupt in meinem Blickfeld aufgetaucht war? War das nicht ein solches Wissen? Und was bedeutete diese komische Taubheit, die sich in meinem Oberkörper ausbreitete? Jenny reagierte mit nervösen Zuckungen, mein Körper hingegen schien völlig dichtzumachen. »Nein«, sagte ich schließlich so überzeugt ich nur konnte. »Ich auch nicht.«

»Das ist doch dann ein gutes Zeichen.«

Sie drehte an den Knöpfen des Radios herum, verpasste aber knapp den Verkehrsfunk des Lokalsenders. »Das waren die Verkehrsnachrichten um viertel vor vier am heutigen Freitag, dem zwölften Juli. Nun zurück zu dir, Steve, für noch mehr Wohlfühl-Hits ...«

Mein Blick fiel auf das Autotelefon zwischen uns. »Können wir jemanden anrufen? Wie kommen wir an mehr Informationen?«

»Ich versuche es bei Bob.« Bob hatte vor Kurzem als Grafiker bei einem kleinen Fernsehsender in der Nähe von Euston angefangen. Doch als wir ihn schließlich erreichten, wusste er auch nicht mehr als wir. Die Angst in seiner Stimme hallte durchs Auto. »Ich mache mich sofort auf den Weg«, brüllte er. »Wir treffen uns in zehn Minuten dort. Nur keine Panik!«

»Das sagt Rachel auch«, brüllte Jenny zurück und bremste heftig. »Mein Gott, was für ein Verkehr.«

»Nun, wenn sie mit einem anderen Auto zusammengestoßen sind, können sie nicht sonderlich schnell unterwegs gewesen sein.« Er legte auf, und wir drei standen einen Moment lang an einer roten Ampel und hörten uns gegenseitig atmen.

»Ich habe Angst«, sagte Mariel bloß.

Da wurde Jenny neben mir ganz steif. Mariel war die Coole, nicht nur von uns dreien, sondern generell. Wenn Mariel ein Wort wie ›Angst‹ gebrauchte, dachte Jen wohl, was blieb uns anderen dann noch an Hoffnung? In diesem Moment fiel mir plötzlich dieser Satz von früher ein: *Wir sollten uns ein Versprechen geben …, falls etwas Schreckliches passiert. Niemand wird zum Waisenkind,* hatte Mariel gesagt. Aber wir hatten nie darüber geredet, was wir tun würden, wenn es nicht eine von uns, sondern eines der Mädchen traf.

»Ich rufe Oliver an.« Es dauerte einen Moment, bis mir seine Bürodurchwahl einfiel, und als ich schließlich seine Assistentin Vanessa am Apparat hatte, wusste ich mit einem Mal nicht, was ich sagen sollte. Ich genierte mich, vor Jenny und Mariel zu reden. Warum kümmerte es mich, was andere von unserer Beziehung hielten, wenn Emma womöglich verletzt auf der Straße lag? Nun reiß dich mal zusammen! Meine Stimme überschlug sich: »Sagen Sie ihm, er muss zur Schule kommen, er muss sofort zur Schule kommen. Es ist ein Notfall.«

»Ich werde es ihm ausrichten, sobald ich kann«, erwiderte Vanessa im fröhlich beschwichtigenden Tonfall, der signalisiert, dass sie nichts dergleichen vorhatte. Seit ich denken konnte, behandelte sie mich wie eine Art feindlichen Einfluss, indem sie mich zwischen den Zeilen stets daran erinnerte, dass zumindest für sie, wenn schon nicht für mich, Olivers Wünsche das Maß aller Dinge waren.

»Blöde Kuh«, murmelte Mariel. Sie strich mir über den Arm.

»Er weiß aber schon, wo die Schule ist, oder?«, erkundigte sich Jenny. In ihrer Stimme lag keinerlei Spott, es war eine ernstgemeinte Frage.

»Ja, er war schon mal da, erinnerst du dich nicht? Am Tag der Einschulung.«

Doch Jenny hörte mich nicht, denn sie flüsterte leise vor sich hin: »Es geht ihnen gut, es geht ihnen gut …« Immer wieder, bis sie sich selbst durch einen Schrei unterbrach. »O Gott, seht euch das an!« Der Verkehr vor uns war völlig zum Stillstand gekommen. Die Straße war abgesperrt und die Polizei gerade dabei, eine Umleitung einzurichten. Die Verkehrspolizisten trugen dicke schwarze Jacken mit grünen Leuchtstreifen, die in der Sonne aufblitzten. Näher würden wir von dieser Seite wohl nicht herankommen. Statt der frischen Luft des Schulhofs schlugen uns nun Abgaswolken entgegen. Laute Musik ertönte, während die Autofahrer um uns herum ihre Fenster herunterließen und sich auf einen weiteren Freitagnachmittagsstau einrichteten.

»Glaubst du, das hat mit dem Unfall zu tun?«, fragte Jenny. Aber ich konnte ihr nicht mehr antworten. Noch eine einzige besänftigende Bemerkung und ich würde völlig panisch werden.

»Lasst uns aussteigen und laufen«, meinte Mariel. »Ich werde hier jedenfalls nicht warten.«

Jenny lenkte den Wagen mit aufheulendem Motor auf den Bordstein und halb vor eine Einfahrt. Während die Autos hinter uns zu einem empörten Hupkonzert ansetzten, kletterten wir heraus und rannten los. Mariel hatte Jake auf dem Arm und ignorierte sein Protestgeheul ob der gehetzten Holperpartie. Jenny trug Flipflops, deren Klatschgeräusch von Gummi gegen

Fußsohle von den Wänden des Hochhauses zu unserer Linken widerhallte. Ich hatte Angst, sie könnte stolpern.

»O mein Gott, seht nur!«

Den Bus erblickten wir zuerst. Er glich einem leblosen, gestrandeten Wal, die Schnauze zerbeult wie in einem Comic. Die Windschutzscheibe fehlte bis auf einige gläserne Zacken am Rand. Allem Anschein nach war er mit einem anderen Auto zusammengestoßen, das in einiger Entfernung auf dem Dach lag. Mit seiner roten Karosserie und der schwarzen Unterseite erinnerte es mich an einen umgedrehten Marienkäfer. Mindestens eines der beiden Fahrzeuge war wohl außerdem mit der Mittelleitplanke kollidiert, wenn man von den verbogenen Metallstreben und dem kaputten Mauerwerk ausging. Dahinter stand eine Reihe Krankenwagen und Polizeifahrzeuge. Uniformierte liefen von Auto zu Auto. Wir gesellten uns zu einer kleinen Menschenansammlung hinter dem nächsten Absperrband und verrenkten uns die Hälse, um ins Innere des Busses spähen zu können: Er war leer, es gab keinen Rauch, keine Hinweise auf ein Feuer, und die meisten Sitze schienen unbeschädigt. Sie mussten also alle sicher geborgen worden sein, aber wo? Jenny duckte sich unter der Absperrung durch und schnappte sich den erstbesten Beamten. »Bitte, helfen Sie uns! Was ist passiert?«

»Würden Sie bitte wieder zurücktreten, gnädige Frau.« Er klang sachlich, aber seine Augen verrieten Schlimmeres.

»Das werde ich nicht!«, rief Jen. »Unsere Töchter waren in diesem Bus. Wir müssen sie finden. Wo sind sie? Sagen Sie es uns!«

Er scheuchte uns von der Absperrung weg zum Gehweg – »In Ordnung, ich werde jemanden zu Ihnen schicken« –, bevor er davoneilte. Doch die wenigen Schritte näher zur Unfallstelle brachten uns bereits in Hörweite von Stimmen, unverwechselbaren Kinderstimmen, süß und melodiös. Wir vernahmen sogar den einen oder anderen Ruf nach »Mami!«. Nun erspähte ich die Gruppe Mädchen und Jungen in ihren Schuluniformen ein Stückchen weiter die Straße hinauf, hinter den Krankenwagen. Man hatte sie auf der einzigen kleinen Grünfläche der Gegend versammelt. Jen und Mariel rannten bereits auf sie zu, und ich begriff selbst nicht, warum ich ihnen nicht folgte, sondern mich stattdessen unter dem Band hindurch duckte und dem jungen, verängstigten Beamten folgte, der nun gebeugt an der Fahrerseite eines der Polizeiautos stand und in ein Funkgerät sprach.

»Jep, eine, plus der Fahrer des Wagens, neun Verletzte. Was? Nee, beide sofort. Jep, ist jetzt Richtung Norden abgesperrt. Richtung Süden fließt's noch, aber nur gerade so. Jep, in Ordnung, mach ich …«

Mein Körper erschauderte beim Klang dieser emotionslosen Stimme, dieses flachen, nüchternen ›Jep‹, während mein Gehirn hastig die Informationen aufnahm. ›Eine‹ hieß eine *Tote*. Konnte damit jemand in dem PKW gemeint sein? Dann ginge es meinem kleinen Liebling gut, mein Instinkt hätte mich getrogen – *hurra*! Aber nein, dann hätte der Polizist ja ›Fahrerin‹ gesagt und nicht ›plus der Fahrer des Wagens‹ und auch nicht ›beide sofort‹. Das hieß, es gab *zwei* Tote. Also musste einer davon im Bus gewesen sein, sonst hätte er ›Fahrer und Beifahrer‹ gesagt. Auch der Busfahrer konnte nicht gemeint sein. Also blieb nur eine Lehrerin oder ein Kind.

In der Ferne sah ich Jen. Sie hatte Daisy unter den Geretteten gefunden und drückte sie fest an sich. Zum Glück also nicht Daisy, Gott sei Dank. Mariel stürmte mit Jake auf dem Arm auf mich zu, dessen Geheul die heiße Sommerluft durchschnitt. »Da bist du ja! Cat wurde am Bein verletzt, es ist ziemlich schlimm. Ich werde sie im Krankenwagen ins Saint Mary's-Krankenhaus begleiten. Hast du Emma schon gefunden?«

Nun fiel mein Blick auf die Lehrerin der Mädchen, Miss

Morrissey. Sie war nicht länger die gepflegte Erscheinung, mit der ich es bisher zu tun gehabt hatte. Sie glich nun einem zerzausten Straßenkind, den Arm in einer Schlinge, mit feuchtem, fleckigen Gesicht. Bei ihr saß eine Polizeibeamtin. Die beiden sahen in meine Richtung.

»Rachel?« Ich sah zwar Mariels Gesicht vor mir, doch Jakes Heulen schien aus ihrem Mund zu kommen. Mir wurde schwindelig. »Ich muss gehen. Es tut mir so leid, sie fahren jetzt los, o Gott, aber ich hole Jen. Ich komme so schnell ich kann zurück …«

Ich war allein. Auf einmal war es unnatürlich still um mich herum.

»Sind Sie Mrs Freeman?« Ich brauchte ziemlich lange, bis ich die Beamtin wiedererkannte, die ich eben noch mit Miss Morrissey gesehen hatte. Dass die beiden plötzlich hier neben mir standen, verursachte mir noch mehr Schwindel. In meinem Kopf dröhnte unablässig dieses eine Wort: jep, jep, jep.

»Ja, was? Was ist? Geht es Emma gut? Wo ist sie?«

Es kam mir vor, als hätte innerhalb der Menge auf dem Gehweg inzwischen jede kleine königsblaue Gestalt ihren erwachsenen Beschützer gefunden. Und ich dachte, ganz klar und deutlich: *Hier endet die Gnade des Nichtwissens. Jetzt werde ich es erfahren müssen.*

»Sie saß vorne, auf dem Klappsitz neben dem Fahrer«, stammelte Miss Morrissey mit Tränen in den Augen. »Ihr war schlecht …« Beim Autofahren wurde Emma immer schlecht. Wir hatten Hörspielkassetten gekauft, um sie auf längeren Strecken zu unterhalten, da Bücher oder Spiele bei ihr innerhalb kürzester Zeit Übelkeit hervorriefen.

Ich starrte die Frauen an. Das tränenüberströmte Gesicht der Lehrerin meiner Tochter war mir so wenig vertraut wie das der Polizeibeamtin an ihrer Seite. *Eine Tote*, dachte ich, mein kleiner Engel.

»Rachel …?« Plötzlich war Jenny hinter den beiden aufgetaucht und füllte damit die Lücke, die Mariel hinterlassen hatte. Ihre Haare schienen durch das Blaulicht der Krankenwagen von hinten aufzuleuchten. Zwischen der Polizistin und Miss Morrissey hindurch erkannte ich Daisy, die ihren Kopf am Bauch ihrer Mutter vergraben hatte, sowie Jens Hände, die einen beschützenden Helm bildeten. Dann streckte Jen eine Hand nach mir aus.

»Es tut mir sehr leid«, sagte die Polizistin. »Ich muss Ihnen leider mitteilen, dass sich Ihre Tochter bei dem Zusammenstoß schwere Kopfverletzungen zugezogen hat. Wir konnten nichts mehr für sie tun.«

Es war Jen, die jenen animalischen Schrei ausstieß, den sie wohl von mir erwarteten, doch ich starrte immer noch stumm vor mich hin. Die anderen sahen sich an. Sie schluckten.

»Wo ist sie?«

»Man hat sie ins Krankenhaus gebracht. Sollen wir Sie hinbringen, Mrs Freeman?«

Ich versuchte zu nicken.

»Ich komme mit«, verkündete Jenny. »Bob wird Daisy nach Hause bringen, er muss jede Sekunde hier sein.«

Auf dem Weg zum Streifenwagen dachte ich an Oliver, der wohl noch in seinem Drei-Uhr-Meeting mit den Chinesen saß und Vanessa instruiert hatte, ihn unter keinen Umständen zu stören. Solange an den Märkten gehandelt wurde, ließ er sich auch durch höhere Gewalt nicht von der Arbeit abhalten.

Ich würde nie die Farbe des Himmels an jenem Nachmittag vergessen, der sich über den gestauten Verkehr, den umgekippten Bus und die ganze verschwommene, wortlose Choreographie des Unglücksortes spannte. Man hätte meinen können, es sei durch einen Filter fotografiert worden, so makellos und dauerhaft wirkte dieses Blau.

# ZWEITER TEIL

*›Donmemeslik‹*
Diesen Namen gaben die Türken der Insel Santorin im siebzehnten Jahrhundert. Er bedeutet ›Wir werden niemals wiederkehren‹.

# Kapitel 5

Mein einziges Kind zu verlieren, als sie sechs und ich selbst zweiunddreißig war, war anders, als ich es mir vorgestellt hatte. Denn natürlich hatte ich mir ein solches Szenario ausgemalt. Alle Eltern quälen sich selbst mit dem Gedanken an diesen Verlust, der allgemein als der grausamste betrachtet wird. Es kommen einem fast die Tränen, während man sich ausmalt, welch Hölle das Leben danach darstellen würde. Man tut es, um die perverse Freude zu empfinden, die einem das Wissen verschafft, dass der kleine Schatz dort drüben sicher und geborgen im Lieblingssessel hockt und Zeichentrickfilme anschaut. Man beugt sich hinunter, um sie rasch auf den Scheitel zu küssen, und schwört, dieses kleine Wesen niemals als eine Selbstverständlichkeit zu betrachten oder alltägliche Belastungen diese eine besondere, zentrale Liebe vergiften zu lassen.

Erst jetzt entdeckte ich, was für ein lächerliches Gedankenspiel das gewesen war. Ich hatte mir zum Beispiel nie körperlichen Schmerz vorgestellt. Und doch war dieser zu Anfang stärker als alles andere: Es fühlte sich an, als hätte irgendein unreiner Geist versucht, durch meinen Oberkörper zu gleiten, und wäre dabei stecken geblieben. Nun drückte er mir die Luft ab und zerquetschte meine Organe. Gleichzeitig krampfte sich mein Unterleib in gebärähnlichen Kontraktionen zusammen, während ich bereits wusste, dass das Baby durch die Nabelschnur erdrosselt worden war.

»Das sind alles Qualen der Trauer«, erklärte der Arzt, der mich mit einem traurigen Lächeln bedachte und mir ein Beruhigungsmittel verabreichte. Dann fügte er hinzu: »Ich fürchte, da wird gar nichts wirklich helfen. Noch nicht.« Sein Blick war der einzige, den ich länger als eine Sekunde ertrug, denn seine Augen schienen zumindest einen Bruchteil dessen zu absorbieren, was meine ausstrahlten. Die der anderen, Olivers, die meiner Mutter oder meiner Freunde, spiegelten lediglich den Horror wider, warfen ihn zu mir zurück, und so lernte ich, ihnen auszuweichen.

Der natürliche Ablauf der Dinge schrieb vor, dass es einen Tag nach ihrem Tod geben würde, und noch einen, und dann noch einen, und noch mehr Tage. Zu viele, meinten die grummelnden Stimmen um mich herum, denn die polizeilichen Nachforschungen hatten den Zeitpunkt hinausgezögert, an dem wir sie zur letzten Ruhe betten konnten. Dann schließlich kam der Tag des Begräbnisses: Hände umfassten meine Ellbogen, Gemurmel in meinen Ohren, und die Blicke, noch mehr Blicke, *so viele Blicke*, den ganzen Vormittag lang, denen ich in ihrer Vielzahl nicht ausweichen konnte … Und die Tage, die folgten, genauso verschwommen, genauso unerträglich, nichts als ein zeitloser, sauerstoffarmer Abgrund.

Ich war überrascht, als die Beruhigungsmittel plötzlich aufgebraucht waren. Und dann wusste ich ziemlich schnell, was ich als Nächstes tun würde.

Zwei Wochen nachdem wir unsere Tochter begraben hatten, betrat ich das sonnige Arbeitszimmer im ersten Stock unseres Hauses, wo Oliver seit ihrem Tod fast ununterbrochen gesessen hatte, um ihm mitzuteilen, dass ich ging.

»Wohin?«

»Das weiß ich noch nicht genau«, log ich und suchte automatisch nach einer Wahrheit, die ich tröstend hinzufügen konnte. »Irgendwohin … irgendwo, wo niemand etwas weiß.«

»Ein Tapetenwechsel, ja, natürlich …« Er nickte und schloss

einen Moment lang die Augen. Seine Haut war schlaff, seine Wangen bildeten Hängebacken. Der mächtige Köper war in formlose graue Kleider gehüllt, die ich nicht wiedererkannte. »Wann kommst du zurück?«

Ich schluckte. »Ich weiß nicht, ob überhaupt. Es tut mir leid.«

»Oh.« Seine Lider hoben sich langsam wieder. Durch die hohen Fenster hinter ihm war unser sonnendurchfluteter Garten zu sehen. Voller Leben. Olivers Augen, die auf die Entfernung beinahe farblos wirkten, waren schmale Schlitze, so als müsste er gegen das Sonnenlicht blinzeln. »Ist es wegen …?«

Er zögerte, und ich hörte meine Stimme die Stille füllen, flach und emotionslos, als gehörte sie nicht zu mir. »Wegen was, Oliver?«

»Es bedeutet nichts, ich wollte nicht …«

Seit Längerem hatte er die Angewohnheit, seine Sätze nicht zu vollenden, und so wusste ich, dass ich auf die zweite Hälfte nicht zu warten brauchte. Trotz allem konnte ich acht Jahre Ehe nicht einfach so beenden, ohne wenigstens noch einen Fair-Play-Versuch zu unternehmen.

»Uns trifft beide Schuld«, erklärte ich sanft. »Nicht nur dich, das darfst du nicht denken. Aber jetzt wo Emma weg ist … ach, Oliver, du verstehst doch, dass ich gehen muss, oder?«

Der Atem stockte mir, als ich einen Schritt auf ihn zu machte. Olivers Oberkörper neigte sich minimal in meine Richtung, aber er fand die Kraft nicht, um aufzustehen. Bevor ich meine Meinung ändern konnte, drehte ich mich um und ging nach unten. Zuvor hatte ich eine lederne Reisetasche, eine Hutschachtel und einen Stapel Briefe im Flur deponiert, die ich nun an mich nahm, bevor ich die Haustür öffnete. Auf dem Weg zur nächsten Kreuzung drehte ich mich nicht ein einziges Mal um. Kein letzter Blick auf das Haus, die Straße, die Bäume, die zum Leben meiner Tochter und dem meinigen gehört hatten. Nicht ein einziges Mal fragte ich mich, ob Oliver wohl seine Starre überwunden hatte und mir gefolgt war. Ich warf die Briefe in den Briefkasten beim Café und wartete am Bordstein auf ein Taxi. Als eines in Sichtweite kam, sprach ich mit hohler Stimme den gebräunten rechten Arm im heruntergelassenen Fenster an. »Heathrow Airport.« Die Antwort des Fahrers dröhnte in meinen seltsam hallenden Ohren: »Sie wissen aber schon, dass das mindestens vierzig Mäuse macht?«

Ich ignorierte seine Frage. »Können wir auf dem Weg kurz in Ealing halten? Es dauert auch nur ein paar Minuten.«

»Ich muss halt den Zähler laufen lassen.«

»Natürlich.«

»Es ist ja Ihr Geld.«

Ich saß regungslos auf dem Rücksitz und ließ mich vom Taxi hin und her schaukeln. Es half, in Bewegung zu sein, stellte ich fest. Solange ich oben auf der Flutwelle ritt, verzögerte sich der unvermeidliche Fall. Es war keine echte Ruhepause, doch zumindest ein winziger Aufschub.

Als ich auf die Uhr sah, stellte ich fest, dass ich zum ersten Mal eine volle Stunde im Wachzustand überlebt hatte, ohne zu weinen.

Meine Mutter erwartete einen Abschied und war bereits der Hysterie nahe, als sie mir öffnete und mich zu ihrem Sofa führte. Sie selbst wählte den Platz, der am nächsten zur Tür lag, und beugte sich dann vor, als könne sie damit meine Flucht verhindern.

»Ich gehe«, sagte ich. »Meine Tasche ist draußen im Taxi.«

Sie schlug die Augen nieder und schnappte auf die ihr eigene Art hörbar nach Luft, als wolle sie sich gegen körperliche Schmerzen wappnen. Es gelang ihr nicht, den anklagenden Ton in ihrer Stimme zu unterdrücken. »Ich weiß, wohin du gehst.«

Ich antwortete nicht, sondern wartete ab, bis sie Tee aus der braun glasierten Kanne eingeschenkt hatte, die sie seit meiner

Kindheit benutzte. Die Haut auf ihren Handrücken hing inzwischen lose über den Knochen und war mit roten und braunen Punkten übersät. Obwohl Mum erst Mitte fünfzig war, glichen ihre Hände denen einer alten Frau.

Ich trank. Inzwischen hatte ich mich bereits daran gewöhnt, nichts zu schmecken und keine Temperatur wahrzunehmen. Das Sofa stand unter dem Fenster zur Straße hin, so dass mich lediglich die Glasscheibe vom wartenden Taxi trennte. Durch die Spitzenvorhänge hindurch konnte ich erkennen, dass mein Fahrer die *Sun* aufgeschlagen hatte und ab und zu einen ungläubigen Blick auf sein Taxameter warf.

Mum sagte: »Du weißt, dass ich nicht dorthin zurückkehren kann?« Der Schmerz war aus ihrer Stimme verschwunden, doch er lag nach wie vor in ihrem Blick, und ich sah schnell weg. Ich wusste, sie wünschte sich, sie hätte mir niemals von dort erzählt, damit es mich unter den jetzigen Umständen nicht genau an jenen Ort zog, den sie als den allerschlimmsten betrachtete.

»Ich weiß, aber es fühlt sich richtig an. Sonst fällt mir nichts ein.«

Was ist mit hier?, dachte sie bestimmt, dem Haus deiner Kindheit, dem sichersten Ort von allen? »Was ist mit Oliver? Er sollte in einer solchen Zeit nicht allein sein.«

»Mum, er war schon *immer* allein.«

»Was meinst du damit?«, fragte sie erschrocken.

»Darüber möchte ich nicht reden, nicht jetzt.«

Sie war wieder einen Moment lang ruhig, und ich beobachtete, wie sie ihre Gedanken zehn Sekunden zurück zu spulen schien. »Bleib bei mir. Das hier ist kein schlechter Platz. Oder wir könnten eine Weile in dieses Cottage ziehen, wo wir immer mit Oma Pam waren …«

*… nachdem Dad gestorben ist,* beendete ich stumm ihren Satz. Ich sprach meinen nächsten Gedanken nicht aus, nämlich dass

wir es nie durchstehen würden, wenn ich bei ihr bliebe. In jeder wachen Minute würden wir Emmas Gesicht im Gegenüber sehen, würden uns in ›Was wäre wenn‹-Spekulationen ergehen, bis wir wie Zombies wären.

»Ich möchte an keinem vertrauten Ort sein, und auch keine Gesellschaft … Ich kann es nicht erklären. Es tut mir leid.« Da erst bemerkte ich, dass das Zimmer voller Blumen war, die meisten nicht mehr taufrisch. Die Blütenblätter schrumpelten am Rand und die Stiele im Wasser wurden grau. Längst ausgemusterte Vasen, die noch aus meiner Kindheit stammten, waren offenbar wieder hervorgekramt worden, um die Blumenflut zu beherbergen. Blüten, um ihre Trauer zu lindern. Verrückt – wie tröstlich konnte es schon sein, einer Blume beim Sterben zuzusehen? Alle Sträuße, die ich erhalten hatte, waren an das Hospiz in der Finchley Road weitergeleitet worden. Behalten hatte ich nur Cats und Daisys Korb mit den Gartenwicken, Emmas Lieblingsblumen.

»Ich sollte dann mal los.« Als ich gerade das laufende Taxameter erwähnen wollte, brach es plötzlich aus ihr heraus: »Du hast deine Tochter verloren, Rachel! Bitte nimm mir nicht auch noch meine. *Bitte.* Ich flehe dich an!«

Sie beugte sich noch weiter vornüber, bestürzt über ihren Ausbruch, und selbst mein geschwollenes Herz, taub vor Schmerz, reagierte darauf mit einer Reihe schrecklicher Zuckungen. Einen Moment lang verschwamm das Zimmer vor meinen Augen, und ich stellte erleichtert fest, dass meine Lippen in der Lage waren, die richtigen Worte zu formen. »Ach, Mum, du hast mich nicht verloren. Ich verspreche es dir. Es ist doch nicht für immer. Ich schicke dir meine Adresse, sobald ich kann. Und vielleicht änderst du ja deine Meinung, dann könntest du mich dort besuchen, sooft du willst.«

Das Wort ›besuchen‹ löste schließlich ihre Tränenflut aus. Ich würde lange genug weg sein, um Besucher zu empfangen –

und das auch noch mehr als einmal! Wimmernd legte ich meine Hand auf ihre, doch sie zog sie sofort weg und hockte mit aneinandergepressten Knien und Handgelenken da, als trüge sie Handschellen. Ich sah ihr Gesicht im Profil. Ihr Haar wurde grau und die Augen waren gerötet und feucht. Sie wirkte so schwach, so wackelig wie die alte Dame im Gemälde von Hockney, seine Mutter, wenn ich mich recht erinnerte. Doch handelte es sich dabei um ein Zweierporträt. Ihre Zerbrechlichkeit wurde durch die Präsenz des Vaters ausgeglichen, dem zweiten Elternteil, das sich ebenfalls den Wünschen des Kindes unterwarf. Mum hingegen war allein.

»Wenn ich heute Morgen nicht zu Hause gewesen wäre, hätte ich dich verpasst, oder?« Sie sah mich nicht an.

»Ich war mir sicher, dass du da sein würdest. Sonst hätte ich gewartet, keine Sorge. Ich wäre nicht abgereist, ohne mich zu verabschieden.«

Ich wusste, sie würde in ihrem kleinen Haus nahe dem Park sicher sein, wo die Nachbarn seit dreißig Jahren ihre Freunde waren. Hier konnte ihr nichts passieren.

»Und Mariel und Jenny? Wissen *die*, was du vorhast?«

Ich zog in Betracht zu lügen, doch dann reichte meine Fantasie nicht aus. »Nein, noch nicht. Aber ich habe ihnen geschrieben –«

»Ihnen *geschrieben*?« Mum fuhr herum. Blanker Vorwurf lag in ihren Augen. »Sie sind deine Freundinnen, Rachel, sie wollen bei dir sein, mit dir reden, dir helfen!«

Hilflos schüttelte ich den Kopf. An Mariel und Jen konnte ich jetzt nicht denken, und erst recht konnte ich meiner Mutter nicht erklären, dass sie einer der Gründe waren, warum ich wegmusste. Natürlich hatten wir uns seit Emmas Tod getroffen. Sie hatten mich mehrfach besucht, die beiden (*die beiden:* wie nahtlos diese Formulierung das ›wir drei‹ der vergangenen sechs Jahre ersetzt hatte, unvermeidbar und doch so grausam in seiner Abgrenzung). Ich konnte mich kaum erinnern, welchen Part ich in den Unterhaltungen gespielt hatte. Woran ich mich jedoch noch gut erinnerte, war, dass jeder Blick in meine Richtung, jedes tröstende Wort vom unterschwelligen Schrecken begleitet wurde, der Tragödie knapp entronnen zu sein. *Gott sei Dank,* dachten sie, wenn sie mich ansahen, *Gott sei Dank hat es nicht …*

Sie ließen Cat und Daisy zu Hause, wenn sie kamen.

Da ich hören konnte, wie der Fahrer draußen den Motor anließ, stand ich auf und beugte mich vor, um Mum auf den Kopf zu küssen. »Es tut mir leid. Ich muss los.«

Irgendwo auf der M40 erinnerte sich der Taxifahrer an seine gute Erziehung und suchte meinen Blick im Rückspiegel. »Auf dem Weg in die Sonne, ja?«

Ich versuchte zu lächeln, um seine Bemühungen zu belohnen. »Santorin.«

»Santorin, hab ich schon mal gehört. Italien, stimmt's?«

»Nein, Griechenland.«

»Griechenland, richtig. Also mir ist ja Spanien lieber.« Er erzählte von seinem letzten Urlaub auf Fuerteventura, wo er seine Leidenschaft fürs Surfen entdeckt hatte. Während er sprach, staunte ich darüber, dass es einen Kopf gab, in dem mein Schmerz nicht hauste. Ich wusste, dass ich selbst diese Leichtigkeit nie wieder kennen würde. Als wir uns dem Flughafen näherten und der Verkehr stockte, nahm er seine persönlichen Fragen wieder auf: »Nur Sie selbst? Allein in die Ferne?«

»Ja.«

»Gute Idee. Das braucht man wohl ab und zu.«

Er hielt vor der Abflughalle und unsere Blicke begegneten sich erneut. »Ich persönlich könnte das allerdings nicht. Mir würden die Kinder zu sehr fehlen.«

Ich sah weg.

# Kapitel 6

Wenn die Leute von meinen griechischen Wurzeln erfuhren, gingen sie automatisch davon aus, dass ich von klein auf mit der Kultur vertraut war. Dass man mich im griechischen Glauben, griechischer Tradition und griechischer Familienrunde erzogen hatte. Sie stellten sich laute Gesänge und Feiern vor, Dutzende von Kindern, die energischen Matriarchinnen aus den Filmen. *Zito i Ellada!* (Lang lebe Griechenland!) In Wirklichkeit waren wir eher eine abgekapselte Kleinfamilie. Freunde und Verwandte wurden nur gelegentlich eingeladen, und als Glaubensgerüst diente uns die Religion meines Vaters, nicht die meiner Mutter. Die anglikanische Kirche, so beständig und unerschütterlich. Alles, was von einem verlangt wurde, war, seine Versprechen zu halten, Gutes zu tun und den Herrn zu lobpreisen.

Ich kannte Santorin nur als einen Ort des Unheils. Die ältere Schwester meiner Mutter, Phoena, war dort 1956 bei einem Erdbeben ums Leben gekommen. Mum war daraufhin mit ihren Eltern fortgezogen, zuerst nach Athen und später nach London. Dieses Erlebnis hatte in ihr eine unglaubliche Angst vor ihrem Geburtsort hinterlassen. Eine Angst, die sie brav an mich weitergeben wollte: Die Erde unter deinen Füßen ist dort nicht sicher, hatte sie gesagt, oder wie glaubst du, ist diese Insel überhaupt entstanden? Nun, Santorin war durch einen Vulkan entstanden, einen ziemlich großen, und dann hatte sich das Meer bei einem weiteren Ausbruch einen Teil davon wieder zurückgeholt. Ich konnte immer noch die Statistiken herunterbeten, die sie mir eingeimpft hatte: vierzehn Vulkanausbrüche seit 198 vor Christus – der Ausbruch von 1650 war bei den Griechen als ›die Zeit des Bösen‹ bekannt. 1870 wurde von einer 560 Meter hohen Bimssteinsäule berichtet (Mum hatte mir einen Zeitungsausschnitt aus der *Illustrated London News* als Beweis gezeigt) und dann das Erdbeben von 1956. Dreiundfünfzig Tote, unter ihnen meine Tante, fast zweitausendfünfhundert Häuser zerstört, so auch das meiner Großeltern. Meine Mutter hatte geschworen, nie im Leben dorthin zurückzukehren.

»Santorin würde dir ohnehin nicht gefallen«, hatte mein Vater zu mir gesagt. »Deine Mutter stammt aus einem kleinen Dorf namens Oia –«

*»Ihr?«*

»Nein, Oia, *O-i-a*, das spricht sich ›Ih-ah‹. Es liegt direkt oben auf den Felsen, hoch über dem Meer. Das ist also definitiv nichts für dich.«

»Oh, ach so.« Meine Höhenangst war zu diesem Zeitpunkt bereits bekannt, denn sie hatte sich bei einem Ausflug nach Bournemouth offenbart. Mein Vater hatte mich für ein Foto oben auf die Kaimauer gesetzt und seinen Griff kurz gelockert. In diesem Moment sah ich nach hinten und geriet ein wenig ins Schwanken, während ich ins blubbernde graue Wasser unter mir starrte. Ich hörte ein schreckliches klopfendes Geräusch, das aus meinem eigenen Körper zu kommen schien, und als ich entsetzt feststellte, dass es sich um meinen eigenen Herzschlag handelte, kreischte ich so laut ich nur konnte. Mum stürzte nach vorn, um meine Beine zu umklammern, und innerhalb kürzester Zeit waren wir beide völlig hysterisch.

Ich bat darum, ein Foto von meiner verstorbenen Tante sehen zu dürfen, doch mein Vater schüttelte den Kopf. »Ich glaube nicht, dass es welche gibt, Süße, nicht mehr zumindest. Deine Mutter hat alle alten Fotos weggeworfen, als deine Oma starb. Alle. Am besten vergessen wir das jetzt einfach.«

Das tat ich natürlich nicht. Dieser gefährliche und magische Ort zog mich in seinen Bann. Ich war fest entschlossen, ihn mir anzusehen. Ein Familienurlaub kam jedoch nicht in Frage und auch als Erwachsene schaffte ich es irgendwie nie. Als wir vor ein paar Jahren umzogen, fiel mir ein Album mit dem Titel ›Santorin‹ in die Hände. Offensichtlich ein Schulprojekt von früher. Es war voller Zeitungsausschnitte, inklusive eines Artikels darüber, wie sich die Insel in den letzten Jahren verändert hatte und nun zur Touristenattraktion geworden war. Ich nehme Emma mal mit, dachte ich. Selbst wenn wir dort keine Verwandten mehr haben, ist es doch immerhin ein Teil unserer Familiengeschichte, egal was Mum sagt. Doch beim Anblick des nächsten Fotos – ein weißes Dorf, das oben auf einer dunklen Klippe klebte wie Zuckerguss auf Weihnachtskuchen – begann mein Herz sofort ängstlich zu klopfen. Genau wie Dad gesagt hatte: Keine Nacht könnte ich an einem solchen Ort verbringen. Ohnehin schien die Steilwandlage höchst ungeeignet für ein Kind. Ich beschloss, mit Emma hinzufahren, wenn sie alt genug war, um es genießen zu können, und ich selbst mich meinen Ängsten gestellt hatte.

An die zweite Taxifahrt jenes Tages, die mich vom Flughafen zur Nordspitze der Insel brachte, konnte ich mich später kaum noch erinnern. Der Transfer dauerte nicht lang, knapp über eine halbe Stunde, dann stand ich schon mit meiner Reisetasche und meiner Hutschachtel am Ende einer mit weißem Marmor gepflasterten Gasse in Oia. Touristen drängten sich an mir vorbei, beugten sich über die Mauern, um die kleinen weiß getünchten Häuser zu betrachten, die aus dem Fels gehauen worden waren. Der Wind wehte ihnen die Haare aus dem Gesicht, während sie gebannt auf das weit unter ihnen liegende Meer starrten.

Ich hatte kein Hotel gebucht. Deshalb beschloss ich, einfach dem Marmorweg weiter ins Dorfzentrum zu folgen. Das grelle Licht fühlte sich fast an wie von einer anderen Welt, wie es so alles um mich herum aufzulösen schien, bis sich meine Sinne in so viel Weiß verloren – genau jene Betäubung, nach der ich mich in den vergangenen Wochen in London gesehnt hatte. Ein winziger Hoffnungsschimmer: Das hier würde funktionieren. Ich würde vielleicht nie wieder Schmerz verspüren! Doch das Vergessen hielt gerade lange genug an, um mir ein Hotelzimmer suchen zu können, meine Tasche auszupacken, die Hutschachtel unter einen Stuhl zu stellen und einige Momente lang die wenig vertraute Umgebung auf mich wirken zu lassen. Kaum hatte ich die Tür abgeschlossen und die Fensterläden zugemacht, als sie wiederkamen, die Gedanken. Eine schreckliche, blutige Masse an Gedanken. Es gab einen Unfall; es tut mir leid, Mrs Freeman; dieses furchtbare ›Jep, jep, jep‹, wie das betrunkene Glucksen eines Säufers; ein Haus voller verheulter, entsetzter Augen; Kinder mit Blumen an der Tür … Und die stärkste aller Erinnerungen: das Gewicht meiner Tochter in meinen Armen, ein Gefühl, das untrennbar damit verbunden war, ihren schlafenden Körper nach einer langen Autofahrt die Treppen hinauf in ihr Zimmer zu tragen. Mir war schon immer dieser Moment des schläfrig-entspannten Vertrauens als die zärtlichste aller mütterlichen Erfahrungen erschienen, nun war die Erinnerung an diese schlaffen Gliedmaßen die grauenhafteste. Mein Vater pflegte zu sagen, der Tod stelle die Umarmung Gottes dar. Hier, in diesem Hotelzimmer in Oia, wünschte ich mir sehnlichst, er hätte mich ebenfalls zu sich genommen.

In der ersten Woche verließ ich mein Zimmer nur zwei Mal. Das erste Mal, um einen Laden zu suchen, in dem ich Wasser kaufen konnte. Ich musste nur ein paar Schritte gehen, doch diese unglaubliche Helligkeit verwirrte mich. Dazu noch so viele Menschen, Hunderte, vielleicht sogar Tausende, und ich schien mich ständig gegen den Strom zu bewegen!

»Der Sonnenuntergang«, meinte die Frau an der Hotelrezeption, als sie mich bereits nach wenigen Minuten zurückkommen sah. Ich sah sie an und nahm sie zum ersten Mal richtig wahr, obwohl ich möglicherweise bei ihr eingecheckt hatte und sie es war, die mir regelmäßig den Kaffee brachte, von dem ich die letzten Tage gelebt hatte. Sie war klein und schlank, mit dunklen, kinnlangen Locken, einem zitronenförmigen Gesicht und engstehenden Augen mit schweren Lidern wie bei einem Gemälde von Modigliani. Schmale Schultern zuckten unter einer grünen Strickweste.

»Wie …?«

»Der Sonnenuntergang«, wiederholte sie.

»Sonnenuntergang?« Mir war zwar bewusst, dass ich sprach und zuhörte, doch kam es mir vor, als sei es eine fremde Sprache. Entsprechend verwundert blickte sie mich an.

»Ja, sie kommen mit Bussen von Thira.« Ich erinnerte mich dunkel, dass Thira die Hauptstadt von Santorin war, nicht weit vom Flughafen entfernt. »Sie wandern zur alten Burg über Ammoudi, wir nennen das Kastell die ›Goulas‹. Dafür ist Oia berühmt, wussten Sie das?« Und sie zeigte auf eine der Postkarten, die am Tresen zum Verkauf auslagen. Das Bild zeigte die Silhouette einer auf dem Berggipfel gelegenen Burgruine vor einem orangefarbenen Himmel.

»Oh«, meinte ich. »Ich verstehe. Ja, sehr hübsch.« Ich machte eine Pause, denn mir war eingefallen, dass ich selbst auch eine Frage hatte.

»Ich wüsste gerne …«

»Ja?« Sie sah mich ermutigend an.

»Nun ja, ich bin auf der Suche nach einer Unterkunft. Für länger, meine ich.«

»Hier? In Oia?«

Ich nickte. »Vielleicht wissen Sie ja was. Irgendwas, es muss nichts …« Wieder brach ich ab.

Sie betrachtete mich aufmerksam, bevor sie sagte: »Vielleicht gegen Ende des Monats, wenn es ruhiger wird. Ich werde für Sie herumfragen.«

»Danke.« Als ich mich umdrehte, um durch den Torbogen zu gehen, der zur Treppe Richtung Zimmer führte, hörte ich das Telefon an der Rezeption klingeln und die Frau sagen: »Ja, natürlich, bitte warten Sie …« Sie kam hinter ihrem Tresen hervor und rief mir hinterher: »Mrs Freeman, Ihr Mann ist am Telefon!«

Ich erstarrte. Außer meiner Mutter wusste niemand, wo ich war. Wie schnell sie meinen Aufenthaltsort preisgegeben hatte. Trotzdem konnte ich ihr kaum böse sein, denn Oliver war ihr Schwiegersohn, ihr trauernder Schwiegersohn. Ich bewunderte seinen Fleiß – oder den meiner Mutter –, schließlich musste es in Oia Hunderte von Hotels geben, die meisten davon ausgebucht, wenn man aus den Menschentrauben davor schließen durfte. Die beiden mussten eine ganze Liste abgearbeitet haben. Ich wurde mir bewusst, dass die Dame von der Rezeption einige Schritte hinter mir ungeduldig atmete, bevor mich ihre eindringliche Stimme aus meinen Gedanken riss: »Mrs Freeman, *bitte*! Er ruft jeden Tag hier an. Immer und immer wieder. Kann ich ihm vielleicht etwas ausrichten …?« Dann entfernten sich ihre Schritte und ihre Stimme veränderte sich. »Mr Freeman? Hören Sie mich? Sie haben sie knapp verpasst. Es tut mir leid. Ich werde es ihr ausrichten. Natürlich, natürlich. Auf Wiederhören.«

Ich drehte mich um und spähte durch den Torbogen. Sie sah mich direkt an. »Danke. Ich weiß es wirklich sehr zu schätzen.« Meine Stimme war nicht lauter als ein Flüstern und verlor sich fast in der leeren Weite der Lobby.

»Sie nehmen Ihr Telefon ja nicht ab.« Da sie recht besorgt

klang, bemühte ich mich um eine Antwort. Es stimmte, fast jeden Morgen hatte das Telefon neben meinem Bett geläutet, und weil ich annahm, es sei das Zimmermädchen, hatte ich mir angewöhnt, das Zimmer zu verlassen und mich unten ins Café zu setzen, bis sie ihre Arbeit beendet hatte.

»Egal. Er sagt, er wird Ihnen schreiben.«

Ich nickte. »Gut.«

Oben in meinem Zimmer dachte ich über die möglichen Folgen dieses Vorfalls nach. So verwirrend meine Gefühle sonst auch waren, ich wusste sicher, dass ich Oliver nicht sehen wollte. Jemand hatte zu mir gesagt – oder vielleicht hatte ich es auch irgendwo gelesen –, dass mein Verlust zwar schlimm sein mochte, ich aber wenigstens jemanden hätte, mit dem ich den Schmerz teilen konnte. Als sei geteiltes Leid tatsächlich halbes Leid. Doch wie sollte ich Trost im Wissen finden, dass es noch jemand gab, der ähnlich untröstlich war? Diese Plattitüde würde auf uns ohnehin nie zutreffen, denn in unserer Ehe war stets ich für Gefühle zuständig gewesen, während er sich um die Finanzen gekümmert hatte. Und so hatten wir gelernt, einander nicht mit Dingen zu behelligen, die außerhalb unserer jeweiligen Aufgabenbereiche lagen. Nun, da das Schlimmste eingetreten war, erschien es mir unmöglich, neben meiner Qual auch noch die seine zu verarbeiten. Schließlich litt ich selbst schon mehr, als ich begreifen konnte. Ich *musste* gehen, um zu überleben. Hätte es sich um finanziellen Ruin gehandelt, hätte er vermutlich das Gleiche getan.

Einer der furchtbarsten Momente zwischen Emmas Tod und meiner Abreise war der Morgen, als ich aufwachte und sich Olivers Gesicht nur wenige Zentimeter vor meinem befand. Er starrte mich mit diesen milchigen Augen an, die mir früher einmal so wunderschön erschienen waren, so unpassend bei einem derart materialistisch ausgerichteten Menschen. Nun schien mir ihre Farbe wie zum Trauern erschaffen. »Hast du mich erschreckt«, wollte ich gerade sagen, denn normalerweise bewegten wir uns während der Nacht auf die jeweiligen Ränder der Matratze zu, er Richtung Fenster, ich Richtung Tür, um Emmas nächtliche Rufe besser zu hören … Warum war er hier und nicht bei der Arbeit? War es Wochenende? War Emma schon wach?

»Ich habe mich gerade gefragt«, flüsterte Oliver, »ob sie dir wohl immer noch ähnlich gesehen hätte, wenn sie …« Er brachte den Satz nicht zu Ende und ich konnte nicht zuhören. Die unerträgliche Zärtlichkeit, die unaussprechliche Leere.

Emmas Schlafpensum hatte im Laufe ihres kurzen Lebens schrittweise abgenommen, vom anfänglichen Luxus der Zwölfstunden-Nächte bis zu den cleveren Ausflüchten der kleinen Schülerin, die unbedingt noch aufbleiben wollte – Ich bin noch gar nicht müde, ich habe Durst, ich muss aufs Klo, nur noch eine Geschichte, bitte. Sie wollte nie ins Bett, am wenigsten im Sommer, wenn die Abende noch hell waren und damit so offensichtlich noch keine Schlafenszeit sein konnte. In jenen wenigen kostbaren Nächten nach ihrem sechsten Geburtstag hatte sie härter als je zuvor gekämpft:

»Mami, *bitte*, ich bin doch jetzt *sechs*. Ich brauche nicht mehr so viel Schlaf.«

»Wer hat dir denn das erzählt?«, fragte ich lachend.

»Niemand. Das ist doch klar wie Kloßbrühe!«

Nun steigerte sich mein eigener Schlafbedarf drastisch, manchmal zwölf, sechzehn, achtzehn Stunden pro Tag, auch wenn mein Tagesrhythmus nicht länger mit dem Vierundzwanzig-Stunden-Zyklus der Welt draußen übereinstimmte. Ich musste an einen Seemann denken, den ich einmal bei der Arbeit für ein Buch über die Schifffahrt kennengelernt hatte. Er erzählte mir vom Achtzehnstundentag seiner Ausbildung: sechs Stunden Arbeit, sechs Freizeit, sechs Schlaf. Wie mir schien, hatte ich dieses verkürzte Programm übernommen und für mein Dasein als Hinterbliebene angepasst: sechs Stunden Schlaf, sechs Stunden Weinen, noch mal sechs Stunden Schlaf. Allerdings konnte ich oft nicht genau sagen, wann eine Schicht endete und die nächste anfing. Ich schlief mitten im Schluchzen ein, und wenn ich Stunden später wieder aufwachte, weinte ich immer noch. Mein Hals war wund, mein Gesicht aufgedunsen, meine Lider verquollen. Ich glich zunehmend einer Wasserleiche, die ans Ufer gespült wurde, aufgeweicht, unkenntlich. Das wollte ich sein.

Manchmal, bevor ich schlief, versuchte ich, mir etwas vorzuspielen. Ich tat so, als sei jener Freitag im Juli nie passiert, als sei der nächste Tag angebrochen, ein Samstag, ein Tag mit Ballett und Eierlauf im Garten, mit Omelettes am Küchentisch zum Mittagessen. Ich war im Haus, auf der Treppe, sie in ihrem Zimmer, hinter der Tür mit den angemalten Buchstaben, ihrem Namen. Ich rief ihr zu, sie solle sich beeilen, sonst kämen wir zu spät zur Jahresabschlussaufführung ihrer Ballettklasse. »Ich komme schon, Mami.« Und sie sah so hübsch aus in ihrem luftigen Kleid aus Tüll, das wir gemeinsam genäht hatten. Der grüne Rock war wie Tulpenblätter geschnitten. Sie war eine Elfe, eine Fee, ein Wesen aus einer anderen Welt.

»Bist du sicher, dass du die Haare offen lassen kannst, Liebes?«

»Ja, Mami.«

»Hast du deine Schuhe und deine Strumpfhose?«

»Klar, Mami, in meiner Tasche. Nun komm schon!«

»In Ordnung, aber denk daran, dass wir noch Daisy abholen müssen.«

»Weiß ich doch.«

Und wir würden gemeinsam durch den Sonnenschein spazieren, während ich stolz die bewundernden Blicke registrierte, die die Nachbarn diesem zauberhaften Mädchen in ihrem grünen Kleid zuwarfen.

Das Problem war, dass ich nie rechtzeitig einschlief, damit der Trick wirken konnte. Stattdessen nahm der Schmerz der Erinnerung wieder von mir Besitz, von jeder Faser meines Wesens, jedem Atom der Welt um mich herum. Ich ging zum Fenster und lehnte mich hinaus, um die kühlere Nachtluft einzuatmen. Man konnte von hier oben das Wasser zwar nicht sehen, aber ich wusste, es war da, ganz weit unter mir, eine zitternde Haut, die auf die Hitze der Sonne wartete.

# Kapitel 7

Mrs Freeman, haben Sie kurz Zeit für mich?«

Ich saß gerade in der Hotellobby und wartete darauf, dass das Zimmermädchen fertig wurde, als mich die Managerin an ihren Tisch bat, um mir zu berichten, dass sie ein *skapho* im Dorf ausfindig gemacht hatte, das außerhalb der Saison längerfristig zu vermieten war. *»Hyposkapho«,* erklärte sie, »eines der kleinen Höhlenhäuser im weißen Felsen, wo früher die Seeleute wohnten. Heute vor allem Touristen.« Einem Reiseführer, der im Café auslag, hatte ich entnommen, dass das Hotel Ilias, in dem ich wohnte, eines der vornehmeren Gebäude des Dorfes war, eines der sogenannten *kapetanospita*, was so viel wie ›Kapitänshäuser‹ bedeutete. Diese Villen entlang der Hauptstraße sowie jene in der östlichen Nachbarschaft auf dem Berg waren so gebaut worden, dass die ursprünglichen Bewohner als Erste die Schiffe sehen konnten, die sich von Osten her näherten.

»Höhlenhaus«, wiederholte ich. Das Sprechen fiel mir immer noch schwer. »Oh, gut.«

Sie sah mich unsicher an und seufzte. »Ich werde Sie selbst hinbringen. In einer Stunde, in Ordnung? Der Besitzer bleibt immer in Thessaloniki.« Das Haus läge nicht weit entfernt im Monastiri-Viertel, fügte sie hinzu. Ein paar Renovierungsarbeiten waren wohl nötig, um die sich der Besitzer vor dem Frühjahr kümmern wollte. Dann würde er die Unterkunft vermutlich wieder wochenweise vermieten wollen, wie die anderen *skapha*, die er im Dorf besaß. Während seiner Abwesenheit würde ich meine monatliche Miete ans Ilias zahlen. Ich akzeptierte nickend den geforderten Betrag in Drachmen. So ganz hatte ich mich noch nicht daran gewöhnt, dass die Preise aus so vielen Ziffern bestanden.

»Das klingt gut. Vielen Dank, dass Sie das für mich arrangiert haben.«

Als ich meine Hotelrechnung bezahlte, stellte ich überrascht fest, dass ich fast drei Wochen hier gewohnt hatte. Es sei schade, dass ich ging, meinte die Managerin, aber ich glaubte ihr nicht. Trauer war wohl in ihren Augen – verständlicherweise – nicht gut fürs Geschäft.

Das erste Haus, das Oliver und ich besaßen, war größer als das durchschnittliche Reihenhaus im Norden Londons. Es war ein bisschen düster, ein bisschen feucht, definitiv auf der falschen Seite der Finchley Road, aber für mich übertraf es alle jemals gehegten Wünsche. Es schien mir unfassbar, dass wir es in Anbetracht des aufgeblasenen Immobilienmarktes für einen solch guten Preis bekommen hatten, wie Oliver laut herumposaunte. Ich war überglücklich. Solch hohe Räume, so viel Platz! Nicht nur ein Schlafzimmer, sondern ein Hauptschlafzimmer, was bedeutete, dass es noch weitere, kleinere gab. Ich war in einem Haus aufgewachsen, in dem man durch die Küche musste, um ins Bad zu gelangen, wo es außer im Hochsommer stets einige Grade kühler war als im Rest des Hauses. Nun wartete, nur wenige Schritte von meinem Bett entfernt, ein luxuriös beheiztes eigenes Bad auf mich.

Oliver, für den diese Behausung auf umgekehrte Weise einen Kontrast zu dem darstellte, was er aus seiner Kindheit und während des Studiums gewöhnt war, beklagte sich regelmäßig: Die Elektrik war launisch, es gab keine rechten Winkel oder ebenen Böden, was das Fliesenlegen für alle, die es versuchten, zur Herausforderung machte, und jeder Versuch zur Renovierung schien lediglich bisher unbekannte Schichten von fehlenden und verrottenden Dingen aufzudecken. Nach Emmas Geburt zogen wir in ein weniger schiefes Haus in Belsize Park, auf der anderen Seite der Finchley Road, wo es keine Unebenheiten in den Fußböden gab und auch die Adresse entsprechend repräsentativ war. Nicht dass Emma den Unterschied gemerkt hätte – sie interessierte sich nur für die Farbe der Haustür.

»Ich wohne im schwarzen Haus«, sagte sie immer, denn auf diese Weise unterschied sie die Gebäude. Den roten Backstein nahm sie gar nicht wahr, lediglich leuchtende Primärfarben und sämtliche Rosatöne. Sobald sie sprechen konnte, sagte ich ihr immer wieder den Namen unserer Straße sowie die Hausnummer vor – in der Hoffnung, dass sie sich daran erinnern würde, falls sie sich je verlaufen sollte. Ich stellte mir vor, wie sie auf dem Rücksitz eines Streifenwagens durch die Gegend kutschiert wurde, während die Beamten nach schwarz gestrichenen Häusern suchten.

Mein *skapho,* das Haus Callidora, war demnach ein blaues Haus, das klassische griechische Inselblau der Postkarten. Die Terrasse war groß und an einer Seite von noch blühenden Bougainvilleabüschen begrenzt. Ein Tisch und zwei Liegestühle waren so aufgebaut worden, dass man den besten Blick aufs Meer hatte.

»Sie mögen die Caldera, ja?«, fragte meine Führerin.

»Die Caldera?«

»So nennen wir das Meer, natürlich. Ein brodelnder Kessel, wie ihn die Hexen haben.«

»Verstehe.« Im Reiseführer hatte ich gelesen, dass es sich hier nicht einfach nur um das Mittelmeer handelte, sondern um eine Art Meeresbecken, das der Vulkan geschaffen hatte. In der Ferne erhoben sich ein paar geschwärzte Inseln aus seiner Tiefe, Teile des vulkanischen Kraters, die einst mit dem

Inselhalbmond Santorin verbunden waren, der sie jetzt abschirmte.

»Manche Leute denken, dort unten liegt Atlantis, aber das ist Spinnerei.« Mit diesen Worten wandte sie sich ab, um mich nach drinnen zu führen. Abgesehen von einem Oberlicht über der Haustür war es ziemlich dunkel. Es gab ein Bett – eine Matratze auf einer Steinplattform – mit frischen Laken und darauf gestapelten Kissen, ein kleines Sofa, eine Kommode und einen Tisch aus dunklem Holz mit gestärkter Tischdecke und zwei Stühlen, die einander genau gegenüberstanden. Ich hatte keine Ahnung, ob das der moderne Einrichtungsstil war oder den Touristen zuliebe das Leben von einst heraufbeschwören sollte, aber die Schlichtheit hatte etwas Tröstliches. Von diesem Hauptraum zweigten zwei kleinere Zimmer ab, weiter hinten das Bad mit Dusche und nebenan eine einfach eingerichtete Küche, deren Fenster zum Meer hinausging.

»Entschuldigen Sie«, meinte ich schließlich, erschöpft vom Schleppen meines Gepäcks. »Ich habe Sie noch nicht mal nach Ihrem Namen gefragt.«

»Eleni.« Sie holte eine Visitenkarte aus dem Ärmel und reichte sie mir. Der Nachname war lang und unaussprechlich.

»Vielen Dank, Eleni, Sie haben mir sehr geholfen. Dieser Ort ist genau richtig für mich. Wenn es Ihnen nichts ausmacht, würde ich mich jetzt gerne ausruhen.« Ich kramte in meinen Taschen nach Trinkgeld, doch sie schüttelte überrascht den Kopf.

»Natürlich, natürlich.« Sie steckte den Schlüssel innen ins Schloss und zog die Haustür hinter sich zu.

Zum Auspacken war ich zu müde, aber ich saß eine Weile auf der Terrasse in meinem neuen Liegestuhl. Nach außen hin muss ich wie eine zufriedene Urlauberin gewirkt haben. Es roch nach Grillfleisch und Oregano, und die Sonne hing wie eine Zitrone am Himmel. Zum ersten Mal versuchte ich, den

Gründen nachzuspüren, warum ich so blind darauf beharrt hatte, hierherzukommen. Wollte ich mich in Räumen bewegen, in denen mich garantiert nichts an meine Tochter erinnerte? Ja. Wollte ich mich vom Leid der anderen distanzieren, die sie so geliebt hatten wie ich selbst? Auch das. Aber warum ausgerechnet Santorin? Jener Ort, an dem meine Mutter als Kind ein solches Trauma erlebt hatte, dass sie höchstens im Sarg dorthin zurückkehren würde. Plötzlich erschien es mir wie ein perverser Akt des Trotzes ihr gegenüber, nach Jahren des Friedens zwischen uns. Eine Art Spätreaktion auf all ihre dunklen Unheilsverkündungen während meiner Kindheit. Ich erinnerte mich daran, wie Bilder von Erdbeben und Vulkanen sich auf groteske Weise in meiner kindlichen Vorstellung vereint hatten: Meer, das grün aufleuchtete, verbrannte Matrosen, Flutwellen, die ganze Städte wegspülten, Tiere, die in roten Staubwolken erstickten, Silber, das sich ins schwärzeste Schwarz verwandelte. Einst hatte ich es Mum übelgenommen, dass sie mich zu einem ›Nervenbündel‹ gemacht, meine Kindheit dazu benutzt hatte, Angst zu schüren. Aber jetzt? Was waren das für unschuldige Tage gewesen, als Albträume noch aus Bildern von grünem Meer bestanden!

»Oh, mein Gott …« Plötzlich richtete ich mich in meinem Liegestuhl auf. Dann erhob ich mich und ging langsam zum Rand der Terrasse, wo ich einen Moment stehen blieb und mich umsah. Hinter mir, unter mir und neben mir hingen die Häuser von Oia an den Klippen. Wie in einem Gemälde von Escher wurden sie durch unzählige Pfade und Treppen, Dächer und Türen verbunden. Man konnte kaum erkennen, wie eines mit dem nächsten zusammenhing. Ohne meine Tür abzuschließen, trat ich über die niedere Begrenzungsmauer meiner Terrasse auf den erstbesten Weg hinaus. Immer weiter und weiter bewegte ich mich am Felsen hinunter, wobei ich mit jedem verriegelten Tor oder jeder verschlossenen Kirche die

Richtung wechselte. Manche Türen öffneten sich ins Nichts, oder Torbögen führten direkt zum Meer. Hinter jeder Biegung schien der Abgrund zu lauern, bis wieder steile Stufen oder ein flaches Dach wie ein Sicherheitsnetz in Sicht kamen.

Schließlich begriff mein Hirn, was meine Augen bloß überflogen hatten: Dieses war der am abschüssigsten und höchsten gelegene Ort, an dem ich mich je befunden hatte. *Dir* würde das nicht gefallen, hatte Dad gesagt, und er hatte recht, es *hätte* mir nicht gefallen sollen, nicht mal dreißig Sekunden lang. Oia befand sich locker dreihundert Meter über dem Meer, mit niedrigen Mäuerchen, hinter denen steil abfallende Felsen gähnten. Absolut schwindelerregend! Furchteinflößend!

Und doch hatte ich keine Angst. Mein Puls veränderte sich nicht, meine Handflächen blieben trocken. Der Atem stockte mir nicht und ich spürte auch keine Panik in mir aufsteigen, nichts. Wie konnte das sein? Nun wurde mir erst klar, dass die Strecke, die ich vom Flughafen gekommen war, mit ihren Haarnadelkurven und dem gähnenden Abgrund neben der Straße, doch genau das gewesen war, was einen in Todesangst versetzen konnte …

Ich schwankte und ließ mich auf die nächstbeste Mauer sinken. *Zumindest wenn man an seinem Leben hing.* Das meinte ich doch damit, oder? Ich war von meiner Höhenangst geheilt worden – weil mir mein Leben nicht länger etwas bedeutete. Um mit Emma zu sprechen, das war doch klar wie Kloßbrühe.

Zuerst fielen mir die Kinder gar nicht weiter auf. Bei meiner Ankunft war das Schulgebäude auf der gegenüberliegenden Seite des Platzes leer. Wahrscheinlich waren die Schüler zu Hause bei ihren Familien oder unten am Strand. Den Spielplatz mit seinen Schaukeln und dem Bolzplatz hatte ich zwar bemerkt, doch lag er bisher immer verlassen da.

Nun hörte ich plötzlich die Stimmen, das unverkennbare

Jubeln, wenn Kinder endlich ins Freie dürfen: Pausenzeit. Bald darauf würde der Lärm, genauso abrupt, wieder verstummen und dem Geräusch der Erwachsenen beim Kaffeetrinken weichen. Bestimmt hätten mir die Traumatherapeuten verboten, mich mittags den Schultoren zu nähern, wenn die Jüngeren von ihren Müttern abgeholt wurden. Die Lehrerin zählte sie ab, eins nach dem anderen, bis jeder Schützling seinen passenden Elternteil gefunden hatte. Manche Eltern standen in Grüppchen zusammen und unterhielten sich, während sie warteten, oder bewunderten einen neuen Erdenbürger in ihrer Mitte. Andere düsten sofort davon, ihr Kind hinten aufs Mofa oder Fahrrad geschnallt. Ich beobachtete, wie ein Junge mit einer Art Blumenstrauß aus Papier auftauchte – eine Papprolle mit Clownsgesicht, in die er oben rosafarbenes Seidenpapier gestopft hatte. Dieses Gebilde überreichte er seiner Mutter, als sei sie eine Königin auf Besuch.

Der ganze Ablauf war meinem Körper so vertraut, dass ich nichts lieber wollte als ein Teil von alledem sein. Ich wünschte mir sehnlichst, dieses oder jenes kleine Mädchen, das dort auf den Stufen stand und noch nicht abgeholt worden war, gehöre zu mir. Aber natürlich kam stets jemand und nahm ihre Hand.

# Kapitel 8

Es ist weitaus schwieriger, den Moment zu bestimmen, in dem man sich entliebt als den des Verliebens. Man verkündet es ja auch nicht lauthals, nicht einmal sich selbst gegenüber, höchstens viel später. Trotzdem schien irgendwann die Zeit gekommen zu sein, da ich mir selbst eingestehen musste, dass ich kein Bedürfnis hätte, länger mit Oliver verbunden zu sein, wenn es Emma nicht gäbe, die uns zusammenschweißte.

Diese Erkenntnis traf mich nicht wie ein Blitzschlag. Sie tauchte eher als plötzlicher Gedanke in meinem Kopf auf. Es passierte nicht an einem sonnigen Tag, als wir im Garten ein Glas Wein tranken und gemeinsam unser kleines Reich betrachteten, sondern an einem trüben Tag, an dem der Boiler kaputtging, das Auto Mätzchen machte und alles um mich herum in Auflösung begriffen zu sein schien. Als dann die materielle Welt wieder repariert war und zufrieden vor sich hin summte, stellte ich lediglich fest, dass das nicht für die Liebe galt.

Mariel pflegte zu Jen zu sagen, dass man nur merkt, was man für seinen Partner empfindet, wenn man ihn ansieht, während er nichts davon mitbekommt. »Denn dann reagiert man auf nichts. Der wahre Test ist, ihn in einem unbemerkten, verletzlichen Moment zu erwischen. Da zeigt sich, ob man ihn immer noch liebt.«

Wie oft hatte ich Oliver auf genau diese Weise überrascht, doch statt von seiner Verletzlichkeit berührt zu sein, fragte ich mich, wie um alles in der Welt ich Egoismus je mit Verletzlichkeit hatte verwechseln können. Aber so ganz konnte ich mich doch nicht getäuscht haben, oder? Bestimmt hatte es diese Verletzbarkeit früher gegeben, was bedeutete, dass sie mit der Zeit verblasst war oder – eine wesentlich beängstigendere Vorstellung – dass ich meine Fähigkeit verloren hatte, sie zu bemerken. Wie dem auch sei, ich hatte meinen eigenen kleinen Test entwickelt: Fotos. Ich sah mir gemeinsame Fotos an, zum Beispiel von unserem Hochzeitstag, und dann wartete ich ab, was passierte. Diese Gefühle waren schwer zu beschreiben, wie Traumfetzen aus der Nacht zuvor, die tagsüber noch aufblitzen. Doch solange noch Gefühle da waren, wusste ich, dass ich nichts verändern musste. Bis zu jenem Tag, dem Tag, den ich nie genau benennen könnte, als ich mir keine Fotos mehr ansah, als ich aufhörte, mich selbst zu testen – nur für alle Fälle.

Als dann später Emma begraben war und meine gepackte Tasche oben im Schrank wartete, versuchte ich, Bruchstücke davon Mariel zu erklären. Es war meine erste richtige Unterhaltung mit jemandem seit dem Unfall.

»Ich glaube, ich habe es mir vorher einfach nicht eingestanden, weil ich nicht wollte, dass es wirklich passiert. Emma zuliebe. Verstehst du das? Jetzt muss ich nicht mehr lügen.«

Sie sah mich mit ihren haselnussbraunen Augen an, den Augen einer Schlichterin, die selbst nach einer Katastrophe noch nach Möglichkeiten sucht, zu kitten. »Aber du hast nicht gelogen, Rachel, du warst Teil einer ganz normalen Ehe.«

»Wie kannst du das sagen? Was ist mit Oliver und Charlotte? Was mit –«

»Das gilt doch irgendwie für *alle*!«, unterbrach sie mich mit Nachdruck. »Sieh dir Toby und mich an, oder Jen und Bob. Die streiten sich die ganze Zeit!«

»Weil noch Gefühle da sind«, rief ich frustriert. »Ihr streitet, weil es noch eine Verbindung zwischen euch gibt. Ich spreche von … ach, ich weiß auch nicht …«

Sie versuchte, mich zu besänftigen. »Liebes, du stehst unter Schock. Du darfst dir darüber jetzt keine Gedanken machen. Du und Oliver, ihr braucht einander jetzt mehr als je zuvor, und daran musst du dich festhalten. Gib dir doch ein bisschen Zeit.«

Ich schüttelte den Kopf. »Ich brauche keine Zeit. Emma war unsere Zeit, Emma war unser gemeinsamer Grund.« Mariel nickte bloß und meinte, sie würde mich verstehen. Natürlich tat sie das. Wir könnten das nächste Mal weiter darüber sprechen. Doch sie schien immer noch Zweifel zu hegen. Vielleicht zweifelte sie ihre eigene Interpretation meiner Worte an, da sie selbst von der Tragödie zu sehr mitgenommen war, um darüber hinaus etwas zu erkennen.

Meiner Mutter sagte ich selbstverständlich nichts. Mein Vater, der nur ein paar Monate vor meiner Verlobung mit Oliver gestorben war, hatte die Institution Ehe als unantastbar betrachtet. Mehr als alle anderen hatte er an das ›Bis dass der Tod euch scheidet‹ geglaubt. Letzten Endes war bei Oliver und mir wohl genau das eingetreten.

*Z. Hd. Mrs R. Freeman, c/o Hotel Ilias, Oia, Santorin …*

Ich erkannte Olivers Handschrift sofort und befühlte unglücklich den dünnen weißen Umschlag. Er war zusammen mit einer Nachricht von Eleni unter meiner Tür durchgeschoben worden: Sie hätte sich gedacht, dass ich bestimmt nicht wusste, dass die Post in Oia postlagernd funktionierte. Ich wünschte, sie hätte sich nicht die Mühe gemacht.

Ich konnte mich weder dazu überwinden, den Brief zu öffnen, noch ihn zu zerreißen. Stattdessen ließ ich ihn umgedreht auf dem Tisch liegen und tröstete mich damit, dass seine Ankunft mir signalisierte, dass ich zumindest in nächster Zeit nicht mit persönlichen Besuchen rechnen musste.

Um dem Brief aus dem Weg zu gehen, begann ich mein Ritual, die steilen Stufen von der Goulas-Seite des Dorfes am Fels hinab zum alten Fischerhafen Ammoudi zu klettern. Anfänglich einmal am Tag, mit einem Glas Wasser oder einem Kaffee unterwegs – denn die Wochen ohne Bewegung und mit wenig Nahrung hatten mich geschwächt –, später zwei- oder manchmal sogar dreimal täglich. Der Pfad war mit groben Steinen gepflastert, und bald hatte ich Blasen an den Füßen, und meine Waden schmerzten. Ich zählte die Stufen: zweihundertvierzehn hinunter, zweihundertvierzehn hinauf, immer wieder, wie ein Bußgang.

Eine Woche nach Eintreffen des Briefes beschloss ich, ihn zu öffnen. Ich hatte den Vormittag unten am Meer verbracht, wo ich auf den Steinen nahe der kleinen Badebucht bei Ammoudi saß und anderen beim Schwimmen zusah. Ein Stückchen draußen im Wasser lag eine kleine Felseninsel, aus der man eine Plattform herausgeschlagen hatte, damit die Badenden sie als Sprungbrett benutzen konnten. Aus einem Buch im Regal von Haus Callidora wusste ich, dass es sich dabei um die Insel Aghios Nikolaos o Peramataris handelte, auf der es angeblich eine dem heiligen Nikolaos gewidmete *skapho*-Kapelle gab. Mir gefiel der Gedanke an einen verborgenen Raum, in dem eine einsame Flamme den Glauben am Leben erhält, ein einzelner Mann könne die Inselbewohner vor allem Unbill der Elemente beschützen.

»Kommen Sie nicht rein?« Die Stimme, die vom Wasser zu mir heraufdrang, war männlich, jung, amerikanisch und voller Heiterkeit. Über seiner sonnenverbrannten Stirn glänzte sein kurzes hellblondes Haar wie Fell.

»Vielleicht. Ja, warum nicht?« Bisher hatte ich nicht mal eine Zehenspitze in die Caldera gehalten, doch nun öffnete ich plötzlich den Reißverschluss, zog meine Schuhe aus und ließ mich in Unterwäsche direkt ins Meer fallen. Das Wasser war tief und reichte mir bis zum Hals. Die Kälte griff meinen ganzen Körper an. Erschrocken schnappte ich nach Luft und wand mich hin und her. Der Amerikaner, den möglicherweise meine fehlende Badebekleidung abgeschreckt hatte, war bereits weiter Richtung Insel geschwommen. Ich konnte seine Ellbogen und Knöchel durch die Wasseroberfläche stoßen sehen, wobei sie das Licht reflektierten. Auch ich begann zu schwimmen, doch auf halbem Weg hielt ich inne und trat eine Weile lang Wasser, bevor ich mich von der Brandung zurücktragen ließ. Mühsam kämpfte ich mich an Land, indem meine Füße unter Wasser nach einem Stein als Halt suchten. Meine Arme waren entsetzlich kraftlos. Dann zog ich mir hastig die Kleider über und schlüpfte in meine Sandalen. Tropfnass eilte ich an den Restaurantbesuchern in Ammoudi vorbei, die endlosen Stufen hinauf, zurück zu meinem Haus.

Dort griff ich sofort nach dem Umschlag und riss ihn auf. Darin befanden sich zwei einseitig beschriebene Blätter, eines von Oliver, das andere von Mariel. Der bloße Anblick von Mariels verschnörkelter Unterschrift erinnerte mich an unser letztes Gespräch. Bestimmt würde sie mich anflehen zurückzukommen. Bevor ich es mir anders überlegen konnte, zerriss ich ihren Brief in kleine Stücke und ließ sie draußen vom Wind forttragen. Olivers Zeilen las ich.

*Liebe Rachel,*
*langsam mache ich mir Sorgen, weil ich Dich gar nicht persönlich ans Telefon kriege. Ich verstehe, dass Du auf diese Weise gehen musstest. Nimm Dir alle Zeit, die Du brauchst. Selbstverständlich werde ich hier auf Dich warten. Du weißt hoffentlich, dass Du auf der Bank in Thira alles Geld abheben kannst, das Du brauchst? Lass mich doch bitte nur wissen, dass Du gut angekommen bist.*
*In Liebe, Oliver*

Es war irgendwie ein seltsamer Brief. Noch mehr seiner aneinander geketteten Halbsätze. Jeder mit einem kleinen, ausradierten ›aber …‹. Ich warf einen Blick auf den Poststempel: ungefähr zwei Wochen nach meiner Ankunft hier vor über einem Monat. Wie lange hatte der Brief wohl im Postfach gelegen, bevor Eleni ihn fand? Und hatte das Ausbleiben einer Antwort Oliver noch besorgter gemacht, so dass er nun auf der Suche nach mir war? Panisch stürmte ich zum nächsten Laden, wo ich eine Postkarte und einen Stift kaufte.

*Brief erhalten, ja, ich bin gut angekommen. Ich habe kein Telefon, aber ich wohne in einem Haus namens Callidora. Das nur als Info für Notfälle.* Was für Notfälle das sein sollten, wusste ich selbst nicht. Das Wort hatte für mich keine Bedeutung mehr, und ihm ging es vermutlich ähnlich. Nach einem Moment des Nachdenkens fügte ich noch ein PS hinzu: *Bitte gib meine Adresse an niemanden weiter.* Das ›niemanden‹ unterstrich ich drei Mal.

Jemand stattete Callidora regelmäßige Besuche ab. Bereits mehrmals hatte ich bei der Rückkehr von meinen Spaziergängen Blumen auf dem Terrassentisch oder an der Tür gefunden. Rosen oder Nelken, die von einem weißen Band zusammengehalten oder mit Basilikumstängeln zu einem losen Strauß gebunden worden waren. Neulich hatten Brot, Honig und Orangensaft vor meiner Tür gelegen. Einmal gegrilltes Lamm mit Kartoffeln in Alufolie, ein anderes Mal eine braune Papiertüte mit Äpfeln und Tomaten. Als ich mich beim nahegelegenen Lebensmittelgeschäft erkundigte, gab der Besitzer vor, nichts über ein solches Arrangement zu wissen, und da mir mein nicht vorhandenes Griechisch peinlich war, bohrte ich nicht weiter nach. Natürlich hatte ich Eleni im Verdacht – denn wen kannte ich sonst schon? – und beschloss, im Ilias vorbeizuschauen und sie zu suchen.

»Vielen Dank für den Brief«, sagte ich. »Das ist schon eine Weile her. Ich wäre nicht auf die Idee gekommen, bei der Post vorbeizugehen.«

Sie nickte. »Ich mache das für meine anderen Gäste und habe Ihren Namen gesehen.« Sie fügte hinzu, dass die Postangestellten die Handschrift der ausländischen Sendungen oft nicht entziffern konnten und deshalb alles auf einen Stapel legten, statt die Briefe alphabetisch zu sortieren. Den durften die Fremden dann selbst durchsehen. Sie entschuldigte sich für diese Schlamperei. »Sie würden wohl ›Idioten‹ dazu sagen. Wussten Sie, dass es sich dabei um ein griechisches Wort handelt?« Ich musste lächeln. Mir gefiel, dass ihr Zynismus ihre Gutmütigkeit nicht wirklich überdeckte.

»Das ist kein Problem«, meinte ich. »Als ich heute Morgen dort war, gab es ohnehin nicht viele Briefe.«

»Jetzt reisen alle ab.« Sie nickte. »Die Saison ist vorbei. Nach Oktober ist es sehr einsam in Oia.«

Diese Feststellung wurde kurz darauf vom Dorfarzt wiederholt, der eines Morgens ungebeten bei mir vor der Tür stand. Er sei gerade ohnehin vorbeikommen, meinte er, und ich erlaubte ihm, mich abzuhorchen und an mir herumzudrücken und meine Augen mit seinem Blick zu durchbohren. Schließlich meinte er es gut, und dies war nur ein weiterer Akt der Freundlichkeit seitens der Gemeinschaft, der ich mich angeschlossen hatte. Nachdem er seine Instrumente weggepackt hatte, bückte er sich nach ein paar Bougainvilleablättern, die es ins Zimmer geweht hatte. Sie waren braun und aufgerollt wie Papierschnecken.

»Es ist kälter, ja?«

»Ja«, stimmte ich ihm zu. Seit einiger Zeit hatte ich stets meinen einzigen Pulli überziehen müssen, wenn ich das Haus verließ.

»Sie kehren nicht nach Hause zurück, Mrs Freeman?«

Ich runzelte die Stirn. »Das hier *ist* mein Zuhause, Doktor.«

»Dann haben Sie vielleicht Arbeit hier?«

»Nicht wirklich. Aber ich beschäftige mich. Ich gehe jeden Tag spazieren …«

»Ja«, er nickte, »nach Armeni, ich habe es gesehen. Hoch und runter, hoch und runter.«

»Es trainiert meinen Puls«, meinte ich nur schwach.

»Sie vergessen aber nicht zu essen? Jeden Tag?«

Ich dachte an das Brot und den Orangensaft vor meiner Tür. »Ja, natürlich. Vielleicht keine großen Mengen, aber doch etwas.« Ich zog die Ärmel über meine dünnen Unterarme und Handgelenke, während er das Zimmer unauffällig musterte. Das Bett war ungemacht, die Tassen ungespült, ein Apfel schrumpelte in der Obstschale vor sich hin, sein Blatt war schon ganz schwarz. Mein Besucher wollte wohl wissen, ob ich fähig war, den Winter über auf mich aufzupassen. Ich ging in Abwehrhaltung wie ein alter Mensch, der sämtliche Vorschläge seiner Verwandten in Sachen Altersheim ablehnt.

»Sie haben die anderen Engländer hier auf Santorin schon kennengelernt?«

Ich schüttelte abwehrend den Kopf. Ich war nicht hergekommen, um so zu *tun*, als sei ich Eremit, wie das die anderen vielleicht machten. Und ganz bestimmt wollte ich meine Tage nicht mit der Gesellschaft von Auswanderern und Gin Tonics füllen. Ich hatte meine Freunde in London zurückgelassen. Was konnte ich neuen schon bieten?

# Kapitel 9

Sag *niemandem*, wo ich bin, das hatte ich Oliver geschrieben. Meine einzige Botschaft an die Welt, die ich hinter mir gelassen hatte. Und er würde sofort begriffen haben, was ich mit der heftigen Unterstreichung des Wortes ›niemandem‹ gemeint hatte. Selbst meinen engsten Freundinnen nicht, nicht einmal Mariel und Jen.

Jen. An sie zu denken fiel mir besonders schwer, denn wir kannten uns ausschließlich durchs Muttersein. Wir hatten diese Rolle gemeinsam ausgefüllt, die Dinge parallel erlebt. Ich kannte sie in keinem anderen Kontext, und das Gleiche galt andersherum. Wie konnte sie sich also nicht von meiner plötzlichen Demontage abschrecken lassen? Mariel konnte ich mir immerhin noch als die Frau von damals vorstellen, bevor wir Berufe, Ehemänner und Kinder hatten. Sie stellte für mich mehr dar als eine bloße Variante meines mütterlichen Selbst.

Ich hatte Toby zuerst kennengelernt. Toby Challoner. Er und ich waren Wohnheim-Nachbarn in unserem ersten Jahr an der Uni. Wir aßen unser erstes Mensaessen zusammen – Hackfleischauflauf, Pommes und Mais. Das stärkehaltige Futter klebte nicht nur unsere Gedärme, sondern auch uns zusammen, wie er später zu scherzen pflegte. Toby war drahtig und flink, mit Sinn für Humor. Jede seiner Feststellungen wurde von den Worten ›Sagen wir es mal so …‹ eingeleitet: »Sagen wir es mal so«, beschrieb er eine nächtlich sehr aktive Zimmernachbarin von uns, »wenn man sie morgen zu Grabe tragen würde, bräuchte man einen Ypsilon-förmigen Sarg.« Danach folgte die verräterische Pause eines laienhaften Stand-up Comedian, der auf seinen Lacher wartete. Ich kam dem nur zu gerne nach. Meiner Meinung nach formulierte er solche Dinge stets höchst amüsant und so wurden wir Freunde.

»Ich möchte dir ein Mädchen vorstellen«, verkündete er zu Beginn des fünften Semesters. Ich war den Sommer über gereist, während er ein Praktikum bei einer Marktforschungsagentur in London absolviert hatte. Wir gehörten inzwischen zu den abgeklärten Studenten, waren trinkfest und von unserem Anrecht auf den Tisch der Unikneipe hinten links am Fenster überzeugt.

Ich grinste. »Klar, jederzeit.«

Mariel war anders als Tobys bisherige Freundinnen. Sie war selbstbewusst, besaß Ausstrahlung und eine Art geheimnisvolle Aura.

»Du studierst Kunstgeschichte, oder?«, fragte sie mich. Ihre braunen Augen waren nur wenig dunkler als ihr gebräuntes Gesicht. »Meine Freundin Liz sagt, sie kennt dich.«

»Mariel ist Apothekerin«, warf Toby ein.

Ich lachte. »Aus deinem Mund klingt das, als würde sie Packungen mit Hustenbonbons verkaufen oder so was in der Art.«

»Das werd ich eines Tages womöglich auch«, meinte sie schulterzuckend. Und wie ich gerade noch ihre fehlende Eitelkeit positiv verbuchte, fiel mir auf, dass ihre Haare wie zwei perfekte schwarze Tintenstriche über ihre Schultern flossen. Ihre Kette bestand aus Silber und Muscheln, und ich wusste instinktiv, dass sie den Sommer an irgendeinem glamourösen Ort verbracht hatte.

Anfangs merkte man kaum, inwiefern sich Tobys Umgang mit ihr von ihren Vorgängerinnen unterschied, denn Toby legte gewöhnlich selbst dann noch sein eifrig-freundliches Verhalten an den Tag, wenn er bereits nach Wegen suchte, mit den

Mädchen Schluss zu machen. Doch als die Examensprüfungen nahten und Mariel ein fester Gast an unserem Fenstertisch geworden war, war offensichtlich, dass er sie behalten wollte.

Ich konnte sie zuerst nicht so recht einschätzen. Ich hatte den Verdacht, dass sie zu versessen auf männliche Bestätigung war. Außerdem war sie begeisterte Aerobic-Anhängerin. Warum meinte eine Studentin in den Achtzigern, in fester Formation auf und nieder hüpfen zu müssen?

Bald merkte ich jedoch, dass sie unter männlicher Bewunderung eher litt, als dass sie sie suchte. Sie besaß zudem etwas weit Nützlicheres als ihre geheimnisvolle Ausstrahlung, nämlich Durchhaltevermögen. Wer sich nicht auf Anhieb von ihr angezogen fühlte, der erlag früher oder später ihrem Charme. Ich bildete dabei keine Ausnahme.

Ich kann nicht genau sagen, wie viel Zeit zwischen dem Besuch des Arztes und dem Ingrid Sullivans auf meiner Terrasse verging. Ich hatte zwei weitere Briefe von Oliver erhalten und bemerkt, dass nach und nach überall Weihnachtsdekorationen auftauchten. Es müssen also einige Wochen gewesen sein. Ingrid war ungefähr eins fünfundsechzig groß und kräftig gebaut – ›athletisch‹ war wohl das passendere Wort. Ihre braunen Augen mit den kurzen dünnen Wimpern strahlten Wärme aus. Sie war so braun, dass man ihre Sommersprossen kaum noch erkennen konnte, und ihr langes blondes Haar hatte sie zu einem Pferdeschwanz nach hinten gebunden. Ihr Nagellack hatte den gebrannten Siennaton der Felsen von Ammoudi.

»Hallo. Ich bin Ingrid. Ich wohne drüben in Perivolos.« Sie zeigte am Hang entlang ans andere Ende des Dorfes. Ihre Stimme besaß den gutgelaunten Singsang der Australier. Also eine der Ausländerinnen, die vermutlich der gute Herr Doktor geschickt hatte, um nach mir zu sehen. Vielleicht wollte er wissen, ob ich je diesen Apfel gegessen hatte.

»Hallo. Ich bin Rachel.«

Sie schien verblüfft. »Wirklich? Mit ›a‹? Ich meine, vor dem ›e‹?«

»Nein, bloß mit ›e‹.«

»Oh, gut.« Sie klang ehrlich erleichtert. »Meine Mutter schreibt sich mit ›ae‹, und ich kann dir versichern, das verheißt nichts Gutes.«

Sie ließ sich auf der Mauer hinter ihr nieder, nicht meine Terrassenmauer, sondern die auf der anderen Seite des Weges, als wollte sie, wie bei einem neuen Haustier, erst mal auf Sicherheitsabstand gehen.

»Wie lange bist du schon hier?«, erkundigte sie sich.

»Keine Ahnung, ein paar Monate. Ich bin im August gekommen und habe beschlossen zu bleiben.«

»Komisch, dass ich dich dann noch gar nicht in der Bar gesehen habe. Ich habe den Sommer über im Greco gearbeitet, dieser Kneipe neben dem Delfini.«

»Ich war in keinen Bars.«

»Du hast dich also eher zurückgezogen, ja? Gar nicht so einfach hier.« Sie sah über ihre Schulter zu den Klippen hinunter. »Wo man sich doch immer ein bisschen wie auf dem Präsentierteller befindet. Also ich gebe zu, dass ich nicht zufällig vorbeikomme. Alexandros hat mir erzählt, dass sich noch jemand längerfristig hier herumtreibt.«

Ich hatte keine Ahnung, wer Alexandros war. Vielleicht der Metzger. »Aus deinem Mund klingt das, als wären wir so etwas wie Gauner.«

Sie lachte. »Du meinst, wir fallen hier kaum auf?«

Aber zu diesem Zeitpunkt schwirrte mir bereits der Kopf. Ich hatte das Wort ›wir‹ benutzt und mich sogar an einer Art spaßigen Bemerkung versucht. Ich lächelte sogar fast! Wie es schien, steckte ja doch noch Leben in mir.

»Du solltest ihn kennenlernen«, plapperte sie weiter. »Er ist wirklich sehr nett. Wie alle Einheimischen.« Sie hielt inne und betrachtete mich. »Du musst wissen, dass die meisten sehr neugierig auf dich sind.«

»Ach ja?«

»Ja. Man nennt dich … Moment, nicht dass ich es falsch sage, mein Griechisch ist nämlich hundsmiserabel: *›I orea me ta mavra‹*.«

»Und was heißt das?«

»›Die Schöne in Schwarz‹ oder so ähnlich.«

Ich blinzelte. »In London tragen fast alle Schwarz.«

»Genau das habe ich ihnen auch gesagt. Das muss ja nicht heißen, dass du Witwe bist.«

»Bin ich nicht.«

Ingrid nickte. »Dann bist du Schriftstellerin oder so was?« Ihr Blick war auf den Stift und das Blatt vor mir auf dem Tisch gefallen. Ich saß an einem Brief an meine Mutter, doch bisher hatte ich nicht mehr als ein paar karge Sätze zu Papier gebracht. Ich hatte ihr eigentlich auf meiner Postkarte kurz nach meiner Ankunft versprochen, mich zu melden, sobald ich eingerichtet war. Sämtliche diesbezüglichen Versuche hatte ich jedoch bald aufgegeben. Irgendwie klang keine Formulierung richtig.

»Nein«, erwiderte ich. »Ich bin … nun ja, nichts wirklich.«

Sie hob die Augenbraue. »Nichts?«

»Daheim in England war ich Bildredakteurin.«

Das schien ihr zu genügen. »Kein Wunder. Es kommen eine ganze Menge Fotografen hierher. Ein bisschen wie in einer Künstlerkolonie. Alle tun irgendetwas Cooles, und sei es nur … darüber nachzudenken, es zu tun.«

»Und was machst du?«, fragte ich. Ich hatte nicht vor, ihr zu erklären, dass Nachdenken mich dazu brachte, den Kopf ins Kissen zu bohren, bis ich meine eigenen Tränen einatmete. »Verzeih, du hast schon gesagt, du arbeitest in einer Bar …«

»Ach, das war bloß, um die Miete zu bezahlen. Im Augenblick male ich, aber meine Bilder sind ziemlich mies. Ich habe sie Manfred gezeigt, du weißt schon, einem der deutschen Künstler. Bestimmt hast du ihn schon mal getroffen?«

»Nein, tut mir leid.«

»Egal. Ich konnte jedenfalls sehen, dass er sie schrecklich fand, auch wenn er meinte, sie seien ›vielversprechend‹. Er musste das Wort in seinem Wörterbuch nachschlagen. Er ist so süß. Die Farben kosten mich ohnehin ein Vermögen – was für eine Verschwendung!« Sie seufzte. »Schon komisch, ich dachte, ich könnte einfach das abmalen, was ich sehe, all das hier …« Sie zeigte auf Callidora und die anderen Häuser drum herum, auf das Meer unter uns – »… aber wie es aussieht, kann ich das nicht.«

Ich nickte. Mir gefiel ihre Ehrlichkeit. Jahrelang hatte ich die Arbeiten von Fotografen beurteilt und war entsprechend vertraut damit, wie gerne manche sich selbst in die Tasche lügen, wenn Ehrgeiz und Talent nicht konform gehen. Vor allem Ferieninseln hatten häufig diesen Effekt auf die Leute. Beamte wurden förmlich über Nacht zu Aquarellmalern, Versicherungsvertreter zu Dichtern. Eine Künstlerkolonie? Nun, das bezweifelte ich sehr.

»Ich habe mir überlegt, dass ich stattdessen Schmuck basteln könnte«, erklärte Ingrid. »Es gibt hier so viele kleine Geschäfte. Ich müsste mich bloß den Winter über auf den Hosenboden setzen, dann wäre ich bereit, wenn sie im Frühjahr Ware einkaufen. Ich könnte Muscheln verwenden, oder so was. Diese kleinen schimmernden, weißt du, welche ich meine?«

»Das klingt vielversprechend – tut mir leid, wieder dieses Wort deines Freundes …«

Sie lachte über meinen zweifelnden Gesichtsausdruck. »Schon gut, ich bin ein wandelndes Klischee, ich weiß. Wahrscheinlich wäre ich darin genauso hoffnungslos unbegabt.

Aber was spricht schon gegen das eine oder andere Traumprojekt? Ich bin schließlich nicht Shirley Valentine. Ich habe ja nicht meine ganze Familie sitzenlassen oder so etwas. Es gibt niemanden außer mir, also warum sollte ich mir nicht eine Zeitlang eine Freude machen?«

Ich musste an Olivers Worte bei meiner Abreise denken. Ich wünschte, ich hätte meine *ganze* Familie verlassen. Dann könnte ich jetzt zurückkehren und alles wäre wieder gut. Emma würde sich auf Weihnachten freuen und wir würden einen Baum aussuchen. Briefe an den Weihnachtsmann würden stündlich überarbeitet werden …

Mein Gesicht musste einen Teil des Schmerzes widergespiegelt haben, denn meine neue Freundin fügte rasch hinzu: »Zieh jetzt aber keine falschen Schlüsse, Rachel.«

»Wie?«

»Ich bin nicht auf der Suche nach 'nem Mann. Echt, bin ich nicht.«

»Natürlich nicht.«

Es überraschte mich, welche Wendung ihre Gedanken genommen hatten. Sie wiederum schien unsicher, ob ich damit schon beruhigt sei.

»Nicht dass man zu dieser Jahreszeit einen finden würde«, fuhr sie fort. »Hier herrscht immer entweder Hungersnot oder Überfluss, fürchte ich.« Sie schielte hinauf in die hellerleuchtete blaue Himmelskuppel über uns. »Aber es ist toll, oder, jetzt wo die Massen verschwunden sind? So *abgelegen.* Wie sagt man? Perfekte Abgeschiedenheit?«

Ich wusste den Hauch Unsicherheit in ihrer Stimme zu schätzen. Sie schien beim Reden mindestens so sehr sich selbst – wenn nicht gar noch mehr – wie ihre Zuhörer überzeugen zu wollen. Sie war jünger als ich, etwa Mitte zwanzig. Was in aller Welt hatte sie in diese kleine Gemeinde verschlagen, die sich nun auf den Winter einrichtete?

»Definitiv abgeschieden«, stimmte ich ihr zu.

Sie war bereits aufgestanden und strich mit der Hand ihren Rock glatt. Beim Umdrehen wehten ihre Haare um ihr Gesicht wie der gelüftete Schleier einer Braut, die ihr Ehegelübde ablegen will. »Nun denn, Rachel, meld dich, falls du mal einen Kaffee trinken willst. Oder auch was Stärkeres.«

# Kapitel 10

Cat konnte bereits krabbeln und Emma sich fast allein aufsetzen, als die beiden Daisy kennenlernten. Sie passte sowohl vom Alter her als auch alphabetisch perfekt zwischen die beiden. Was ihre Mutter betraf, so mochten Mariel und ich Jen vom ersten Augenblick an. Wir hatten damals eine Art regelmäßigen ›Junge Mütter‹-Treff. Einmal kamen wir zu spät und sahen sofort, dass es einen Neuzugang unter uns gab. Noch dazu eine, die Lippenstift trug (ein seltener Anblick in unserem übernächtigten Haufen) und die außerdem vorsichtig anfragte, ob wir unsere Zusammenkunft vielleicht von Kim Harveys Wohnzimmer ins Café Rouge um die Ecke verlegen könnten, damit sie richtig ungezogen sein und eine Zigarette rauchen konnte. Jenny war von uns dreien die Entspannteste. Die Schrecken des Mutterseins nahm sie ganz gelassen und verzichtete nur selten auf die Freiheiten von früher. Ich erinnerte mich noch gut daran, wie wir alle mit sprachloser Bewunderung vernahmen, dass sie und Bob sich einen Drink im Biergarten genehmigt hatten, als Daisy gerade mal ein paar Tage alt war. Und sie hatten das Baby sogar mit zu einer Hochzeit genommen, ohne vorher die Erlaubnis der Braut einzuholen! (»Wen kümmert schon, was sie denkt! Zahlt sie uns den Babysitter, oder was?«) Die Tatsache, dass die beiden nicht verheiratet waren, schockierte und beeindruckte uns mehr, als wir zugeben wollten.

Obwohl Jen nie studiert hatte, war von Anfang an offensichtlich, dass sie uns mit ihrem Optimismus und ihrem großen

Herzen einiges voraushatte, was wir durch unsere Ausbildung nicht aufholen konnten. Stets hatte sie spannende Geschichten von ihrer Arbeit als Fußpflegerin auf Lager. »Es gibt nichts, was ich euch über Hühneraugen und eingewachsene Zehennägel nicht erzählen könnte«, meinte sie lachend. Selbst der sonst eher steife Oliver gab zu, dass ihn diese ›Schattenseiten der Füße‹ faszinierten.

Jenny selbst hatte natürlich perfekt gepflegte Zehen und eine zierliche, wohlproportionierte Figur, die Männer gerne äußerst indiskret beäugten. Ihr herausragendstes äußerliches Merkmal war jedoch ihre blonde Mähne. Die Mädchen liebten es, Bänder hineinzuflechten oder die Strähnen mit ihren glitzernden Haarspangen hochzuklipsen, während Jen Grimassen schnitt, um sie zum Lachen zu bringen.

Sie war der einfühlsamste Mensch, den ich je getroffen hatte. Sollte Cat oder Emma auch nur das kleinste Leid widerfahren, stürmte sie sofort herbei, als handle es sich um Daisy. Mariel und ich würden natürlich dasselbe tun, aber erst mit winziger Verzögerung. Jen dagegen war immer gleich zur Stelle.

»Ah, Mrs Freeman, da sind Sie ja, Gott sei Dank!«

»Eleni, hallo! Nennen Sie mich doch bitte Rachel.« Obwohl ich an diesem Tag noch nicht mal das Haus verlassen hatte, begrüßte ich Eleni auf der Terrasse mit einer gewissen Schlappheit. Am liebsten wäre ich zurück in mein Bett gesunken. »Was ist los? Ist etwas passiert?«

Sie warf die Arme in die Luft, die Handflächen dem Himmel zugewandt, als wolle sie sagen: ›Dafür ist es jetzt zu spät.‹ Dann verkündete sie dramatisch: »Er ist gekommen. Er ist hier, in Oia.«

»Sie meinen …«

»Ja, Ihr Mann.«

Das Blut schoss mir ins Gesicht und die plötzliche Hitze brachte meine verweinten Augen hinter der Sonnenbrille zum Brennen. Mein erster Gedanke war, wo ich bloß die Energie hernehmen sollte, fortzulaufen.

»Wo ist er?«

»Er wartet im Ilias. Er wollte hierherkommen, zur Callidora, aber ich habe ihm gesagt, er muss warten ...« Eleni schien eine gewisse Anspannung hinter ihren ausladenden Gesten verbergen zu wollen. Sie hatte anscheinend ihre eigenen Schlüsse gezogen, warum ich von zu Hause geflohen war. Sie dachte, ich sei wohl in Gefahr.

»Es ist in Ordnung, Eleni«, beruhigte ich sie. »Er will niemandem wehtun, ich verspreche es. Lassen Sie uns zusammen zum Hotel gehen und ich werde Sie ihm vorstellen.«

»Wenn Sie meinen.«

Irgendwie hatte ich diesen Moment seit meiner Ankunft erwartet, doch nun traf er mich trotz allem völlig unvorbereitet. Ich drückte mir meine Sonnenbrille fester ins Gesicht, als könne sie eine Art Schutzschild gegen seine Worte darstellen. Armer Oliver, was auch immer er durch seinen Besuch hier zu erreichen erhoffte, er war garantiert umsonst gekommen.

Offenbar war ihm Elenis Vermittlerrolle bereits verdächtig vorgekommen, denn er hatte das Ilias verlassen und kam die Marmara hinunterspaziert, als Eleni und ich oben aus meinem Sträßchen bogen. Bestimmt war er auf der Suche nach einem Ordnungshüter, der sich gewillter zeigte, ihm den Weg zu weisen. Er trug warme Londoner Kleidung und die Sonne hatte seine Haut bereits rosa verbrannt. Bei seinem Anblick zuckte Eleni zurück und krächzte: »Da ist er!«

»Oliver!«

»Rachel. Gott sei Dank!« Er zog mich in seine Arme. Schultern und Brust fühlten sich durch den Stoff mager an. Als Eleni sah, wie wir uns umarmten, zog sie sich zurück, nicht ohne mir jedoch vorher noch zuzurufen: »Denken Sie an unsere Verabredung später«, als glaubte sie immer noch, eine Entführung vereiteln zu müssen.

»Was um alles in der Welt hast du den Leuten erzählt?«, fragte Oliver leise. »Diese Frau scheint mir extrem schreckhaft.«

»Nichts. Es tut mir leid. Die Einheimischen haben einen ausgeprägten Beschützerinstinkt. Außerhalb der Saison kommen hier nicht viele Besucher her.«

Es sah mich komisch an. »Ich verstehe. Und wo geht es jetzt lang? Diese Gasse hinunter, oder?«

»Nein, ich meine, da wohne ich, ja, aber lass uns hier weitergehen und uns auf die Bank setzen.«

»Wie du willst.«

»Du hättest mich warnen sollen, dass du kommst«, meinte ich gedehnt, denn wir wussten beide, dass ich kaum das Recht hatte, so etwas zu sagen.

»Du hast kein Telefon.«

Ich nickte. In meinem Kopf war nur ein Gedanke: Es war falsch, dass er hier war. Und es war falsch von mir, ihn durch mein Schweigen hierher gelockt zu haben.

Ich zeigte auf die Steinsitze links und rechts der Hauptkirche, die auf der dem Landesinneren zugewandten Seite den Platz begrenzte. Gegenüber lag das blaue Band des Meeres. Die Sonne schien herrlich, doch wir suchten uns beide instinktiv die Schattenplätze aus. Mir fiel auf, dass wir beim Hinsetzen zwischen uns automatisch Platz für ein Kind ließen, eine Emma-Breite Abstand. Ich spürte die vertraute Hitze hinter meinen Augen, die normalerweise Tränen ankündigt.

»Hier ist also Alysa aufgewachsen?«, meinte Oliver. »Ein nettes Fleckchen, oder? Wir hätten früher schon mal herkommen sollen.« Er sah mich an. »Würde es dir was ausmachen, die Sonnenbrille abzunehmen?«

Rasch setzte ich die Brille ab und sah direkt in sein sanftes, müdes, verwirrtes Gesicht. Ich sollte ihm zuliebe die Distanz zwischen uns überbrücken, seinen Kopf in die Hände nehmen und ihm tröstende Worte und Entschuldigungen zuflüstern. Ich wünschte, dieses Treffen könnte anders enden, aber ich wusste, das war unmöglich.

»Du hast geweint«, sagte er leise.

Ich blinzelte und musste an das Foto denken, das ich betrachtet hatte, als Eleni kam. Ich hatte es drinnen auf dem Tisch liegenlassen, als ich hinausging, um sie zu begrüßen. Es zeigte Emma und mich vor ungefähr eineinhalb Jahren in Frankreich im Zug. Wir sahen beide aus dem Zugfenster hinaus auf den Bahnsteig, wo Oliver mit der Kamera gestanden hatte. (Ich erinnerte mich noch daran, wie sehr er sich damals bemühte, am Familienleben teilzunehmen, denn die Krise wegen Charlotte lag noch nicht lange zurück.) Emma war fünf, zart gebaut, mit blonden Haaren, die sich geschmeidig der Kurve ihres Halses und der Schultern anpassten. Das Goldgelb brachte den äußeren Blütenblätterring ihrer Iris zum Leuchten. Ihre Wangen waren von der nachmittäglichen Hitze gerötet. Beim Anblick des Fotos konnte ich noch ganz genau spüren, wie sie sich einige Momente später angefühlt hatte, als der Zug losfuhr und sie sich für die lange Fahrt gen Süden an mich kuschelte. Wie immer bohrte sie rastlos ihren Kopf in meine Seite, auf der Suche nach einem weicheren Teil meines Körpers, der ihr als Kissen dienen könnte. Dann ihre plötzliche Aufregung, sobald wir das Meer sehen konnten. »Mami! Mami! Wir sind da! Das wird lustig, oder?«

Ich begegnete Olivers Blick und einen Moment leuchtete die Luft zwischen uns beim Gedanken an ihre Energie auf. Was auch immer aus uns beiden geworden war, Emma hatten wir stets geteilt. Nichts könnte je ihre verbindende Kraft ersetzen.

»Mit dem Haus ist alles okay?«, fragte ich, um das Schweigen zu brechen.

»Wie immer, nun ja, abgesehen von …«

Ich sprach die Worte für ihn aus. »Ich nehme an, du hast ihre Sachen weggepackt?«

Er nickte dumpf. »Das Meiste habe ich fortgegeben, die Spielsachen und Bücher. Die Schule hat ein paar davon genommen. Es gibt jetzt eine extra Nische in der Bücherei, und die Kinder haben ein Schild gebastelt. ›Emmas Geschichtenecke‹. Sie haben gefragt, ob wir kommen wollen und es uns anschauen …?« Die Stimme versagte ihm. Ich schloss die Augen, denn ich konnte seine Qual nicht mit ansehen. Stattdessen tauchte vor meinem inneren Auge ein Bild von ihm auf, wie er auf dem gestreiften Teppich in ihrem Kinderzimmer kniete und hilflos ihre Regale voller Bücher anstarrte, ihre Kleider berührte, ihre Spieluhr öffnete und wieder schloss. Als mein imaginärer Blick zum Kaminsims wanderte, auf dem sich ihre Zeichnungen stapelten, löschte ich in Gedanken schnell das Licht. Ich war hierfür noch nicht bereit, ich war für *ihn* nicht bereit. Ich wünschte, wir könnten einfach nur schweigend dasitzen.

Doch er hatte sich wieder gefasst und fuhr fort: »Ich war zu nichts zu gebrauchen, aber Toby hat einen kleinen Lieferwagen gemietet, und er und Mariel haben geholfen, alles zu sortieren. Jen hat dann vorgeschlagen, ich solle die Einrichtung doch einer Kinderhilfsorganisation spenden. Sie kannte eine in Kilburn in der Nähe der High Road.«

»Aha.« Das war ein Schock: Sogar ihre Möbel waren fort! Wer wohl jetzt in dem weißgestrichenen Bett mit dem herzförmigen Loch im Kopfteil schlief? (›Herz Liebe‹ hatte sie es genannt, als sie noch ganz klein war.) Als sie damals aus ihrem Gitterbett ins neue umzog, war ihr der viele ungewohnte Platz unheimlich. Also legte ich mich zu ihr, um ihr dabei zu helfen, ihn zu füllen. Ich schloss meine Augen, um sie dazu zu ermutigen, dasselbe zu tun, doch als ich selbst kurz davor war einzuschlafen, schielte ich unter den Lidern hervor, wo mich prompt zwei große dunkelblaue Kreise direkt vor meiner Nase ansahen und freudiges Kichern an mein Ohr drang. Sie hatte es als Spiel aufgefasst: so tun als ob. Dann verkündete sie: »Meine Augen sind blau.«

»Wie die von der Mami«, stimmte ich zu.

»Wie die von der Mami«, wiederholte sie und sah mich dabei strahlend an, so offensichtlich glücklich, zu mir zu gehören …

»Oliver –«, setzte ich an, doch er hatte gleichzeitig zu sprechen begonnen und drehte sich zu mir. Die Worte schienen ihm schmerzhaft die Luft abzuschnüren. »Rachel, ich weiß, dass ich kein toller Ehemann war. Die vergangenen paar Jahre … Wenn ich rückgängig machen könnte, was mit Charlotte passiert ist …«

»Sag's nicht.« Ich blinzelte heftig. »Bitte! Hier geht es nicht um sie oder dergleichen. Hier geht es um Emma.« Als ich ihn so anfunkelte, sah ich es plötzlich: Hinter all dem Schmerz, der schlaffen Haut und den toten Augen des Trauernden lauerte die harte Schwärze der Schuld. Er konnte sich nicht verzeihen. Er glaubte sogar, Emmas Tod sei seine Strafe.

»Ich habe dir schon mal gesagt, wir sind beide …« Ich hielt inne, da mir mein Instinkt signalisierte, es dabei bewenden zu lassen. Ein Geständnis meines eigenen Fehltritts tat hier nichts zur Sache. Stattdessen musste ich irgendwie seine Schuldgefühle mildern, ohne dabei das bisschen zu zerstören, was noch von ihm übrig war. »Wir haben beide das ›Wir‹ aus den Augen verloren, nicht nur du. Ich war ständig mit Emma beschäftigt.« Einen Moment lang verlor ich mich in diesem Bild, ihre Arme um meinen Hals geschlungen, ihre Wange an meiner, umhüllt von ihrer Gegenwart, ihrer Stimme, ihrem Geruch, ihrem Atem.

Er probierte es mit einer anderen Taktik. »Alysa macht sich schreckliche Sorgen. Sie sagt, du meldest dich kaum.«

»Ich weiß. Es tut mir leid.« Mehr fiel mir nicht ein.

»Lässt dich das denn völlig kalt?« Sein Gesicht war plötzlich so direkt vor meinem, dass ich zusammenzuckte. Da fiel mir ein, an was mich das hier erinnerte: unser Ehegelübde, diese formelle Choreographie, bei der sein Gesicht seine völlige Konzentration auf den Moment, auf mich widerspiegelte. Olivers Stimme wurde lauter: »Kümmern dich die anderen denn gar nicht? Deine Freunde? Mariel und Jen hat diese Sache völlig fertiggemacht. Ich hatte die heulende Jen am Telefon und Mariel, Toby, mit den Kindern – sie wollen dich sehen ...« Er beugte sich zu seiner Reisetasche am Boden hinunter und fummelte an den Verschlüssen herum. Voller Furcht sah ich zu, wie er ein kleines Päckchen hervorkramte und mir entgegenhielt. Darauf stand in blauer Tinte mein Name geschrieben. Mariels Handschrift. »Hier, mach das auf.«

Widerwillig nahm ich es und legte es auf den Sitz zwischen uns. »Später.«

»Nein!« Er drückte es mir erneut in die Hand. »Mach es jetzt auf! Bitte! Ich möchte ihnen sagen können, dass ich das wenigstens geschafft habe!«

»Na gut, kein Grund so ...« Ich löste die Umschlagklappe und schüttelte den Inhalt auf meinen Schoß. Zwei selbstgebastelte Weihnachtskarten, beide mit Schneemännern aus Styropor und Glitzerstaub vorne drauf. Einige Glitzerpartikel fielen auf meine Hose und warfen das aufgefangene Sonnenlicht wie kleine Sterne zurück. »Ist schon Weihnachten?« Meine Stimme klang trostlos und flach, was Oliver nur noch mehr zu provozieren schien. Ungeduldig zeigte er auf den Zettel, der an eine der Karten geklemmt war. Auch an ihm klebte nach der Reise Glitzerstaub.

Noch ein Brief von Mariel. Da Oliver kurz davor schien,

ihn mir aus der Hand zu reißen und vorzulesen, blieb mir nichts anderes übrig, als die Worte selbst zu überfliegen:

*Liebe Rachel,*
*wir wollten kommen und Dich suchen, aber Oliver hat uns klargemacht, dass du allein sein musst. Das respektieren wir natürlich. Aber wir denken immer an Dich. Wir lieben Dich, Rachel. Bitte melde Dich, wann immer Du magst. Wir würden alles stehen- und liegenlassen, um Dich zu holen.*
*Alles, alles Liebe,*
*Mariel & Jen*

»Siehst du?«, wollte Oliver wissen. »Sie machen sich Sorgen. Sie vermissen dich.«

»Sie verstehen mich«, korrigierte ich ihn mit so viel Bestimmtheit, wie ich nur aufbringen konnte.

»Was verstehen sie?« Sein Blick wanderte unruhig über den Platz, als würden ihn die weißen und blauen Flächen um uns herum verwirren. »Das kann doch nicht ewig so weitergehen? Du hast doch wohl nicht vor, hier zu *leben*? Denk doch mal, was du Alysa damit antust. Uns allen!«

Entsetzt musste ich zusehen, wie sein Oberkörper mit einem Mal vornüberknickte wie ein vertrocknender Blütenstängel. Oliver ließ den Kopf in die Hände sinken. Er schluchzte.

»Oliver! Oliver, bitte …« Plötzlich kam mir der schreckliche Gedanke, dass dies vielleicht das erste Mal war, dass er sich erlaubte, Schwäche vor einem anderen zu zeigen. Ich wusste, er war die Sorte Mann, der höchstens unter der Dusche weint, wo das Wasser alle Beweise sofort wegwäscht, so dass er sich hinterher vormachen kann, es sei gar nichts passiert.

»Bitte verzeih mir«, sagte ich. »Es tut mir so leid. Aber ich glaube, ich kann mit den …«, ich suchte nach einem passenden

Wort, »den Tiefs der anderen noch nicht umgehen. Ich muss mich erst um meine eigenen kümmern.«

Er sah mich mit wässrigen Augen entsetzt an. »Schau dir die Karten an, Rachel. Was ist mit den Mädchen, mit Cat und Daisy? Ist dir egal, was –«

Wütend unterbrach ich ihn. »Oliver, hör bitte auf mich zu fragen, ob es mir egal ist! Was glaubst du denn? Deshalb bin ich doch hier. *Bitte* versuche zu verstehen. Ich habe alles verloren ... *Wir* haben alles verloren! Wir können niemals zum Normalzustand zurückkehren, niemals!« Und wieder einmal traf mich wie so oft die Erkenntnis mit voller Wucht, dass diese Reihe von Schicksalsschlägen, diese Trennung Wirklichkeit war, für immer. Ich würde Emma für den Rest meines Lebens nie wieder sehen. Ich wollte schreien und um mich schlagen und mich zu einer Kugel zusammenrollen – und ich wollte es alleine tun.

Meine Brust hob und senkte sich in schnellem Rhythmus; ich stand kurz vor einem hysterischen Anfall. »Oliver, du bist der einzige Mensch, von dem ich Verständnis erwarten kann.«

Er schloss die Augen, und als er sie wieder öffnete, sah ich, dass die Schuld zurückgekehrt war, dunkler als zuvor. Er nickte. »Du hast recht. Du brauchst mehr Zeit. Egal, wie lange es dauert, ich werde warten.«

»Oliver, bitte mich nicht um solche Dinge ...«

»Ich bitte dich um nichts«, erwiderte er langsam. »Ich sage es nur, damit du weißt, dass ich warten werde.«

Ich drehte mich zu ihm. »Ich kann dich nicht vom Warten abhalten, wenn es das ist, was du willst. Aber du musst zurück, Oliver, zurück nach London.«

Wieder nickte er. Er griff nach seiner Tasche, schob sich den Gurt über die Schulter und starrte vor sich hin auf die sonnenerhitzte Wand.

Ich hätte mir nie vorstellen können, dass es so leicht sein würde, ihn ein zweites Mal zu verlassen.

Erst nachdem er weg war, sah ich mir zu Hause die Weihnachtskarten von Cat und Daisy genauer an. *›Liebe Tante Rachel, wir wünschen Dir fröhliche Weihnachten und ein gutes neues Jahr.‹* Daisy hatte mit lilafarbenem Filzstift unterschrieben und sich die Mühe gemacht, das i-Tüpfelchen mit einer kleinen Blume zu versehen. Ich hatte mit den dreien Schreiben geübt und wir hatten uns eine spezielle Unterschrift für jede von ihnen ausgedacht. Cats wurde von einem Katzengesicht mit exakt symmetrischen Schnurrbarthaaren geziert, Emma machte ein Smiley aus ihrem ›a‹. Sie selbst hatte das jedoch kurz vor ihrem sechsten Geburtstag aufgegeben, weil sie es kindisch fand.

Nach und nach fielen mir kleine Details an den Karten auf, und etwas in mir zog sich krampfartig zusammen: Ich vermisste sie. Cat und Daisy. Ich vermisste sie wirklich. Hatte ich sie nicht immer so sehr geliebt wie Emma? Ich wünschte, ich könnte in dieser Sekunde bei ihnen sein, einen Moment lang ihre Freude und Energie beobachten, ihnen beim *Wachsen* zusehen.

Aber das konnte ich nicht, noch nicht. Mariel und Jenny hatten gut daran getan, nicht herzukommen und auch die Mädchen von mir fernzuhalten. Es wäre zu schmerzhaft. Vielleicht würde es immer zu schmerzhaft bleiben, und wer konnte schon sagen, ob es ihnen überhaupt guttun würde. Aber das bedeutete ja nicht, dass ich mich völlig entziehen musste.

Ich verschloss meine Haustür und ging zum Hotel Ilias hinauf. Eleni kam hinter ihrem Empfangstisch hervorgestürzt und warf sich in meine Arme. »Ich bin so froh, Sie zu sehen! Ihr Mann, er ist noch hier?«

»Nein«, antwortete ich und versuchte, mich so dezent wie möglich aus ihrer Umklammerung zu lösen. »Er ist abgereist.«

Sie nickte. »Das ist gut, denke ich. Ich hole uns Wein. Warten Sie.«

»Eleni, dürfte ich in der Zwischenzeit kurz Ihr Telefon benutzen?«

Sie deutete auf den Tisch. »Natürlich. Es ist hier.«

»Und kennen Sie vielleicht die Nummer der Fluggesellschaft? Ich muss ein Ticket buchen.«

# Kapitel 11

*Wir werden immer für einander da sein …* Wir beschlossen damals, dieses Versprechen, das Mariel, Jen und ich uns gegeben hatten, als die Mädchen noch Babys waren, offiziell zu machen. Zwar war Mariel bereits Emmas Patentante und ich die von Cat, aber Daisy war nie getauft worden, und nun fragte Jenny uns, ob wir die Vormundschaft für Daisy übernehmen wollten. Nur zu gern stimmten wir zu. Es schien uns absolut richtig, unseren Pakt formell zu beschließen.

»In gewisser Weise hat jetzt jede drei Mütter«, erklärte ich Oliver. »Wir sind sozusagen die Zweitbesetzung, Ersatzmütter.«

»Und wie unterscheidet sich das von Patentanten?«, wollte Oliver sinnigerweise wissen.

»Es ist irgendwie stärker. Eher wie ein Gelöbnis.«

Er lachte glucksend. »Stärker als das kirchliche Ritual? Was würde wohl dein Vater dazu sagen?«

Ich hatte seine Bemerkung ernst genommen und lange darüber nachgedacht. Was *hätte* mein Vater gesagt? Für ihn existierte in der Gesellschaft, abgesehen von den Eltern, keine wichtigere Rolle als die der Patentante oder des Patenonkels. Wie stolz wäre er gewesen zu hören, dass ich für Cat diese Verantwortung angenommen hatte. Und dieses neue Arrangement mit Daisy, das mir ebenso am Herzen lag und ebenso langfristig angelegt war, darauf wäre er auch stolz gewesen.

Ich erzählte Mum davon. Auch sie nickte erfreut. »Diese enge Freundschaft, die dich mit Mariel und Jen verbindet, ist eine wunderbare Sache. Die musst du gut pflegen.«

Es war eine völlig irre Idee, ein spontaner Impuls, den ich hätte unterdrücken und vergessen sollen, aber ich beschloss stattdessen, ihm nachzugeben. Anders als instinktiv konnte ich zurzeit wohl nicht handeln. Und mein Instinkt sagte mir, die naheliegenden Informationsquellen zu meiden – die nur allzu bereit gewesen wären, mir aufs Stichwort hin alles zu erzählen –, die Jahre der Nähe zu Menschen zu ignorieren, die mich gern hatten, und mir das, was ich brauchte, über einen Fremden zu besorgen.

Nachdem ich am Flughafen in Heathrow aufs Geratewohl aus einer Liste an Unterkünften eine ausgewählt hatte, checkte ich in die Pension Gloriana nahe der U-Bahn-Haltestelle Gloucester Road ein. Die Matratze war klumpig und das Frühstück schwamm in Fett, doch ich sollte wohl dankbar sein, dass es nicht andersherum war.

Während meines Aufenthalts im Gloriana kam mir ein oder zwei Mal der Gedanke, wie komfortabel es Besucher über die Jahre hinweg bei mir gehabt hatten: frisch gebügelte Bettwäsche aus ägyptischer Baumwolle und kleine Lavendelsäckchen unterm Kopfkissen. Das Haus schön herzurichten hatte mir immer Spaß gemacht. Sonst erlaubte ich mir jedoch keinerlei Gedanken an mein altes Zuhause, an das Kinderzimmer eines kleinen Mädchens im ersten Stock, das nun im Dunkeln lag wie ein unbenutztes Theater. Und Oliver, nur dreißig Taximinuten entfernt in der City: Ich müsste bloß sein Büro betreten, Vanessa zur Seite schieben und … und was? Ihm verkünden, dass ich nun doch zurück war? Dass seine Worte in Oia mich zu Verstand gebracht hatten, dass ich kein Rückflugticket in der Tasche hatte? Nein, nichts hatte sich verändert. Wenn sein unangekündigtes Auftauchen mich von etwas überzeugt hatte, dann davon, dass ein Wiedersehen keinem von uns beiden half. Ich war wegen Cat und Daisy in London, und wegen Emma.

Am nächsten Morgen bat ich die Dame an der Rezeption als

Allererstes um die Gelben Seiten und fand sogleich den Abschnitt, den ich suchte. Von den fünf Privatdetektiven, die ich anrief, hatten drei keine Zeit für ein sofortiges Treffen. Also vereinbarte ich mit den verbleibenden beiden, dass sie nach dem Mittagessen mit einer Stunde Abstand zu mir ins Hotel kommen sollten. Der erste hieß Anthony Ditroia.

Ich mochte ihn von Anfang an nicht, was mich noch viel nervöser machte, als ich ohnehin schon war. Sein langes Gesicht hatte etwas von einem Fuchs, und seine Stimme war irgendwie schmierig und voller Andeutungen, als wollte er den Tonfall eines Arztes am Krankenbett imitieren.

»Was kann ich für Sie tun, Mrs Freeman?«

Ich räusperte mich. »Ich bin vor Kurzem ins Ausland gezogen, Mr Ditroia, doch es gibt hier in London einige Menschen, über die ich auf dem Laufenden bleiben will.«

»Ich verstehe.«

»Es geht vor allem um zwei Kinder, zwei –«

»Also keine …?« Er unterbrach sich sofort wieder, veränderte aber die Sitzposition, als würde ihn seine eigene Neugier nach vorne schieben. Dann lachte er. »Sie müssen entschuldigen.«

»Keine was?«, fragte ich stirnrunzelnd. Kein Exehemann? Keine neue Frau, die meinen Platz eingenommen hat? »Fahren Sie doch bitte fort …« Ich spürte, wie ich zornig wurde. Dieser schreckliche, fuchsgesichtige Typ sollte keine Sekunde lang glauben zu wissen, was in meinem Kopf vor sich ging. Doch ich besaß noch genug Erinnerung an meine alte Welt, um zu begreifen, dass trauriges Mienenspiel bei einer Frau fast immer als Zeichen eines gebrochenen Herzens interpretiert wurde. Nun, er musste nicht erfahren, woran meines zerbrochen war.

Er schien nach einer geeigneten Erwiderung zu suchen und entschied sich zu meinem großen Entsetzen für ein anzügliches Grinsen. »Ich muss gestehen, dass die meisten meiner Klientinnen tatsächlich Informationen über einen Partner wollen. Es ist eine traurige Tatsache, dass Männer eben gerne mal abtrünnig werden.«

Wie er so selbstgefällig grinsend dasaß, stellte ich mir automatisch Dutzende von Frauen vor, die ihm ihre privatesten Dinge anvertrauten und sich von ganzem Herzen wünschten, es wäre nie so weit gekommen. »Sie sollten mir wahrscheinlich nicht von ›den meisten‹ Ihrer Klienten erzählen. Ich gehe davon aus, dass Sie ja auch anderen Klienten nicht von mir erzählen würden, oder?«

»Sicher nicht.« Er schien sichtlich irritiert, dass ich ihn fast bei einem beruflichen Fehltritt ertappt hatte. Er hatte dieses Gespräch nicht sonderlich gut im Griff und das Gleiche galt für mich. Wir zankten uns hier herum, statt übers Geschäft zu reden. Ich war jetzt schon erschöpft.

Er zuckte mit den Schultern. »Nun, dann erzählen Sie mir mal mehr von diesen Mädchen.«

Mein Blick wanderte über seine Schulter hinweg zu einer Familie, die eben die Pension betreten hatte. Sie streiften mit einem Seufzer ihre Rucksäcke und Jacken ab und lächelten sich an. Endlich war die Anreise zu Ende und die Ferien begannen. Ein kleiner Junge war dabei, etwa in Emmas Alter.

Ich erhob mich. Wie konnte ich bloß in Erwägung ziehen, diesen Mann auch nur in die Nähe von Cat und Daisy zu lassen? »Es tut mir leid, Mr Ditroia, aber ich glaube nicht, dass das hier funktioniert.«

»Was …?« Er sah finster drein, doch dann wandelte sich seine Verärgerung schnell in Verständnis um und seine Stimme klang auf einmal aalglatt. »Sehen Sie, vielleicht hatten wir einfach einen schlechten Start? Sollen wir noch mal ganz von vorne anfangen, Mrs Freeman?«

Nun wünschte ich, ich hätte ihm nicht meinen richtigen Namen gesagt, sondern mir einen ausgedacht. »Nein, das ist es nicht. Kann ich Sie bitte wenigstens für Ihre Zeit entschädigen?«

»Das wird nicht nötig sein.« Mit viel Getue klappte er seinen Aktenkoffer auf und verstaute den Block akkurat in dessen Tiefen. Beim Gehen warf er mir noch einen Blick über die Schulter zu. Sein deutlich vernehmbarer Seufzer sollte wohl signalisieren, dass er von mir nichts anderes erwartet hatte.

Als ich alleine war, hätte ich am liebsten losgeheult. Mein Gesicht und Hals waren ganz rot. Das hier war der pure Wahnsinn. Ich versuchte, nicht hinzuschauen, als die Mutter den kleinen Jungen an sich zog und ihn mit einem Bilderbuch ablenkte, während der Vater eincheckte. Halt noch fünf Minuten durch, Liebling, dann kriegst du ein Eis, eine Pizza, einen Beefeater-Hut. Wir sind in London! Ich sah auf die Uhr, fast noch eine ganze Stunde, bis ich meinen zweiten Termin erwartete. Johnny Palmer von der JMP-Detektei in Victoria. Ich versuchte, mich an seine Stimme zu erinnern, denn ich hatte heute Morgen definitiv mit ihm persönlich gesprochen, nicht mit einem Assistenten. Aber es gelang mir nicht.

Nun, wenn ich also die Mädchen nicht im Stich lassen wollte, dann konnte ich nur darum beten, dass er besser war als der Erste.

Er war so unauffällig, dass ich ihn zuerst gar nicht bemerkte. Wer konnte sagen, wie lange er schon dort gestanden und darauf gewartet hatte, dass ich aufsah? Ob er wohl an der Rezeption nach mir gefragt oder mich selbst gefunden hatte, indem er alle anderen Gäste ausschloss? Das hier war nicht gerade die überfüllte Lobby eines großen Hotels. Ich saß allein und verlassen da, also war ich wohl nicht schwer zu entdecken.

»Es freut mich, Sie kennenzulernen, Mrs Freeman. Ich bin Palmer.« Er sprach leise und besaß eine höfliche, irgendwie altmodische Ausstrahlung, wodurch ich mich sofort entspannte. Er war etwa um die vierzig und hatte das Gesicht eines Charakterschauspielers – als seien seine Züge eher vom Gehilfen mit

Ton modelliert worden als vom Meisterbildhauer in Marmor gemeißelt –, mit einer tiefen Furche zwischen den Brauen, ein Zeichen ständigen Zweifelns, das bei einem Privatdetektiv absolut angemessen schien. Als ich aufstand, um seine Hand zu schütteln, stellte ich fest, dass er nur wenig größer war als ich. Er sah mich aus seinen hellen grauen Augen direkt an.

»Mr Palmer, setzen Sie sich doch bitte. Hätten Sie gerne einen Tee? Ich kann uns an der Rezeption einen bestellen.«

»Gerne. Milch, kein Zucker.«

Bis ich zurückkam, hatte er sich auf dem Sofa gegenüber niedergelassen, sich von irgendwoher einen Aschenbecher organisiert und klopfte mit dem Filterende einer unangezündeten Zigarette auf das Päckchen. »Stört es Sie, wenn ich …?« Er beendete die Frage nicht. Eine besondere Angewohnheit von Rauchern, mit der sie signalisieren, dass sie es trotzdem tun werden, egal was man erwidert. Ich hatte mir früher Zigaretten mit Oliver geteilt, auch mit Simon, und Rauch erinnerte mich an vergangene Intimitäten, die in unerreichbare Ferne gerückt schienen. Ich war kurz davor, Palmer zu bitten, es zu unterlassen, doch dann beschloss ich, es sei besser, ihn bei seinem Arbeitsprozess nicht zu stören. Raucher sind wohl die besseren Beobachter, dachte ich. Eleni zum Beispiel rauchte und sie hatte Augen wie ein Luchs.

»Unser Tee kommt gleich«, sagte ich.

»Danke. Es ist verflixt kalt draußen, was?«

Er zündete sich seine Zigarette an und wartete. Da nun der Zeitpunkt gekommen war, mein Anliegen vorzutragen, kehrte mein Unbehagen zurück. »Ich habe Sie hierher gebeten, weil ich jemanden suche, der für mich ein wenig auf zwei kleine Mädchen aufpasst. Sie wohnen hier in London.«

»Verwandte von Ihnen?«

»Nein.«

»Haben Sie irgendeine formelle Bindung zu den beiden?«

»Ja. Die eine ist mein Patenkind und bei der anderen bin ich als Vormund eingetragen.«

Seine grauen Augen sahen mich aufmerksam an. »Aber Sie haben keinen Kontakt mehr zu den Eltern?«

»Ich habe zu niemandem mehr Kontakt.« Seine Miene veränderte sich kaum, lediglich ein Hauch von Neugier vielleicht, oder Mitgefühl, doch mir war instinktiv klar, dass er dieser Neugier nicht nachgeben, dieses Mitgefühl nicht zum Ausdruck bringen würde. »Ich wohne jetzt in Griechenland. Was ich wohl brauche, ist eine Art Vertreter hier.«

Er nickte. »Ich verstehe. Erzählen Sie mir ein wenig mehr über die beiden Personen.«

»Nun, sie sind beide sechs Jahre alt, knapp sieben, und leben mit ihren Eltern ziemlich nahe beieinander in South Hampstead. Sie sind beste Freundinnen, unzertrennlich …« Während ich fortfuhr, saß er ganz still da. Lediglich diese hellen Augen sahen mich ab und zu kurz an.

»Wie oft wünschen Sie, Berichte von uns zu erhalten?«

»Ich weiß nicht, vielleicht einmal im Monat? Klingt das angemessen?«

»Durchaus, das sollte keine Schwierigkeit darstellen. Und wie lange soll dieses Projekt dauern, Mrs Freeman?«

Ich zögerte. »Ungefähr elf Jahre.«

*»Elf Jahre?«* Nun erlaubte er sich ein Mich-laust-der-Affe-Pfeifen, einen süßen, langgezogenen Ton, der mich gegen meinen Willen zum Lächeln brachte. Dann griff er nach seinem Notizblock, als dürfe man etwas so Ungewöhnliches nicht allein dem Gedächtnis anvertrauen.

»Ich weiß, es klingt verrückt«, sagte ich und beugte mich vor, »aber ich habe Angst, dass ich nie erfahren würde, falls ihnen etwas passiert. Dass ich nicht helfen könnte.«

Palmer blickte auf. »Sie glauben, die Mädchen sind in Gefahr?«

»O nein«, erwiderte ich rasch, »natürlich nicht. Sie stammen beide aus erstklassigen Familien.«

»Gut. Vielleicht erklären Sie mir ein bisschen mehr ...« Er beobachtete mein Gesicht mit neutralem Blick, während ich nach Worten rang.

»Ich meine, ich möchte, dass sie ihren achtzehnten Geburtstag glücklich und gesund erleben. Wenn ich irgendetwas tun kann, Sie wissen schon, falls sie in der Schule gehänselt oder vernachlässigt werden, Dinge in dieser Art, Dinge, um die sich ihre Eltern nicht kümmern können ...« Ich verstummte, da mir bewusst wurde, wie abgedroschen meine Vorstellungen in seinen Ohren klingen mussten (Um was konnte ich mich schon kümmern, das Mariel und Jen nicht bewerkstelligen konnten?). »Die Sache ist die, ich habe das hier nicht bis zum Ende durchdacht, nicht im Detail. Ich will mich nicht einmischen und auch keine Probleme verursachen. Ich möchte nur, dass mich jemand vor Ort darüber auf dem Laufenden hält, ob es ihnen gutgeht.«

Er nickte. Wieder glaubte ich, einen Anflug von Neugier oder Mitgefühl in seinen Augen lesen zu können, doch dann wurde mir klar, dass es sich um eine Art allgemeine Sanftheit handelte. Ich wich seinem Blick nicht aus.

»Selbstverständlich möchte ich nicht, dass irgendjemand etwas hiervon erfährt. Sie würden es vielleicht nicht verstehen. Und ich könnte ihnen auch keinen Vorwurf daraus machen.«

»Seien Sie unbesorgt, niemand wird etwas mitbekommen.«

»Ach, und noch etwas: Haben Sie vielleicht eine Kollegin? Ich möchte einfach nicht, dass die Mädchen irgendwie Angst bekommen, falls sie Sie entdecken. Das soll nicht heißen, also ...«

Wieder wartete er ab, bis er ganz sicher sein konnte, dass ich nichts mehr hinzufügen wollte. Dann antwortete er: »Die beiden Personen werden uns garantiert nicht sehen, machen Sie sich darum keine Sorgen. Aber ich kann diesen Auftrag einer Kollegin übergeben, wenn Ihnen das lieber ist.«

»Wäre es, ja.« Ich sah, wie er sich eine kleine Notiz machte und zweimal unterstrich. »Ist das denn überhaupt sinnvoll?«, platzte es plötzlich aus mir heraus. »Ich meine, glauben Sie, dass wir uns um sie werden kümmern können, falls sie etwas brauchen?«

»Das kommt natürlich darauf an, um was genau es geht. Aber das werden wir ja bald herausfinden.«

Und dieser Satz tröstete mich irgendwie ungemein und festigte mein Vertrauen zu ihm. Dankbar lächelte ich ihn an. Dankbar, dass er mich mit Höflichkeit behandelte, dankbar, dass er nicht der andere Typ war.

»Am besten, Sie erzählen mir jetzt alles, was ich wissen muss«, schlug er vor. »Über die Kinder, die Eltern und alle übrigen Beteiligten.«

Ich diktierte ihm die Namen und Adressen der beiden Familien, einen groben Abriss ihrer Routinen und schrieb ihm dann meine eigene Anschrift auf Santorin auf.

»Ich bräuchte auch Ihre Telefonnummer, wenn es Ihnen nichts ausmacht.«

»Ich habe kein Telefon«, erwiderte ich.

Er sah auf. »Und was ist, wenn ich dringende Informationen habe?«

»Dann könnten Sie eine Nachricht im Hotel Ilias in Oia hinterlassen. Dort kennt man mich.«

Wir besprachen sein Honorar und beschlossen, dass er eine Woche im Monat der Überwachung widmen würde. Alle weiteren anfallenden Tätigkeiten würden gesondert abgerechnet werden. Ich merkte, dass er nicht davon ausging, dass diese Verbindung auch nur annähernd elf Jahre halten würde. Elf Jahre würden ihm bei seinem Honorarsatz ein Haus in einem guten Londoner Stadtteil finanzieren und mich das meinige kosten. Das erinnerte mich daran, dass ich die finanziellen Umstände meines neuen Lebens überdenken musste. Oliver hatte gesagt, ich sollte so viel Geld von unserem gemeinsamen Konto nehmen, wie ich brauchte. Bisher hatte das über mein neues Konto in Thira auch gut geklappt. Doch dieser Zustand würde nicht für immer anhalten – wenn Taubheit und Schuldgefühle nachließen, wenn er nicht länger warten wollte, würde sich bei Oliver nach und nach der Groll bemerkbar machen. Das konnte gar nicht anders sein.

Ich hatte natürlich mein eigenes Geld, und zwar ein ganz schönes Sümmchen, das sich da über die Jahre hinweg durch meinen Teilzeitjob bei Pendant angesammelt hatte. Damit würde ich Palmer bezahlen und auch meine Miete in Oia. Zum ersten Mal seit meiner Hochzeit stand ich auf eigenen Füßen.

Da meine Mutter nicht zu Hause war, wusste ich nicht so recht, was ich als Nächstes tun sollte. Ich blieb einige Minuten auf dem Gehweg vor ihrer Haustür stehen. Mich fröstelte in meiner dünnen Sommerjacke, während ich mit dem neu erworbenen Regenschirm gegen den Wind kämpfte. Zwar besaß ich einen Schlüssel, aber den wollte ich nicht verwenden, wo sie noch nicht mal wusste, dass ich im Land war. Mum mochte keine Überraschungen. Ich überlegte, ob ich bei der Nachbarin Marion klopfen sollte – ich war mit ihrer Tochter in die Grundschule gegangen –, doch nach meinen Treffen mit Ditroia und Palmer war ich so erschöpft, dass ich keine weiteren erklärenden Unterhaltungen mehr überstehen würde.

Ich musste also alleine gehen. Diese Aussicht erleichterte und schreckte mich gleichermaßen. Ich ging die Hauptstraße hinunter und betrachtete die Auslagen des Blumenstandes an der U-Bahn-Haltestelle. Keine Gartenwicken im Winter, also wählte ich rosa Rosen, die zu dieser Jahreszeit wohl auch irgendwo, nur nicht in England gezüchtet worden waren. Dann bestellte ich mir ein Taxi zum Friedhof im Nordwesten Londons, von dessen Existenz ich in jenen glücklichen Zeiten damals nicht mal gewusst hatte.

Der Verkehr war dicht und grau, die Bäume entlang der Straße zu knubbeligen schwarzen Gabeln zurechtgestutzt. Das Taxi brachte mich zum Haupteingang. Der Regen war stärker geworden, und so schlich ich gebückt zwischen den Gräbern hindurch, auf der Suche nach jenem kleinen, frischen Grabstein. Schließlich gab ich den Schirm und auch meine Selbstbeherrschung auf. Als ich Emma schließlich erreichte, schluchzte ich bereits hemmungslos und ließ mich auf den nassen Boden sinken. 1988–1994. Sechs Jahre, das war alles, was ich hatte. Sechs kostbare Jahre des Wachsens und Lernens auf dem Weg zu einer eigenen Persönlichkeit. Und je länger es sie nicht mehr gab, umso kürzer wurde im Verhältnis die Zeit ihres Daseins. Sie war nun schon fast sechs Monate weg, ein Zwölftel ihres Lebens.

Zwei frische Sträuße schmückten bereits das Grab. Oliver, dachte ich, und Mum. Wahrscheinlich hatte ich sie nur um Minuten verpasst. Ich legte meine Rosen Emma zu Füßen und entdeckte ein Stückchen Papier, das unter dem zweiten Blumenstrauß hervorschaute. Eine Nachricht, die direkt auf der Erde lag. Ich schob die Blumenstängel zur Seite, um sie entziffern zu können.

*Wir vermissen Dich, Emma. Jeden Tag. Alles Liebe von Deinen besten Freundinnen, Cat und Daisy.*

Es war noch etwas an die Ecke geklammert. Beim Aufheben sah ich, dass es sich um ein Foto handelte. Ein Foto von einer Gruppe Kinder. Schnell beugte ich mich vor, um es mit meinem Oberkörper vor dem Regen zu schützen, während mir die Tropfen übers Gesicht perlten. Emma. Sie befand sich in einem Gewächshaus und sah zu einer großen Topfpflanze auf, die man auf eine Art Podest platziert hatte. Der Ausflug nach Kew. Miss Morrissey hatte Emma hochgehoben, wobei sich der blaue Baumwollkarostoff ihres Kleides um ihre Taille bauschte. Mit vor Konzentration gespitzten Lippen streckte sie die Hand nach der Pflanze aus. Hinter ihr standen aufgereiht ihre Klassenkameradinnen, in der Mitte Cat und Daisy, und betrachteten ihre Freundin mit einem Ausdruck von Erstaunen.

Das letzte Foto meiner Tochter, das nur wenige Stunden vor ihrem Tod aufgenommen worden war. Das letzte Foto von ihr mit ihren zwei besten Freundinnen. Ich war hin und her gerissen, ob ich es an mich nehmen sollte, bis ich mich schließlich entschied und aufstand.

»Ich wünschte …«, flüsterte ich der Erde zu. Meine Worte verloren sich im Wind. »Ich wünschte, du könntest mit mir zurückfliegen, zurück nach Oia …« Dann rannte ich los. Ich nahm meine Umgebung nur ganz verschwommen wahr, ob nun aufgrund des Regens oder meiner Tränen, hätte ich nicht sagen können. Schließlich gelangte ich wieder am Haupttor an. Jeder Atemzug schmerzte in meiner Brust.

Als ich die vorbeifahrenden Autos nach einem freien Taxi absuchte, glaubte ich das Heck von Jennys altem Alfa zu sehen, der einen Moment lang an einer Ampel stand, bevor er Richtung Süden davonbrauste.

## Kapitel 12

Offiziell galt Oia als eine traditionelle Siedlung. Das hieß es gab Maultiere für die Touristen, und die Einheimischen sprachen sich mit Vornamen an, ob es einem gefiel oder nicht. Selbst eine Einsiedlerin wie ich kam nicht umhin, jene Ausländer zu kennen, die über Winter im Dorf blieben, so wenige waren noch übrig. Die meisten Geschäftsleute hatten ihre Läden geschlossen und waren nach Athen oder in andere Städte zurückgekehrt, wo es Arbeit gab. Von den Hotels blieben nur das Ilias und zwei weitere geöffnet, und alle hatten ihre Zimmermädchen bis zu Saisonbeginn entlassen. In der Ortsmitte gab es noch ein Café, eine Taverne, eine Handvoll Bars und einen Lebensmittelladen, etwas außerhalb den Supermarkt, den Metzger und eine Bäckerei. Ab und zu begegnete ich dem Ikonenmaler, der ein Atelier an der Hauptstraße besaß, einigen deutschen Studenten, die nahe der Windmühle in Ammoudi wohnten, und den Angestellten der größeren Juweliere. Mittlerweile kannte ich natürlich auch den Arzt und Elenis Mann Anatole, dessen Geschäfte in Thira den Winter über ebenfalls ruhten.

Vielleicht hatte ich inzwischen oft genug behauptet, dass ich jetzt hier lebte – Oliver gegenüber sowie im Gespräch mit Palmer und dem Arzt –, um nun das dringende Bedürfnis zu verspüren, dies durch neue Freundschaften rechtfertigen zu können. Vielleicht fehlten mir Mariel und Jen auch mehr, als ich bereit war zuzugeben. Es dauerte jedenfalls nicht lange, bis ich Eleni nach Ingrids Adresse fragte und nach Perivolas hoch spazierte, um bei ihr vorbeizuschauen. Perivolas war jener Teil Oias, der am weitesten von Ammoudi entfernt lag. Das Viertel war entsprechend ursprünglich und hatte die beste Aussicht.

Ingrid lehnte bereits im Fenster, als ich ankam, was mich zu der Annahme veranlasste, dass Eleni sie angerufen hatte. »Hallihallo! Was tust du denn hier oben?«

Ich legte den Kopf in den Nacken. Irgendwie war ich selber überrascht, wie sehr ich mich freute, sie zu sehen. »Ich wollte fragen, ob du Lust hast, was trinken zu gehen?«

»Klar. Lass uns ins Damiri's gehen, falls es offen hat.«

Damiri's war eine Bäckerei mit Souvenirshop in einer Reihe tonnenförmiger Gebäude, die sich zwischen Perivolas und dem eigentlichen Ortskern von Oia die Klippen entlang erstreckten. Einige Tische mit Stühlen draußen in der Sonne dienten als Café. »Diese kleinen Behausungen wurden nach dem Erdbeben gebaut«, erzählte Ingrid. »Sie sollten eigentlich als Übergangsunterkünfte dienen. Die Dorfbewohner nennen sie *tholia.* Ich habe das Wort nachgeschlagen, es bedeutet ›Gewölbe‹ oder ›Höhle‹. Süß, nicht wahr? Ich hätte nichts dagegen, dort zu wohnen.«

Einen Moment lang war ich versucht, die Umsiedlungs-Erfahrungen meiner Familie nach dem Erdbeben zu erwähnen, doch dann entschied ich mich dagegen. Zumindest fürs Erste. Was auch immer ich hier in Oia tat, ich konnte mir selbst gegenüber wohl kaum so tun, als sei ich in Sachen Ahnenforschung unterwegs. Nein, meine Anwesenheit hier war nicht ›vorbestimmt‹, sondern schlicht und einfach mein letzter Ausweg. Und das würde ich Ingrid gewiss nicht erläutern, auch wenn ich sie auf Anhieb mochte.

Sie bestellte eine Karaffe des hiesigen Visanto »mit viel Eis« (»Sie halten mich hier für verrückt, aber so mag ich ihn nun mal am liebsten«), und ich tat es ihr gleich. Da ich mit dem

Rücken zur Sonne saß, nahm ich die Brille ab und bemerkte sofort ihren mitleidigen Gesichtsausdruck beim Anblick meiner verschwollenen Augen. Ich begriff, dass ich besser gleich eine Erklärung lieferte.

»Eleni hat dir vielleicht erzählt, dass mein Mann neulich hier war. Ich habe London nach unserer Trennung verlassen.«

»Ja, das hat sie gesagt. Klingt ziemlich übel.«

»Er möchte, dass ich zurückkomme, aber ich habe beschlossen hierzubleiben.«

Sie nickte. »Wenigstens habt ihr keine Kinder.«

Ich verbesserte sie nicht.

»Weißt du was?«, meinte sie. »Du musst lesen. Ein Buch am Tag. Nach der Trennung von meinem Freund zu Hause habe ich pausenlos gelesen.«

Lesen war in der Tat eine meiner Hauptbeschäftigungen tagsüber. Niemals hätte ich Emma aus dem Kopf bekommen können, ohne ihn zwangsweise mit etwas anderem zu füttern. Es gab keine Buchhandlung in Oia – »Hier liest man nicht«, hatte Eleni mir erklärt und wie so oft, wenn sie Kommentare über ihre Landsleute abgab, dabei mit den Augen gerollt –, doch Rena, das Zimmermädchen, das sich um die Touristenvillen meines Vermieters kümmerte, ließ mir unter den Bücherbeständen in deren Regalen freie Auswahl. So schnell würde mir der Lesestoff nicht ausgehen. Ich achtete darauf, keine persönlichen Geschichten zu wählen, sondern eher Thriller und historische Bücher – vermutlich die Hinterlassenschaften der männlichen Hälften der hiesigen Urlauberpaare.

»Und Musik«, empfahl Ingrid. »Ich hatte eine ganze Kassette voll mit diesen alten Singer-Songwriter-Frauen. Janis Joplin, Patti Smith. Ich kannte alle auswendig.«

Nein, keine Musik, dachte ich. Noch nicht, und vielleicht auch nie wieder. Krimis fesselten mich, Musik wühlte auf. Daran waren nicht nur die Liedtexte schuld. Auch Klassik verleitete mich zum Nachdenken, zum Fantasieren, zum *Fühlen*. Musik war gefährlich.

»Es geht nur darum, die Zeit totzuschlagen«, fuhr Ingrid fort. »Bis du dich wieder wie ein Mensch fühlst. Meine Freundin Susan, daheim in Melbourne, sagte immer, es braucht einen Monat Heilung für jedes Jahr, das man zusammen war.«

»Wirklich?«

»Es gibt für alles eine Formel, meint Susan.«

Wie wohl Susans Formel für eine tote Tochter lauten würde? Ich stellte mir Ingrids Entsetzen vor, wenn ich diese Worte laut aussprechen würde. Keine Ahnung, warum ich so sicher war, dass ich ihr nichts von Emma erzählen sollte, genau wie bei Eleni. Vermutlich hatte es mit den Gründen zu tun, deretwegen ich überhaupt nach Oia gekommen war. Ich brauchte offensichtlich kein Mitleid von Fremden, sondern das genaue Gegenteil dessen. Außerdem hatte Ingrid ihre eigenen Probleme und erzählte anders als ich mit Begeisterung davon. Bevor sie Melbourne verließ, erwischte sie ihren Freund Patrick in flagranti mit einer anderen Frau.

Sie erzählte mir, dass sie nach Patrick ein Jahr in London als Kellnerin und Bürokraft gearbeitet hatte, bis sie sich von der Reisewelle in die Ferienresorts der griechischen Inseln hatte treiben lassen. In Thira hörte sie vom Jobangebot in Oia, und als sie ankam, war ihr sofort klar, dass sie hier richtig war. »Ich dachte, ich bin zwar eine echte Großstadtpflanze, aber das hier liegt mir eigentlich viel mehr. Barfuß, eine Ziege am Strick, so was in der Art.« Sie grinste. »Zugegeben, ich habe bisher keine Ziegen gesehen und trage immer Schuhe, schließlich bin ich nicht blöd. Aber das Licht hier, die süßen kleinen Häuser – ach, es macht mich so glücklich! Alles ist so unkompliziert irgendwie.«

Ich nickte, denn ich verstand, was sie meinte, wenngleich ich ihre Begeisterung nicht teilen konnte. Zwar war auch ich nicht immun gegen Oias Reize – das helle Licht des Südens, der gegrillte Fisch und der Duft nach Thymian zur Essenszeit, das Klappern der Maultierhufe, all das wirkte auf jeden normalen Menschen automatisch entspannend –, doch was Ingrid da empfand, war eine Freude, die für mich unerreichbar war.

»Wie dem auch sei«, meinte sie, »ich hab dir ja schon gesagt, dass ich keine Familie habe.«

»Überhaupt keine? Was ist mit Rachael, deiner Mutter?«

»Diese Bezeichnung hat sie kaum verdient.« Ingrid war vierundzwanzig, aber ihrer Stimme war anzuhören, dass ihre Probleme lange vor dem Erwachsensein begonnen hatten. Nun erfuhr ich, dass der abtrünnige Patrick ihre geringste Sorge gewesen war. Die Mutter hatte Ingrid anscheinend stets vernachlässigt. Aufmerksamkeit wurde dem Mädchen höchstens in Form von Gewalt zuteil. Ingrids Mutter trank, verlor immer wieder ihren Job, und sie verschwand einfach. Einmal bedrohte sie ihre Tochter mit dem Messer, bevor sie sich selbst die Pulsadern aufschnitt und daraufhin einen Monat unter Beobachtung im Krankenhaus lag. Schließlich nahmen die Eltern einer Schulfreundin Ingrid auf, und so verging Woche um Woche, ohne dass sie Kontakt zu ihrer Mutter hatte.

»Jeden Tag zu Schulschluss hatte ich Angst, sie könnte da stehen. Ich meine, das ist doch genau das Gegenteil von dem, was man eigentlich fühlen soll, oder?«

Entsetzt versuchte ich Erinnerungen an den Moss-Hamlet-Schulhof zu verdrängen, an die Mädchen, die aus dem Schulgebäude in wartende Arme stürzten. Die lächelnden Gesichter, die Neuigkeiten, die heiße Schokolade freitagnachmittags.

»Das muss schrecklich gewesen sein«, erwiderte ich sanft.

»Mir ging es gut, sobald ich weg von ihr war.«

»Gott sei Dank.«

»Aber erzähl mir bloß nicht, dass sie mich in Wirklichkeit liebt. Das sagen alle.«

Ich schüttelte den Kopf. »Um ehrlich zu sein, dachte ich gerade, dass sie dich nicht verdient hat.«

»Genau.« Ingrid nickte. »Jedenfalls mag ich auch das an meinem Leben hier. Niemand kennt mich, niemand hat Mitleid mit mir. Ich will kein Sozialfall sein, verstehst du, was ich meine?«

»Ja.«

»Hier kann ich jemanden kennenlernen, und, keine Ahnung, es ist nicht so, als würde ich mir eine andere Vergangenheit ausdenken, eher so, als hätte ich keine Vergangenheit. Das klingt bescheuert, oder?«

»Nein«, sagte ich. »Ich weiß genau, was du meinst.«

Palmers erster Bericht kam in Briefform mit der Überschrift ›Projekt Gute Fee‹. Eine Legende erklärte, dass Daisy Barnes ›nachfolgend‹ als Subjekt A und Catherine Challoner als Subjekt B bezeichnet würde.

*Bei Überwachung der Swiss-Cottage-/South-Hampstead-Gegend wurde beobachtet, wie Subjekt A und ihre Mutter sich mit einer unbekannten Person trafen …*
*Subjekt B wurde von ihrem Vater von der Schule abgeholt und nach Hause in die Goldhurst Terrace, NW 6 begleitet …*
*Subjekte A und B wurden von der Mutter von Subjekt B zum Fairhazel Dance Centre zum Ballettunterricht gefahren …*
*Subjekt A erschien nach einem Arzttermin erst zur großen Pause in der Schule …*

Die Sätze mochten noch so geschraubt klingen, die darin enthaltenen Informationen waren mir so vertraut wie das Atmen. Büros und Schulen, Supermärkte und Schwimmbäder, Parks und Kindergeburtstage – wie leicht es mir fiel, Palmers ›unbekannte Personen‹ zu identifizieren, ihren Wegen durch unser altes Viertel zu folgen! Es gab allerdings auch einen neuen Schauplatz, denn Jen nahm Daisy nun jeden zweiten Sonntag mit in die Kirche (scheinbar ohne Bob). Das schien mir absolut passend, denn von uns dreien war sie diejenige, die unbedingt an etwas glauben musste. Jenny hatte ein großes Herz.

Zusammen mit seinem Protokoll hatte Palmer Fotos geschickt. Nicht die übergroßen Schwarzweißabzüge wie in den Fernsehkrimis, sondern ganz normale Farbbilder, die bei irgendeinem Schnellfotoservice entwickelt worden waren, wie man sie zu Hause an jeder zweiten Ecke antraf. Eines zeigte Cat mit Emmas Puppe Lucy im Arm, ein anderes Daisy, die Jeans von Emma trug, die ich Jen letzten Winter weitervererbt hatte. Daisy war schon immer die Schmalste von den dreien gewesen. Auf einem weiteren Bild waren beide Mädchen zusammen zu sehen. Sie trugen ihre Schuluniform und kamen mit Mariel und einer ganzen Meute von Schülern und Eltern durch das Tor spaziert.

Ich hatte mir geschworen, dass ich nicht zusammenbrechen würde, dass ich stark sein würde. Doch den Rest des Tages flossen unaufhaltsam die Tränen, während ich mir immer und immer wieder diese anderen Eltern vorstellte, nicht nur Mariel und Jen, sondern alle von jenem schrecklichen Tag. Alle, denen Gnade widerfahren war und die in ihr gewohntes Familienleben hatten zurückkehren dürfen. Während ich von irgendwelchen grausamen Göttern auserwählt worden war und nun hier saß, kinderlos und ohne Halt. Bis jetzt hatte es sich irgendwie richtig angefühlt, weit weg in einer Felsenwohnung zu hocken, die Kuppeln anzustarren und mich vom Meer hypnotisieren zu lassen. Doch gleichzeitig kam es mir nie ganz real vor, nicht so real wie die Ereignisse, die hier in schwarzer Schrift für mich beschrieben und in Farbe für mich festgehalten worden waren.

In der Zwischenzeit brachte Jenny ihre Tochter samstags

zum Schwimmunterricht, und Mariel schnallte die Kinder auf dem Rücksitz an, um zum Supermarkt zu fahren. Sie würden um Süßigkeiten betteln, wie Emma es stets getan hatte: »Ich *brauche* was Süßes, Mami, ich hab *immer noch* Hunger!« – »Nun habt ein bisschen Geduld«, würde Mariel über die Schulter hinweg sagen und ungeduldig nach einem freien Parkplatz suchen.

Der Kontrast zu meinem Leben war so krass, dass ich mir vorkam wie eine Außerirdische.

# Kapitel 13

Ein Hotel nach dem anderen öffnete in Oia wieder seine Pforten für die neue Saison. Ingrid, die sich während des Winters mit diversen Putzjobs über Wasser gehalten hatte, arbeitete nun in einem Café am Platz, wo sie den Busladungen voller Tagestouristen Spinatquiche und Walnusskuchen servierte. Jetzt herrschte wieder reges Treiben in den schmalen Gassen, und bei Sonnenuntergang war auch die alte Wachturmruine wieder voller Menschen. Es war wohl langsam an der Zeit, aus Haus Callidora auszuziehen. In Anbetracht der gängigen Hotelpreise konnte mein Vermieter für die Woche mehr als meine jetzige Monatsmiete verlangen. Obwohl ich in Oia wenig andere Ausgaben hatte, wäre es wohl kaum ratsam, zu einem höheren Preis zu bleiben. Schließlich musste ich an die Zahlungen an Palmer denken.

In der Hoffnung, dass Eleni vielleicht Vorschläge zu günstigen Unterkünften hatte, machte ich mich auf den Weg hinauf zum Ilias. Prompt wurde ich von einem Regenschauer erwischt, der mich innerhalb von Sekunden bis auf die Knochen durchnässte. Ich mochte Oia im Regen nicht, zumindest nicht auf Dauer, denn das malerische Häusersammelsurium verwandelte sich im Handumdrehen in eine Ansammlung schlammiger Baracken. Außerdem schien mich der Regen stets an ungünstigen Orten zu überraschen: unten am Wasser, auf dem exponiertesten Wegstück nach Ammoudi, vor einer Reihe Cafés, die alle ein ›Geschlossen‹-Schild im Fenster hängen hatten. Dieses Mal erwischte mich der Schauer auf den rutschigen

Marmorplatten der Marmara, wo ich um ein Haar den Halt verlor. Da das nächste offene Café etwa so weit entfernt lag wie mein Zuhause, beschloss ich umzukehren. Selbst außerhalb der Hauptsaison füllten sich Elenis Tische bei Regen in kürzester Zeit, so dass sie ohnehin keine Zeit für ein Schwätzchen haben würde.

Es schüttete so sehr, dass ich den weißhaarigen Mann neben mir erst bemerkte, als er mich am Arm an einer Pfütze vorbei und unter seinen Schirm zog. »Besser so, ja?« Dann schlug er automatisch den Weg Richtung Hauptstraße ein, offensichtlich zufrieden, dass ich nun im Trockenen war.

»Vielen Dank«, rief ich und rückte ein Stück von ihm ab, »aber ich muss hier entlang!«

»Kein Problem, ich komme mit!« Er bestand darauf, mich zu begleiten, und achtete darauf, den Schirm genau über meinem Kopf zu halten, während wir im Zickzackkurs den Pfützen auswichen. Als wir endlich meine Terrasse erreichten, hatte der Regen nachgelassen, und ich war froh, wieder etwas auf Distanz gehen zu können.

»Vielen Dank.« Hoffentlich musste ich ihn jetzt nicht hereinbitten – mir war wohl bewusst, dass das hier in Oia so üblich war. Eigentlich hätte ich uns längst einen Drink einschenken und warme Handtücher bringen müssen. Nun schloss mein Begleiter auch noch seinen Schirm und versuchte, ihn mir zu schenken. »Bitte, Sie brauchen ihn später. Heute ist dem Wetter nicht zu trauen, glaube ich.«

»Nein, ich bin sicher, dass auch Sie ihn brauchen werden.« Ich reichte ihm den Schirm zurück.

»Ich bestehe darauf.«

Da er absolut nicht nachgeben wollte, nahm ich schließlich den Schirm und lehnte ihn an die Wand. Dann machte ich mich daran, die Tür aufzuschließen.

»Sie sind Mrs Freeman, richtig?«

Überrascht drehte ich mich um und blinzelte ihn durch nasse Wimpern an.

»Ich bin Christos Kafieris.«

Offensichtlich bemerkte er, dass mir der Name nichts sagte. Er lachte. »Aus Thessaloniki.«

Mein Vermieter höchstpersönlich!

»Oh«, sagte ich. »Freut mich, Sie kennenzulernen, Mr Kafieris. Möchten Sie kurz hereinkommen?«

»Bitte nennen Sie mich Christos.«

Drinnen war es düster, so dass ich erst durchs Halbdunkel tappen und die Lampen einschalten musste, bevor ich meinen Besucher genauer ansehen konnte. Draußen im Regen hatte ich ihn aufgrund seines weißen Haares für einen alten Mann gehalten – einen ungewöhnlich rüstigen, zugegeben, denn er war flink mit mir durch den Regen gesprungen –, doch nun erkannte ich, dass es sich lediglich um Mimikfältchen und offenbar vorzeitig ergrautes Haar handelte. Er mochte schätzungsweise gerade mal zehn Jahre älter sein als ich.

»Sie haben es sich sehr hübsch gemacht«, meinte er mit Blick aufs Zimmer. Er wollte wohl freundlich sein, denn Callidora war bestenfalls genauso wie bei meinem Einzug.

»Möchten Sie vielleicht einen Kaffee?«, fragte ich.

»Ja, sehr gern.« Er folgte mir in die Küche und kommentierte kritisch das laute Brummen des alten Kühlschranks.

»Sie wissen, wie man griechischen Kaffee zubereitet?«, fragte er mich. Anscheinend legten die Einheimischen viel Wert auf Kaffee. Bevor ich Einwände erheben konnte, hatte er mich bereits zur Seite geschoben, um Wasser in einem Topf auf dem Herd zu erhitzen. Dann gab er einige gehäufte Teelöffel Zucker hinzu. Dabei erklärte er mir genau jeden einzelnen Schritt. Obwohl sein Englisch fehlerfrei war und er mit einem britischen Akzent sprach, war seine Körpersprache eindeutig griechisch: Selbst die kleinsten Bewegungen wirkten theatralisch –

wie er den Zucker von weit über der Kanne hineinrieseln ließ, das Wasser schwenkte, ja sogar wie er den Rand der Tasse abwischte. Einerseits war ich fasziniert, andererseits war es mir ein bisschen peinlich.

»Gut, er ist fertig.«

Wir setzten uns einander gegenüber an den Tisch. Bisher trank ich meinen Kaffee immer noch wie früher und versuchte, beim ersten Schluck ob der Süße nicht das Gesicht zu verziehen. »Ich weiß, dass Sie das Haus wieder brauchen«, sagte ich, denn ich wollte es ihm nicht unnötig schwermachen. »Es war sehr freundlich von Ihnen, es mir so lange zu überlassen und noch dazu zu einem solch fairen Preis. Ich bin sicher, Eleni hat Ihnen gesagt, wie dankbar ich bin. Das war wirklich eine Art Rettungsanker für mich.«

»Ein Rettungsanker«, wiederholte er und betonte dabei jede einzelne Silbe.

»Nennen Sie mir einfach ein Datum und ich bin weg.«

Er betrachtete mich mit seinen schwarzen Augen – ich konnte noch nicht mal die Iris von den Pupillen unterscheiden – und beugte sich so weit vor, dass ich seinen Atem spüren konnte. Es war ziemlich schwül hier drin. Warum hatte ich nicht wenigstens eine der Türen offen gelassen, damit etwas frische Luft hereinkam?

»Erzählen Sie mir Ihre Geschichte«, bat er.

Ich blinzelte. »Was?«

»Erzählen Sie mir Ihre Geschichte. Warum Sie hier sind. Bitte, ich bin ein guter Zuhörer.«

Ich runzelte die Stirn und wandte den Blick ab. »Ich weiß nicht, was Sie meinen, Mr Kafieris. Es gibt keine ›Geschichte‹.«

»So schlimm, was?«

Ich antwortete nicht. Er trank den Rest seines Kaffees in großen Schlucken und sprang dann auf. Verwirrt sah ich zu, wie er eine Runde durchs Zimmer drehte, Steckdosen, Wasserhähne und Heizkörper prüfte. Anschließend inspizierte er noch einmal den brummenden Kühlschrank. Ich fühlte mich hilflos und war gleichzeitig irritiert. Wir schienen beide zu den Gesprächsangeboten des anderen nichts mehr zu sagen zu haben.

Nachdem er gegangen war, fragte ich mich, ob ich ihn womöglich irgendwie beleidigt hatte. Es handelte sich schließlich um meinen Vermieter, nicht um irgendeinen neugierigen Schnüffler. Er hatte nur freundlich sein wollen. Ich würde ihn aufsuchen und mich entschuldigen müssen, damit wir die Verhandlungen wieder aufnehmen konnten.

Doch er kam mir zuvor. Etwas später am Nachmittag, als die Sonne gerade wieder zum Leben erwachte, stand er erneut vor meiner Tür. Ich könne zum gleichen Preis weiter in Callidora bleiben, verkündete er mir. Er sei nicht daran interessiert, einen Reibach zu machen, darum ginge es nicht im Leben.

Als ich Eleni von meinem Glück erzählte, nickte sie bloß – »Natürlich, so war das früher in Oia« – und fragte mich im nächsten Atemzug, ob ich zum Beispiel wüsste, wie das Dorf zu seiner Hauptstraße gekommen war. Ich verneinte. Vor vielen Jahren, erzählte sie, habe ein Schiff in der Caldera angelegt. An Bord befand sich eine große Ladung Marmor, der für Russland bestimmt war. Dann hieß es jedoch, diese Bestellung sei widerrufen worden, und so ordnete der Schiffseigner an, dass die Fracht dem Dorf gespendet werden sollte. Man verwendete die Steine dazu, eine Straße zu pflastern: die *Marmara*, was so viel bedeutete wie ›Marmor‹.

»Es war sein Geschenk an uns.«

»Was für eine großzügige Geste.«

»Ja, so war das früher in Oia«, wiederholte sie. »Als sie dann die Steine anheben mussten, um elektrische Leitungen zu verlegen, haben sie nicht sauber gearbeitet. Idioten! Heutzutage gibt es keine ordentlichen Handwerker mehr! Deshalb haben wir jetzt auch diese ganzen Pfützen.«

Einige Wochen später wurde ein neuer Kühlschrank angeliefert und der alte, lärmende abtransportiert.

# Kapitel 14

Zu jeder Tageszeit standen irgendwo in Oia Leute herum und blickten übers Wasser. Ein vorbeifahrendes Kreuzfahrtschiff oder selbst die kleine Inselfähre, die ihre Bahnen von einer Kykladeninsel zur nächsten zog, lockte automatisch eine Zuschauermenge an.

Mich hingegen erfüllte der Anblick eines Bootes auf dem Weg nach Athinios stets mit einem ähnlich unguten Gefühl der Bedrohung wie der Anblick von Flugzeugen im Landeanflug. Oliver war ohne Vorwarnung hier aufgetaucht. Wer würde als Nächstes kommen? Und wie viel Zeit blieb mir, bis sie mich aufspürten?

Eines Morgens, als ich so mit meiner Wäsche beschäftigt war, dass ich den sich kreuzenden Fähren wenig Aufmerksamkeit geschenkt hatte, tauchte tatsächlich ein Besucher auf. Er näherte sich meiner Terrasse mit dem gleichen lautlosen Schritt wie bei unserer ersten Begegnung und stand plötzlich vor meinem kleinen Tor, ohne auch nur von der Treppe aus zu winken, um mich vorzuwarnen. Anfängliche Verwirrung wich sogleich einem schrecklichen, beklemmenden Panikgefühl, denn ich stellte mir Polizeiabsperrbänder vor und Krankenwagen mit Notarztsirenen und todesblau blinkenden Lichtern im Sonnenschein. Cat? Daisy? Irgendetwas musste passiert sein.

»Mr Palmer! Was tun Sie hier?«

»Mrs Freeman, hallo.«

»Was ist los? Bitte sagen Sie es mir geradeheraus …«

»Kein Grund zur Beunruhigung«, erwiderte er. »Bitte, lassen

Sie sich durch mich nicht bei Ihrer Arbeit stören … Ich wollte Ihnen nur ein paar Fotos zeigen.« Mit der Hand zeigte er auf einen dicken Umschlag, den er unter den Arm geklemmt hatte. Der Umschlag hatte genau die gleichen Maße wie diejenigen, die er mir jeden Monat per Post schickte.

Mein Herzschlag beruhigte sich ein wenig. Ich richtete meinen Blick wieder auf sein Gesicht. Seine Miene war so freundlich und erwartungsvoll, dass ich mich einen Moment lang nervös fragte, ob wir dieses Treffen womöglich vereinbart hatten und es mir schlicht und ergreifend entfallen war. »Nun, die hätten Sie mir doch aber schicken können, wie sonst auch?«

»Die Angelegenheit ist diesmal ein bisschen heikler. Aber nichts Ernstes, wirklich. Bitte entschuldigen Sie, wenn ich Sie erschreckt habe.«

»Wie meinen Sie das, ein bisschen heikler?«

»Ich dachte einfach, es wäre sinnvoll, wenn ich Sie persönlich auf den neusten Stand bringe, einmal im Jahr oder so.«

Um ehrlich zu sein, war mir aus mindestens zwei Gründen unklar, weshalb das sinnvoll sein sollte: Erstens hatten wir uns erst vor ein paar Monaten in London gesehen und das ganze Arrangement überhaupt getroffen, also war es doch kaum schon Zeit für ein jährliches Update. Und zweitens sagte er selbst, dass es keine ernsthafte Krise zu berichten gab. Außerdem missfiel mir die Vorstellung, dass da eine unnötige Spesenrechnung auf mich zukommen könnte. Zumindest ein Teil meiner Bedenken musste auch ihm gedämmert haben, denn er fügte rasch hinzu: »Ich bin zu Besuch bei jemandem in Naxos, also war es kein Problem, mit der Fähre einen Abstecher hierher zu machen. Ich weiß nicht genau, wann es mich das nächste Mal wieder in diese Breiten verschlägt.«

Da erst registrierte ich seine beige, leichte Kleidung, die polierten braunen Schnürschuhe und staunte, wie mühelos er sich in die Kulisse ringsumher einfügte, als wäre es völlig normal, dass er hier auftauchte. Den gleichen Eindruck hatte ich in jenem Empfangszimmer in der Londoner Pension auch schon gehabt.

Er machte einen Schritt auf meinen Terrassentisch zu, offensichtlich mit dem Vorhaben, seine Dokumente vor mir auszubreiten. »Passt es Ihnen jetzt? Ich kann sonst auch später wiederkommen …?«

»Nein, natürlich, kein Problem«, erwiderte ich, und als uralte Gastgeberinneninstinkte zum Leben erwachten, gelang es mir endlich, ihn zur Begrüßung anzulächeln. »Verzeihen Sie, Sie haben mich einfach überrascht. Ich kann kaum glauben, dass Sie extra hierher gekommen sind. Warum gehen wir nicht etwas zu Mittag essen, dann können Sie mir nebenbei alles berichten?«

»Klingt gut.«

Ich merkte, dass ich ihn von Callidora weglotsen wollte, genau wie ich Oliver von meinem neuen Zuhause ferngehalten hatte. Mir war allerdings nicht ganz klar, warum. Palmer wartete schweigend, bis ich die Wäsche verräumt, die Fensterläden innen verriegelt und die Tür abgeschlossen hatte.

Normalerweise brach ich um diese Zeit zu meinem Spaziergang auf und aß unten in Ammoudi eine Kleinigkeit. Palmer jedoch konnte ich einen meiner halsbrecherischen Pfade kaum zumuten, und so spazierten wir zu einer Taverne, die man von meinem Haus aus sehen konnte und die bekannt war für ihre ausgezeichneten einheimischen Spezialitäten und die Aussicht auf die berühmten blauen Kuppeln der Monastiri, und aufs Meer natürlich.

»Ist das die berühmte Caldera?«, fragte er und spähte in die Tiefe. »Schon komisch, man hat fast das Gefühl, als würde sich dort unten Unheil zusammenbrauen, oder? Was glauben Sie, wie tief ist es?«

»An einigen Stellen angeblich bis zu zweihundert Meter.«

»Heiliger Strohsack! Wie es in der Tiefe wohl aussieht?«

Das Meer oder die Schiffe dienten hier anscheinend immer als dankbares Thema, um Gesprächslücken zu füllen. Nun, es sollte mir nur recht sein. Ich zeigte ihm Palaia und Nea Kameni, die beiden Vulkane, sowie Therasia, die eigenständige Insel, welche mit Oia zusammen einen Stadtbezirk bildete. »Weiter südlich ist die Aussicht noch besser. Haben Sie das auf der Herfahrt bemerkt?«

»Ja, Thira muss ein ganzes Stück höher liegen.«

»Bestimmt hundert Meter, schätze ich mal. Imeroviglo ist der höchste Punkt der Insel.« Inzwischen hatte ich auch die Namen der einzelnen Ortschaften gelernt: Finikia, Imeroviglo, Firostefani. Ich zeigte ihm auch den seltsamen Felsen, der auf einer zylindrischen Erdanhäufung wie ein Korken im Flaschenhals saß. »Das ist Skaros, die mittelalterliche Hauptstadt. Dort haben damals Prinzen und Bischöfe gelebt, heißt es.«

Während er die Speisekarte studierte, betrachtete ich sein Gesicht. Ein Höcker auf dem Nasenrücken, kräftiges mittelbraunes Haar, das an den Schläfen allmählich grau wurde und als seitlicher Pony bis zu den Augenbrauen reichte. Er war unverkennbar Engländer und sah auf eine gewisse kantige Art gut aus. Mit geschickten Fingern zündete er sich eine Zigarette an, doch zwischen den einzelnen Zügen blieben sein Gesicht und die Hände reglos. Mir fiel auf, wie sparsam alle seine Bewegungen im Grunde waren, so kontrolliert und kurz, dass ich zum Ausgleich gerne ein wenig herumgezappelt hätte. Auch das anhaltende Schweigen, das ihn sichtlich wenig störte, gehörte zu der Kategorie, bei der man als Gegenüber versucht war, mit unbedachten Bemerkungen herauszuplatzen. Ob das wohl eine Art Privatdetektivtrick war?

Nachdem wir bestellt hatten, holte ich tief Luft. »Möchten Sie mir jetzt die Fotos zeigen, die Sie erwähnt haben?«

Er legte seine brennende Zigarette im Aschenbecher ab und fuhr mit den Fingern in den Umschlag. »Es handelt sich um Daisy Barnes. Es geht ihr nicht so gut wie ihrer Freundin.«

»Ist sie krank?«

»Nein, nichts dergleichen. Aber sie schikaniert andere Kinder in der Schule.«

»Schikanieren?« Einen Moment lang hatte ich Schwierigkeiten, das Foto vor meinen Augen zu interpretieren: ein kleines Mädchen, die Schultern hochgezogen und den Blick auf den Boden gerichtet. Armer Daisy-Schatz! Ich konnte mir kein freundlicheres Kind vorstellen, und doch wirkte sie hier wütend und von den anderen ausgeschlossen. *Schikanieren?* Ganz offensichtlich war doch sie hier das Opfer. Am liebsten hätte ich sie sofort in den Arm genommen. Seltsam, dass Palmers Kollegin nicht gleich die Kamera beiseitegelegt hatte, um das unglückliche kleine Wesen zu trösten. Sei nicht so irrational, schalt ich mich. Sie kennt Daisy ja gar nicht – und Daisy sie auch nicht –, natürlich kann sie sich dem Kind nicht nähern. Das wäre verheerend.

»Was meinen Sie mit ›schikanieren‹? Ist sie dafür nicht noch ein bisschen jung?«

»Nun ja, was man in diesem Alter halt so unter Schikane versteht. Jemandem das Schultor gegen's Schienbein donnern, Beschimpfungen, solche Dinge. Sie nennen es unsoziale Tendenzen. Wir hatten Einsicht in den Bericht der Schulpsychologin.«

»Wie sind Sie denn da rangekommen?«

Er zog lediglich die Augenbrauen hoch, als wollte er sagen: ›Lassen Sie das nur meine Sorge sein.‹ Obwohl ich nicht sicher war, ob ich ein Recht dazu hatte, fühlte ich mich plötzlich von ihm im Stich gelassen. Ich hatte gedacht, er würde mich verstehen, mein Anliegen auf unausgesprochene, intuitive Weise begreifen. Doch nun sah ich mich selbst, wie er es vermutlich tat: als exzentrische Einsiedlerin, deren Launen es zu bedienen galt. Schnelles Geld. Mir wurde klar, dass er mich gleich zu Anfang überprüft haben musste (was auch immer das beinhaltete), um sicherzugehen, dass ich sein Honorar bezahlen konnte und keine Betrügerin war. Zweifellos die übliche Vorgehensweise, wenn ein Klient außer Landes wohnte. Vermutlich hatte er Zugang zu Polizeiakten, Finanzprofilen und so weiter. Wahrscheinlich kannte er auch meinen Geburtsort, meinen aktuellen Kontostand sowie die Anzahl meiner Plomben.

Palmer fuhr fort: »Wie dem auch sei, vergessen Sie das Psychologengewäsch, mir scheint ziemlich offensichtlich, dass das Kind es zu Hause nicht leicht hat und sie deshalb in der Schule Mätzchen macht. Ihre Eltern streiten sich oft, wie ich höre.«

Dieser verdammte Bob und seine niedrige Reizschwelle. Immer wieder hatten wir miterlebt, wie Wortwechsel zwischen Jen und ihm so explosiv wurden, dass alle anderen in Windeseile das Zimmer verließen. Von jetzt auf gleich war der Streit dann wieder verraucht. Daisy musste garantiert jede Menge dicke Luft zu Hause aushalten. Mir fiel jener Tag von Emmas Party wieder ein, als Jenny bei mir in der Küche unglücklich von Bobs Verhalten ihr gegenüber erzählt hatte, von seiner Verachtung. ›Aber ich mache doch nichts anders‹, hatte sie damals gesagt.

»Ihre Lehrer berichten, dass sie außerdem öfter von Emma spricht als bisher. Sie ist fast so eine Art unsichtbare Freundin für Daisy geworden.«

Entsetzt sah ich ihn an. *Eine unsichtbare Freundin*, meine wunderschöne, blauäugige, heißwangige Tochter. Als sich unsere Blicke begegneten, wich er meinem nicht aus, und sofort erkannte ich, dass mein Gefühl, er hätte mich im Stich gelassen, falsch war. Er verstand mich tatsächlich. »Ich weiß über den Unfall Ihrer Tochter Bescheid, Mrs Freeman«, sagte er leise. »Es tut mir sehr leid.«

Natürlich wusste er Bescheid. Schließlich hatte er von Besuchen an ihrem Grab berichtet und letzten Monat hatte Mrs Wilkes einen Brief an die Eltern geschickt, in dem es um den Unfall ging und wo Emmas Name genannt wurde. Dieser Psychologe, der Daisy beobachtet hatte, stand möglicherweise sofort parat, sobald jemand auch nur den Namen des toten Mädchens flüsterte.

»Mrs Freeman? Ist alles in Ordnung? Es tut mir leid, dass ich sie erwähnt habe …«

»Nein«, unterbrach ich ihn, »ist schon in Ordnung, wirklich.« Ich sah ihn an. »Und wo Sie nun schon so viel über mich wissen, können Sie mich ruhig Rachel nennen.«

»Vielen Dank«, erwiderte er etwas steif und fügte dann hinzu, »ich würde gerne dasselbe sagen, aber die Leute nennen mich einfach Palmer.«

»Was, sogar Ihre Frau? In der Annahme, dass Sie eine haben … nun, ich glaube, ich habe Sie noch nie danach gefragt …« Mein Lachen klang sogar in meinen Ohren irgendwie gekünstelt. Was für eine unsinnige Bemerkung, denn schließlich hatte unsere einzige bisherige Begegnung aus einem geschäftlichen Treffen bestanden. Doch der Bezug zu Emma hatte mich ziemlich durcheinandergebracht. Sehnlich wünschte ich mir, fliehen und wieder allein sein zu können. Stattdessen füllte sich der Raum zwischen uns mit verschiedenen Vorspeisentellern und jemand legte mir eine Serviette auf die Knie.

»Ihre *fava*, bitte schön. Tomaten *keftades* …«

Obwohl wir getrennt bestellt hatten, waren die Gerichte offenbar dazu gedacht, geteilt zu werden. Natürlich, schließlich befanden wir uns in Oia, dem Lieblingsort der Frischvermählten. Vermutlich waren die Kellner hier überrascht, wenn Paare sich nicht gegenseitig mit der Hand füttern wollten.

Palmer brach ein Stück Brot ab und tunkte es in die Fava-

Creme. »Um Ihre Frage zu beantworten, nein, nicht mehr. Wir haben uns vor zwei Jahren scheiden lassen.«

»Kinder?«

»Zwei, beides Teenager.«

»Verstehen Sie sich gut mit ihnen?«

»Ich denke, ja.« Er zuckte mit den Schultern, und ich suchte nach einer neuen Frage, um zu verhindern, dass das Gespräch sich wieder Emma zuwandte. »Und Ihre Bekanntschaft in Naxos …?« Ob es sich dabei um eine Frau handelte, meinte ich natürlich. Dann fiel mir wieder ein, dass Ingrid von einer der anderen Inseln als Treffpunkt für Europas Schwule gesprochen hatte. ›Brutstätte‹ nannte sie es. War das Naxos, oder hatte sie Mykonos gesagt? Ich spürte, wie mir das Blut in den Kopf stieg.

Plötzlich erhellte ein breites Grinsen sein Gesicht, das damit auf einmal höchst attraktiv wurde. »Verflixt noch eins, Sie halten mich für schwul, stimmt's?«

»Nein, überhaupt nicht«, entgegnete ich steif und wunderte mich über meine eigene Verlegenheit. Was in aller Welt gingen mich seine sexuellen Vorlieben an? Das gehörte nun wirklich nicht hierher. »Und selbst wenn Sie es wären, wäre das Ihre Angelegenheit und nicht meine.«

Er warf mir jenen ›Sie haben schließlich gefragt‹-Blick zu, den ich verdiente, und wandte sich dann wieder den Fotos auf dem Tisch zu. Das nächste zeigte Jen, die Daisy über den leeren Schulhof begleitete. Gefangene und Wärterin, wie es schien. Beide sichtlich unglücklich.

»Wissen Sie zufällig, worüber Bob und Jen sich streiten?«

»Meiner Einschätzung nach geht es um Geld.« Nun klang er wieder wie in den monatlichen Berichten.

»Dann klappt das mit Bobs freiberuflicher Arbeit also nicht?«

»Nein, keine neuen Aufträge. Wenn ich es richtig verstanden habe, hat er für ITV gearbeitet, doch da kam nichts mehr nach. Momentan läuft so gut wie nichts, und seine Agentur meint, es sähe insgesamt schlecht aus in der Branche. Vielleicht nächsten Monat wieder. Doch unsere Überprüfungen zeigten Schulden überall. Dazu wurde noch ihre Miete erhöht. Wenn sie nicht aufpassen, stecken sie bald in der Klemme.«

»Wirklich?« Dann war es also noch schlimmer als befürchtet. Mein Blick fiel auf die Terrassen eines Hotels in der Nähe, das gerade neu eröffnet hatte. Angeblich war es bereits Monate im Voraus ausgebucht. Alle Gäste dort wirkten immer auffällig gut gelaunt. Da kam mir eine Idee. »Wie wäre es, wenn Bob einen neuen Kunden bekäme, dessen Honorar fürs Erste aushelfen würde? Jemanden, der mehr als gut bezahlt. Vielleicht jemand aus der Tourismusbranche, der ihnen gleich noch einen Urlaub zum Sonderpreis vermitteln kann, hm?«

»Fahren Sie fort.«

Während wir aßen, nahm der Plan Gestalt an. Es überraschte mich selber, wie begeistert ich auf einmal klang. Palmer legte sein Besteck weg, um sich Notizen zu machen, und unterbrach mich nur, um den einen oder anderen logistischen Punkt zu klären. Nach einer Weile veranlasste mich etwas in seiner Miene dazu, ebenfalls innezuhalten. »Was ist?«, fragte ich.

»Nichts.«

»Also wirklich, Palmer, wenn Sie schon extra hierher reisen, können Sie mir auch Ihre Meinung sagen. Schließlich ist das hier mein erster Versuch, mich einzuschalten.«

Widerwille schien in seinen Augen aufzuflackern, doch sein Tonfall blieb ruhig und sogar freundlich. »Wenn Sie darauf bestehen. Ich dachte nur gerade, dass es mehr braucht als einen netten Urlaub, um eine Ehe zu retten.«

Ich dachte an die verschiedenen Reisen, die Oliver und ich in den letzten Jahren unternommen hatten, die Villen mit Meerblick, die Almhütten, wo man mit den Skiern bis ans

Haus fahren konnte, die City Hotels mit Sternerestaurant. Wenige Monate vor Emmas Tod hatten wir ein langes Wochenende zu zweit in Paris verbracht. Ich hatte ihn beobachtet, wie er mit abwesendem Gesichtsausdruck in seinem Sessel am Fenster saß und weder die Aussicht noch mich oder sonst etwas dieser Farce wahrnahm.

Ich sah Palmer an. Vermutlich dachte auch er an seine gescheiterte Ehe. Welch sonderbare Wesen wir doch an einem Flitterwochenort wie Oia darstellten, die noch dazu versuchten, die Beziehung zweier anderer Menschen zu kitten. Eine Beziehung, die bereits weit außerhalb meines Einflusses lag, selbst als Jenny und ich uns noch in- und auswendig kannten. Es war absurd. Sollte ich nicht besser gleich aufhören, bevor ich irgendwelchen Schaden anrichtete?

»Sie haben recht«, seufzte ich schließlich. »Wir können sie nicht dazu bringen, sich zu lieben. Aber vielleicht beruhigt es die Lage ein wenig. Ich weiß gar nicht mehr, wann Bob und Jen das letzte Mal Urlaub gemacht haben. Und Daisy braucht ihn offensichtlich dringend. Um sie mache ich mir die größten Sorgen. Ich halte es nicht aus, sie unglücklich zu sehen.«

Er nickte. »Einen Versuch ist es allemal wert.«

»Und bitte irgendwo, wo es sicher ist, Palmer. Nicht so wie hier. Ein für Kinder geeigneter Ort, ohne Klippen und Felsen.«

»Felsen?«

Ich merkte, dass ich schon fast wie meine Mutter klang – kurz davor, irgendwelche Statistiken zum Ertrinkungstod zu zitieren. »Na, Sie wissen schon, nichts Gefährliches eben.«

Er senkte den Blick. »Natürlich.«

»Ich werde Ihnen die Gelder morgen anweisen. Vom üblichen Konto der griechischen Bank. Es wird ein paar Tage dauern, aber Sie können den Anruf tätigen, sobald Sie wieder in London sind.«

»Geht in Ordnung.«

Beim Kaffee erklärte er mir, dass er vorhatte, vom Restaurant aus direkt wieder zum Hafen zu gehen, und ich war überrascht, wie sehr das meine Laune hob. Ich begleitete ihn zum Taxistand am Platz und wies ihn unterwegs auf bemerkenswerte Gebäude hin. Er schien noch etwas sagen zu wollen, und so blieb ich stehen. Mehr konnte ich wohl kaum tun, um ihn zu ermuntern.

»Sie sehen besser aus«, meinte er schließlich. »Ich meine, besser als beim letzten Mal.«

Ich wusste nicht, was ich darauf erwidern sollte, und so klopfte ich bloß mit der Hand auf den Umschlag mit den Fotos, der nun mir gehörte, und verabschiedete mich von ihm.

Nur wenige Tage nach Palmers Besuch auf Santorin erhielt Bob einen Anruf von Mark Houghton von Inspire Travel. Dieser erklärte, dass er schnell einiges Material für eine Konferenz in Fernost benötige, eine Art Dummy-Reisekatalog samt Presseunterlagen und diverse andere Kleinigkeiten. Er hätte Bobs Arbeit für ITV und andere Kunden gesehen und wüsste gerne, ob Bob den Auftrag übernehmen könne.

Als die Arbeit erledigt war, bezahlte er sofort den vollen Betrag und verkündete dann, dass er Bob und seiner Familie als Zeichen seiner Zufriedenheit gerne einen beachtlichen Rabatt in einem seiner Hotels anbieten wolle, obwohl er so etwas sonst nicht täte. Er wisse ja nicht, ob Bob Kinder habe, aber einige Hotels der Kette hätten ausgezeichnete Kinderclubs, wodurch die Eltern sich den ganzen Tag entspannen konnten. Die Flüge gäbe es kostenlos dazu, denn jemand hätte gewonnene Tickets storniert, die er ohne Weiteres umbuchen könne. Als Bob das Angebot annahm, wurden sämtliche Formalien von Mr Houghton persönlich abgewickelt, inklusive des im Voraus bezahlten Taxitransports vom und zum Flughafen. Er bat Bob, dieses Sonderangebot an ihrem Zielort bitte niemandem gegenüber zu erwähnen, damit die anderen Gäste sich nicht womöglich beschwerten.

Das Hotel auf Mallorca war von Palmer vorher aus einer Broschüre mit dem Titel ›Luxuriöse Familienurlaube‹ herausgesucht worden, die er beim Reisebüro um die Ecke der JMP-Detektei geholt hatte. Das Bild, das er mir schickte, zeigte das Hotel über einer sanft geschwungenen Bucht mit Wasser so glänzend wie poliertes Glas. ›Dieses hochgelobte Ferienresort ist perfekt für Kinder‹ lautete die Überschrift. Die Aktion riss ein ziemliches Loch in mein Pendant-Konto, aber die Fotos der Familie nach ihrem Urlaub zeigten deutlich, dass sich die Ausgaben gelohnt hatten. Im Augenblick zumindest schienen Bob, Jen und Daisy eine braungebrannte glückliche Familie zu sein.

# Kapitel 15

Der Rest des Schuljahres verging ohne Zwischenfälle. Diesen Sommer gab es an der Moss Hamlet School keine Ausflüge, und als der erste Jahrestag von Emmas Tod näher rückte, schickte Palmer mir eine Kopie des Briefes, der an die Eltern gegangen war und sie dazu ermutigte, das Grab zu besuchen. ›*Nehmen Sie sich Zeit, mit Ihrer Tochter oder Ihrem Sohn über das Ereignis auf angemessene Weise zu sprechen.*‹ Palmer berichtete, dass sowohl die Barnes als auch die Challoners das Grab besucht hatten und dass bei einem Anlass auch Oliver dabei war.

*Subjekt A verbrachte den Vormittag mit ihrem Vater in der Bücherei.*
*Subjekte A und B wurden vom Vater von Subjekt B zur Schule begleitet.*
*Subjekt A wurde vom Vater zum wöchentlichen Schwimmunterricht ins Swiss-Cottage-Schwimmbad gebracht.*

Es war seltsam, aber mir war bisher nie aufgefallen, welche Präsenz Toby und Bob im Alltag ihrer Töchter zeigten, verglichen mit Olivers in Emmas Leben. Ich konnte mich nicht erinnern, dass er sie je zur Stadtbibliothek gebracht oder zur Schule gefahren hatte. Die Vorstellung, er hätte sich an meiner Statt in einer öffentlichen Badeanstalt ausziehen müssen, um mit ihr schwimmen zu gehen, war absurd.

Während Emmas ganzem Leben hatte ich einfach akzeptiert, dass Cat und Daisy Vatertöchter waren und sie nicht.

Noch lange bevor sie ›Ich will meine Mami‹ sagen konnte, machte sie ihre Vorliebe auf andere Weise klar. Zum Beispiel, indem sich ihr Wimmern zu lautem Geheul steigerte, wenn Oliver versuchte, sie zu trösten, oder indem sie auf seinem Schoß herumrutschte, wenn er ihr eine Geschichte vorlas, um mich über den Buchrand hinweg beobachten zu können. Ihre ersten wackeligen Schritte machte sie von ihm auf mich zu.

Oliver kränkten all diese Sachen nicht. Selbstverständlich liebte er seine Tochter, doch ihm reichte als Kontakt eine kurze Unterhaltung über die *Times* hinweg am Wochenende. Bereits nach einem knappen Wortwechsel mit Emma wanderten seine Gedanken dann zurück zum Wirtschaftsteil und nahmen ihren kaum unterbrochenen Faden wieder auf.

Als ich begann, wieder bei Pendant zu arbeiten, erwartete ich, die Distanz (oder vielmehr die Balance) nachvollziehen zu können, die Väter wie Oliver mit ihren Familienarrangements genossen. Doch obwohl ich versuchte, mich auf meine Arbeit zu konzentrieren, dachte ich ständig an Emma. Ich schrieb meine Faxe an Museumskuratoren in Buenos Aires und Genf und Tokio, wies Zahlungen an, wühlte mich durch Katalogeinträge von Präsenzbibliotheken und freute mich trotzdem die ganze Zeit zunehmend auf den Moment, wo ich nach Hause fahren und sie wiedersehen würde. Wir hatten eine echte, zu Herzen gehende Liebesbeziehung: Zeiten der Trennung erhöhten lediglich das Vergnügen des Zusammenseins.

Olivers Brief fühlte sich schwerer an als sonst. Ich stellte fest, dass in seinem Umschlag ein zweiter steckte. Es handelte sich um ein steifes, offiziell wirkendes, taubenblaues Kuvert, das bereits geöffnet worden war. Unsere beiden Namen waren mit schwarzer Tinte außen handschriftlich notiert. Ich hatte den Eindruck, als hätte sich da jemand besondere Mühe gegeben, sauber zu schreiben. Die einzelnen Adresszeilen hatten alle den gleichen Abstand, was mich prompt an ein Schulkind erinnerte, das mit untergelegtem Linienpapier abpaust.

*Sehr geehrte Mr & Mrs Freeman,*
*ich schreibe Ihnen in der Hoffnung, dass Sie meine Zeilen lesen und nicht wegwerfen werden – wozu Sie natürlich jedes Recht haben. Ich weiß, Sie müssen mich verabscheuen.*

Erschrocken hielt ich inne. Dann drehte ich das Blatt um, um zu sehen, wer der Absender war. Aha.

*Ich möchte Ihnen sagen, wie leid es mir tut, unendlich leid. Ich weiß, dass das nichts bedeutet, aber ich muss es trotzdem sagen. Ich kannte Ihre Tochter nicht und ich habe selbst auch keine Kinder, deshalb kann ich nicht behaupten zu wissen, was Sie fühlen, nicht einmal annähernd. Ich weiß, dass Sie mir nie verzeihen werden. Meine Eltern haben mir nicht verziehen, was auch immer sie behaupten mögen, und um ehrlich zu sein, verzeihe ich mir noch nicht einmal selbst. Ich wollte nur, dass Sie wissen, dass es mir leidtut. Wenn ich ändern könnte, was vergangenen Juli passiert ist, ich täte es, bitte glauben Sie mir.*
*Mit freundlichen Grüßen,*
*Andrew Lockley*

Der Teenager, der den Unfall überlebt hatte und auf dem Beifahrersitz saß, als sein Freund Darren Morris den Minibus schnitt und damit in die Mittelleitplanke drängte. Alle Aufmerksamkeit hatte damals Morris gegolten. Seine Leiche wurde ins gleiche Krankenhaus gebracht wie Emma, und Jenny und ich hatten seine Mutter in der Leichenschauhalle nur knapp verpasst. Es ging um die illegalen Substanzen in seinem Blut an jenem Tag, doch ich erinnerte mich auch entfernt an Lockleys Geschichte. Im Gegensatz zu seinem weniger glücklichen Kollegen kam er aus einer reichen Nordlondoner Familie. Wenn mich nicht alles täuschte, hatte er den Fahrer sogar regelmäßig mit Marihuana und Kokain versorgt. Oliver und meine Mutter waren sich damals einig, dass es sich in dieser Hinsicht um eine seltsame Umkehrung der sozialen Verhältnisse handelte, hätte man doch erwartet, dass der sozial Schwächere den Reichen versorgte. Andererseits war auch irgendwie nachvollziehbar, dass nur Lockley daran gedacht hatte, seinen Sicherheitsgurt zu schließen. Vermutlich war er durch jahrelange Schulfahrten im BMW seiner Mutter entsprechend konditioniert. Er hatte jedenfalls recht: Seine Worte waren bedeutungslos. Es war mir absolut unmöglich, mich in seine Situation zu versetzen, oder selbst in die seiner Mutter, sosehr uns seine Nachricht indirekt auch dazu aufforderte.

»Bleib einfach nur weg«, flüsterte ich so eindringlich ins Leere, als könnte meine Bitte die komplette Distanz zwischen uns überwinden und seine Ohren erreichen. Bleib weg von Cat und Daisy. Bitte tauch nie wieder auf, in keinem Zusammenhang, als Kollege oder Nachbar oder als Fremder in der U-Bahn, der ihren heruntergefallenen Schal aufhebt und sich mit ihnen über das Wetter unterhält.

Du hast dein Schlimmstes getan, du hast dich entschuldigt. Jetzt lass uns alleine überleben.

Es war der elfte Juli um halb vier Uhr nachmittags. Meine Finger waren taub und geschwollen vor Hitze. Die Hautpartien, die nackt und der Sonne ausgesetzt waren, brannten wie unter gemeinen kleinen Peitschenhieben. Auf die Stunde genau ein Jahr nach Emmas Tod trank ich alleine in einer Touristenbar mit Blick auf Ammoudi.

Vor mir auf dem Tisch lag das Foto, das ich von ihrem Grab mitgenommen hatte. Immer wieder wanderte mein Blick zwischen Emmas Gesicht und der Burgruine, den alten venezianischen Goulas, hin und her. Das Sonnenuntergangsritual: Selbst jetzt, noch Stunden zuvor, suchten die Touristen nach einem besonderen Plätzchen, um dem Zauber beizuwohnen. Ich signalisierte der Bedienung meinen Bedarf an Nachschub. Ouzo auf leeren Magen – da musste ich zwangsläufig an Lynn und Rosemary denken.

*Der erste Jahrestag.* Ein ähnlich seelenloser Anlass, wie der erste Geburtstag freudig gewesen war. Ein Jahr war eine lange Zeit, aber ich wusste, dass die Zeit nichts geheilt hatte und es auch nie könnte. Das war mir klar geworden. Ich wälzte mich nicht mehr Tag für Tag heulend im Bett – Trauer dieser Intensität konnte nicht ewig anhalten, für niemanden. Wenn sie einen nicht umbrachte, ging sie vorbei, und so war es mir ergangen – doch ich dachte immer noch pausenlos an meine Tochter. Emma nicht mehr zu haben bestimmte mich ebenso sehr wie ihre Existenz zuvor: Sie war mein Ein und Alles.

Nach wie vor quälte ich mich mit Erinnerungen an meine eigenen Unzulänglichkeiten als Mutter. Meine Ungeduld, wenn sie morgens beim Anziehen herumtrödelte; meine gemeine Strenge, wenn ich sie für zu jung für eine Fernsehsendung befand, die sie aber unbedingt sehen wollte; dass ich anfangs, als sie noch ein Baby war, vor Erschöpfung und Frustration in Tränen ausgebrochen und auf dem Bett zusammengesackt war. Sie hatte neben mir gelegen, ganz still, und dem ungewohnten Geräusch ihrer schluchzenden Mutter gelauscht. Dann, kaum hatte ich aufgehört, nahm sie ihr Geschrei sofort wieder auf, da die natürliche Ordnung der Dinge ja nun wiederhergestellt war.

Und dann an jenem Tag, dem letzten Tag, als Morris und Lockley noch im Bett herumfläzten, fehlte meiner Abschiedsumarmung am Schultor da die übliche Innigkeit? Hatte ich nur an die vielen Dinge gedacht, die zu erledigen waren, bis ich sie später wieder abholen würde? Hatte ich in jener Nacht wegen der Hitze schlecht geschlafen und ihre Begeisterung für den Ausflug mit meiner morgendlichen Grummeligkeit gedämpft (Oliver war frühmorgens nach Paris geflogen und hatte mich vorher geweckt)? Hatte es ein Signal gegeben, ein Schniefen, ein Husten, irgendetwas, das ich überhört hatte und das mich sonst dazu veranlasst hätte, sie an diesem Tag daheim zu behalten, sie *am Leben* zu erhalten?

In besseren Momenten tröstete mich das Wissen, dass ich sie nie als Selbstverständlichkeit betrachtet hatte, nie, nicht einmal bevor ich herausfand, dass sie mein einziges Kind bleiben würde. Schon ganz am Anfang, wenn sie die Arme um meinen Hals und die Beine um meine Taille schlang, wenn sich ihr ganzer Körper an meinen drückte, versuchte ich, diesen Augenblick mit all meinen Sinnen genau so einzufangen, damit ich später auf einen Erinnerungsvorrat zugreifen könnte, wenn sie älter und nicht mehr so verschmust sein würde. Darauf stützte ich mich nun, fast jede wache Minute.

»Rachel, dich habe ich gesucht.«

Ich blickte auf und sah, dass die Tische um mich herum nun allesamt von Touristen besetzt waren. Ingrid stand in der Schlange am Eingang zum Café, braungebrannt und in Flipflops wie die anderen, doch mit besorgtem Ausdruck in den Augen.

»Darf ich mich zu dir setzen?«

»Aber natürlich. Warte, ich organisier dir ein Glas.«

Während sie sich mir gegenüber niederließ und sich einschenkte, schob ich das Foto unauffällig in die Tasche. »Sieht aus, als hättest du hier noch Größeres vor. Auf wen trinken wir denn?«

»Um ehrlich zu sein, dachte ich an zwei Frauen daheim in England. Sie heißen Lynn und Rosemary.«

Sie sah mich fragend an, doch als ich dem nichts hinzufügte, nahm sie ihr Glas und stieß mit mir an. »Na gut, dann auf Lynn und Rosemary! Welch perfektes Timing, die Sonne geht genau … jetzt unter!«

Sie verdrehte die Augen, als um uns herum applaudiert wurde. »Wusstest du, dass sie das machen?« Ingrid hatte die Stimme gesenkt. »Verrückt, als hätten sie irgendetwas anderes erwartet!«

»Sieh dir das an!«, rief eine Frau am Nachbartisch ihrem Begleiter zu. »Das war diese Woche mit Abstand der Beste. Wie gut, dass wir ausgerechnet heute hergekommen sind!«

»Absolut.«

Ingrid und ich waren die einzigen Anwesenden, die nicht vor Anbetung erstarrten. Trotzdem konnte ich die Orange- und Rosatöne auf ihrem Gesicht widergespiegelt sehen. Ebenso auf der Haut meiner Hände auf dem Tisch. Ich war nun seit fast einem Jahr auf Santorin. Die Klippen hatten mich nicht geopfert, das Meer mich nicht verschlungen. Ich ging, ich atmete, ich lebte.

# DRITTER TEIL

›*Wohin mein Blick auch fällt, sehe ich ein Bild vor mir.*‹
Elli Souyioultzoglou-Seraidari (bekannt als Nelly),
Fotografin, auf Santorin, um 1920

# Kapitel 16

*Ein Jahr später*

Oia veränderte sich. Ich konnte mit eigenen Augen verfolgen, wie die unbenutzten Höhlen und verfallenen Villen restauriert und für die Touristen aufpoliert wurden. Deren Zahlen waren seit dem Sommer meiner Ankunft erstaunlich drastisch gestiegen. Armeen von Handwerkern wanderten im Zickzackkurs jene zerbröckelnden Abkürzungen am Steilufer entlang, auf die sich kein Urlauber wagte. Direkt hinter ihnen folgten die Frauen mit ihren Putzeimern und Wischmopps.

Meine eigene Terrasse lag zum Glück abseits der Touristenrouten, ein oder zwei Etagen zu weit unten am Hang, doch das Geschnatter drang oft bis zu mir durch: Italienisch, Französisch, Deutsch und die verschiedenen englischen Dialekte.

Eleni beschwerte sich, dass einige der Renovierungsprojekte auch hinterher nicht besser als Kellerlöcher seien – feuchte, unbewohnbare Anlagen, die von geldgierigen Bauherren aufgekauft wurden, die dann mehr Miete dafür verlangten, als man für ein Apartment in New York zahlte. Andere Stellen, die immer noch voller Schutt vom Erdbeben vor vierzig Jahren waren, wurden schlicht zu Müllhalden für kaputte Möbel und leere Farbeimer.

»Was wurde denn aus den Menschen, die hier gelebt haben?«, fragte ich sie. »Sind die beim Erdbeben umgekommen?«

Sie schüttelte den Kopf. »Aber nein, in Oia wurden nur die

Leute in den *kapetanospita* oder unten am Wasser verletzt. Die *hyposkapho* sind der sicherste Platz, wenn es bebt. Sehen Sie her …« Sie zeichnete rasch ein Schaubild auf ihren Notizblock, um mir zu zeigen, wie die gewölbte Bauform und der einheimische Mörtelverputz (der unter anderem aus Weinreben bestand) zusammen wie ein elastischer Käfig wirkten, der alles in seinem Inneren schützte. Dann zog sie ein Buch aus dem Regal hinterm Hoteltresen und schlug ein Foto von Oia direkt nach dem Erdbeben auf. Überall lagen heruntergefallene Steine, die Straßen waren unpassierbar. Die halbe Fassade eines Gebäudes war weggebröckelt wie eine Maske, so dass man drinnen noch den Kronleuchter an der Decke hängen sah. Ich dachte an meine Tante Phoena. Sie könnte genau in diesem Gebäude umgekommen sein. Zwar hatte meine Mutter unablässig vor brodelnder See und rollenden Felsbrocken gewarnt, doch sie hatte mir nie den Ablauf jener Ereignisse, die genauen Umstände von Phoenas Tod erzählt. Das Erdbeben hatte früh am Morgen eingesetzt, mehr konnte ich nicht aus ihr herausbekommen. Mum hatte noch geschlafen, und der Rest der Familie konnte fliehen, ohne Schaden zu nehmen.

»Ganz anders heutzutage«, meine Eleni und blätterte auf die Seite, die ein Bild von Armeni zeigte, Oias altem Hafen. Unzählige Male hatte sie mir bereits erzählt, wie sich die Stimmung in der Gemeinde schlagartig veränderte, wenn das Signalhorn des Schiffs ertönte. Welche Aufregung, welche Erwartung, während die Dorfbewohner sich oben an den Stufen versammelten und unten ihre Freunde oder Familienmitglieder an Land kletterten und sich an den Aufstieg machten. Zuerst kamen die Maultiere, die unter der Last des Gepäcks ächzten, dann die Passagiere, zerknittert und atemlos von ihrer Reise. Die Romantik echten Reisens nannte Eleni es, der Gang des ›alten Oia‹.

»Wie anders war es damals, ein so geheimer Ort, ein besonderer Ort. Nicht künstlich wie heute.« Und es stimmte, dass die Häuser auf den Fotos halb von Erde verdeckt waren und so unauffällig wie möglich gebaut – nicht mit gefälligen Farbabstufungen, die auf ihre Wirkung in Reisekatalogen hin ausgewählt wurden.

»Habe ich Ihnen schon erzählt, dass es jetzt ein Geschäft gibt, das Bilder von Oia verkauft, die in China oder sonst wo für ein paar Cents gemalt wurden? Und sie verkaufen sie für viele tausend Drachmen! Diese Fabrikarbeiter, die malen doch nur Fotos ab. Ich zeige es Ihnen, Rachel, und dann sehen Sie, dass die Blumen in den Bildern Orchideen sind, keine Geranien!«

»Das ist ja schrecklich!« Ich wusste, was als Nächstes kommen würde: die verwerfliche Entscheidung, den Strand am Ort in ›Paradies‹ umzutaufen! Was war mit dem alten Namen nicht in Ordnung? Wo blieb das Griechische in Oia?

Sie hatte ja recht. Im Hochsommer erblickte man tagsüber kaum ein einheimisches Gesicht in der Menge, und wenn, dann durfte man sich fast den Gedanken erlauben, ob die alte Frau mit dem Kopftuch oder der Pfarrer, der auf den Bus wartete, nicht vom Bürgermeister als Fotomotiv für Touristen dort postiert worden war. Eleni nannte es eine Invasion, lukrativ für sie und ihre Familie, das gab sie stets sofort zu, aber nichtsdestotrotz eine Invasion.

»Dieses Paar, das ich gerade zu Gast habe, die fragen mich, ob die Hunde Flöhe haben!«

»Was haben Sie geantwortet?«

»*Sie* sind die Flöhe. Das habe ich nicht gesagt, natürlich, nur zu meinem Mann. Zum Glück reisen sie morgen ab. Nichts als Beschwerden, Tag und Nacht.«

»Das klingt schrecklich«, stimmte ich ihr halbherzig zu. Denn trotz ihrer Eigenheiten fand ich die Touristen in letzter Zeit manchmal faszinierend. Sie marschierten mit solcher Bestimmtheit Richtung Ammoudi, fest entschlossen, sich zu holen, weshalb sie hergekommen waren. Und jedes Mal, wenn mich einer von ihnen zum Lächeln brachte, hob sich meine Laune noch ein kleines bisschen mehr, weil ich es als Beweis meiner eigenen Begeisterung sah. Oia veränderte sich – und ich tat es auch.

Es hatte einen bestimmten Moment gegeben, als es anfing: Genesung, Akzeptanz, welches Wort auch immer man benutzen wollte, um das Gefühl des Verlustes zu beschreiben, das aufhört, unerträglich zu sein, und einfach nur noch da ist. Ich war oben an den Klippen entlangspaziert, an Perivolas vorbei – ich hatte Ingrid besuchen wollen, doch sie war nicht zu Hause –, und irgendetwas trieb mich dazu, bis zur Kirche auf dem Berg dahinter weiterzulaufen. Sie hieß *Aghios Vasileios*, die Kirche des heiligen Basilius. Es war der perfekte Ort. Von hier aus konnte man auf Oia hinunter und weit darüber hinaus sehen, bis hinter den Vulkan, über ganz Santorin hinweg bis zu den entfernten Inseln, welche die Endlosigkeit des Meers unterbrachen.

Es war Nachmittag, und der Himmel mit seinen sich überlagernden Wolkenschichten war wunderschön. Mein Blick war jedoch wie immer hier nicht in den Himmel, sondern aufs Meer gerichtet. Und je länger ich die Milliarden von Lichttröpfchen anstarrte, umso klarer wurde mir, dass diese Inseln nichts als zufällige Wunder der Natur waren, die tapfer der Zerstörung trotzten – Zerstörung durch das Meer oder aus ihren eigenen Tiefen. Mir wurde klar, wie spärlich das Land war, wie schutzlos, egal wie hoch die Klippen oder labyrinthisch die Dörfer auch sein mochten. All das waren nur glitzernde Bruchstücke, kaum mehr als Staub. Und als ich das begriff, begriff ich auch, dass es Emma nicht mehr gab, dass sie und ich und Oliver, wir alle, von vornherein nicht die geringste Chance gehabt hatten. Es war pures Glück, dass wir uns überhaupt so lange auf der anderen Seite des Abgrunds halten konnten.

Ingrid, die wie Eleni ihren Lebensunterhalt den Touristen verdankte, regte sich ebenso regelmäßig über sie auf. Am meisten verachtete sie ihre Cafégäste, die immer griechischen Salat ohne Oliven oder Kapern oder Schafskäse wollten. »Griechischer Salat, griechische Zutaten! Warum bleiben sie nicht einfach daheim in Minnesota?« Dauernd wurde sie gebeten, Fotos von den glücklichen Paaren vor der malerischen Kulisse zu machen, wo sie doch eigentlich drinnen Milch aufschäumen oder Rechnungen begleichen sollte. Und immer gab es neue Kameras, die endlos brauchten, und als eine mal nicht richtig weiterspulte, tat der Besitzer sogar so, als hätte Ingrid sie kaputt gemacht.

»Diese Fotos, es geht ihnen immer nur um die verdammten Fotos! Warum können sie nicht einfach die Aussicht genießen, ohne sich permanent einen Apparat vors Gesicht zu halten!«

Und auch hier hatte ich das Gefühl, die Dinge anders zu verstehen. Für die meisten dieser verrückten Schnappschussjäger war Oia bloß ein weiterer hübscher Ort, durch den sie reisten und den sie richtig aussprechen wollten. Das Foto war der einzige Garant dafür, dass sie es nie ganz vergessen würden. In zehn Jahren würde es vielleicht eine Erinnerung auslösen, ein Aufflackern im Dunkeln, und für einen winzigen Moment konnte sich der Besitzer wieder genauso fühlen wie damals. Das hatte ich ja ganz vergessen, sagten die Leute, und jetzt erinnere ich mich plötzlich. Fotos waren eine Art Wunderdroge fürs Gehirn. Ich dachte an meine Bilder von Emma, an sich bereits so kostbar und noch viel kostbarer durch den schlummernden Schatz an anderen Bildern, die sie in meinem Gedächtnis auslösten, jedes eine andere Gestalt, wie Amulette an einer Kette.

Doch Ingrid wollte, wie auch Eleni, besänftigt werden. »Ich weiß, was du meinst«, versicherte ich ihr, wenn ich sie nach der hektischen Mittagsphase bei der Arbeit besuchte. »Stell dir bloß diese vielen Fotos vor, auf denen nichts als andere Leute mit gezückter Kamera zu sehen sind. Irgendwie ziemlich postmodern, wenn man sich's recht überlegt. Mir gefallen allerdings die alten Bilder besser, die schwarzweißen von früher.« Ich dachte an die Aufnahmen in Elenis Buch, bevor das Erdbeben das Dorf in einen Schutthaufen verwandelt hatte.

»Wir sollten uns ein paar von diesen alten Fotos besorgen und sie verkaufen«, meinte Ingrid. »Dann könnten wir zumindest sicher sein, dass die armen Kerle etwas Echtes mit nach Hause nehmen. Du kennst dich doch mit Fotos aus, oder, Rachel? Aus deinem anderen Leben?«

Mein anderes Leben. So nannte sie jetzt immer meine Vergangenheit, deren Einzelheiten ich weiterhin nicht preisgab. Das ›andere‹ Leben, eine subtile Abwandlung des ›alten‹ Lebens, wie sie ihre eigene Geschichte bezeichnete. Im Grunde war es auch passend, denn London lebte für mich tatsächlich auf eine Art und Weise weiter, wie es Melbourne für sie nicht tat. Manchmal beneidete ich sie um die Klarheit ihres glatten Schlussstrichs.

»Aber dazu bräuchten wir wohl Geld, schätze ich mal«, murmelte sie halblaut vor sich hin.

»Ich habe ein bisschen Geld.« Ingrid blickte mit ernsten Augen zu mir auf.

»Aber ich nicht.« Sie griff in ihre Tasche und präsentierte mir dann auf ausgestreckter Hand ihr Trinkgeld vom Vormittag, Oias hauseigener Oliver Twist.

Ich grinste sie an. »Das macht nichts. Weißt du was? Ich finde, das ist eine richtig gute Idee. Wie du schon sagst, niemand sonst verkauft alte Fotos, also warum sollten nicht wir es versuchen? Wie wäre es, wenn uns das Geschäft halbe-halbe gehört, und falls wir es je verkaufen, bekomme ich meine Investition zurück. Das ist leichter, als einen Kredit bei der Bank zu beantragen.«

Oliver hätte bei einem solch lockeren Angebot sicher einen Herzinfarkt bekommen. Wahrscheinlich waren selbst Kinder beim Murmeltauschen auf dem Spielplatz vorsichtiger. Doch es fühlte sich richtig an, so wie man hier schon immer Geschäfte gemacht hatte, zumindest bevor die Kreuzfahrtschiffe auftauchten und das Aufpolieren der Häuser durch Investoren begonnen hatte, die niemals auch nur einen Fuß über die Schwelle setzten. Eleni würde es gutheißen, da war ich sicher, und auch Mr Thessaloniki.

»Das meinst du tatsächlich ernst, oder?«, rief Ingrid verwundert. »Das ist ja der helle Wahnsinn! Unser eigener Laden!«

»Ja, es könnte ja auch so eine Art Galerie sein.« Ich war selbst überrascht, wie vor meinem inneren Auge bereits ein Bild entstand: ein sauberer, luftiger Raum mit Schwarzweißfotos auf Staffeleien, die einzigen Farben die sich verändernden Schattierungen des Meeres durch eine Wand aus Glas.

Ingrid sah auf ihre Schürze hinunter und zupfte an einer grünen Faser herum, die auf dem Stoff klebte. »O mein Gott, ich kann kaum glauben, dass ich vielleicht bald keinen Spinat mehr riechen muss!«

Ich lächelte. »Wir sollten wohl besser erst mal schauen, ob es überhaupt was zu verkaufen gibt, bevor wir das wagen.«

# Kapitel 17

Oliver und ich waren nun zweifellos getrennt, doch seine Briefe erwähnten weder das Wort Scheidung, noch setzte er mir irgendein Ultimatum, wann diese Zeit des Wartens auf mich enden würde. Stattdessen berichtete er von seiner Familie, seiner Arbeit und vom Haus, als befände ich mich auf einer ausgedehnten Geschäftsreise und als ginge er davon aus, dass ich nach Informationen über alltägliche Details lechzte.

Manchmal vermisste ich ihn, auf gewisse Weise. Ganz am Anfang, vor Emma, hatten wir tolle Reisen miteinander unternommen. Was er wohl von diesem Ort hier halten würde, wo wir unter anderen Umständen durchaus mal zum Urlaubmachen hätten herkommen können – natürlich in einem der teuren Hotels mit Blick auf die Caldera. Nicht dass er je viel Begeisterung für die Szenerie aufgebracht hätte, hübsch, würde er vielleicht sagen, nicht schlecht für einen Tagesausflug. Er hätte bald herausgefunden, dass das Essen hier meistens um ein oder zwei Klassen schlechter war als in den gehobeneren Tavernen in der Charlotte Street oder beim Griechen in der Regent's Park Road, zu dem wir gerne gegangen waren. Und der Wein? Besser, ja, das würde er zugeben. Und zumindest großzügige Mengen.

Eleni liebte Bücher. Nachdem ihre Schätze lange Zeit in Kartons verstaubt waren, hatte ihr Mann Anatole ihr einst sogar eine große Schrankvitrine mit Glastüren gebaut. Das war sozusagen der Anfang der Ilias-Bibliothek, und seither fand jede Neuerscheinung über die Kykladen ihren Weg in Elenis Sammlung.

Während Ingrid also weiter brav Kaffee servierte und auf Wunsch beknackte Schnappschüsse machte, gewährte Eleni mir Zugang zu ihrem geliebten Schatz. Ich verbrachte mehrere lange Tage damit, die Abbildungen zu studieren, bis ich eine vernünftige Vorstellung davon hatte, welche Art der Darstellungen bekannt war. Zum einen gab es da die gefeierten Aufnahmen berühmter Fotografen, wie zum Beispiel die von Nelly (Elli Souyioultzoglou-Seraidari), welche die Insel zum ersten Mal im Jahr 1920 bereist hatte. Die Originale lagerten in den Archiven in Athen oder in deutschen oder französischen Städten. Am anderen Ende des Spektrums befand sich jene Handvoll Bilder, die ich von den unzähligen Reproduktionen wiedererkannte, die man stapelweise in jedem Laden in Oia kaufen konnte, ja sogar an den Supermarktkassen: der Turm der Goulas, als er noch ganz war, bullig und eckig, mit der Kirche der Jungfrau Platsani dahinter; verschiedene Ansichten auf Ammoudi vom Wasser aus; der Vulkan, aus dem eine dicke Rauchwolke in den Himmel stieg. All diese Fotos waren von Seeleuten und Reisenden aufgenommen worden, und wo überhaupt Urheberrechtsangaben vermerkt waren, wurden Adressen auf dem Festland oder im Ausland genannt.

Ich machte mir seitenweise Notizen. Mein Plan war, alle Archive und Urheberrechtsbesitzer zu kontaktieren, die in den Büchern aufgelistet waren, und sie um die Erlaubnis zu bitten, Abzüge von den Aufnahmen zu verkaufen. Im Büro des Ilias gab es einen Computer und ein Faxgerät, und wieder bot Eleni mir an, davon Gebrauch zu machen, als gehörten sie mir. Als die Antworten nach und nach eintrudelten, mit Angaben zu Gebühren (unerschwinglich) und zeitlicher Abwicklung (unendlich langsam, selbst für jemanden wie mich, die kaum wusste, welcher Monat gerade war), wuchs in mir die Überzeugung, dass wir nur eine Möglichkeit hatten, dieses Projekt anzugehen: und zwar mit einheimischer Hilfe, auf die alte Art und Weise, ohne Athen und die schicken Fotostudios und Archive da draußen mit einzubeziehen. Eleni stimmte mir zu und übersetzte einen kleinen Aushang, den wir im Dorf verteilten und in dem wir die Bewohner um Informationen zu Fotografien vor 1950 baten und ihnen anboten, eigene Fotos zur Bewertung einzureichen. Wir hatten vor, entweder eine bestimmte Kaufsumme zu zahlen oder als Galerie zu fungieren und einen gewissen Anteil am Profit bei Verkauf einzubehalten.

In der Zwischenzeit klapperten Ingrid und ich die Läden und Märkte am Ort ab. Eines der Antiquitätengeschäfte an der Hauptstraße bot ein paar Portraitaufnahmen von Frauen und Familien in traditioneller Kleidung feil, doch da der Angestellte von unserer Mission nichts wusste, gab er zu, dass sie aus Athen stammten. Weitere Ausflüge nach Thira und die anderen Haupttouristenorte wie Perissa, Kamari und Pyrgos erbrachten einige wenige Funde, die jedoch kaum für eine Mappe ausreichten, ganz zu schweigen von der Grundlage für einen ganzen Laden.

»Weißt du was, ich frage mich, ob Nikos uns vielleicht helfen könnte«, meinte Ingrid eines Abends, als ich von meinen Erlebnissen des Tages berichtet hatte. Wir hatten es uns zur Gewohnheit gemacht, uns täglich bei Kaffee und Vinosanto gegenseitig auf dem Laufenden zu halten.

»Wer ist Nikos?«

»Ach, ein Typ, den ich letzten Sommer in Thira kennengelernt habe. Ich war einmal mit im Haus seiner Familie und da hingen diese tollen Schwarzweißfotos an den Wänden. Jede Menge. Die waren definitiv alt, das konnte man an den seltsamen Klamotten sehen.«

»Kannst du ihn anrufen?«

»Klar. Ich versuche bloß gerade, mich daran zu erinnern, ob er der war, der heiraten sollte …«

Ich verdrehte die Augen. »Ja, wir wollen schließlich ungern die Hochzeitsfotos deines Exlovers verkaufen, oder?«

»Haha.« Auch Ingrid rollte mit den Augen. »Weißt du, Rachel, ich kann's kaum erwarten, bis *du* wieder in den Sattel steigst …«

»Ingrid, also bitte. Ich hasse diesen Ausdruck. Da muss ich gleich an die Maultiere denken.«

»Tja, da müssen wir wohl noch dran arbeiten.«

Ich versuchte, ihr Grinsen zu ignorieren, und schob unsere Postkarten fein säuberlich auf einen Stapel zusammen. Dabei hielt ich den Kopf gesenkt, sprachlos vor Traurigkeit. Hinter mir plapperte Ingrid weiter, die meinen plötzlichen Stimmungswandel nicht bemerkte. »Du kannst nämlich nicht für immer allein bleiben.«

Während ich mich von der Vorstellung von Zweisamkeit verabschiedet und im Pärchenparadies Oia den perfekten Ort gefunden hatte, um meine Abstinenz zu pflegen, besaß Ingrid romantische Energie für zwei. Wie immer hatte sie bis zum Beginn des Sommers die meisten attraktiven Kellner in Reichweite abgegrast, indem sie deren Schichtende in den Restaurants abpasste oder sie später im Epik traf, einer lauten Bar im Lotza-Viertel, dem Treffpunkt für Angestellte und Einheimische, nachdem die Touristen ins Bett gegangen waren.

Allein reisende Urlauber waren eine Seltenheit hier im Reich der Hochzeitsreisenden, doch Ingrid wusste, wo auch diese zu finden waren, wenn sie durch die Maschen schlüpften: in den preiswerteren Hotels auf der anderen Seite des Dorfes, nur wenige Minuten Fußweg von den Fünf-Sterne-Villen entfernt, doch ohne die spektakuläre Aussicht und deshalb für ein

Zehntel des Geldes zu haben. Ab und zu verlängerte einer, von Ingrid betört, seinen Aufenthalt in Oia um eine Woche oder zwei und zog von seiner Touristenunterkunft in ihre kleine Wohnung oben in Perivolas, wo sie die Illusion eines gemeinsamen Lebens genoss.

Während solcher Phasen kam sie in ihrer Mittagspause gerne bei mir vorbei, um mir vom aktuellen Lover zu erzählen. Stets brachte sie etwas Essbares mit, das sie bei der Arbeit hatte mitgehen lassen, und sah mir beim Essen zu, während sie redete.

»Ich sag's ja, ich bin ein wandelndes Klischee«, seufzte sie. »Offensichtlich bin ich, dank meiner Vergangenheit und der Vernachlässigung durch meine Eltern, auf der Suche nach Liebe, und dabei verwechsle ich Sex mit Liebe.«

Ich lächelte und fragte mich, welches Buch sie wohl derzeit las. »Das ist ja auch nicht allzu schwer«, tröstete ich sie.

Nur ein Mal, als klar wurde, dass sie sich mit einem Mann während seiner Hochzeitsreise eingelassen hatte, brachte ich mein Missfallen zum Ausdruck. »Oh, Ingrid! Wie konntest du nur?«

»Was denn? Wenn er schon so bald mit jemand anderem schlafen will, dann ist er nicht gut genug für sie.«

»Bedeutet das dann aber nicht, dass er auch nicht gut genug für dich ist?«

»Ich war ja nicht so blöd, den Kerl zu heiraten, oder? Außerdem war es bloß der eine Ausrutscher. Sie hatte nur einen Nachmittag Wellness gebucht. Den restlichen Urlaub über werden sie wieder ein Herz und eine Seele sein, keine Sorge.«

Ich gab auf. Der Mann hatte den Fehler begangen, nicht sie, und ich durfte mir kein Urteil erlauben. Schließlich war auch ich in diesem ›anderen‹ Leben nicht ohne Fehl gewesen.

An jenem Morgen, als Palmer zu seinem zweiten persönlichen Update erschien, war ich mit klopfendem Herzen und verkrampften Eingeweiden aufgewacht. Ich hatte von Cat, Daisy und Emma geträumt. Sie befanden sich im großen Schwimmbad von Swiss Cottage, als das Wasser plötzlich die dunkelgraue Tiefe der Caldera annahm. Vom Sprungbrett aus sah ich hilflos zu, wie jede von ihnen verzweifelt dagegen ankämpfte unterzugehen. »Hilfe!«, rief Emma. »Hilfe!«, immer und immer wieder. Doch niemand außer mir schien ihre Schreie zu hören, und ich konnte selbst bloß schreien: »Aber ich kann doch nicht schwimmen …«

Palmer berichtete in der Tat von einem Unfall, der allerdings nichts mit Schwimmen zu tun hatte: Cat hatte sich das Handgelenk gebrochen. Sie war im Park von einer Art Schaukel gefallen, die ich ehrlich gesagt schon immer als ungeeignet für einen Kinderspielplatz betrachtet hatte. Sie hätte besser auf einen Truppenparcours gepasst.

»Welcher Arm war es?«, wollte ich wissen.

»Der rechte.«

Cat war Linkshänderin. Sie und Emma waren öfter beim Malen mit den Ellbogen zusammengestoßen.

»Sie muss einige Wochen lang einen Gips tragen, aber es geht ihr ausgezeichnet. Auf den Fotos wirkt sie putzmunter. Ich habe welche dabei.«

Die Fotos zeigten eine strahlende Cat mit einem pinkfarbenen Gipsarm, der über und über vollgekritzelt war. »Ihre schulischen Leistungen werden kaum darunter leiden. Ein bisschen Nachhilfe den Sommer über wird sie wieder auf den neuesten Stand bringen.« Palmers leise, leicht raue Stimme schien sich beruhigend auf meine Nerven auszuwirken.

»Ich bin froh, dass sie nicht lange leiden musste.«

»Ja, wie gesagt, sie haben sie sofort in die Notaufnahme gebracht, wo man ihr Schmerzmittel gegeben hat.«

Ich ergriff die Gelegenheit, ihn nach seinen Ermittlungsmethoden zu fragen. Er erzählte daraufhin, dass in seiner Branche Überwachung oft nur darin bestand, sein Auto (ein unauffälliges Modell, wie er es nannte) auf der gegenüberliegenden Straßenseite zu parken, so dass es in die andere Richtung zeigte und er im Rückspiegel das jeweilige Haus beobachten konnte. »Viel diskreter so. Außerdem senkt es das Risiko des direkten Blickkontakts.«

»Und Sie setzen dafür eine Frau ein, wie ich es gewünscht habe?«

»Selbstverständlich.« Eine seiner Kolleginnen hatte sich mit einer Lehrerin der Moss Hamlet School angefreundet, so dass sie sich problemlos am Schultor und anderen Orten aufhalten konnte. »Demnächst werden sie sich für die weiterführenden Schulen bewerben, also müssen wir uns daranmachen, diese zu infiltrieren.« Er lachte. »Ich klinge wie ein FBI-Agent, stimmt's? Dabei ist das wirklich nicht zu vergleichen. Meine Arbeit ist viel profaner.«

Ich lächelte. Es überraschte mich, wie sehr ich mich freute, ihn wiederzusehen. »Ich eröffne hier vielleicht bald einen Laden«, erzählte ich ihm. »Zusammen mit meiner Freundin Ingrid. Wenn Sie also das nächste Mal kommen, können wir Ihnen möglicherweise schon was verkaufen.« *Nächstes Mal* – nichts weiter als eine Redewendung, aber er leugnete nicht, dass es einen nächsten Besuch geben würde.

»Eines muss ich Ihnen lassen«, sagte er und ließ den Blick über meine Topfpflanzen und regenbogenfarbenen Flickenteppiche auf der Terrasse wandern. »Das hier ist ein verdammt guter Ort, um sich zu verstecken.«

Ich sah ihn überrascht an. »Aber ich *verstecke* mich nicht, Palmer. Ich bin hierhergekommen, weil ich nicht bleiben konnte, wo ich war.« Ich hielt inne. »Nach Emma.«

Er nickte.

»Ich wohne jetzt hier, ich habe vor, hier zu arbeiten, wie eben erwähnt. Ich habe keinen Grund, mich zu *verstecken.*«

»Schon gut«, sagte er schnell. »Vielleicht arbeitet mein Hirn einfach nur so. Ich erwarte, dass die Menschen mehr Geheimnisse haben, als sie zugeben. Berufskrankheit, schätze ich.«

Doch ich merkte, dass die Vehemenz meiner Erwiderung ihn erschreckt hatte, und bemühte mich, es wiedergutzumachen. »Erzählen Sie mir trotzdem«, forderte ich ihn lächelnd auf, »warum es ein so guter Platz zum Verstecken ist?«

Sein Blick wanderte zur Caldera. »Ich weiß es nicht genau. Das hier ist einfach ein ungewöhnlicher Ort, nichts weiter. Auf gewisse Art unberührt. Besser geht's nicht.«

»Was das Unberührte betrifft, bin ich mir nicht so sicher. Manche Leute halten es für komplett überlaufen.« Wie aufs Stichwort kam ein Zug von Maultieren auf dem Weg nach Armeni bei mir vorbeigeklappert. Der Maultiertreiber saß seitlich im Sattel und führte seine Karawane im engen Zickzackkurs nach unten.

Palmer grinste. »Im Vergleich zu London ist es aber ziemlich verschlafen.«

»Das stimmt. Dort gibt es keine Maultiere.«

Er schwieg und wollte mir offenbar nicht widersprechen. Er war schon eine komische Type, von der Sorte, der ich in meinem vorherigen Leben wenig Beachtung geschenkt hätte. Und gleichzeitig hatte er etwas unglaublich Vertrautes an sich. Selbst während wir uns mühsam an den Gesprächsangeboten des anderen entlanghangelten, waren wir uns auf gewisse Weise ähnlich. Ich fragte mich, ob es mit Emma zu tun hatte, mit seinem Wissen über sie. »Ich konnte nicht dort bleiben, wo ich war … nach Emma«, so viel hatte ich weder Ingrid noch Eleni gegenüber je zugeben können. Vielleicht hatte er ja doch recht mit den Geheimnissen.

»Wie geht es Ihren Kindern?«, erkundigte ich mich. »Hatten Sie nicht gesagt, Sie haben einen Jungen und ein Mädchen?«

Er nickte. »Matt und Zoe.«

»Wie alt sind sie?«

»Matt wird fünfzehn im September, Zoe ist fast zwölf.«

»Dann haben Sie aber früh eine Familie gegründet.«

»Ja, ziemlich. Da wird man dann recht schnell erwachsen. Die beiden würden um nichts in der Welt im selben Alter Kinder bekommen wie ihre Mutter und ich.«

»Ich war sechsundzwanzig«, sagte ich. »Das fühlte sich richtig an, aber ich weiß, dass mich einige noch für ein bisschen jung hielten. Meine Schwiegermutter meinte, wir seien verrückt, unser Leben aufzugeben. Genau so hat sie es formuliert.«

»Seltsame Art zu denken.« Er erzählte, dass er seine Kinder nicht so oft sah, wie er gerne würde, weil sie etwa eine Stunde entfernt bei ihrer Mutter lebten.

»Wie heißt sie, Ihre Exfrau?«

»Tracy.«

Er sagte es so sachlich, so emotionslos, mit unbewegter Miene, dass mich plötzlich ein Gefühl der Schwermut überkam. In der Vergangenheit war ich sehr gut darin gewesen, mir das Leben von Leuten vorzustellen, die ich kaum kannte, selbst für Passanten dachte ich mir komplizierte Geschichten aus und stellte mir sogar vor, wie ihre Wohnungen eingerichtet waren. Doch sosehr ich mich auch bemühte, ich konnte Palmer nicht einordnen, in keine Familie, kein Haus, keinen Zusammenhang. Ich konnte ihn mir nur vorstellen, wie er in seinem Auto saß, das in der Straße eines Fremden parkte, und in den Rückspiegel starrte.

»In welcher Gegend wohnen Sie denn?«, fragte ich.

»Wanstead, im Osten Londons.«

»Und wohnen Sie alleine? Haben Sie einen Garten?«

Er lachte überrascht auf. »Ähm, ja, habe ich. Ich habe sogar eine Art grünen Daumen entwickelt, um ehrlich zu sein.«

»Das ist gut.« Nicht das eheliche Heim, dachte ich, mit der Schaukel im Garten, einem Sandkasten von früher. Sie hatte das Haus zugesprochen bekommen, wie es bei Trennungen meistens der Fall war.

Er betrachtete mich einen Moment lang lächelnd. »Gibt es noch etwas, das Sie wissen möchten, wenn wir schon dabei sind?« Er veränderte sorgfältig seine Haltung, als wollte er sich der genauen Studie eines Experten für Körpersprache aussetzen, und sah mich amüsiert an.

»Was machen Sie, wenn Sie nicht arbeiten?«, fragte ich ernsthaft. »Sie scheinen so … fleißig.«

»Keine Ahnung, was andere auch machen, nehme ich an.« Er brach ab, wahrscheinlich weil ihm wieder eingefallen war, dass ich nicht länger zu den ›anderen‹ zählte, ich hatte nicht dieselben Bezugspunkte. Doch aus seiner leicht verzögerten Reaktion schloss ich, dass die Tragödie mir nicht mehr so sichtbar ins Gesicht geschrieben stand. »Ich treffe mich natürlich mit den Kindern, ich schaue fern. Im Sommer gehe ich mal zum Kricket. Ich gehe mit meinen Kumpels einen trinken …«

»Und gibt es jemand Neues in Ihrem Leben?«

Er zuckte mit den Schultern. »Dann und wann.«

Das war nun schon eine sehr persönliche Frage. Mir schoss der Gedanke durch den Kopf, dass ich ihn für Ingrid abcheckte, aber das war verrückt. Noch nie hatte ich die beiden bisher gedanklich in Verbindung gebracht. Jedenfalls war das Letzte, was sie brauchte, ein Mann, für den Täuschung zum Beruf gehörte.

Ich erkundigte mich nach der Bekanntschaft in Naxos, bohrte jedoch nicht nach, als er mir jenen ›das wollen Sie nicht wirklich wissen‹-Blick zuwarf. Er selbst befragte mich zu nichts, weder zu meiner persönlichen Situation, meiner Trennung von Oliver noch meinen Plänen. Es spielte wohl auch keine Rolle. Ich war das, was er vor sich sah. Und außerdem würde gerade er wissen, wo er nach Antworten suchen musste, wenn er welche wollte.

Später sah ich mir das Foto von Cat mit ihrem eingegipsten Arm noch einmal an – irgendwie ein Symbol für ihre Unschuld und Verletzbarkeit. Gleichzeitig wurde mir klar, dass sie in diesem Moment so gut umsorgt sein würde, wie ein Patient sich das nur wünschen konnte. Von ihrem Hauptquartier auf dem Sofa vor dem Fernseher aus würde sie nach Limonade und Wolldecken verlangen. Mariel hatte sich wahrscheinlich einige Tage freigenommen – ihre Chefin hatte da mehr Verständnis als die meisten anderen – oder anderenfalls ihre Mutter rekrutiert, um sich um die Enkelin zu kümmern und sie mit kontinuierlichem Nachschub an Leckereien zu versorgen.

Ich wünschte mir von ganzem Herzen, dass auch ich etwas tun könnte, um sie zu trösten, doch hier in Oia war ich ihr zu wenig nütze. Was würde ich tun, wenn ich noch in London wäre?, fragte ich mich. Ich als Patentante, als beste Freundin ihrer Eltern, als Mutter des Mädchens, das einmal ihre beste Freundin war? Ich würde ihr Geschichten vorlesen und sie mit ins Kino nehmen, stets darauf bedacht, ihren Arm von den anderen Menschen abzuschirmen, die sich durch die Reihen drängten. Ich würde ihr über die Haare streichen und ihr heiße Schokolade mit Schlagsahne und Marshmallows bestellen. Ich würde ihr sagen, dass ihr Handgelenk heilen würde, wenn sie nur Geduld hatte. Wie wunderbar würde es sich anfühlen, wieder schwimmen und schaukeln und klettern zu können, nachdem sie so lange in ihrer Bewegung eingeschränkt gewesen war. Es würde genau so sein wie beim ersten Mal, nur mit dem Unterschied, dass sie jetzt wusste, wie es ging. Wie gerne würde ich diese Dinge zu ihr sagen, und Palmer konnte das kaum für mich übernehmen. Hoffentlich würde Oliver sie in seinem nächsten Brief erwähnen oder eine Notiz von Mariel beilegen, so dass ich wenigstens eine Karte und ein Geschenk an die Patientin schicken konnte. In der Zwischenzeit konnte ich lediglich Palmer instruieren, so viele Beschwerdebriefe wie möglich bezüglich des gefährlichen Spielplatzgerüsts an die Stadtverwaltung zu schreiben.

Mariel fragte sich bestimmt, was wohl als Nächstes käme, dachte ich. Sahen Toby und sie sich an und sagten: ›Zuerst der Unfall, die Verletzung am Bein, und jetzt das hier!‹? Da waren schließlich auch die ganzen Kinderkrankheiten gewesen. Dann würde es ihnen wieder einfallen und sie bekämen Schuldgefühle. ›Aber sie lebt‹, würden sie sagen, ›das ist das Allerwichtigste. Was würde Rachel für ein Kind mit gebrochenem Handgelenk geben?‹

# Kapitel 18

Als sich ein Mädchen in paillettenbesetztem Minirock und einem Fanshirt der englischen Fußballmannschaft über eine Mauer beugte und sich direkt vor meinen Füßen übergab, beschloss ich, dass ein Ausflug nach Thira genau das Richtige war, um sich vor Augen zu führen, wie ursprünglich Oia geblieben war. Auch wenn Eleni das Gegenteil behauptete. Ich hatte die Hauptstadt nur ein paar Mal besucht, um Besorgungen zu machen, und war nur einmal länger geblieben, um das alte Viertel mit Läden und Bars hoch oben auf dem Felsen zu erkunden. Heute war ich mit Ingrid unterwegs, die noch bei der Bank vorbeimusste. Also hatte ich mich allein ins Getümmel gestürzt.

Das Geschäft von Nikos' Familie war nicht allzu schwer zu finden, ein typisch grell ausstaffierter Laden in den Gassen hinter der Seilbahnstation. Beim alten Mann hinter der Kasse handelte es sich eindeutig nicht um Nikos – Ingrids Männergeschmack mochte zwar nicht übermäßig erlesen sein, doch erstreckte er sich wohl kaum, da war ich mir sicher, auf Siebzigjährige mit haarigen Ohren und nikotingelben Fingernägeln. Also wanderte ich ein wenig im Laden umher wie eine ganz normale Touristin, begutachtete das Angebot an Puppen, Bimssteinen und unidentifizierbaren Musikinstrumenten – ein seltsames Sammelsurium von Gegenständen, die nur darauf warteten, von irgendeinem Last-Minute-Urlaubseinkäufer für einen Kollegen oder Freund zu Hause gekauft zu werden. Es gab die üblichen Postkartenkarusselle, aber die einzigen ausgestellten Fotos befanden sich in einer braunen Lebensmittelkiste in einer Ecke, die zwischen Pistazienkernen und Olivenseifen eingeklemmt war. Einige steckten in angefressenen, staubigen Plastikhüllen, andere hatte man auf vergilbten Karton aufgezogen. Das oberste Bild kam mir sofort bekannt vor: Thira vom Wasser aus, bevor die Seilbahn die Stadt mit der Bucht verband – diese Aufnahme wurde auf der ganzen Insel verkauft und war in Oia genauso billig als Abzug oder Postkarte zu haben.

Ich nickte dem Mann hinter der Theke zu und ging dann vor der Kiste in die Hocke, um die restlichen Bilder durchzublättern. ›Ankunft in Ammoudi, 50er Jahre‹, ›Goulas, 1951‹, ›Nea Kameni, 1929‹ – auch dies die gleichen Bilder, die wir in Dutzenden von Supermärkten gesehen hatten. Was für eine Schande. Die Fotos, von denen Ingrid erzählt hatte, mussten Familienporträts gewesen sein, vielleicht erst vor Kurzem im Sepia-Retrostil aufgenommen. Es gab ein Studio in Thira, das sich genau darauf spezialisiert hatte. Ich würde meine Enttäuschung gut verbergen müssen, wenn sie kam, denn sie war voller Enthusiasmus für unser Projekt.

Und dann hielt ich plötzlich den Atem an. Das sechste Bild hatte ich definitiv noch nie zuvor gesehen. Eine einfache Aufnahme einer *kapetanospita* in Oia, mit der Reihe eleganter hoher Fenster und einem schmiedeeisernen Geländer. Sogar das Papier war ungewohnt. Es hatte eine faserige, matte Konsistenz, die an viel ältere Standards erinnerte als die glänzenden Abzüge, die ich sonst so in der Hand hatte. Langsam atmete ich wieder aus und blätterte zum nächsten um: eine kontrastreiche, kubische Komposition aus Treppen und Dächern, dunkle Schattenflächen neben weißen Sonnenstreifen; dann das nächste: eine enge Gasse mit ballspielenden Kindern, die sich nicht um die Kamera scherten. Und es wurde immer besser: eine wunderbare, gemäldegleiche Aufnahme eines Picknicks am Wasser unter freiem Himmel, möglicherweise in Armeni; Schoner im Hafen, dicht an dicht, während Menschen sich am Ufer drängen und vielleicht das Verladen der Weinernte vorbereiten; eine dunkle Schlucht, deren gemusterte Felsen selbst in der Einfarbigkeit beeindruckten; die leere Küste von Kamari, lange bevor sie in den Katalogen der Reiseveranstalter auftauchte; das Labyrinth der Gassen von Pyrgos, unter einem Himmel mit wirbelnden Wolken …

Die vergangenen Wochen über hatte ich Hunderte von Bildern angeschaut, doch es waren keine wie diese darunter gewesen. Jedes zeigte ein anderes Santorin als das draußen vor der Ladentür. Wie um alles in der Welt kamen diese Fotos hierher, halb begraben unter Kochbüchern und seltsamen Puppen in glänzenden, knisternden Kleidern? Ich durchsuchte sie allesamt, aber keines von ihnen war signiert und die Preise variierten von einem zum nächsten.

»Rachel!« Ingrid war neben mir aufgetaucht. »Tut mir leid, dass es so lange gedauert hat. Ich musste endlos Schlange stehen, du kennst das ja. *So* langsam. Wie kommst du voran? Irgendwas Brauchbares?«

Ich fragte mich, ob sie wohl das Rauschen in meinen Ohren hören konnte. »Schau dir das hier an, Ingrid, diese Fotos sind unglaublich! Ich vermute, sie wurden mit einer 35mm-Kamera aufgenommen, einer Leica.«

»Ist das gut?«

»Es bedeutet, dass der Fotograf ziemlich fortschrittlich gewesen sein muss. Und talentiert, würde ich sagen.«

»Was? Glaubst du, die sind alle vom gleichen?«

»Ich denke schon. Sie wirken zumindest so.«

Ingrid griff sich eines heraus, eine Straßenszene. Die Überschrift lautete lediglich: ›Oia‹. »Diese Kirche kenne ich gar nicht, du?«

»Das ist St. Georg. Wurde beim Erdbeben zerstört, wie so

manche andere.« Ich war selbst überrascht, wie viel ich beim Recherchieren gelernt hatte, wie vertraut mir dieses alte Santorin durch die Bücher in Elenis Bibliothek geworden war.

Ich begegnete dem Blick des alten Mannes. »Wissen Sie, wer diese Bilder gemacht hat?«

Ein Schulterzucken, das Anzünden einer Zigarette und ein schmallippiger Zug am Glimmstängel. Ich versuchte, mir gar nicht erst auszumalen, welche Auswirkungen jahrelanger Zigarettenrauch auf das ungeschützte Fotopapier gehabt haben mochte.

»Wo sind die Negative?«

Schulterzucken, Rauchen, Starren. Ein fast unmerkliches Zusammenkneifen der Augen.

»Ich glaube nicht, dass er Englisch spricht«, meinte Ingrid belustigt.

»Wir wollen sie alle kaufen«, verkündete ich verwegen.

Da wurde ihr Lächeln weniger nachsichtig. »He, nun mal ganz langsam. Ich glaube, ich frage besser mal nach Nikos, damit der für uns übersetzt.« Sie sprach griechisch mit dem Mann und erhielt als Antwort ein solch kurzes, widerwilliges Gebrummel, dass ich noch nicht mal die Sprache, geschweige denn den Inhalt hätte verstehen können. Schließlich konnte Ingrid sich zumindest zusammenreimen, dass Nikos am anderen Ende der Stadt Waren abholte und frühestens in einer Stunde zurückkommen würde.

»Lass uns was trinken gehen, während wir auf ihn warten.« Sie zeigte auf eine Kaffeebar auf der anderen Straßenseite. »Komm schon.«

»Muss das sein? Können wir nicht hier warten?« Aber Ingrid ergriff meinen Arm, rief dem Alten ein *adio* zu, und eine Minute später rührte ich langsam in meinem Cappuccino, um meine Nerven zu beruhigen. »Ingrid, was ist, wenn jemand uns sie genau jetzt vor der Nase wegschnappt?«

»Das wird nicht passieren«, beharrte sie. »Wenn die Dinger was wert wären, hätte sie längst jemand gekauft, oder?«

»Es geht nicht darum, was sie wert sind, sondern darum, dass sie wunderbar sind. Wir *müssen* sie einfach haben!«

»Na gut«, meinte sie geduldig, »aber wir wollen hier doch ein rentables Geschäft aufziehen, richtig? Also müssen wir günstig einkaufen. Wenn wir also wieder da reingehen, darfst du nicht zeigen, wie sehr du sie haben möchtest.«

»Aber wer weiß, wie viele es noch davon gibt, die irgendwo in einer Schublade oder in einem alten Koffer vermodern? Gott sei Dank hast du dich an sie erinnert!«

Sie grinste. »Ich hab dich noch nie so nervös gesehen. Natürlich bekommen wir sie, mach dir keine Sorgen. Ich glaube nur, dass wir sie zu einem besseren Preis kriegen, wenn Nikos mit dabei ist. Und wir müssen hier auch noch andere Stellen abklappern, bevor wir heimfahren.«

Ingrid war die einzige andere Auswanderin, die ich bisher getroffen hatte, die mit ›heim‹ Oia meinte. Und mit ihrer Sonnenbräune, den bunten Baumwollkleidern vom Markt und einer Begabung für die Landessprache war sie tatsächlich irgendwie hier zu Hause. Ich hingegen, diejenige mit hellenischem Blut, besaß wenig Griechisches außer den Gesichtszügen. Es war schwer zu glauben, dass ich überhaupt irgendwelche griechischen Gene im Körper haben sollte, so taub war ich für die Sprache. Ich versuchte, den Tonfall und die Gesten zu interpretieren und war hinterher stets fasziniert, wenn das tatsächliche Thema des Gesprächs enthüllt wurde.

Plötzlich rief eine tiefe Männerstimme etwas, das wie »Ingreit! Ingreit!« klang, woraufhin Ingrid sofort mit geröteten Wangen aufsprang und einen attraktiven Mann Anfang zwanzig umarmte. Er hatte breite Schultern und lange Beine. Seine Haut war überraschend hell. So klang nun also der Balzruf einer einstigen Liebe.

»Rachel, das ist Nikos. Nikos, darf ich dir Rachel vorstellen, von der ich dir am Telefon erzählt habe.«

»Freut mich sehr.«

Er musterte mich von Kopf bis Fuß, wie es manche der Einheimischen bei ausländischen Frauen gerne taten. Sex, Geld oder beides? Ich konnte meine Ungeduld kaum verbergen, während die beiden sich über die Jobs gemeinsamer Bekannter unterhielten, bevor sie schließlich bereit waren, die paar Schritte zurück in den Laden zu gehen.

Diesmal wurden ein paar niedrige Holzhocker hervorgeholt, dann gab es Zigaretten. Ingrid nahm eine und führte Nikos' Hand, als er ihr Feuer gab. Dann begannen die Verhandlungen. Ich hörte stumm zu. Die wenigen übersetzten Brocken waren ziemlich verwirrend. Wie sich herausstellte, war der alte Mann Nikos' Großonkel Dimitris, der Fotograf der Cousin seines Großvaters. Und er hieß ebenfalls Nikos. »Er hat Unterricht in Athen genommen und war wohl mit einem Fotografen befreundet, der in den dreißiger oder vierziger Jahren hierherkam. Später wanderte Nikos senior in die Staaten aus und hatte kein Interesse mehr an den Bildern.«

Ich nickte. »Wenn wir herausfinden könnten, wer dieser Lehrer war, könnte das ihren Wert steigern ...«

Ingrid warf mir einen strengen Blick zu. »Das wird wohl kaum jemand Bekanntes gewesen sein, wenn die Familie sie hier so verscherbelt.«

»Ich weiß nicht«, meinte ich. »Ich will hier niemanden übers Ohr hauen.«

Ingrid ignorierte meine Bemerkung. »Nikos, ist das alles, was du hast? Was ist mit denen bei euch zu Hause an den Wänden?«

Aus Nikos' Erklärungen in gebrochenem Englisch schloss ich, dass seine Familie die ›besten‹ bei sich zu Hause behalten hatte. »Die Portraits und so«, sagte Ingrid. »Sieht aus, als wäre unser Mann ziemlich fleißig gewesen.«

Ich tat mein Möglichstes, um unbeeindruckt zu wirken.

»Dimitris sagt, die liegen seit Jahren da in der Kiste. Die Touristen kaufen bloß Vulkanpostkarten und billigen Schmuck.«

»Na gut.« Ich verdrängte alle meine Bedenken. »Die Leute, die in unserem Laden einkaufen werden, wissen so was wohl eher zu schätzen.« *Unser Laden*, als gäbe es den schon. Dabei hatten wir noch nicht mal Räumlichkeiten besichtigt.

An dieser Stelle übernahm Ingrid das Zepter und wich kaum von ihrem ersten Angebot ab, welches noch weit unter dem Preis lag, den wir als Ausgaben pro Foto festgelegt hatten. Kurz darauf wurde eine Flasche Whiskey hervorgeholt und es klirrten die Gläser.

Anschließend wartete ich draußen im Schatten, die Kiste an mich gepresst, auf Ingrid, die sich ausgiebig von Nikos verabschieden musste, der wohl bloß verlobt und noch gar nicht verheiratet war.

»Du warst fantastisch da drin, Ingrid! Einfach genial!«

»Besser als du zumindest«, stimmte sie mir zu. »Du bist viel zu nett. In Zukunft schicke ich dich einfach schon mal vor, damit du die guten Sachen aufspürst, und anschließend wickle ich dann den eigentlichen Kauf ab.«

»Na ja, ich möchte einfach, dass wir hier faire Geschäfte machen.«

»Was genau meinst du damit?«

Sie wischte meine folgenden Erklärungen mit einem Schnauben vom Tisch. »Natürlich ist das fair. Schließlich verkaufen wir den Idioten schöne Dinge, wo wir sie doch genauso gut mit billigem Plunder abspeisen könnten.«

»Na, da haben wir doch schon einen Slogan«, meinte ich lachend.

Später saßen wir schweigend nebeneinander im Taxi, beide in Gedanken versunken. Ingrid dachte wahrscheinlich an Nikos oder an den Triumph ihres ersten Handels. Ich war schon zufrieden mit dem, was ich fühlte – eine Art blassem Abbild von Begeisterung, von Freude. Ich musste an meine erste Fahrt von Thira nach Oia denken, nicht lange nach meiner Ankunft in Santorin, als ich den Besuch bei der Hauptbank nicht länger hinausschieben konnte. Damals hatte es keinerlei Hochgefühl gegeben. Als das Taxi in einer Kurve beschleunigte, nur wenige Meter vom Abhang entfernt, hatte ich mir vorgestellt, wie wir einfach Bodenkontakt verlieren und schwerelos davonsegeln würden, eine Sekunde lang oder zwei, bevor die Schnauze des Wagens sich neigte und wir ungebremst nach unten stürzten. Damals hatte ich nichts gespürt, gar nichts. Wie anders waren meine Instinkte gewesen, als Emma noch lebte: Jede Fahrt ohne sie, jedes noch so kleine Risiko machte mich nervös. Gurte wurden angelegt, Geschwindigkeitsbegrenzungen eingehalten, Sicherheitsvorführungen aufmerksam verfolgt. Ich hätte mit dem Feuer gekämpft, unter Wasser geatmet, mir wären Flügel gewachsen, kurz, ich hätte alles ausgehalten, um sicher zu ihr nach Hause zurückzukehren.

In Callidora angekommen, breiteten wir Nikos' Fotos auf dem Esstisch aus und verglichen jedes einzelne mit der Liste, die ich anhand von Elenis Büchern erstellt hatte. Wir benötigten dazu mehrere Stunden. Kein einziges war zuvor irgendwo aufgetaucht. Genau wie Nikos gesagt hatte, handelte es sich hier um Originale, und ohne Negative machte sie das in meinen Augen unbezahlbar. Obwohl er mit der von uns gezahlten Summe absolut zufrieden schien, schrieb ich ihm trotzdem noch einen Brief, dass wir den Fotografen stets nennen und ein Register mit den Käufern führen würden. Eleni bot sich an, die Bilder mit uns durchzugehen und uns beim Zuordnen der Straßen und Plätze zu helfen, damit jedes Foto einen Titel bekam. Ich wollte den Kunden zeigen, wie die abgebildeten Gebäude heute genutzt wurden, wollte diese einfachen grauen Häuser den Ferienvillen oder Cafés gegenüberstellen, die aus ihnen geworden waren. Ich wollte den Durchreisenden und Tagesausflüglern, denen wenig Zeit für eigene Erkundungen blieb, eine persönlichere Erfahrung vermitteln.

Bald nach unserem Besuch in Thira erfuhren wir von einem älteren Santoriner, der nun auf Kreta lebte. Er hatte vor Kurzem dem Marinemuseum eine Auswahl aus seiner bescheidenen fotografischen Sammlung angeboten. Die verbliebenen Bilder, vor allem Portraitaufnahmen, standen zum Verkauf, und er hatte für mindestens die Hälfte von ihnen noch die Negative. Von diesen konnten wir also mehrere Abzüge machen und sie mit oder ohne Rahmen etwas günstiger verkaufen.

Ein Bild zeigte eine junge Frau mit tiefem Haaransatz, kräftiger Nase und breitem Mund. Sie war eine der wenigen, deren Herkunft unser Fotograf nicht mehr bestimmen konnte. Er war sich noch nicht mal sicher, ob die Frau tatsächlich Griechin war. Sie erinnerte mich ein wenig an meine Mutter, und als ich Eleni und Ingrid beobachtete, wie sie das Bild studierten, fürchtete ich, bald entdeckt zu werden. Zwar hatten der helle Teint und die blauen Augen meines Vaters auf Santorin bisher als gute Tarnung funktioniert, doch die dunklen Haare dieser Frau wurden von einem hellen Schal verdeckt, die Schatten auf ihrem Gesicht durch leichte Überbelichtung gebleicht. Ja, sie sah meiner Mutter ähnlich, aber gleichzeitig auch mir. Natürlich stellten die beiden diese Ähnlichkeit rasch fest.

»Habe ich euch etwa gar nicht erzählt«, meinte ich so beiläufig wie möglich, »dass die Familie meiner Mutter aus Santorin stammt?«

»Was?« Ingrid riss die Augen auf. Sie legte das Buch zur Seite, trat einen Schritt auf mich zu und ließ den Blick über meine nackten Arme wandern, als erwarte sie, irgendwo einen Herkunftsstempel als Beweis zu entdecken. »Ich dachte, du hast gesagt, sie kommt aus London.«

»Da ist sie aufgewachsen, aber sie wurde hier geboren und verbrachte die ersten zehn Jahre ihres Lebens hier. Die Familie ist nach dem Erdbeben weggezogen.«

»Wieso sprichst du dann kein Griechisch?«

»Man hat es mir nie beigebracht. Ich vermute, meine Mutter wollte ihre Wurzeln irgendwie verleugnen. Ich war auch nie bei einem griechisch-orthodoxen Gottesdienst und wir sind nie hierhergekommen. Bloß einmal nach Athen, als ich noch ganz klein war. Mein Vater gehörte der anglikanischen Kirche an und war auf seine Weise ziemlich gläubig. Vielleicht machte ihn das für meine Mutter so attraktiv. Sie versuchte, sich von ihrer eigenen Kultur zu lösen, glaube ich; sie wollte sich nicht erinnern. Ihre Schwester kam nämlich beim Erdbeben ums Leben.«

»Beim Erdbeben? Hier? Wie schrecklich!«, rief Ingrid und Eleni stimmte mit ein. »Ich verstehe das nicht, Rachel! Warum hast du die ganze Zeit nichts gesagt?«

Ich biss mir auf die Lippe, bis es wehtat. »Ich weiß es nicht. Manchmal denke ich selber nicht daran. Ich hatte vermutlich einfach anderes im Kopf.« Wie kaltherzig ich klang. Wie unnatürlich es war, so wenig Interesse an der eigenen Familiengeschichte zu zeigen. Und wie konnte meine letzte Bemerkung für die beiden Sinn ergeben, wo ich doch nicht die leiseste Andeutung gemacht hatte, was denn stattdessen meine Gedanken beherrschte. Emma. Ich verschwieg sie ihnen noch immer. Soweit ich wusste, gingen sie nach wie vor davon aus, dass ich London verlassen hatte, um meiner unglücklichen Ehe zu entkommen. Wann immer sie nach Details fragten, antwortete ich stets bloß mit Schulterzucken oder Bemerkungen wie: ›Das möchte ich lieber alles vergessen.‹ Mir wurde auf einmal bewusst, dass die beiden mir gegenüber umso großzügiger gewesen waren, je weniger ich ihnen geboten hatte. Eleni hatte eine Wohnung für mich gefunden, mich umsorgt, mich zu einem Teil der Gemeinde gemacht. Und nun stellte sie auch noch ihr ganzes Büro und ihre Kontakte zur Verfügung. Und Ingrid? Wie oft war sie mit einer Karaffe voll Wein, einem Stück in eine Serviette gewickelte, warme Quiche oder einem zerfledderten Thriller dagestanden, den ich hoffentlich noch nicht kannte. Sie hätte alles für mich getan, und ich hatte ihr noch nicht mal gesagt, wer ich wirklich war.

»Es tut mir leid. Das war bescheuert, ich weiß …«, setzte ich an, aber zu meiner großen Überraschung nickte Ingrid bloß und wandte sich wieder ihrer Tätigkeit zu. Vielleicht dachte sie an sich selbst, an die Gefahren, die zu viel Nachfragen bei Familiengeschichten barg. Wahrscheinlich hatte auch sie mehr als genug Erinnerungen, die sie lieber ganz fest wegschließen wollte.

Eleni sah wieder zwischen dem Foto und mir hin und her. »Ich habe das gewusst.«

»Soll das heißen, du erkennst diese Frau wieder? Kennst du meine Familie von früher?« Der Gedanke machte mir Angst. Für so etwas war ich noch nicht bereit.

»Nein«, antwortete Eleni. »Ich kenne diese Person nicht. Ich kam ja erst nach Oia, als ich Anatole geheiratet habe. Seine Familie kommt aus Thira.«

»Dann kennst du den Namen? Der Mädchenname meiner Mutter war Vlachos?«

»Nein.«

»Dann verstehe ich nicht, was du meinst.«

Sie zuckte mit den Schultern. »Eine Schwalbe erkennt andere Schwalben.«

Ich sah sie fragend an. »Ist das eine Art griechisches Sprichwort?«

Ingrid zog eine Augenbraue hoch. »Ich glaube, das ist eher so was wie ein Eleni-Sprichwort.« Wir lachten, beide erleichtert über diese Wendung zum Heiteren.

»Vielleicht erkennt jemand aus dem Dorf diese Frau«, meinte Eleni, immer noch ernst. »Wenn das Geschäft erst mal eröffnet ist. Wir werden sehen.«

Ich nickte. Ich schämte mich dafür, die beiden mit einer so mageren Erklärung abgespeist zu haben. Außerdem hatte ich gelogen. Ich dachte nämlich oft an meine Mutter. Und das lag nicht nur an den Gesichtern der Einheimischen, die mich immer wieder an sie erinnerten.

Es war fast zwei Jahre her, seit ich in London vor ihrer Tür gestanden hatte. Ich hatte ihr nie erzählt, dass ich da gewesen war. In unserer Beziehung zählte ein Besuch nur, wenn er auch tatsächlich stattfand. Wenn sie wirklich nicht nach Oia kommen konnte, dann musste ich wohl zu ihr fahren.

# Kapitel 19

Mein Vater starb an Weihnachten und durch seinen Tod verlor diese Jahreszeit für meine Mutter jeglichen Glanz. Die Weihnachtskarten, das Lametta, die Geschenke unterm Baum – ab diesem Ereignis hatte alles einen Trauerrand. Man konnte in echter Feierlaune bei ihr ankommen und das Haus nach einer Stunde in hoffnungsloser Stimmung wieder verlassen.

Erst am dritten Todestag meines Vaters erlaubte ich mir, der Trauerzeit zu entfliehen. Olivers Schwester Gwen und ihr Mann hatten mit Freunden eine Hütte in Zermatt gemietet und uns ebenfalls eingeladen. Beim nächsten Treffen war meine Mutter frostiger als das Matterhorn.

Ohne meinen Vater hatten wir irgendwie keine Gemeinsamkeiten mehr. Obwohl kein besonderer Zwischenfall, kein besonders drastischer Streit uns entzweit hatte, herrschte eine Art Feindseligkeit zwischen uns. Vielleicht umschrieb das Wort ›Distanz‹ unsere Beziehung besser. Ich besuchte sie immer seltener und lud sie dafür häufiger ein, denn ich wusste, sie würde wahrscheinlich ablehnen, und damit war es dann ja genau genommen ihre Schuld, wenn die Monate verstrichen, ohne dass wir uns sahen. Ich redete mir ein, es sei keine Absicht. Ich war schließlich mit meiner neuen Ehe und dem neuen Haus beschäftigt. Außerdem lag es ja offensichtlich an ihrer Erziehung, wenn ich bereit war, mich auf einen solchen kalten, wortlosen Krieg einzulassen. *Sie* hatte *mir* beigebracht, wie man mit anderen Menschen umgeht, nicht andersherum.

Emma war unsere Rettung. Mit ihrer Ankunft veränderte sich alles. Sie betete meine Mutter an, wie ich es hätte tun sollen und vermutlich einst auch getan hatte. Im Gegenzug bot meine Mutter ihrer Enkelin all die bedingungslose Zuneigung, die sie mir meinem Empfinden nach verweigert hatte. Emmas andere Oma, Rosemary, war die glamourösere von den beiden, doch mit ihren unerwarteten lauten Lachsalven und dem Gin-getränkten Atem glich sie gleichzeitig einem Drachen. Meine Mutter war die Lockere, die Gemütliche, die mit den heißen Getränken und den Malbüchern, die lächelnde Oma. In den gesamten achtzehn Jahren meiner eigenen Kindheit hatte ich meine Mutter nicht so viel lächeln sehen wie in wenigen Stunden mit Emma.

Nun stand gar nicht mehr zur Debatte, wie oft wir uns sahen. Wir trafen uns regelmäßig und fuhren sogar zusammen in die Ferien. Plötzlich erkannte ich, wie sie sich früher auch um mich gekümmert hatte, und so lernte ich sie auf ganz neue Art zu schätzen. Nur ein einziges Mal erwähnte sie später jene schwierige Zeit. »Ich weiß, dass du deinem Vater immer nahgestanden hast. Du vermisst ihn bestimmt.«

»Das tun wir doch beide«, sagte ich. Vor lauter Scham, sie je an den Rand gedrängt haben zu wollen, stieg mir das Blut in die Wangen. Sie war gerade mal Mitte fünfzig und nun sowohl Waise als auch Witwe. Ich war ihr einziges Kind, ihre einzige direkte Verwandte, und wie nah daran war ich trotzdem gewesen, sie zu verleugnen, wäre Emma nicht gekommen.

Emma gegenüber erwähnte sie die Erdbeben nicht ein einziges Mal.

London, der dreiundzwanzigste Dezember. Die weihnachtlichen Lichter spiegelten sich in braunen Pfützen. Der Geruch allein war aufregend: ein komplexes Gemisch aus Großstadt, Autoabgasen, die sich in Winterkleidung festsetzen, aus Restauranteingängen, die würzige Hitze in die Luft pusten, mit einem flüchtigen Hauch von Parfüm auf frisch geduschter Haut. So vertraut wie einst der Geruch nach Lammbraten am Sonntag. In diesem Augenblick machte er mich glücklich, egal, was vorher geschehen war.

Und trotzdem war ich mir nicht sicher, ob es richtig gewesen war, herzukommen.

Meine Mutter hatte sich große Mühe gegeben, mich willkommen zu heißen. Das wurde mir bereits in dem Moment klar, als ich das Haus betrat und die Schüsseln mit Clementinen, die Teller voller Nüsse, den echten Baum und die Weihnachtskarten auf dem Kaminsims sah.

»Mum, du hast es aber schön gemacht hier.«

»Ja, es ist schön. Festlich.« Sie sah aus, als hätte sie geweint. Ich wusste, dass es um Weihnachten herum am schlimmsten sein würde, dem Todestag meines Vaters und gleichzeitig Emmas liebster Zeit, wie wohl bei jedem Kind. Ich erahnte, welcher Schmerz hinter jedem Detail stecken musste: den rosa- und silberfarbenen Christbaumkugeln, die Emma vor drei Jahren für sie ausgesucht hatte, oder den neuen, an die keine Erinnerungen geknüpft waren. Oder erinnerten die neuen sie jetzt an die traurigen Gedanken, die ihr beim Schlangestehen an der Kasse durch den Kopf gegangen waren, als sie sich gefragt hatte, ob sie das hier durchstehen würde?

»Es tut mir leid, dass ich so lange gebraucht habe, um zu Besuch zu kommen, Mum. Ich musste mich einfach auf etwas Neues konzentrieren, vermute ich.«

Sie nickte. »Bestimmt möchtest du dich nach der langen Reise ein wenig hinlegen.« Sie klang, als sei ich ohne Zwischenstopp von Australien hergeflogen. Vielleicht hatte sie so ja meine Abwesenheit die lange Zeit über gerechtfertigt – indem sie sich sagte, dass ich die komplizierte Reise einfach nicht bewältigen würde.

»Ehrlich gesagt bin ich recht fit.«

»Soll ich uns einen Tee kochen?«

»Ja, gerne. Er schmeckt einfach nicht wie gewohnt in … im Ausland, stimmt's? Schau, ich habe dir … Walnusskuchen mitgebracht …« Ich hielt inne. Beinahe hätte ich das griechische Wort *karithopita* gesagt, denn ich hatte mir angewöhnt, so oft wie möglich griechische Vokabeln zu verwenden. Doch als Mum den Kuchen entsetzt ansah, wurde mir klar, dass ich all das für eine Weile vergessen musste. Würde es jetzt immer so sein? Würde ich es schaffen, wie geplant die ganze Woche zu bleiben, ohne in irgendwelche Fettnäpfchen zu treten?

Doch nach dem anfänglichen Hänger merkte ich, dass die praktischen Umstände unseres Wiedersehens ausreichten, um uns abzulenken. Würde mir das Einzelbett in meinem alten Zimmer auch wirklich nicht zu schmal sein? Sie hatte den Timer am Boiler so eingestellt, dass das heiße Wasser für zwei reichen sollte, also solle ich baden, wann immer mir danach zumute war. Sie hatte für den ersten Weihnachtsfeiertag keinen ganzen Vogel bestellt, da wir ja nur zu zweit waren, sondern eine gefüllte Keule, aber dafür alle Beilagen. Es gab auch Schokomandeln, obwohl sie sich nicht mehr sicher war, ob ich die mochte oder nicht. Und so weiter. Ich legte meine paar Geschenke zu den wenigen anderen unterm Baum und befühlte sogar wie früher jene, auf denen mein Name stand. Eines hatte gar keinen Adressanhänger. Wahrscheinlich für Emma, um unseren kleinen abwesenden Engel mit einzubeziehen.

Bald fühlte ich mich stark genug, um ein Thema anzuschneiden, das mir seit meinem Abflug am Morgen Magendrücken verursacht hatte. »Mum, ich hoffe, es macht dir nichts aus, aber ich möchte eine Sache von Anfang an klarstellen.«

Sie wirkte überrascht. »Ja, natürlich.«

»Ich möchte nicht, dass du Oliver erzählst, dass ich hier bin.«

»Oliver? Soll das heißen, er weiß es nicht?«

»Nein«, antwortete ich mit fester Stimme. »Ich bin hier, um *dich* zu besuchen, nicht ihn.«

Sie zögerte. »Ja, natürlich.«

Sofort wurde ich mir meines Fehlers bewusst, wie so oft, wenn ich Emma vor irgendeiner Gefahr gewarnt hatte. Damit brachte ich sie überhaupt erst auf die Idee.

Ich würde für den Rest meines Aufenthalts auf der Hut sein müssen.

Seit meiner Kindheit hatte ich nicht mehr so viel Zeit allein mit meiner Mutter verbracht, und abgesehen von Oliver gab es noch viele schwierige Themen, die in jeder Unterhaltung auszusparen waren. Da ich es für unsinnig hielt, Oia nicht zu erwähnen, zeigte ich ihr auf der Landkarte, welche Strecken ich gerne spazierte. Ammoudi, Armeni, den Küstenpfad hinunter, an Perivolas vorbei Richtung Imerovigl0.

»Wo hat eigentlich die Familie gelebt?« Phoenas Name erwähnte ich absichtlich nicht. »Vielleicht habe ich das Haus ja schon gesehen, ohne es zu wissen?«

Ihr Blick war eisig. »Wir haben es aufgegeben. Und sind nie zurückgekehrt.«

»Aber es wurde so viel renoviert, Mum. Schau, da wo ich bin, da machen sie die ganzen *skapha* wieder auf …«

Doch ihre Unruhe beim Anblick der vertrauten Namen war offensichtlich – fast schien es mir, als hielte sie den Atem an, bis die Tortur vorbei war –, und so blieb mir nichts anderes übrig, als die Karten wegzupacken und aufzugeben. Von meinen Plänen für den Laden erzählte ich so gut wie nichts. Das Letzte, was sie hören wollte, waren neue Beweise, dass ich dort Wurzeln schlug. Stattdessen unterhielten wir uns über ihre Nachbarn, deren Familien und aktuelles Geschehen. Vor allem sahen wir fern, stundenlang.

Während dieser wenigen Tage in London gab es oft Situationen, in denen ich sie tröstete, statt, wie vielleicht erwartet, selbst getröstet zu werden. Schließlich konnte nur das bitterste aller Schicksale eine Frau Mitte dreißig, Ehefrau und Mutter, zu Weihnachten alleine in ihr Elternhaus bringen. Trotzdem wollte ich mit Mum nicht konkurrieren, denn ich verstand ihre Trauer um Emma besser als jeder sonst. Rosemary hatte in einem bemerkenswert klaren Moment einmal zu mir gesagt, dass man ein Enkelkind genauso heftig und dauerhaft liebt wie das eigene. Der Schmerz meiner Mutter war so existenziell wie mein eigener.

Am Abend des dreißigsten Dezember schien etwas Seltsames in der Luft zu liegen – vielleicht war es auch nur Mums Verhalten. Sie wirkte irgendwie verlegen, als wollte sie sich unsichtbar machen. Sie verriet sich schließlich durch ihre allzu diskreten Aufräumarbeiten.

Seufzend zog ich meinen Mantel an und griff nach meiner Handtasche. »Ich muss noch mal schnell weg.«

Sie sah auf. »Noch weg?«

»Ja. Brauchen wir irgendwas vom Supermarkt? Milch vielleicht?«

»O nein, wir haben mehr als genug. Du brauchst nicht zu gehen. Jetzt hat sowieso nichts mehr offen …« Sie folgte mir zur Haustür und sah mir entsetzt dabei zu, wie ich die Handschuhe aus der Tasche holte und anzog.

»Ich komm dann wieder, wenn er gegangen ist, ja?«

»Was? Rachel …!«

»Bis später, Mum.« Ich wählte einen Pub, von dem aus man auf die Kreuzung sehen konnte, an welcher der Verkehr aus nördlicher Richtung halten musste, bevor Oliver in die Straße meiner Mutter abbiegen würde. Dort wartete ich, bis ich sein Auto sah. Sein Profil hinterm Lenkrad war dunkelgrau, fast schon eine Silhouette. Es war ein kalter Abend, deshalb trug er vermutlich einen Mantel. Den dunkelblauen aus Wollstoff, den ich ihm im Winter vor Emmas Tod ausgesucht hatte. Die Bar war leer und hell beleuchtet. Er hätte mich durchaus in meiner Ecke sitzen sehen können, aber wahrscheinlich war die Entfernung doch zu groß. Trotzdem hielt ich für alle Fälle den Kopf gesenkt. Ich kam mir lächerlich vor, mich einfach aus dem Staub zu machen und zu verstecken, doch mein Instinkt, ihm aus dem Weg zu gehen, war noch stärker als damals in Oia. Und trotzdem war ich nach wie vor nicht bereit, mich den Gründen dafür zu stellen. Ich konnte mir lediglich eingestehen, dass sie kompliziert und unergründlich und so eng mit den Ereignissen um Emmas Tod herum verbunden waren, dass ich das eine nicht klären konnte, ohne mich auch um das andere zu kümmern. Nein, am besten, ich hielt mich fern.

»Habe ich ihn verpasst?«, fragte ich und schloss die Tür hinter mir. Der Fernseher lief, aber auf dem Sofatisch standen zwei Weingläser.

Mum fuhr herum. Jetzt war sie wütend. »Was fällt dir eigentlich ein? Du bist doch kein Teenager mehr! Das ist kein erwachsenes Verhalten!«

Ich spürte, wie mein Gesicht sich zu einer pubertär grimmigen Grimasse verzog. »Mum, ich habe dich *ausdrücklich* gebeten! Warum konntest du meinen Wunsch nicht einfach respektieren?« Ich hielt inne. Meine eigene schrille Stimme überraschte mich. »Hör mal, bitte akzeptiere, dass ich in Bezug auf Oliver meine eigenen Entscheidungen treffen muss. Wir sind jetzt seit langem getrennt und wir haben uns ja gesehen, das weißt du, in Oia, und es hat nichts geändert.«

»Aber das ist so lange her«, protestierte sie, »so kurz nachdem alles passiert ist. Das Schlimmste ist nun vorbei, du kannst jetzt –«

»Wir werden nicht mehr zusammen sein«, unterbrach ich sie entnervt. »Nie mehr!« In diesem Moment fühlte ich mich völlig erschlagen. Ich erlaubte mir für den Bruchteil einer Sekunde an unsere Beziehung zuvor zu denken, vor Emma. So konnte ich nicht weitermachen. Das ewige Trösten war eine Sache, aber ich musste mir sicher sein können, dass sie abgesehen von alldem auf meiner Seite stand und nicht immer für Oliver Partei ergreifen würde. Ich war Emmas Mutter, hätte ich gerne gerufen, nicht *seine*!

»Ich wünschte nur, es gäbe einen Weg.« Sie drehte sich weg und schlug die Hände vor den Mund, denn sie traute sich nicht, die Fantasievorstellungen auszusprechen, die sich in ihrem Kopf abspielten. Träume, in denen ich mich mit Oliver versöhnte und wir diese nervigen Fortpflanzungsspezialisten aufsuchten und eine zweite Emma produzierten, am besten gleich mehrere, so viele, dass die Freude darüber den Schmerz über den Verlust des Originals einfach überdecken musste. Das waren nichts anderes als die verzweifelten und leeren Worthülsen, die man nach einer Fehlgeburt zu hören bekam: ›Sie können ja immer noch ein anderes kriegen‹, oft in Verbindung mit ›Sie sind ja noch jung‹. Als hätte sich die Pflaume aus der Obstschale als unten angefault entpuppt und man müsse bloß, ganz einfach, eine andere aussuchen, schnell, die wird köstlich sein!

Ich fragte mich, ob Mum wusste, dass ich ihr diese Fantasien Wort für Wort herunterbeten könnte.

Später erkundigte ich mich dann doch: »Und, wie hat er reagiert? Du kannst es mir ruhig erzählen.«

Ich konnte an ihrer Miene ablesen, dass sie auch Oliver nicht vorgewarnt hatte, wohl aus Angst, er könnte mich genauso wenig sehen wollen wie ich ihn. Oder vielleicht, um ihm keine falschen Hoffnungen zu machen. Schließlich hatte er genug durchgemacht. Womöglich trafen sie sich immer noch ab und zu auf einen Drink, und so war ihm auch diese Einladung nicht komisch vorgekommen. Aber sobald er hier war, hatte er doch sicher meine Anwesenheit erahnt. Da hing zum Beispiel meine Strickjacke überm Sessel, die er mir zu meinem letzten Geburtstag in London geschenkt hatte, aus kuschelweichem, weinroten Kaschmir. Ich hatte jedoch nie herausgefunden, ob er oder nicht vielleicht doch Vanessa sie ausgesucht hatte. Oder blieb Mum genug Zeit, um meine Spuren zu beseitigen, die Tür zu meinem Zimmer zu schließen und meine Sachen aus dem Bad zu entfernen? Ich stellte mir vor, wie er ein Glas Sherry trank, die angebotenen Nüsse knabberte und Belanglosigkeiten mit jener Frau austauschte, die einst die Großmutter seiner Tochter gewesen war. Dann würde er aufstehen und sich mit den Worten entschuldigen, dass noch Arbeit auf ihn warte.

Mum setzte sich und bedeutete mir mit einem Blick, es ihr gleichzutun. »Rachel, ich muss mit dir reden. Ich verstehe das nicht. Wenn diese Trennung endgültig sein soll, musst du ihm das sagen.«

»Das schaffe ich nicht«, erwiderte ich schlicht. »Ich bin noch nicht so weit.«

»Aber es sind Jahre vergangen, Liebes.«

Ihr Tonfall erinnerte mich daran, wie sie immer mit Emma gesprochen hatte. *Es ist zu spät, Liebes, der Laden hat jetzt zu. Aber wollen wir doch mal sehen, was ich Leckeres in der Küche finde …*

»Hör zu, Rachel, egal, ob du mit ihm verheiratet bleibst oder nicht, es gibt Dinge, die ihr beide *teilen* solltet.«

»Da gibt es nichts, ehrlich.« Meine Augen flehten sie an, mich doch zu verstehen.

Sie seufzte. »Er hat dir in seinen Briefen nicht von seinem Rechtsstreit erzählt, oder? Ich habe auch gerade erst davon erfahren.«

Ich horchte auf. »Was für ein Rechtsstreit?«

Sie seufzte. »Ich habe ihm doch gesagt, dass du diese Dinge wissen solltest. Es betrifft euch beide.«

»Wen hat er verklagt?«

»Den Mörder natürlich.« Ich hatte ganz vergessen, dass Mum und Rosemary Morris den ›Mörder‹ nannten. Der Mörder aus Stonebridge Park, das war die volle Version (Lockley hieß dementsprechend bloß ›der Freund des Mörders‹). Sein Unfalltod hatte ihnen nicht gereicht, lieber hätten sie ihn am Galgen gesehen.

Mum tupfte sich mit den Mittelfingern die Augen, straffte die Schultern und war offensichtlich entschlossen, stark zu bleiben. »Nun ja, natürlich nicht ihn persönlich, sondern die Versicherungsleute. Es läuft momentan eine Untersuchung.«

»Aha.« Nun verstand ich Olivers Ton in seinen Briefen besser – nicht direkt philosophisch, aber irgendwie abgehoben, ja. Für Männer im Geldgeschäft musste immer irgendjemand bezahlen; es hätte genauso gut die Schulbehörde oder den Busfahrer treffen können. Bestimmt hatte er darüber nachgedacht, als er da an der Ampel stand und nicht wusste, dass ich ihn von der anderen Straßenseite aus beobachtete. Der Gedanke brach mir das Herz, dass er auf diese Weise seiner Trauer Luft verschaffte, sich so darum bemühte, eine Balance wiederherzustellen, die für immer verloren war.

»Ich wünschte, er würde das nicht tun«, sagte ich schließlich. »Ich bin sicher, der Mutter geht es schon schlecht genug, glaubst du nicht? Ohne dass alles wieder hervorgezerrt wird. Erinnerst du dich an ihren Brief?«

Er war kurz vor der Beerdigung eingetroffen, Satzfetzen voller Rechtschreibfehler, in einem Zustand des Schocks geschrieben. Oliver und Rosemary hatten ihn zwischen sich hin- und hergeschoben. Sie fanden ihn unzureichend, wenn ich mich recht erinnerte. Sie beharrten darauf, dass diese Frau weniger Anspruch auf Trauer hatte als wir, doch ich war stets davon überzeugt gewesen, dass sie genau dasselbe fühlte wie ich: Sie hatte den Mittelpunkt ihrer Welt verloren und dieser würde nie zu ihr zurückkehren. Ich konnte mich nur noch an einen Satz erinnern: *Was auch immer er getan hat, ich werde immer seine Mutter sein.*

Mum nickte. Endlich war sie auf meiner Seite.

Ich entdeckte die Schachtel mit den Brandygläsern aus Kristall auf dem Küchentisch. An einer Seite klebte noch ein Fetzen Weihnachtspapier. Dann fiel mir auf, dass das namenlose Geschenk unterm Baum verschwunden war.

# Kapitel 20

Eleni musste den ganzen Weg gerannt sein, so außer Atem war sie, als sie im Damiri's ankam. Wild fuchtelte sie mit den Armen, als ob sie uns vor nahenden Gefahren warnen wollte, während ihr die schwarzen Locken in die Augen hingen.

»Schnell, ihr müsst sofort mitkommen!«

Ingrid und ich hatten die Gesichter der Wintersonne zugewandt und sahen uns belustigt an. »Was? Was ist denn los? Warum hast du es so eilig?«

»Ein Laden! Ich habe euren Laden gefunden!«

»Was? *Wo?*«

Wir nahmen uns nicht mal die Zeit, unseren Kaffee auszutrinken und drinnen zu zahlen, sondern hinterließen einfach Geld auf der Untertasse und folgten Eleni dicht auf den Fersen, deren Sprint den wenigen Touristen, die unterwegs waren, ein Lächeln entlockte. Bald schnauften Ingrid und ich, was das Zeug hielt, aber Eleni behielt ihr Tempo bei, auf die Marmara, über den Platz, an der Abzweigung nach Callidora vorbei.

»Eleni!« Ich war völlig perplex, denn wir ereichten nun das teuerste Geschäftsviertel in Oia, das die Touristen auf ihrem Weg vom Parkplatz zum Sonnenuntergang und zurück durchquerten. Ingrid und ich hatten es längst als unbezahlbar verworfen. Wir gingen eher davon aus, unsere Räumlichkeiten am ruhigeren Ende der Stadt oder an der Zufahrtsstraße zu finden. Aber da Elenis Hotel hier lag, bestand kein Zweifel, dass sie wusste, wohin sie unterwegs war – und das in einer solchen

Geschwindigkeit! Am alten Gemeindesaal und der Weberei vorbei, am kleinen, mit Marmor gepflasterten Platz, an dem im Sommer immer wieder spontan Märkte unter freiem Himmel entstanden, nach Lotza, dem touristischen Herz von Oia, wo einige der ältesten Cafés und Bars Tag und Nacht die Kunden anzogen. Und dann … hielt sie an, drehte sich um und warf erneut die Arme in die Luft: »Hier!«

Wir kamen stolpernd zum Stehen und folgten ihrem Blick – nach unten. Das Geschäft lag unterhalb der Straße und es gab nur ein einziges kleines Fenster, das von hier oben aus kaum zu erkennen war. Über der Tür stand in krakliger Schrift: *›Geschenke, Souvenirs, Kamera Film‹*.

»Kommt herein«, sagte Eleni. »Ich habe einen Schlüssel, ich zeige es euch.«

Ingrid und ich warfen uns einen weiteren Blick zu, diesmal einen ziemlich skeptischen, bevor wir ihr die Treppe hinunter folgten. Es stand absolut außer Frage, Kunden solch steile Stufen hinunterklettern zu lassen, um ein Geschäft zu betreten. Und außer diesem einen winzigen Fenster gab es keine natürliche Lichtquelle oder Möglichkeit, Waren auszustellen, um die Kundschaft überhaupt erst anzulocken. Vor allem wirkte der Laden viel zu klein. Nachdem wir mal drin waren – die Tür war mit einem rostigen Vorhängeschloss gesichert gewesen –, sah ich erst, wie klein. Der Platz würde gewiss nie ausreichen, um die Staffeleien aus meiner Fantasie aufzustellen, und die Wände waren uneben und der Putz teilweise bröckelig, was normales Aufhängen ebenfalls erschweren würde. Doch wie ich aus Callidora wusste, waren glatte Wände in Oias *hyposkapha* schwer zu finden. Für die meisten Menschen machten die Unregelmäßigkeiten einen Teil des Charmes aus.

Ich sah mich genauer um. Wenn wir linker Hand einige stabile Regale anbringen und darunter Pulte mit Lampen aufstellen würden, könnte es, auf unkonventionelle Weise, funktionieren. Anständige Beleuchtung, einige neue Fliesen für den Fußboden, auf der rechten Seite ein kleiner Tisch, und der Alkoven dahinter war perfekt, um Verpackungsmaterial zu lagern. Es gab sogar genug Platz für zwei Hocker (vermutlich würden wir stundenlang nichts zu tun haben – ich konnte es wirklich nicht abschätzen). Außerdem lag unter der Straße ein überraschend geräumiges Kellergewölbe von fast denselben Ausmaßen wie der Laden selbst, wo wir unsere Lagerbestände und Rahmenzubehör aufbewahren konnten, dazu einen Computer und vielleicht einen Safe, falls wir je Bargeld einnehmen sollten …

»Könnt ihr euch euer Geschäft hier vorstellen?«, frohlockte Eleni neben mir.

Ich nickte und war froh über das schummrige Licht, denn mir schossen die Tränen in die Augen. Wieder spürte ich das Adrenalin in meinen Adern wie an jenem Tag in Thira, als ich unsere Fotos zum ersten Mal sah. Es erinnerte mich auch an dieses tröstliche Gefühl des Heimkommens, als ich in London im Regen gestanden hatte. Das waren sie nun also, diese kleinen Lichtblicke in der ansonsten völligen Dunkelheit. Wie winzig und zart sich die Freude im Vergleich zu den gewaltigeren emotionalen Meilensteinen von früher anfühlte: als Oliver mir sagte, dass er mich liebte, mein Hochzeitstag, der erste Besuch in unserem Haus in Compagne Gardens, das erste Mal, als ich gespürt hatte, wie Emma sich in mir bewegte …

»Ich bin hier auf meinem Weg zum Epik schon tausend Mal vorbeigelaufen«, meinte Ingrid stirnrunzelnd. »Aber ich kann mich nicht erinnern, dass hier ein Geschäft war. Offensichtlich eine Art Geschenkeladen. Wer ist der Vermieter?«

Eleni blinzelte mit ihren schweren Lidern und schenkte uns ihr breitestes Lächeln. »Das ist der beste Teil. Yannis.«

»Wer?«

»Yannis Frangidis. Er ist der Cousin von Anatole.«

»Irgendwie habe ich den Eindruck, dass du bereits über unsere Miete verhandelt hast«, meinte ich lachend.

»Ich habe darüber gesprochen, ja.«

»Eleni, du bist absolut klasse!«

Der Betrag war niedriger als die Hunderttausende von Drachmen, die ich für solch zentral gelegene Räume erwartet hatte. Laut Eleni spiegelte der Preis die bescheidene Größe des Ladens und die kurzfristige Vermietung wider – die neue Saison würde in wenigen Wochen beginnen.

»Was meinst du, Ingrid?« Ich selbst handelte bekanntlich nur noch nach Instinkt und war überzeugt davon, dass dies hier der richtige Platz für uns war.

Ingrid hatte die Stirn immer noch in Falten gelegt. »Nun, ich schätze mal, dass ältere Touristen diese Stufen nicht hinunterklettern wollen, aber vielleicht können wir uns da was ausdenken. Auf jeden Fall ein Geländer oder eine Art Rampe, falls wir das dürfen. Wir müssen die Ladenfront dazu verwenden, ganz klar zu signalisieren, was wir verkaufen, denn durch dieses winzige Fenster kann man das nun wirklich nicht erkennen, und ich glaube kaum, dass die Leute einfach so hereinspazieren werden. Wir müssen es ganz plakativ angehen, vielleicht ein Bild ausstellen, in einer Art Vitrine. Die Wand zur Straße hin ist doch breit genug, um ein paar unserer Fotos aufzuhängen, oder? Falls es da keine Vorschriften gibt und falls wir uns irgendwie gegen Diebstahl schützen können. Und der Lagerraum ist für Oia auch ziemlich gut … Mit dem Licht müssen wir natürlich was anstellen …«

»Dann nehmen wir's?«

»Ja, ich denke, das sollten wir. Unbedingt.«

»Ja!«, rief Eleni und wir fielen uns alle drei in die Arme. Oben gab es sogar noch eine Dachterrasse, wo wir vor Begeisterung gemeinsam ein kleines Freudentänzchen aufführten.

Natürlich dauerte es nicht lange, bis diese Glücksmomente durch eine Reihe qualvoller Termine abgelöst wurden. Eleni fungierte als Dolmetscherin, bis wir einen englischsprachigen Anwalt fanden, der sich um unseren Mietvertrag und den Antrag für die *tamio embosom*, die Lizenz des örtlichen Handelsverbandes, kümmerte. Ich ignorierte Fantombilder von Oliver und meiner Mutter, als ich meinen Namen unter ein Dokument nach dem anderen setzte. Es tauchte dann überall doch nur meine Unterschrift auf, weil für Ingrid als Australierin strengere Visabedingungen galten. Ich war mir gar nicht sicher, ob sie in Griechenland überhaupt richtig arbeiten durfte, aber ich versicherte ihr, das sei mir egal und das Geschäft gehöre nach wie vor uns beiden. Und so meinte ich es auch.

Andere Ladenbesitzer, Freunde von Eleni und Anatole, wiesen uns in die Sicherheitsbestimmungen, die geltenden Regelungen für steuerfreien Einkauf für Touristen und die strengen Gesetze zur Buchhaltung ein. Die Bücher mussten angeblich zu jedem Zeitpunkt zur Prüfung bereitgestellt werden, sogar schon bevor der Laden überhaupt geöffnet hatte, und nach Eröffnung bis zu ein Mal pro Woche. Nicht dass wir überhaupt schon eine Kasse hatten – wir wollten einen Kosmetikkoffer mit Schloss dran benutzen, bis die richtige Kasse aus Athen geliefert wurde.

Bisher lagerte unser wertvolles Gut unversichert und kaum verborgen in einem Alkoven neben meinem Bett. Diese Stapel an Abzügen mussten nun mit Passepartouts versehen und gerahmt werden. Mit Anatoles Hilfe handelte Ingrid einen guten Preis mit einem Glaser in Thira aus, und nachdem sie einige ihrer Künstlerfreunde zu Rate gezogen hatte, machte sie einen Händler ausfindig, der uns mit dem starken, cremefarbenen Passepartoutkarton versorgen konnte, den wir verwenden wollten.

Ich war dafür zuständig, Material für die Rahmen aufzutun.

Ich wusste, ich wollte Holz, aber das schien teurer zu werden als die Fotos selbst, denn Santorin produzierte selbst keinerlei Holz, sondern importierte es aus Ios, Kreta oder Russland. Wieder mal kam Eleni uns zur Rettung: Sie kannte den Lehrling des verstorbenen Schiffsbaumeisters unten in Armeni, einen jungen Mann namens Dymas, der den alten Bootsschuppen immer noch für Reparaturarbeiten und gelegentliche Aufträge für neue Boote nutzte. Wer weiß, welche anderen vergessenen Vorräte in diesen langgezogenen, schmalen Gebäuden am Wasser lagerten.

Obwohl der Pfad hinunter in der Nähe meines Hauses begann, war ich bisher nur wenige Male in Armeni, Oias altem Hafen, gewesen, wo früher die Boote angelegt hatten. Während unseres Abstiegs bedeutete Eleni mir immer wieder innezuhalten, auf das dumpfe Klopfen des Hammers dort unten zu lauschen und mir eine Zeit vorzustellen, als solche Geräusche noch aus allen Richtungen ertönten. »Als Oia noch lebendig war.« Damals war der Rhythmus festgelegt, Jahr für Jahr: Reparatur im Winter, Segelsetzen im Frühjahr. Alle wussten, was als Nächstes kommen würde, soweit man es eben im Voraus abschätzen konnte.

Und wusste ich denn, dass *armena* ›Mast‹ und ›Takelage‹ bedeutete? »Nun baut Armeni keine eigenen mehr. Das ist eine schreckliche Sache.«

»Schon irgendwie gespenstisch, so verlassen«, meinte ich. »Aber irgendwie gefällt mir das auch.«

Dymas war ein junger Mann, der wenig Worte machte und Touristen und Ausländer nicht auf dieselbe Art behandelte wie viele seine Altersgenossen aus dem Dorf. Im Gegensatz zu den meisten hatte er nichts zu verkaufen. Das umgedrehte Boot auf den Sägeböcken vor ihm war möglicherweise sein letzter Job, gestand er uns. Bald würde er auf dem Bau arbeiten. (Dies entlockte Eleni viele Pah-Laute: Unsinn, zur Not würde sie selbst ein Fischerboot bestellen.) Natürlich könnten wir die alten Reststücke haben, meinte Dymas schulterzuckend. Für die hatte sowieso niemand eine Verwendung und das Museum hatte sich Karten und andere interessante Dokumente bereits gesichert.

Während er und Eleni auf Griechisch palaverten, folgte ich einem Urlauberpaar ans andere Ende des Strandes, wo sie das Treibholz betrachteten, das auf die Kiesel angespült worden war. Jedes Stück, erklärte der Mann der Frau auf Englisch, sei einzigartig in seiner Farbgebung durch Bemalung, Wasser, Salz und Luft, nachdem es sämtliche Schikanen seines Arbeitslebens überstanden hatte.

»Das ist unglaublich, wenn man sich's recht überlegt. Ich meine, seit wie vielen Jahren liegt das schon im Meer?« Seine Stimme wurde vor Begeisterung immer lauter. Einen Moment lang erinnerte er mich an Bob, was mir ein leises Lächeln entlockte.

»Meinst du, wir können das hier auch verwenden?«, fragte ich Dymas und sah fasziniert zu, wie er mir das Holzstück aus der Hand nahm und mit dem Daumen über die Maserung fuhr, als würde er die Farb- und Salzschichten wie eine Art Blindenschrift lesen.

»Das würde sehr gut funktionieren, glaube ich«, bestätigte Eleni. »Dieses Holz ist an sich schon wunderschön. Da braucht man kaum das Bild.«

Als ich am nächsten Tag mit meinen Maßangaben zurückkehrte, hatte Dymas aus dem Treibholz bereits ein Modell für mich gebastelt. Ich versprach ihm auf der Stelle, ihm alle zukünftigen Aufträge zu erteilen, solange er Interesse daran hatte. Es löste in mir eine seltsame Freude aus, als ihm das ein Lächeln entlockte, und der Gedanke daran gab mir für den ganzen steilen Rückweg Kraft.

*Liebe Rachel, ich habe Neuigkeiten zu berichten, die Dich vielleicht überraschen werden …*

Ich war mir nicht sicher, ob ich nach meinem närrischen Verhalten bei meiner Mutter noch mal von Oliver hören würde, egal, wie viel er davon mitbekommen hatte, doch seine Briefe trafen nach wie vor so regelmäßig wie die Gezeiten ein. Und obwohl meine Proteste gegen Mums Ansinnen, uns wieder zu vereinen, der Wahrheit entsprachen, freute ich mich über seine Post. Sie versorgte mich tröpfelnd mit (bisher) belanglosen Informationsschnipseln, wobei die Verbindung zwischen uns so dünn wie eine Spinnwebe war. Und dennoch handelte es sich um eine Verbindung, die ich noch nicht bereit war zu kappen.

*Ich hatte mich entschieden, Dir bisher nichts davon zu erzählen, da ich Dich nicht mit bedauerlichen Details belasten wollte, aber ich bin damit beschäftigt gewesen, Darren Morris auf Schadenersatz zu verklagen – ein zeitaufwändiger Prozess, der nun ein Ende gefunden hat. Im Grunde lief es recht komplikationslos (die Haftbarkeit stand selbstverständlich nie zur Debatte), lediglich eine Frage, mit der Versicherungsgesellschaft eine Einigung zu erzielen. Ich weiß, Du wirst das Geld für unrechtmäßig erworben halten …*

Nicht unrechtmäßig erworben, Oliver. Es sollte einfach überhaupt nicht erworben worden sein. Beim Weiterlesen entdeckte ich, dass er vorschlug, die Entschädigung – eine Summe, die mich nach Luft schnappen ließ – mir zu überweisen. Da gäbe es gar nichts zu verhandeln, schrieb er, und ich wehrte mich nicht. Stolz konnte ich mir nicht leisten: Ich musste Palmer bezahlen und jetzt gab es natürlich auch noch den Laden.

»Nun komm schon«, drängte Ingrid. »Wir müssen uns langsam entscheiden.«

»Ich weiß.«

Wir saßen nebeneinander auf der niedrigen Mauer gegenüber unserer Ladenfront. Zu Ingrids Füßen stand der Farbtopf, den wir gekauft hatten, um den Namen unseres Geschäfts an die frisch geweißte Fassade zu pinseln. Wir hatten dazu ein Eisvogelblau gewählt, kräftiger als das klassische Santorinblau. Das Problem war, wir hatte immer noch keinen Namen!

»Wahrscheinlich können wir es nicht Galerie Oia oder Archiv oder etwas ähnlich Offizielles nennen.«

»Das klingt sowieso ein bisschen arg ernst«, meinte Ingrid, »und schreckt die Leute womöglich ab. Wir brauchen etwas mit romantischem Touch. Ein griechisches Wort vielleicht.«

»Aber bitte nicht den Namen einer Göttin.«

Sie verzog das Gesicht. »Einverstanden. Wie war noch gleich der alte Name für Oia, den wir im Museum auf den Karten gesehen haben?«

Ich dachte nach. »Pano Meria?«

»Aber es war doch irgendwie in einem Wort geschrieben und mit einem Akzent auf dem ›e‹ … Panomeréa.« Sie kritzelte es auf einen Umschlag und hielt ihn mir hin.

»Das ist hübsch.«

Wir malten die Buchstaben über die Eingangstür und auf die obere Wand. Ingrid entwarf einen Stempel und verbrachte außerdem Stunden damit, meine Bildtitel in wunderbarer kalligraphischer Kursivschrift unter die Fotos zu setzen.

»Den Füller habe ich bei einem Kalligraphiewettbewerb an der Schule gewonnen«, gestand sie mir. »Ich habe immer daheim in meinem Zimmer geübt. Sonst habe ich nicht mehr viel aus Australien. Den Füller und meinen Pass.«

Ich beobachtete, wie sie den Füller in die Hand nahm und

ein paar Mal auftippte, um die Tinte zum Fließen zu bekommen. »Möchtest du je zurückkehren?«

»Nein«, antwortete sie entschieden. »Auf keinen Fall. Vor allem nicht jetzt.« Jeder konnte sehen, wie sie hier in Oia förmlich aufblühte. Der Neuanfang tat ihr unendlich gut. Und ich, was tat ich? Ich hangelte mich so durch, füllte meine Tage, suchte nach Aufgaben, wo immer ich konnte. Und genau das war Panomeréa, oder etwa nicht? Etwas, womit ich meine Tage, mein Herz füllen konnte. Das Gegenstück zu Olivers Rechtsklage. Ein zeitaufwändiger Prozess.

Aber trotzdem war es weit mehr als das, was ich je zu erreichen gehofft hatte.

# Kapitel 21

Es störte mich nicht, dass Palmer bei seinem nächsten Besuch kaum offizielle Neuigkeiten mitbrachte. Auch legte ich keinen Widerspruch ein, als er vorschlug, seinen üblichen Tagesausflug um ein oder zwei Nächte im Ilias zu verlängern. Ich freute mich sogar richtig auf unser Treffen und überlegte mir bereits, was ich ihm Neues zeigen konnte. Auf meinen Spaziergängen machte ich immer wieder Entdeckungen und auch von Eleni oder anderen Einheimischen bekam ich natürlich Tipps.

Ich führte ihn zum Beispiel zu einem Strand, den ich hinter Ammoudi bei Kantharos ausfindig gemacht hatte, wo sich einst eine Leprasiedlung befunden hatte. Die *louviarika* standen nun leer – hohl und windgepeitscht über dem Meer.

»*Louva* bedeutet Lepra«, erklärte ich ihm. Ich bemühte mich immer noch um meine griechischen Brocken, denn ich schämte mich unentwegt, wie wenig mein Griechisch im Geschäftsleben taugte, wohingegen Ingrid sich sehr gut durchschlug, obwohl wir beide zeitgleich auf Santorin angekommen waren. »Und *katharos* heißt sauber. Man brachte sie hierher, um sie zu reinigen.«

»Arme Kerle.« Palmer hatte eine Hand in die Hosentasche gesteckt und schirmte mit der anderen seine Augen gegen die Sonne ab. Als er sich umdrehte, fiel mir auf, dass er abgenommen hatte. Er wirkte dadurch irgendwie flinker und fitter.

Ich ging den Weg zum Strand hinunter voraus, ein wunderschöner glitzernder Bogen aus Vulkangestein, umrahmt von

Bimssteinklippen, die der Wind zu Tausenden von kleinen Spitzen geschliffen hatte. Man hörte das Krachen der Felsen, wenn die Wellen dagegen schlugen, und wenn sich das Meer zurückzog, konnte man sehen, wie tief sie am Fuß ausgehöhlt waren. Wir ließen unsere Habseligkeiten nahe am Wasser fallen und beobachteten eine Gruppe Urlauber, die ein Stück weiter ihre Handtücher ausbreiteten. Sie waren offensichtlich ziemlich unerschrocken, ganz außer sich vor Freude über ihr Am-Rand-der-Welt-Abenteuer.

»Wenn wir uns jetzt unterhalb der *louviarika* befinden«, meinte Palmer, »dann sehen wir hier genau dasselbe wie früher die Leprakranken.«

»Sie hatten oft die beste Aussicht«, erwiderte ich trocken. »So mussten sie sich wenigstens nicht selber anschauen.«

Er grinste. »Ganz schön hart, so dem Meer zugewandt zu sein. Ich vermute mal, dass es sich hauptsächlich um Matrosen gehandelt hat.«

»Ja, darüber hatte ich mir noch gar keine Gedanken gemacht. Wie grausam.« Ich verstummte.

»Was ist los?«

»Nichts, gar nichts. Ich habe nur gerade gedacht, wenn man all die Leute hier zusammenzählt, die über die Jahrhunderte hinweg jung gestorben sind … die Matrosen, die Leprakranken, die Erdbebenopfer. Das steht nicht wirklich im Verhältnis zur Bevölkerungszahl, oder? Was für ein Ort ist denn das?«

Er nickte.

»Meinte Tante ist hier ums Leben gekommen. Beim großen Erdbeben 1956.«

»Wirklich?« Irgendetwas an seinem Tonfall erweckte in mir den Verdacht, dass ihm das nicht neu war. Hatte ich es ihm etwa erzählt?

»Ich weiß nicht gerade viel darüber, also wie sie genau gestorben ist, meine ich. Ich vermute, sie wurde von einem herunterfallenden Stein erschlagen. Ich habe die Bücher aus dieser Zeit gesehen, aber es scheint keine Augenzeugenberichte zu geben, zumindest nicht auf Englisch.«

»Aber es muss doch noch Zeitzeugen geben, oder? So lange ist es ja noch nicht her. Könnten Sie nicht Ihre Freundin bitten, Ihnen dabei zu helfen? Die Dame vom Hotel?«

»Eleni? Ja, vermutlich schon. Ich möchte mich allerdings nicht zu sehr damit befassen, weil ich sonst das Gefühl hätte, meine Mutter zu hintergehen.« Ich grinste ihn an. »Ich schätze mal, das klingt ein bisschen heuchlerisch in Anbetracht dessen, was ich mit Mariel und Jen tue.«

Seine Augen verengten sich. »Familie ist etwas anderes.«

»Aber wir *waren* eine Familie, wir drei.« Die leidenschaftliche Heftigkeit in meiner Stimme überraschte mich. »Zumindest hat es sich so angefühlt. Ich stand ihnen näher als irgendjemand sonst.«

»Sie haben also nach wie vor keinen Kontakt?«

»Mariel hat mir geschrieben, aber ich habe nicht geantwortet. Ich würde es ihnen nicht verübeln, wenn sie mich inzwischen abgeschrieben hätten. Als ich in London war, damals als ich Sie engagiert habe, da sah ich Jens Auto am Friedhof, wo Emma begraben ist. Und ich vermute, Oliver hat ihnen erzählt, dass ich an Weihnachten da war.«

»Sie waren in London?« Palmer klang überrascht. »Ich meine, ein zweites Mal?«

»Ja, um meine Mutter zu besuchen. Sie weigert sich strikt hierherzukommen.«

»Warum?«

Und zu meiner eigenen Verwunderung erzählte ich ihm die ganze Geschichte, angefangen von Mums Umzug nach London nach der ersten Familientragödie, von der Krebserkrankung meines Vaters und ihrem verfrühten Witwendasein. So zusammengefasst entstand der Eindruck, dass da gar kein Platz für

Freude gewesen sei. »All das klingt furchtbar tragisch, was? Aber es hat im Lauf der Jahre auch viele glückliche Zeiten gegeben, mit meinem Vater und dann mit Emma natürlich. Es war hart für sie, zuerst ihren Mann und dann ihre Enkelin zu verlieren.«

»Hart für *Sie*, den Vater und Ihre Tochter zu verlieren.«

»Ja.«

Nachdem wir bereits eine ganze Weile geschwiegen hatten, spürte ich, dass er mich unverwandt ansah, so aufmerksam, als gelte es immer noch zuzuhören. Er saß absolut reglos, und wären nicht seine Augen gewesen, hätte man fast glauben können, er sei eingenickt. Ich hatte den Eindruck, dass seine Arbeit ihm diese Art der Unauffälligkeit, ja der Unsichtbarkeit abverlangte, dass er sich nun nur noch durch seine Augen wirklich ausdrücken konnte. Jetzt gerade schien eine intime Mischung aus Mitgefühl und Sehnsucht in seinem Blick zu liegen. Zwischen uns hatte sich ganz deutlich etwas verändert, so offen wie ich ihm gegenüber war. Es war eine echte Erleichterung, einige meiner Geheimnisse zu teilen. Nun drehte ich meine Hüfte minimal in seine Richtung. Unsere Kleider flatterten im Wind und plötzlich verspürte ich das Bedürfnis, ihn zu berühren, ihm dafür zu danken, dass er an mich glaubte – ja sogar ihn zu küssen. Ein lachhafter, kindischer Impuls. Mein Blick fiel auf einige Seilstücke zwischen den Kieseln, doch beim genaueren Hinsehen entpuppten sie sich lediglich als Knoten, deren Enden abgeschnitten oder ausgefranst waren.

»Wie dem auch sei«, meinte ich und schaute wieder hinaus aufs Wasser. »Es ist egal, wie man stirbt oder wie jung man ist, wenn es passiert, oder? Ob es sich um eine Krankheit handelt oder Ertrinken oder einfach nur das Alter ... das ist alles bedeutungslos, wer auch immer man ist, wo auch immer man ist.« Ich lachte, peinlich berührt von meinen Worten. »Tut mir leid, ich klinge wie ein existentialistischer Teenager, stimmt's?«

»Es ist nicht bedeutungslos«, antwortete er ernst. »Um ehrlich zu sein, habe ich gerade das genaue Gegenteil gedacht. Vor allem hier unten fühlt sich alles so bedeutungs*voll* an.«

Ich nickte. »Genau das meine ich vermutlich. Bei alldem hier geht es um etwas, das viel größer ist als wir. Das gleiche Gefühl überkommt mich, wenn ich oben an Perivolas vorbei spaziere. Von dort aus liegt alles vor einem ausgebreitet, die Vulkane und Theresia. Es gibt so wenig Land im Vergleich zum Meer. Als ob wir uns verzweifelt ans Leben klammern.«

»Das Leben, ja.« Er folgte meinem Blick und nickte, als läge unser Einverständnis eher in dem, was wir sahen, als in den Worten, die über unsere Lippen kamen. Das Sonnenlicht war diesiger als sonst, wodurch die metallischen Farbtöne im Wasser dominierten. Ich hatte recht, dachte ich, es gibt hier Trost, im Meer und im Himmel und in der Art, wie beide zu einem riesigen, glatten Wesen verschmolzen. So viel Trost ich eben finden würde.

»Ich glaube trotzdem, dass wir alle auf unsere Art ziemlich wichtig sind«, beharrte Palmer.

Mein Kopf schmerzte von der Sonne und meine Augen wurden müde. Ich machte sie zu und verlor so einen Moment lang das Gefühl für meine Umgebung.

»Sie machen das absolut richtig«, hörte ich ihn sagen. »Sie sind am richtigen Ort.«

Ich sah blinzelnd zu ihm auf. »Zwischen den Leprakranken und den toten Matrosen, meinen Sie?«

»Zwischen den Ingrids und Elenis.«

Ingrid hatte mich mit einem Mann, den sie nicht kannte, ›zusammenstecken‹ sehen und fragte mich geradeheraus, ob das mein Ehemann gewesen sei.

»Nein, das war nicht Oliver.«

»Dann dieser andere Typ, den du manchmal erwähnst, dieser Simon?«

Ich sah auf. »Simon? Tue ich das? Nein, der auch nicht. Palmer hat mit denen absolut nichts zu tun, um ehrlich zu sein.«

»Palmer? Das ist aber ein seltsamer Name.«

»Es ist sein Nachname.«

»Warum nennst du deinen Freund beim Nachnamen?«, wollte sie wissen.

»Keine Ahnung. Weil er bei allen Palmer heißt. Außerdem ist er auch nicht wirklich ein Freund.«

Ihre Neugier war geweckt. »Ach ja? Was ist er denn dann?«

Mir war klar, dass sie nicht aufgeben würde, und ich spürte, wie sich in mir etwas löste. Eben hatte ich mein Innerstes vor Palmer ausgebreitet, vielleicht war es dann auch Zeit, Ingrid gegenüber offen zu sein. Sie hatte weiß Gott lange genug gewartet. »Die Sache ist die, Ingrid, Palmer und ich haben eine geschäftliche Verbindung.«

»Ach ja?« Sie unterdrückte ein Kichern. »Das klingt lustig. Um was für eine Art von ›Geschäft‹ handelt es sich denn?«

»Das ist eine lange Geschichte.«

»Ich hab Zeit«, meinte sie und fügte dann trocken hinzu, »wie du inzwischen wissen solltest.«

»Gut.« Wir hatten unseren zukünftigen Ladenraum geputzt und erholten uns von den Strapazen mit einem kühlen Drink oben auf der Dachterrasse, wo die Vormieter ein paar Stühle mit durchgesessenen Polstern hinterlassen hatten. Die Nachmittagssonne brannte, der Himmel war leuchtend blau. Ich war kurz davor, mein letztes Stück Privatsphäre aufzugeben, und es schien mir zugleich absurd und beschämend, dass ich meiner Freundin so lange den Grund vorenthalten hatte, weshalb ich überhaupt hier war.

Ich holte tief Luft. »Palmer ist ein Privatdetektiv.«

»O Mist, steckst du irgendwie in der Klemme?«

»Nein. Er hat für mich nur ein Auge auf zwei Kinder, die ich früher in London kannte.«

»Da komm ich nicht ganz mit.«

»Die eine ist meine Patentochter, für die andere habe ich eine Art juristische Patenschaft übernommen. Ich war früher sehr gut mit ihren Müttern befreundet.«

»Du *warst*? Und warum jetzt nicht mehr?«

»Ach, Ingrid, es ist so kompliziert. Ich weiß gar nicht, ob du das wirklich wissen möchtest, es ist ein bisschen viel …«

»Gib mir 'ne Chance«, meinte sie sanft.

Ich schwieg einen Moment lang. »Ich hatte selbst eine kleine Tochter, in London. Im gleichen Alter wie die Mädchen.« Ich wandte den Blick ab, doch ich spürte, dass sie den Atem anhielt und darum betete, dass ich nicht aussprechen möge, was sie fürchtete. »Sie starb bei einem Autounfall, kurz bevor ich nach Santorin kam. Deshalb bin ich überhaupt hier … Ich konnte nicht zu Hause bleiben. Ich konnte dort nicht ohne sie leben.«

»Nein!« Ingrid griff nach meiner Hand und drückte sie mit beiden Händen. Die Haut ihrer Finger war warm und trocken, ich konnte die Sonne darin fühlen. »O Rachel, ich wusste, dass es da etwas geben musste.«

»Du meinst, niemand ist von Natur aus so kaputt?«

»Ich *wusste* es einfach. Ich dachte, es hätte mit deinem Mann zu tun. Aber das … O mein Gott, und du hast die ganze Zeit nichts gesagt …«

»Ich weiß.« Ich bemühte mich, einen Witz daraus zu machen. »Zuerst bin ich Halbgriechin, jetzt eine heimliche Mutter … Du fragst dich bestimmt, welche Überraschungen ich sonst noch so im Ärmel habe.« Doch keine von uns konnte sich ein Lächeln abringen.

»Meine Güte, diese ganze Zeit. Ist es so, wie sie immer sagen, als ob man einen Arm oder ein Bein verliert?«

So sagte man, ja. Aber ein Kind ist kein Anhängsel. Emma war mein Ein und Alles gewesen, sie hatte mich zu mehr gemacht, als ich war. Mehr, als ich verdient hatte. Eltern wenden so viel Energie dafür auf, ihre Kinder in die von ihnen gewünschte Form zu pressen, da ist es wahrlich überraschend festzustellen, dass in Wahrheit die Kinder uns formen. »Ich weiß nicht, es fühlt sich eher an, als sei man hohl. Deshalb kann ich mich auch nicht wie andere Menschen für Dinge begeistern. In mir ist nichts mehr, gar nichts. Anders kann ich's nicht beschreiben.«

Ingrid zog ihren Stuhl dicht an meinen heran, und so saßen wir, Schulter an Schulter, wie ein Liebespaar, das den Sonnenuntergang zusammen betrachtet. »Das stimmt nicht, Rachel. In dir ist ganz viel. Die Menschen sind dir immer noch wichtig, das merkt man.«

Ich schüttelte bloß den Kopf, presste die Lippen zusammen und versuchte, die Tränen zurückzuhalten. Sie folgte meinem verweinten Blick zur Insel Theresia, zu jenem Dorf oben auf den Klippen, das keine von uns bisher besucht hatte, als reiche es uns beiden, es bis Oia geschafft zu haben.

»Wie hieß sie denn?«

»Emma«, flüsterte ich. »Emma Jane.«

»Darf ich vielleicht ein Foto sehen?«, fragte Ingrid vorsichtig. »Ich meine, du musst nicht, wenn …«

»Nein, natürlich darfst du.« Ich holte es aus meiner Tasche und reichte es ihr, ohne selbst einen Blick darauf zu werfen. Ich kannte es ohnehin in- und auswendig. Emma auf der Schaukel in Mariels Garten, mit durchgestreckten Armen, den Oberkörper weit zurückgebogen, während sie mit den Füßen Schwung holt, als wolle sie die Kamera erreichen. Zwischen ihrer Hüfte und der Kette klemmt ihre Puppe Lucy. Sie hatte sich beim Schaukeln aus ihrer Verankerung gelöst und war kurz davor herunterzufallen. Im nächsten Bild würde Lucy verschwunden sein.

Ingrid hielt das Foto hoch ins Licht, als sei es ein Dia.

»Oh, sie ist wunderhübsch. Sie sieht genau aus wie du, oder?« Die Verwendung der Gegenwartszeit hätte früher eine Welle sinnloser Hoffnung ausgelöst, nun war es bloß noch ein kleines farbiges Flämmchen, eine dieser Blumen im ausgetrockneten schwarzen Sand, ›Meernarzissen‹ nannten die Einheimischen sie.

Ingrid schüttelte den Kopf, offensichtlich wütend auf sich selbst. »Scheiße, es tut mir leid, was ich alles über meine Mutter gesagt habe. Ich kann nicht fassen, dass ich so taktlos war, du musst gedacht haben, o Gott, ich weiß auch nicht was …«

Ich sah sie besorgt an. »Du hast absolut nichts falsch gemacht, Ingrid. Du kritisierst sie zu Recht. *Ihre* Liebe sollte bedingungslos sein, nicht deine. Glaub's mir.«

»Bedingungslose Liebe«, wiederholte Ingrid und sah dabei immer noch Emmas Foto an. »Dieser Ausdruck ist mir zwar geläufig, aber ich habe wohl nie begriffen, was er wirklich bedeutet.«

Wir saßen einige Minuten schweigend da. Ingrid hatte das Foto gegen ihren Bauch gedrückt, als könne sie damit irgendwie mehr von Emma in sich aufnehmen.

»Verzeih mir, dass ich dir nicht früher davon erzählen konnte«, sagte ich schließlich. »Das tut mir wirklich furchtbar leid. Je länger ich es nicht erwähnt habe, umso unmöglicher wurde es. Aber gleichzeitig hat es mir, glaube ich, geholfen, dass die Leute hier nichts wussten. Irgendwie wurde es dadurch erträglicher. Aber nun möchte ich, dass du es weißt.« Ich war mir sicher, sie begriff, dass ich sie damit indirekt bat, es Eleni zu erzählen. Was unsere Freundin wohl dazu sagen würde? Wieder diesen Satz: *Das habe ich gewusst.*

# Kapitel 22

*Liebe Rachel,*
*ich hoffe, es geht Dir gut. Oliver hat mir erzählt, dass Du eine Art Fotogalerie auf Santorin eröffnet hast – das sind ja tolle Neuigkeiten! Du hast zwar nie erwähnt, dass Du so etwas mal machen möchtest, aber es passt hervorragend zu Dir. Glückwunsch!*
*Bestimmt freust Du Dich zu hören, dass Cat und Daisy gerade ihr Interesse an Kunst entdecken. Es gibt an der Schule eine neue Nachmittags-AG, die Ausflüge zur National Gallery und zur Tate Gallery organisiert. Außerdem fahren sie vielleicht auf Klassenfahrt nach Paris.*
*Jen lässt Dich ganz herzlich grüßen. Zwischen ihr und Bob kriselt es gerade ziemlich. Manche Dinge ändern sich wohl nie, fürchte ich.*
*Ich bin in Gedanken immer bei Dir,*
*Deine Mariel*

An der Oberfläche las sich diese Nachricht genau wie die Handvoll der anderen, die Oliver mir die Jahre über weitergeleitet hatte. Der Tonfall war herzlich, aber nicht sentimental, und Neues über die Mädchen bestand aus kurzen, peppigen Infos, keinen herausragenden Ereignissen. Emmas unsichtbare Gegenwart füllte jeden Satz, obwohl sie nie direkt erwähnt wurde.

Doch die eigentliche Botschaft steckte nicht in diesem Briefchen. Der Umschlag selbst war die Botschaft. Denn Mariel hatte unabhängig von Oliver geschrieben – sie war also im Besitz meiner Adresse. Oder, um genauer zu sein, sie signalisierte mir, dass sie im Besitz meiner Adresse war. Dieser Brief kam einer Besuchsankündigung gleich.

Während die Eröffnung von Panomeréa näher rückte, sprach es sich auch unter den Einheimischen herum, die bisher nichts von unserem Laden gewusst hatten. Jeden Tag kam jemand mit Fotos vorbei: Landschaftsaufnahmen, an deren Ursprung sie sich nicht mehr erinnern konnten, Porträts, die niemand in der Familie zuordnen konnte. Meine Bemühungen, deren Echtheit zu überprüfen, waren amateurhaft und beruhten auf nichts weiter als auf meinem Bauchgefühl. Trotzdem kam es mir auch hier wieder ganz natürlich vor, auf diese Weise zu handeln.

Dymas' Holzrahmen waren so wunderschön, wie ich gehofft hatte, und jeder war ein Unikat. Teile der bemalten Holzleisten waren abgeschliffen und glatt geschmirgelt worden, an anderen hatte er die abblätternde Farbe belassen, so dass man die verschiedenen Schichten aus Orange und Blau zwischen der ergrauten Maserung noch erkennen konnte. Mir gefiel besonders, dass es sich hierbei um die Farben des Wassers und der Meerluft handelte, den echten Farben von Santorin, bevor die Rosa- und Pastelltöne auftauchten. Wir vereinbarten, dass die Rahmen per Maulesel zu uns hinauftransportiert werden sollten, damit wir Passepartouts und letzte Änderungen vor Ort machen konnten. Die Touristen schossen reihenweise Fotos, als die Maulesel die Marmara hinunterklapperten, und Eleni stand mit einem zufriedenen Lächeln auf den Lippen vor dem Ilias.

Im Laden selbst hatten wir quer über die Wand ein Zitat von Nelly geschrieben, das von ihrem Besuch auf der Insel vor siebzig Jahren stammte: *Wohin mein Blick auch fällt, sehe ich ein Bild vor mir.* In besonders ambitionierten Momenten stellte ich mir gerne vor, dass Panomeréa das Bindeglied zwischen Pionieren wie Nelly und den Schnappschussjägern von heute darstellte.

Dymas schenkte uns ein angeschwemmtes Holzbrett von der Größe einer halben Tür, auf das Ingrid alle Informationen bezüglich Materialien und Herkunft der Fotos schrieb, bevor wir es draußen an der Wand befestigten.

»Wird vermutlich geklaut«, meinte sie, während sie prüfte, auf welcher Höhe man es von der Straße aus gut lesen konnte. Ihr Bekannter, der Ikonenmaler mit dem Studio nahe der Goulas, hatte draußen ein Schild aufgehängt, wenn er malte: *Den Künstler bitte nicht stören.* Das Schild war verschwunden, woraufhin er ein zweites angebracht hatte: *Dieses Schild bitte nicht stehlen.* Auch das war verschwunden, und so schloss er nun einfach seine Tür ab.

Wir eröffneten unser Geschäft im April 1997, am Tag, an dem die Charterflüge die englischen und deutschen Touristen für die neue Saison einflogen und die Kreuzfahrtschiffe die ersten Amerikaner ablieferten. Das erste Bild kaufte ich selber, um es als Blickfang über meinen Esstisch zu hängen. (Früher war ich von solchen Dingen besessen gewesen. Oliver scherzte einmal, auf seinem Steuererklärungsformular sollte es eine extra Rubrik für Blickfang-Anschaffungen geben.) Obwohl ich natürlich den Vorzug genoss, mir immer wieder ein anderes Bild auszusuchen und meine Lieblingsfotos abwechselnd an dieser Stelle aufzuhängen, hatte ich mich immer noch nicht entschieden, als wir schließlich die Tür öffneten und das ›Geöffnet‹-Schild hinaushängten. Ich spazierte langsam durch den Laden und sah mir jedes Ausstellungsstück genau an. Wie robust sie auf den marmornen Tischplatten einerseits wirkten, in ihren Rahmen aus Treibholz hinter dicken Glasscheiben, und gleichzeitig wie zerbrechlich. Es brauchte nicht viel, um sie kaputt zu machen.

»Das wäre jetzt die perfekte Zeit für ein Erdbeben«, meinte ich zu Ingrid. »Schau dir bloß den ganzen Marmor und das Glas an!«

»He! Fordere das Schicksal ja nicht heraus.«

Am Ende wählte ich eine Aufnahme des Strandes bei Kamari mit viel cremig weißem Himmel und dem typisch eisengrauen Meer. Ich hatte Kamari ein einziges Mal besucht. Mit den endlosen Reihen an Liegestühlen war es heute kaum noch wiederzuerkennen. Der Ort auf diesem Foto hingegen strahlte eine Verlassenheit aus, die für ein solch kleines Bild erstaunlich war – als sei alles bis auf die Stimmung zusammengeschrumpft worden. Ich sah zu, wie Ingrid es einwickelte, die Quittung stempelte und einen Vermerk in unser Ladenbuch machte. Es kam mir vor, als würde ich mit Emma Einkaufen spielen, mit ihrer winzigen Registrierkasse, dem kleinen Einkaufskorb aus Plastik für Spielzeuggemüse. (»Das macht dann zweitausend Pfund und sechsunddreißig Pence.« – »So viel? Für ein paar Karotten?« – »Ja, das hier ist ja auch ein ganz besonderer Laden.«)

»Wie fühlst du dich?«, wollte Ingrid wissen. »Und sag jetzt ja nicht, dass du deine Meinung geändert hast und dein Kapital ausgezahlt haben willst.«

Trotz ihres scherzhaften Tonfalls merkte ich, dass sie eine echte Antwort wollte.

»Ich bin stolz«, erwiderte ich. »Sehr stolz, und zwar auf uns beide. Und auch auf Eleni. Ich finde, wir haben das klasse hingekriegt.«

»Ich auch.« Ingrid sah aus wie immer in ihrem gebatikten Hängerkleid, ihrer Winterbräune, den gewebten Sandalen und ihren perfekt lackierten Zehennägeln. Doch auf mich wirkte sie irgendwie verändert: Mit jeder Faser ihres Wesens war sie nun die künstlerische Auswanderin, die sie hatte sein wollen, als ich sie kennenlernte. Sie lehnte sich an die Theke. »Weißt du was? Ich habe das Gefühl, wir müssen erst *richtig* etwas verkaufen, bevor ich es glauben kann. An einen *echten* Touristen.«

»Einer von denen, die dich im Café in den Wahnsinn getrieben haben?«

»Genau. Jemand in einem T-Shirt mit der Aufschrift ›Mein Herz gehört Santorin‹, mit einem Ausrufezeichen dahinter. Jemand, der lieber von den Klippen springt, als eine Olive zu essen.«

Ich lachte. »Ich finde, du kannst es ruhig vorher schon glauben.«

Anatole war unser nächster Kunde. Er kaufte ein Foto von einem Glockenturm in Oia, in dessen Hintergrund die Silhouette von Therasia zu erkennen war. Dann wählte Ingrids Freund Alexandros eine Ansicht von Ammoudi für seine Großeltern, die immer noch dort unten am Wasser lebten. Manfred kaufte einen Nikos, auf den er ein Auge geworfen hatte, woraufhin Ingrid scherzhaft meinte, sie würde Nikos junior im Gegenzug dazu bringen, eines von Manfred zu kaufen. Dann kam eine Frau herein, die wir nicht kannten, wählte ein kleines Foto von Manfred aus, das Frauen zwischen den Weinstöcken zeigte, und brachte es zur Theke. Dann holte sie ihren Geldbeutel aus der Handtasche und reichte uns ihre Kreditkarte. Schlier war ihr Name. Als sie sich in unser Kundenregister eintrug, sahen wir, dass sie aus Frankfurt kam.

*»Adio!«*

*»Adio!«*

»Und, ist es jetzt real?«, fragte ich Ingrid.

»Ja, dank Frau Schlier aus Frankfurt kann ich's jetzt glauben.«

Am ersten Samstag nach der Eröffnung veranstalteten wir einen kleinen Umtrunk oben auf der Terrasse. Wie die meisten guten Ideen stammte auch diese von Ingrid. Unsere Nachbarn verließen ihre Geschäfte und Hotelrezeptionen, um mit uns zu feiern, und auch eine ganze Menge altbekannter und neuer Auswanderer gesellten sich dazu, um den ganzen Abend auf Englisch zu palavern. Eleni kam, nachdem alle ihre angekündigten Gäste eingetroffen und versorgt waren. Sie erzählte, dass das von Anatole ausgesuchte Foto nun über ihrem Empfangstresen hing und bereits von zwei Gästen bewundert wurde. Ingrid schlug vor, allen Ilias-Gästen einen Rabatt einzuräumen.

»Eleni.« Vom Wein und der Sonne war mir ganz warm. »Wir möchten, dass du weißt, dass wir dich als dritte Mitgründerin von Panomeréa betrachten.«

»Ganz genau«, stimmte Ingrid mir zu. »Ohne dich wäre das alles einfach unmöglich gewesen. Da würden wir wahrscheinlich immer noch einen Stapel hübscher Bilder in Rachels Schlafzimmer horten!«

»Und falls der Laden je gut läuft, nun ja …«

Eleni tat all das mit einem Schulterzucken ab, aber wir merkten, dass sie sich trotzdem freute. Während Ingrid von einer Gruppe Neuankömmlinge – frühere Kollegen aus dem Café – mit Beschlag belegt wurde, beobachtete ich, wie Eleni das Schild gerade rückte, das wir von der Tür mit nach oben gebracht hatten. Sie trat einen Schritt zurück und tat, als würde sie es zum ersten Mal lesen: *Alle Fotos hier sind Originale oder Abzüge mit sehr geringer Auflage.* Heute Morgen hatte sie uns einen wunderschönen Blumenstrauß schicken lassen. Es gab keinen Blumenladen in Oia, sondern die Leute pflückten Blumen in ihren eigenen Gärten. Also musste sie ihn in Thira bestellt haben.

»Eleni?«

»Ja?«

»Mir fiel gerade etwas ein: Als ich eben erst hier in Callidora eingezogen war, da hat regelmäßig jemand Blumen auf meine Terrasse gelegt.«

Der Themenwechsel schien sie zu überraschen, und sie warf einen schnellen Blick zu Ingrid hinüber, die immer noch mit ihren Freunden beschäftigt war. »Vielleicht um dich willkommen zu heißen?«

»Möglich. Ich fand es nur seltsam, sie einfach ohne eine

Nachricht da hinzulegen. Und warum war immer Basilikum dabei? Ist das irgendeine spezielle Tradition auf Santorin?«

»Ah.« Sie senkte traurig den Blick. »In Griechenland ist Basilikum sehr wichtig in unserer Religion. Du siehst es in dem Schmuck für die Heiligen in der Kirche. Wir glauben, dass es aus den ersten Tropfen von Christi Blut gewachsen ist.«

»Ach?«

»Wir geben es als Beileidsbezeugung. *Zoi se sas.*«

»*Zoi se sas*? Was heißt das?«

»Leben für dich. Leben für deine Familie. Das sagen wir, wenn jemand einen geliebten Menschen verloren hat.« Sie legte mir den Arm um die Taille und drückte mich. »Vielleicht konnten sie sehen, dass du jemanden verloren hast. In einem Ort wie Oia, auf der ganzen Insel hier, gibt es keinen Menschen, der nicht weiß, wie sich das anfühlt.«

Ich dachte an ihre Gefälligkeiten, an die freundlichen Taten, die nie laut verkündet wurden. Ich dachte an die niedrige Miete, die ich Christos zahlte, und die überraschend moderate Summe, die Anatoles Cousin verlangte, und an jene Lebensmittel auf meiner Terrasse, als ich damals wochenlang kaum einen Fuß vor die Tür gesetzt hatte. Unter uns, auf dem Tisch im Lagerraum, lag Palmers jüngster Bericht. Nach wie vor betitelte er ihn Monat für Monat ›Projekt Gute Fee‹, als sei ich keine Patentante, sondern eine Märchenfee mit Zauberstab und einem Kürbis als Kutsche.

Nein, wenn hier jemand eine gute Fee besaß, dann ich.

»Danke, Eleni«, sagte ich.

# Kapitel 23

*Der zehnte Geburtstag von Subjekt B wurde zusammen mit Freundinnen, darunter Subjekt A, mit Kino und anschließendem Pizzaessen gefeiert. Subjekt A blieb über Nacht und wurde am nächsten Morgen von ihrer Mutter abgeholt.*
*Anträge für die weiterführenden Schulen sind inzwischen von beiden Familien bei der Schulbehörde eingereicht worden. Die Ergebnisse werden Anfang April erwartet.*

Eltern behaupten oft, das Aufwachsen der Kinder würde das eigene Älterwerden beschleunigen, und meinen dabei schlicht, dass sich die Menge der Meilensteine vervielfacht, die den Weg säumen. Es ist keine Kunst, den eigenen Geburtstag ohne viel Aufhebens verstreichen zu lassen, doch man weiß genau, dass man exakt fünf, sechs – *zehn!* – Jahre älter geworden ist, wenn man einen Kuchen mit entsprechender Kerzenanzahl in der Hand hält. Eine für jedes Jahr, seit dieses Wesen neben einem in seinem Krankenhausbettchen lag, seit man sich für immer von jeglicher Art von Seelenfrieden verabschiedet hat.

In meinem Kalender markierten nun Cats und Daisys Meilensteine meine Zeit. Zum Teil wurde mir davon berichtet, zum Teil malte ich sie mir einfach selbst aus: nicht nur Geburtstage, sondern auch Weihnachten, Ostern, Schulaufführungen und Sporttage, neue Leidenschaften (Popmusik) und frühere Lieblingsbeschäftigungen (Ballett), zerbrochene und neue Freundschaften – davon einige mit Jungs! –, allesamt unfassbare Wegzeichen.

Es waren jedoch vor allem die körperlichen Veränderungen, die mich am meisten erstaunten. Die Pubertät machte sich inzwischen bemerkbar. Cat war größer als Daisy, übermütig und blass, als wolle sie ihrer Schuluniform auch in Stil und Farbe entwachsen. Die Gegensätzlichkeit ihrer gröberen und feineren Gesichtszüge war auffälliger denn je: dieser wilde Haarschopf ihres Vaters, die von ihm geerbten ausgeprägten, asymmetrischen Augenbrauen, die ihrem Gesicht einen Ausdruck permanenter Vorwitzigkeit verliehen (für Lehrer bestimmt ganz schön irritierend). Die braunen Augen ihrer Mutter und die zarte Nase trennten die buschigen Brauen vom üppigen Mund. Ihre Zähne waren ein wenig größer, als man erwarten würde, wodurch ihr Lächeln noch breiter wurde und alles andere überstrahlte.

Daisy, die in den Fotos weniger auffällig wirkte, kam bei den Altersgenossen vermutlich besser an. Ihr Gesicht wurde von weichen blonden Locken umrahmt und ihr Körper zeigte bereits erste weibliche Kurven. Laut Palmer war sie beliebt und intelligent zugleich – wahrscheinlich würde sie Moss Hamlet als Jahrgangsbeste verlassen. Von einem Geschwisterchen jedoch nach wie vor keine Spur. Wie es schien, hatte Bob in dieser Sache immer noch das Sagen.

Es war unmöglich, diese Fotos anzuschauen, ohne im Hintergrund nach Emma zu suchen. Ihr Gesicht war von den offiziellen Aufnahmen ausgelöscht worden, eine Unperson, das verschwundene Mädchen. Wie hätte *sie* sich beim Wachsen wohl verändert? Wäre inzwischen mehr von Oliver bei ihr durchgekommen? Was würde sie sein wollen, wenn sie erwachsen war? Während ihre alten Freundinnen in die Länge schossen und ihre Haare dunkler wurden, während die erwachsenen Züge immer mehr an die Oberfläche drängten, blieb ihr Gesicht stets dasselbe. Wie ich so diese Bilder ansah, hätte ich ohne zu zögern mein eigenes Leben dafür gegeben, einen Blick darauf zu erhaschen, wer sie jetzt sein würde. Die Trauer traf mich, wie so oft, mit voller Wucht, wie ein Peitschenhieb auf brennende Haut.

Während Panomeréa zunehmend mehr Kunden aus der ganzen Welt, einschließlich England, anzog, beschloss ich, vor allem in Hinblick auf Ingrid kein Wort über mein Arrangement mit Palmer zu verlieren. Auch wenn ich nach wie vor überzeugt davon war, dass meine Beweggründe gut waren, wäre es doch der Außenwelt gegenüber schwer zu erklären, warum ich einen Fremden angeheuert hatte, meine Freunde auszuspionieren. Palmer war der einzige Mensch, auf dessen Verständnis ich zählen konnte.

Am gefährlichsten wurde es stets nach Palmers Besuchen, weil Ingrids Neugier dann noch schwerer zu bremsen war als gewöhnlich. Ich konnte ihr das auch kaum verübeln: Vor seiner Ankunft war ich voller Anspannung, hinterher wiederum oft sichtbar freudig aufgedreht. Es handelte sich jedoch um eine widersprüchliche Art von Freude, die teils in seinen Versicherungen begründet war, dass es den Mädchen ausgezeichnet gehe, und teilweise in der Erleichterung, dass sein Besuch vorbei und ich von meinen gesellschaftlichen Verpflichtungen fürs Erste wieder befreit war. Es gab allerdings noch einen dritten Aspekt, ein seltsames Wohlgefühl, das unsere gemeinsame Zeit mir bereitete. Ingrid zog daraus natürlich sofort entsprechende, eher persönliche Schlüsse.

»Ich weiß, du hast gesagt, er ist Privatdetektiv, aber warum muss er den langen Weg bis hierher kommen? Ich glaube eher, der will *dich* im Auge behalten.«

Ich hob eine Braue. »Sei nicht kindisch. Er war ja bloß ein paar Mal hier. Er kennt jemanden auf Naxos und da bietet sich der Abstecher an, vermute ich.«

»Ja, klar! Was ist denn das für eine ›Bekanntschaft‹? Ich

wüsste zu gerne, warum du ihn dazu ermunterst.« Dann erhellten sich ihre Züge plötzlich. »Mein Gott, natürlich, er muss für dich eine Art Vaterfigur darstellen! Du hast immer gesagt, dass du deinem Vater nahegestanden hast.«

Ich protestierte halb belustigt. »Die beiden sind völlig verschieden, Ingrid. Dad ließ sich von allem begeistern, er nahm die Dinge sehr ernst. Palmer ist komplett leidenschaftslos.« Das klang ein wenig zu platt und war noch dazu unfair Palmer gegenüber. »Außerdem ist er vermutlich nicht mal zehn Jahre älter als ich. Da taugt er wohl kaum zur Vaterfigur.«

»Soll das heißen, du weißt nicht, wie alt er ist?«

»Nein, natürlich nicht. Das geht mich überhaupt nichts an.«

Sie schnitt eine Grimasse. »Über was redet ihr dann, ihr zwei?«

»Wie schon gesagt, er hält mich über die Mädchen auf dem Laufenden.«

»Dazu muss er aber nicht hierherkommen. Versteh mich nicht falsch, ich finde es prima, dass ihr euch so nahe seid –«

»Wir sind uns nicht ›nahe‹, Ingrid. Nicht auf diese Weise.«

Meine Proteste schienen sie jedoch lediglich zu amüsieren. »Na, dann sag mir doch mal eines: Weiß er, dass du immer noch verheiratet bist?«

Ich zuckte mit den Schultern. »Bin ich ja nicht wirklich, oder?«

»Bist du nicht?«

»So oder so hat das nichts mit ihm zu tun.«

»Okay, ich weiß schon, was du sagen willst.« Sie wirkte mit einem Mal nachdenklich, doch inzwischen hatte ich mich an ihre plötzlichen Stimmungswechsel gewöhnt. »Ach, Rachel, meinst du, du wirst je wieder bereit sein?«

»Bereit wofür?«

»Na, für eine neue Beziehung.«

Meine Gedanken wanderten zu Oliver, zu Emma und

schließlich zu Palmer. Doch nach wie vor wechselte ich lieber das Thema, statt auf persönliche Fragen ehrlich zu antworten. »Wo wir gerade von Vaterfiguren sprechen: Du hast mir nie viel über *deinen* Vater erzählt, Ingrid. Ist der immer noch in Australien?«

Nun war sie es, die mit den Schultern zuckte. »Vermutlich. Er ist abgehauen, als ich noch klein war; ich habe allerdings nie versucht, ihn aufzuspüren. Noch so ein Idiot. Er hat meine Mutter nur geheiratet, weil sie schwanger war. Keine Ahnung, warum sie sich die Mühe gemacht haben. Ich würde ihn wahrscheinlich noch nicht mal erkennen, wenn er jetzt hier reinspaziert käme – krass, oder?« Nach einer kurzen Pause fügte sie hinzu: »Nein, vermutlich ist er nicht mehr in Melbourne. Er kam ursprünglich aus der Gegend von Darwin. Ich schätze, er könnte überall stecken.«

»Vielleicht versucht er eines Tages, *dich* zu finden?« Ich bereute meine Worte, kaum dass ich sie ausgesprochen hatte. Ich schämte mich, dass ausgerechnet ich ihr ein solches Märchen auf die Nase binden wollte. Als müsse Ingrid bloß ihr goldenes Haar lösen und über die Klippenkante hängen lassen, und schon würde der Vater, der schöne Prinz, der Retter daran heraufklettern.

Wie sich herausstellte, tauchte selbiger in einem klimatisierten Mercedes auf – wesentlich praktischer. Natürlich nicht Ingrids Vater, aber ein Mann, der vom Alter her durchaus als solcher durchgehen konnte. Als ich aufsah und er da im Türrahmen lehnte – ein dramatischerer Auftritt war im Panomeréa leider nicht möglich –, war mein erster Gedanke, dass er gekommen war, um mich aus meinem Haus zu werfen. In den wenigen Sekunden, die unsere Begrüßung dauerte, sah ich mich bereits obdachlos auf einer Matratze im Lagerraum liegen, während Callidora jede Woche neue verschmuste Flitterwöchler beherbergte. Ich konnte mich ja auch kaum wehren, schließlich war ich seiner Gnade und Gunst völlig ausgeliefert. Aber musste es gerade jetzt sein, wo das Geschäft mich jede freie Sekunde in Anspruch nahm?

»Soso, Mrs Freeman, wie ich sehe, haben sich die Dinge hier in Oia weiterentwickelt. *Eine Galerie*, wie schön ...«

»Hallo, Mr Kafieris. Es ist im Grunde nur ein Laden ...«

»Nennen Sie mich doch bitte Christos. Und Sie sind zu bescheiden. Ich finde, das ist mehr als ein Laden.«

Während er sich umsah, fiel es mir schwer, ihn nicht anzustarren. Das hier war ein anderer Christos als der regendurchnässte Philosoph, den ich damals getroffen hatte. Dieser Mann wirkte strahlend und wohlhabend und überaus gepflegt. Er trug einen dunklen, maßgeschneiderten Anzug, und mit seinem dichten weißen Haarschopf und der gebräunten Haut wirkte er wie ein glamouröser, altgedienter, südländischer Tennisspieler, der nun für ein Mailänder Modehaus modelte. Dass er auch arrogant war, konnte man an seiner Haltung erkennen. Doch gleichzeitig umspielte das Lächeln eines kleinen Jungen seine Lippen, der in seine Heimatstadt zurückkommt und sicher weiß, dass Leckereien auf ihn warten.

»Wann haben Sie eröffnet?«

»Vor über einem Jahr. Anfangs lief's schleppend, aber die Lage ist natürlich gut.« Zu seiner Rechten tauchte plötzlich Ingrid aus dem Lagerraum auf, wo sie Rahmenmaterial sortiert hatte. Ihre Haare waren ein wenig verwuschelt und über dem einen Ohr klebte ein Stückchen abgeblätterte Farbe. »Darf ich Sie meiner Geschäftspartnerin, Ingrid Sullivan, vorstellen.«

»Geschäftspartnerin ... es ist mir ein Vergnügen ...«

»Ingrid, das ist mein Vermieter Christos Kafieris.«

Christos studierte Ingrid sehr eingehend und hielt, nachdem er ihr die Hand gegeben hatte, die Arme fest an die Seite gepresst, als könne er sich sonst nicht beherrschen, sie weiter zu berühren. Schließlich verlor er den Kampf, pflückte das Farbplättchen aus ihren Haaren, legte es auf ihre Handfläche und schloss behutsam ihre Finger darum. Sie wiederum strich mit der freien Hand ihre sonnengebleichte Mähne glatt und leckte sich beinahe die Lippen. Die sofortige gegenseitige Anziehung war so unverkennbar, dass es mir ein wenig unaufrichtig vorkam, diese Tatsache einfach zu ignorieren und mit den Höflichkeiten fortzufahren.

»Laufen Ihre Geschäfte gut, Christos?«

»Das werde ich bald herausfinden«, erwiderte er mit einer übertriebenen pantomimischen Geste des Abwägens zweier Waagschalen. »Ich treffe heute Nachmittag den Bürgermeister hier in Oia. Mein Leben liegt in seinen Händen.«

»Das klingt aber ziemlich riskant.« Ingrid hatte den Kopf schief gelegt und ließ ihre Zunge zwischen den Zähnen aufblitzen. Amüsiert betrachtete ich das Schauspiel. Ich hatte sie wohl tausend Mal flirten sehen, allerdings nie mit dieser Präzision.

»Riskant? Natürlich ist es hohes Risiko, hier in Oia.« Während Ingrids Lachen noch durch den Raum perlte, versprach er, sich unsere Sammlung bei nächster Gelegenheit genauer anzusehen, und schlug vor, uns beide am folgenden Abend zum Essen auszuführen. Ich war mir sicher, das war nicht die ursprüngliche Absicht seines Besuchs gewesen, und erschrak, als er die »Schwarze Perle« vorschlug, das mit Abstand exklusivste Restaurant in Oia.

»Das ist sehr freundlich von Ihnen«, meinte ich.

»Überhaupt nicht. Es interessiert mich sehr zu hören, wie es zu diesem Unternehmen hier gekommen ist.«

Wohl eher ein Interesse zu erfahren, wie Ingrid hierhergekommen war, dachte ich und versuchte, ein Lächeln zu unterdrücken.

Die Schwarze Perle befand sich in einer *kapetanospito* an der Hauptstraße, nicht weit vom Ilias entfernt. Obwohl ich an den Toren des Restaurants beinahe täglich vorbeispaziert war und die Urlauber gesehen hatte, die mit Engelsgeduld auf ihre Plätze warteten, lernte ich erst jetzt, als echter Gast, seinen Reiz wirklich zu schätzen: gemütliche abgeteilte Sitzecken mit bestickten Kissen, Kellnerinnen in elegantem Schuhwerk und so geheimnisvoll kreierte Gerichte, dass man die ursprünglichen Zutaten aus der Kombination kaum noch herausschmecken konnte. Es war der perfekte Ort für das Abschiedsdinner am Ende eines Urlaubs, und natürlich hatte man den idealen Blick auf den Sonnenuntergang. An diesem Abend schienen rote Flammen über den Himmel zu züngeln, als handle es sich um ein Gemälde von Turner, und das Meer wirkte leer ohne dessen Kriegsschiffe.

»Champagner, würde ich sagen.« Mit diesen Worten klappte Christos die Weinkarte zu und strahlte uns an. Das schmiedeeiserne Geländer hinter ihm warf ein tapetengleiches Muster auf die verputzte Wand.

»Haben Sie etwas zu feiern?« Ich war froh, dass ich das einzige schicke Kleid in meinem Schrank angezogen hatte – ein schwarzes Trägerkleid, dessen lockerer Fall hoffentlich verbarg, wie unmodern der Schnitt so viele Jahre nach dem Kauf sicher geworden war.

»*Wir* haben etwas zu feiern«, erwiderte er.

»Ohh«, machte Ingrid. »Ich kann mich gar nicht erinnern, wann ich das letzte Mal Champagner getrunken habe. Dann war Ihr Treffen mit dem Bürgermeister also erfolgreich, Christos?«

»Ja, in der Tat!« Er erzählte uns, dass er beantragt hatte, eine Luxusvillen-Anlage in Perivolas zu bauen, für die er einige jener Ruinen renovieren würde, die Manfred für Panomeréa fotografiert hatte. Christos hatte angeblich Jahre gebraucht, um die Bürokraten zu überzeugen, doch nun war es ihm gelungen und die Pläne waren an diesem Morgen abgesegnet worden. Er hatte nun vor, seine Zeit zwischen Thessaloniki und Santorin aufzuteilen. Zwar war er auf der Insel geboren, doch befand sich seine Familie und auch seine Firma in Saloniki. Sein Haus im Sidera-Bezirk würde fürs Erste mehr als ausreichen, bis er auf dem Baugelände ein Büro errichten konnte.

»Mein Haus heißt The Swallows, Die Schwalben. Das Hotel werde ich Swallow Suites nennen.« Christos brach eine Brotstange in der Mitte auseinander, als wolle er das Konzept verdeutlichen.

»Sehr hübsch«, meinte Ingrid. »Wie viele Suiten wird es denn geben?«

»Zwanzig vielleicht, sehr exklusiv, sehr privat. Das wird ein Ort, an den man sich wirklich zurückziehen kann.« Aus irgendwelchen Gründen sah er bei diesen Worten mich an und ich hielt seinem Blick, so gut ich konnte, stand. Was hatte er am Tag seines Besuches in Callidora gesagt? *Erzählen Sie mir Ihre Geschichte.* Nun, falls er tatsächlich regelmäßig nach Oia zurückkehrte, würde er sie bestimmt früh genug hören.

Ingrid gestattete ihm, ihre Zigarette mit einem kleinen silbernen Feuerzeug anzuzünden, das beim Schließen des Deckels ein sattes *Klack* von sich gab. »Sind Sie schon immer im Hotelbusiness, Christos?«

Er zuckte bescheiden mit den Schultern. »Ungefähr seit ich zwanzig bin. Zuerst habe ich für einen Geschäftsmann in Athen gearbeitet, sehr berühmt in Griechenland. Er besaß als Erster eine Hotelkette. Dann habe ich beschlossen, es selbst zu probieren. Es war schon immer mein Traum, ein Hotel hier in Oia zu eröffnen.«

Er erzählte uns, dass er an der London School of Economics studiert hatte, was sein fehlerfreies Englisch erklärte. Ingrid neben mir tat offensichtlich ihr Möglichstes, um gelassen zu wirken, doch ich merkte, dass sie angebissen hatte. Sie aß den ganzen Abend fast keinen Bissen und warf mir regelmäßig fragende Blicke zu, als wollte sie sagen: ›Ist er nicht fantastisch?‹ »Ich liebe seine Art zu sprechen«, flüsterte sie mir zu, als Christos sich nach dem Hauptgang kurz entschuldigte, um mit einem weiteren Gast zu sprechen, der ihm gratulieren wollte. »Der britische Akzent, aber dazu diese Gestik und Mimik. Er kommt mir vor wie ein Dichter.«

»Mhm.« Ich fragte mich, ob er wohl ein verheirateter Dichter war.

Ingrid machte sich natürlich schon bald daran, das herauszufinden. »Christos, ist denn Ihre Frau dann mit Ihnen unterwegs? Wird sie Ihnen beim Bau der Swallow Suites zur Seite stehen?«

Er zog eine schmerzhafte Grimasse und zuckte ein wenig verlegen mit den Schultern. »Ich hatte mal eine Frau«, meinte er, »aber ich habe sie ihrer Mutter zurückgegeben.«

Die beiden lachten beglückt. Dann entschuldigte sich Christos, dass unser Essen so oft von Gratulanten unterbrochen worden war. »Meine Damen, ich verspreche, die Kontaktpflege wird nun ein Ende haben. Für den Rest des Abends gehöre ich ganz Ihnen.«

»Zählen wir denn nicht zu Ihren Kontakten?«, meinte Ingrid schmollend.

»Nun, ich schätze, wahrscheinlich schon«, antwortete er und bewunderte dabei ihren Mund. Die beiden beugten sich noch ein Stück näher zueinander. Am liebsten hätte ich ihre Köpfe die letzten paar Zentimeter geschoben, um die Sache hinter uns zu bringen. Stattdessen beschloss ich, dass die zwei ohne mich besser dran waren, und lehnte das Kaffeeangebot des Kellners ab. Mit der Begründung, ausgesprochen müde zu sein, verabschiedete ich mich. Ingrids Durchhaltevermögen war wirklich bewundernswert, denn ihre Tage waren mindestens so lang und ausgefüllt wie meine. Durch ihr Kellnerinnentraining war sie es wohl gewohnt, pausenlos auf den Beinen zu sein, und so füllte sie jede ruhige Minute im Laden mit Erledigungen, von denen wir profitierten, wenn dann wieder mal alle Kunden auf einmal kamen. Sie investierte mindestens doppelt so viel körperliche Energie in das Unternehmen wie ich. Aber sie war jung, rief ich mir in Erinnerung. Mit Mitte zwanzig lag das ganze Leben noch vor ihr.

Ich war überrascht, dass Christos sein Versprechen hielt und einige Tage später wieder auftauchte, um unsere Fotos genauer zu betrachten. Der Nikos-Sammlung, die immer noch unser Glanzstück darstellte, schenkte er kaum Beachtung. Stattdessen interessierten ihn die Arbeiten von Manfred, die wir erst kürzlich erworben hatten. Und er hatte recht: Diese eigenwilligen Detailstudien eigneten sich perfekt für exklusive Hotelzimmer und würden bei den entsprechend anspruchsvollen (und reichen) Gästen bestimmt Gefallen finden.

Er schlug vor, dass ausschließlich Panomeréa die neuen Villen mit Bildmaterial beliefern sollte, und rief auf der Stelle seinen Innenarchitekten an, um ihm diesen Beschluss mitzuteilen. Er sprach sogar davon, eine Reihe von Fotos für die Empfangshalle und das Restaurant am Pool auszuwählen, und wollte wissen, was wir davon hielten, die Werke zum Verkauf anzubieten und mögliche Einnahmen zu teilen.

Im Hinblick auf Haus Callidora machte er nur eine einzige Bemerkung: »Vielleicht sollte ich Ihre Miete erhöhen, jetzt wo ich Ihnen dabei helfe, Ihre Gewinne zu steigern. Wenn man sich das vorstellt: Ein Einheimischer bezahlt Briten und Australier für Fotos von seinem eigenen Land!«

»He!«, widersprach Ingrid mit geröteten Wangen und einem neckischen Funkeln in den Augen. »Rachel hat schließlich auch griechisches Blut, müssen Sie wissen!« Und bevor ich sie davon abhalten konnte, hatte sie auch schon das Bild der Frau mit dem hellen Kopftuch von der Wand genommen und ihm in die Hand gedrückt. »Sehen sich die beiden nicht ähnlich? Wir glauben, dass das vielleicht eine Verwandte von ihr ist. Möglicherweise ihre Tante.«

»Ingrid! Wir wissen genau, dass das nicht stimmt.« Ich versuchte, Christos das Foto wegzunehmen – ich hatte nun wirklich keine Lust, ihm meinen Familienstammbaum zu erläutern –, doch er ließ nicht los.

»Ja«, meinte er nach eingehender Betrachtung. »Da besteht tatsächlich eine Ähnlichkeit.«

»Ich wette, *Sie* wissen, wer das ist«, beharrte Ingrid. »Neulich abends hatte ich den Eindruck, dass Sie jedermann hier kennen.«

»Es ist wichtig, sich mit den Neuzugängen bekannt zu machen«, stimmte er ihr zu, und ich hätte schwören können, dass er dabei gezwinkert hatte.

»Wie dem auch sei, wir leisten hier gute Arbeit für Oia.« Ich war fest entschlossen, mich weder von diesem Bild noch vom Geflirte der beiden ablenken zu lassen. »Je mehr schöne Fotos es da draußen gibt, umso mehr Besucher werden herkommen, um sich die Insel selber anzusehen. Und vielleicht wohnen die ja dann in Ihren neuen Villen.«

»Ich mache doch nur Spaß«, meinte er lächelnd. Prompt war mir meine Ernsthaftigkeit peinlich. »Das hier ist genau das richtige Geschäft für Oia. Ich kann die Damen wirklich nur beglückwünschen.«

»Vielen Dank.« Ich stellte fest, wie sehr mich seine Anerkennung freute.

Christos wischte einige Staubkörner vom Glas und gab mir das Foto zurück. »Wissen Sie, weshalb ich glaube, dass uns diese Frau bekannt vorkommt?«

»Warum?«

»Ist das nicht offensichtlich? Sie scheint mir Santa Irini in den Heiligenbildern ähnlich zu sehen.«

Ich lächelte. »Ihre wunderbare Schutzheilige, die heilige Irene? Nun, schon möglich, aber ich bezweifle, dass man im dritten Jahrhundert die Vorzüge der Fotografie kannte.«

Ingrid schnaubte. Christos schien mein Versuch, amüsant zu sein, zu freuen und er war eifrig darauf bedacht mitzuspielen. »Aber da irren Sie sich gewaltig. Wir sind Griechen, wir sind überall die Ersten!«

Nachdem er gegangen war, verkündete Ingrid ganz trocken: »Also ich bin froh, dass ich neulich nicht mit ihm geschlafen habe. Da käme es mir so vor, als würde er mich bezahlen. Mit der Bestellung jetzt, du weißt schon.«

Ich musste lachen und konnte doch nicht umhin zuzugeben, dass sein Erscheinen in unserem Leben meine Stimmung ähnlich hob wie Ingrids. Dieses intensive Hochgefühl, das ich noch aus den Anfängen mit Oliver kannte. »Das wäre dann aber ein ausgezeichnetes Honorar, wenn es so wäre. Hast du mal überschlagen, auf was sich das belaufen wird?«

Ingrid zwinkerte mir zu. »Bin gerade dabei.«

Ab diesem Tag nannten wir unsere mysteriöse Dame auf dem Foto nur noch Santa Irini.

# Kapitel 24

*Subjekt A erhielt Bestätigung über Aufnahme in die Greencroft-Mädchenschule:*
*September 1999*
*Subjekt B erhielt Bestätigung über Aufnahme an der St Jude's Secondary School (gemischtgeschlechtlich):*
*September 1999*

Während ich Palmers Bericht überflog, signalisierte mir das jähe laute Pochen meines Herzens, dass hier etwas nicht stimmte. Ich überflog die Zeilen ein zweites Mal, nur um sicherzugehen. Dann legte sich in mir plötzlich ein Panik-Schalter um. Unterschiedliche Schulen für Cat und Daisy nach Moss Hamlet? Was war da los? Sie durften einfach nicht getrennt werden. Hier musste ein Fehler vorliegen.

Zum ersten Mal rief ich Palmer in seinem Londoner Büro an.

»Ich mache mir Sorgen. Da muss irgendwas passiert sein.«

»Nun mal ganz ruhig«, meinte er geduldig, »gehen wir zuerst alle Möglichkeiten durch. Könnte es die bewusste Wahl der Mädchen selbst sein?«

»Natürlich nicht. Auf den Fotos ist ja offensichtlich, dass sie immer noch beste Freundinnen sind. Außerdem würden Jen und Mariel sie in diesem Alter so etwas nicht selbst entscheiden lassen.«

»Dann wollen es die Mütter vielleicht so?«

»Nein, garantiert nicht.« Ganz abgesehen von allem anderen

war Greencroft mit Abstand die bessere Schule, auf die Moss-Hamlet-Schülerinnen normalerweise wechselten. Nein, Mariel hätte St. Jude's niemals vorgezogen.

»Nun, es hat auch keine Aufnahmeprüfung gegeben«, sagte Palmer. »Vielleicht verschiedene Einzugsgebiete? Als mein Sohn in dem Alter war, gab es Probleme dieser Art, wenn ich mich recht erinnere.«

»Palmer, Sie wissen doch, wo sie wohnen! Da liegen gerade mal ein paar Straßen dazwischen, sie sind praktisch Nachbarn. So haben wir Jen doch überhaupt erst kennengelernt.«

Ich hörte den Deckel seines Zippos aufklappen, dann einen tiefen Atemzug. »Okay, ich werde das überprüfen.«

Er rief mich am nächsten Tag zurück. »Catherines Eltern haben sie tatsächlich in Greencroft angemeldet, aber sie wurde nicht genommen. Angeblich wohnt sie ein Stück zu weit vom Schultor entfernt. Wie ich höre, berechnen sie es nach Fußweg statt Luftlinie. Cat steht auf der Warteliste auf dem neunzehnten Platz.«

»Auf dem neunzehnten? Das ist verrückt!«

»Sie haben viel zu viele Anmeldungen bekommen. Fünf Bewerber auf jeden freien Platz.«

»Palmer, was können wir bloß tun?«

Meine Stimme war schrill vor lauter Sorge und ich konnte ihn beruhigend murmeln hören – etwa die Art von Geräuschen, die man beim Tierarzt hört. »Das wird schon, nur keine Panik, das kriegen wir hin.«

»Wie denn?«

»Wir müssen jemanden im System finden. Sie kennen nicht zufällig die Rektorin von Greencroft? Jackie Ratcliffe?«

»Nein, leider nicht.«

»Schade.« Er schwieg einen Moment lang, um wieder an seiner Zigarette zu ziehen. »Es gibt immer noch die Möglichkeit einer Spende – Schulen sind da oft nicht abgeneigt.«

»Sie meinen, ihnen Geld anbieten? Darauf lassen sie sich doch bestimmt nicht ein, oder?«

»Ich habe gelernt, nichts von vornherein auszuschließen.«

»Lassen Sie mich ein wenig darüber nachdenken«, meinte ich. »Es muss doch noch einen anderen Weg geben, jemanden, der helfen kann.«

Das Gefühl der Bedrohung verließ mich den ganzen Tag nicht. Ich konnte kaum essen oder schlafen oder an irgendetwas anderes denken – völlig irrationales Verhalten, denn keines der Mädchen befand sich ernsthaft in Gefahr. Ingrid würde vermutlich laut lachen, wenn ich es ihr erzählte. Sich um Schulen Gedanken zu machen! Wenn nur *ihre* Mutter solche Sorgen gehabt hätte. Doch es schien mir einfach absolut zwingend, dass Cat und Daisy ihre Reise ins Erwachsensein weiterhin Seite an Seite unternahmen, wo immer es auch hinginge. Ich stellte mir vor, dass ich dasselbe fühlen würde, wenn eine der Familien ankündigte, ans andere Ende der Welt zu ziehen. Nein, was auch immer ich mir in Bezug auf diese Patenschaft einredete, der Kern war schlicht und einfach folgender: Ich *musste* Cat und Daisy zusammenhalten.

Aber wie? Garantiert hatte Mariel inzwischen längst sämtliche normalen Wege des Widerspruchs eruiert. Sie würde diese Rektorin Ratcliffe angerufen und ihren ganzen Charme versprüht haben. Wenn sie nichts hatte erreichen können, dann blieb auch mir nicht viel übrig.

Also was tun?

Die Erleuchtung kam mir mitten in der Nacht. Simon. Oder genauer, Simons Vater. Er war zwar inzwischen pensioniert, doch wenn ich mich recht erinnerte, war er ein hoher Beamter bei der Schulbehörde gewesen. Wenn jemand Beziehungen spielen lassen konnte, dann er. Der Gedanke überraschte mich. Schließlich kannte ich ja inzwischen kaum noch Leute in London. Nicht mal meine Bildrecherchen für den Laden hatten mich per Fax oder E-Mail dorthin geleitet.

Ich stützte mich auf den Ellbogen. E-Mail, natürlich! Ich würde Simon eine E-Mail schicken. In einer E-Mail konnte ich alles Nötige sagen, ohne zusammenzubrechen oder erklären zu müssen, weshalb ich die ganzen Jahre über nichts von mir hatte hören lassen. Für mich war diese Zeitspanne bedeutungslos gewesen, doch ihn musste sie verletzt haben. Würde er es verstehen? Würde er überhaupt antworten?

Ich erinnerte mich noch genau an jenen Moment, als ich zuließ, dass Simons jahrelange Verliebtheit uns auf Abwege führte. Wir waren nach der Arbeit noch etwas trinken – allein das war schon ein Zugeständnis, denn normalerweise eilte ich stets nach Hause zu Emma –, und wohin ich auch blickte, sah ich Frauen, die mich daran erinnerten, wie auch ich einst gewesen war: sorgenfrei, begehrt, begehrend. Frauen wie Charlotte. Plötzlich hatte ich Angst, abgeschrieben zu sein oder, noch schlimmer, mich selbst abgeschrieben zu haben. Simon im Gegensatz dazu war der Inbegriff eines abenteuerlustigen Singles: Seine Haare waren im Nacken lang, die Haut gebräunt vom Urlaub, der nicht davon bestimmt worden war, kleine Kinder im Schatten zu halten. Bei der leisesten Ermunterung zum Flirt gingen seine Mundwinkel stets verschmitzt nach oben. Außerdem war er befördert worden und dieser Machtzuwachs stand ihm ausgesprochen gut.

Er nahm mich mit in sein winziges Apartment in der Warwick Avenue – jene Art Altbauwohnung voller Bücherregale, wie ich sie vermutlich auch bewohnen würde, wenn ich nicht Oliver geheiratet hätte –, und wir liebten uns auf dem Sofa. Ich war betrunken und ermunterte ihn, er hingegen war die meiste Zeit still, als fürchte er, das Geräusch seiner Stimme könnte mich auf eine schreckliche Verwechslung aufmerksam machen. Nach mehreren Jahren ehelicher Treue war die Berührung unbekannter Haut für mich zugleich schockierend und erregend. Da ich nun schon entschieden hatte, diese Grenze zu überschreiten, war ich fest entschlossen, es auch zu genießen. Hinterher schien er von diesem Durchbruch beinahe traumatisiert und voller Schuldgefühle zu sein. Ich küsste liebevoll seine Stirn. Seltsamerweise hatte ich das Gefühl, nicht Oliver betrogen zu haben – wenn man es genau nahm, hatte er mir da ja bereits etwas voraus –, sondern Emma. Obwohl ich noch locker früh genug nach Hause kommen würde, um den Babysitter abzulösen, bevor Oliver heimkam, hatte ich doch hiermit den Anstoß zu einer wirklichen Bedrohung für unsere Ehe gegeben. Schließlich wusste jeder, dass unter elterlichen Konflikten am meisten die Kinder leiden. Nein, versicherte ich mir selbst optimistisch, Charlotte hatte unsere Familie nicht zerbrochen und Simon würde es auch nicht tun. Ich hatte lediglich für einen Ausgleich auf dem Spielkonto gesorgt. Trotzdem war es ein seltsames Gefühl, von meinem hohen Moralross herabsteigen zu müssen. Noch mehr überraschte mich die plötzliche Erleichterung, endlich nicht mehr die perfekte Ehefrau geben zu müssen, die keine Schuld trifft.

Bald nachdem ich mir selbst eingestanden hatte, dass diese Ausrutscher mit Simon zu einer Affäre geworden waren, sagte ich zu ihm: »Das darf dich aber nicht davon abhalten, nach anderen Ausschau zu halten. Du weißt schon, nach einer richtigen Beziehung.«

Er wandte mir sein Gesicht zu und bemühte sich, keine Regung zu zeigen. »Du wirst Oliver nie verlassen, oder?«

Ich zwang mich, ihm in die Augen zu sehen. So unangenehm es auch war, schätzte ich doch, dass er so schnell zum Punkt kam. »Ich könnte Emma nie von ihrem Vater trennen. Sie sieht ihn ohnehin schon kaum.«

Er dachte eine Weile nach. »Das verstehe ich.«

Simon war der letzte Mann, mit dem ich geschlafen hatte, und der einzige Mensch, dem ich meine Abreise aus London angekündigt hatte. Meine Stimme klang so dünn und mechanisch wie die, die mir aus dem Hörer entgegentönte.

»Du musst jemand anderen suchen, Simon.«

»Was …?«

»Für meine Stelle. Ich weiß nicht, ob ich zurückkomme.«

Einen Moment lang dachte ich, er würde genau das aussprechen, was ich auf keinen Fall hören wollte: »Ich komme mit, lass mich mitkommen, das ist unsere Chance.« Irgendetwas Entsetzliches und Unmögliches dieser Art.

»Ich werde immer hier sein.« Das waren seine Worte. *Ich werde immer hier sein.* Daran erinnerte ich mich jetzt.

Am nächsten Morgen nahm ich den frühen Bus nach Thira. Wir waren hier nicht völlig von der Zivilisation abgeschnitten – Santorin befand sich nicht auf dem Mond, auch wenn die Tourismusbehörde gerne mal die mondähnliche Landschaft betonte – und das World Wide Web hatte uns in Form eines einzigen Internetcafés in der Hauptstadt erreicht. Ingrid und ich hatten uns zwar E-Mail-Adressen fürs Geschäft eingerichtet, aber es war nach wie vor praktischer, das Faxgerät zu benutzen, da Oia noch immer keinen Internetanschluss besaß.

Seine E-Mail-Adresse war nicht schwer herauszubekommen, aber ich brauchte über eine Stunde, um die kurze Nachricht zu formulieren:

*Lieber Simon,*
*ich weiß, dass es lange her ist und diese E-Mail ziemlich überraschend kommen muss. Ich lebe jetzt auf der Insel Santorin und es geht mir gut, besser, als ich es je für möglich gehalten hätte. Ich habe an Dich gedacht und hoffe, Dir geht es ebenfalls gut.*
*Simon, hoffentlich verzeihst Du mir, dass ich mich auf diese Weise*

*melde, aber ich würde Dich gerne um einen Gefallen bitten. Könnte Dein Vater vielleicht ein Wort für mein Patenkind bei ihrer weiterführenden Schule einlegen …*

Wie bemüht höflich ich meine Worte wählte. Nachdem ich die nötigen Infos zu Cat hinzugefügt hatte, versuchte ich mir sein Gesicht beim Lesen vorzustellen. Würde er blass werden und nach seinen Zigaretten greifen oder an unsere gemeinsamen Stunden denken und erröten (er neigte ein wenig zum Rotwerden, was ich liebenswert fand). Würde er sich daran erinnern, wie schwierig es im Büro gewesen war, uns nicht auf jene besitzergreifende Art zu berühren, die Geliebte automatisch annehmen? Oder würde er denken, Rachel, welche Rachel? Ach, *die* Rachel.

*Gib Bescheid, falls Du je in der Gegend sein solltest.*

Diese letzte Zeile hatte ich wieder gelöscht. Sie war zu oberflächlich. Das hatte er nicht verdient.

*Ich hoffe wirklich sehr, dass wir uns einmal wieder treffen können. Es würde mich freuen.*

*Alles Liebe, Rachel*

Drei Tage später hatte ich Antwort:

*Liebe Rachel,*
*Dad hat heutzutage nicht mehr so viel Einfluss wie früher (Du hast vielleicht gehört, dass wir jetzt eine Labour-Regierung haben?), aber ich werde ihm Deine Angaben weiterleiten und ihn bitten, es zu versuchen.*
*Hier bei Pendant läuft alles prima.*
*Ich würde Dich auch gerne sehen.*
*Alles Liebe, Dein Simon*

Wie viele Zeilen hatte er wohl gelöscht, bis er auf ›Senden‹ klickte?

Ich hörte von ihm in dieser Sache nichts mehr, aber bald darauf berichtete Palmer, dass Catherines Name an die Spitze der Warteliste für Greencroft aufgerückt war. Schulbewerbungen wurden bereits mehrere Monate im Voraus abgewickelt, so dass meist die Eltern von etwa fünf Schülerinnen des neunzig Mädchen starken neuen Jahrgangs aus dem Bezirk weggezogen waren, bis das Schuljahr im September begann.

»Sie ist so gut wie drin«, meinte Palmer erfreut.

»Hoffentlich.« Ich war noch nicht ganz bereit, den Sieg zu erklären. »Ich halte die Vorstellung einfach nicht aus, die Mädchen getrennt zu sehen.«

»Das werden sie auch nicht. Mehr können Sie wirklich nicht tun.«

»Aber ich –«

»Das meine ich ernst. Versprechen Sie mir, dass Sie sich keine Sorgen mehr machen.«

Ich schloss die Augen und schwieg einen Moment lang, denn für gewöhnlich unterbrach er mich nie. »In Ordnung. Ich verspreche es.«

»Gut. Und jetzt vergessen Sie es einfach.«

Das Seltsame war, dass ich zwar Palmers Stimme hörte, aber Simons Gesicht vor mir sah.

# Kapitel 25

Bitte, gnädige Frau, es ist nicht richtig, dass Sie hier sind.« Ich hob den Kopf und blickte in das Gesicht über mir: jung, griechisch, nicht älter als vierzehn, mit besorgter Miene, ziemlich hübsch. »Es tut mir leid.« Ich lächelte. »Ich wollte nur …« Ich erhob mich mühsam aus meiner hockenden Haltung, in der sie mich vorgefunden hatte. Wir befanden uns auf dem Dorffriedhof, einem schönen, von einer Mauer eingefassten Ort voller Blumen, sogar im Winter. Ich war oft daran vorbeigekommen, aber heute zum ersten Mal hineingegangen und die Reihen auf und ab spaziert, wobei ich jedes Grab betrachtet hatte. Hinter dem Mädchen hatte sich eine Gruppe Menschen versammelt. Offensichtlich sollte ein Begräbnis stattfinden. Es waren sogar ziemlich viele Menschen, was wohl kaum verwunderte, da so viele der hier Begrabenen einheimische Würdenträger zu sein schienen. Einige der Gräber waren ziemlich ausladend und beherbergten ganze Familien. Außer den Blumen gab es Fotos mit Gold- oder Marmorrahmen. Diese zeigten Frauen in Spitzenkleidern mit Perlen, uniformierte Kapitäne mit Schnauzbart, ihr Lächeln erwartungsvoll und fröhlich, als würden sie zu einem Tanzabend aufbrechen. Komisch, dass mir das unpassend vorkam, als würde man lieber Fotos vom Totenbett sehen.

»Bitte«, drängte mich das Mädchen wieder. »Es ist meine Großmutter. Sie möchte, dass Sie gehen.«

Ein wenig überrascht schob ich mir den Riemen meiner Umhängetasche über die Schulter und sah mich um. Außer der Gruppe um das junge Mädchen und mir war niemand da. »Natürlich, ich wollte nicht stören. Ich bin schon weg.«

Als ich an ihnen vorbeiging, musste ich unwillkürlich an einen Schwarm Krähen denken, denn ihre schwarzen Kleider flatterten im Wind, der heute selbst für einen Wintertag ungewöhnlich stark blies. Erst jetzt wurde ich mir meiner eigenen farbenfrohen Kleidung bewusst. So überraschte es mich nicht, dass einige mich missbilligend musterten. Eine Frau, zu der das Mädchen sich gesellte, schien besonders gekränkt. Es musste sich um die Großmutter oder Urgroßmutter handeln, dachte ich. Eine ältere Dame mit Schleier, die sich krächzend bei dem Mann neben ihr zu beschweren schien. Ich versuchte Blickkontakt aufzunehmen, um mich auf diese Weise irgendwie stumm entschuldigen zu können. Da verwandelte sich ihre Miene in Sekundenschnelle, jedoch nicht wie erwartet in Anerkennung meiner Entschuldigung oder in Vorwurf, nein, vielmehr glich sie plötzlich jemandem, der eben – es gab wirklich keinen besseren Vergleich – einen Geist gesehen hatte. Wen sie wohl hier beerdigte? Ihren Mann oder Bruder vielleicht. Die Daten auf den Grabsteinen zeugten von langem Leben; viele Einwohner waren neunzig oder sogar über hundert Jahre alt geworden.

Phoena befand sich jedoch nicht unter ihnen. Da ich die Namen in griechischen Großbuchstaben nicht lesen konnte, hatte ich die Zeitangaben darunter überprüft. Nicht ein einziges Grab schien älter als zehn Jahre zu sein. Wo war Phoena denn dann? Es war undenkbar, dass Yiayia und Papu die Insel verlassen hätten, ohne ihre Tochter zu beerdigen. Zum ersten Mal kam mir der Gedanke, dass man ihre Leiche vielleicht nie gefunden hatte. Womöglich war sie für immer ins Gestein eingesunken, bis eines Tages ein Bauherr wie Christos sie zufällig zutage förderte.

Es war jedoch lächerlich, weitere Nachforschungen über den Verbleib der sterblichen Überreste meiner Tante anstellen zu wollen, ohne des Griechischen halbwegs mächtig zu sein. Also beschloss ich, Eleni zu rekrutieren. Ich besuchte sie ohnehin beinahe täglich im Ilias, und so ergab sich bald die Gelegenheit, das Thema anzuschneiden. »Warum sind die Gräber auf dem Friedhof alle noch so frisch? Wo sind diejenigen, die früher gestorben sind?«

Sie sah von ihrem Gästeregister auf und versuchte offensichtlich, meine Gemütsverfassung einzuschätzen. »Ach, dieses System in Oia, das ist seltsam! Man bekommt nur etwa drei Jahre, dann werden die Knochen ausgegraben und gewaschen. Danach werden sie in einer Holzkiste in der Friedhofskapelle gestapelt. Eine Kiste auf der anderen, Kisten über Kisten, so viele.«

Da also musste sich Phoena befinden.

Eleni beobachtete mich und ihr Blick wurde weich. »Es gibt Listen auf dem Bürgermeisteramt. Du möchtest, dass ich die Nummer deiner Familie herausfinde, ja?«

»Nun, wenn du mal wegen irgendetwas sowieso dort bist …«

Sie klopfte mit ihrem Stift auf den Block vor ihr. »Man muss jedes Jahr zahlen, musst du wissen, wie Miete. Anatole und ich nennen es die Knochenrechnung.« Sie kicherte.

»Dann muss jemand für meine Tante zahlen. Meine Mutter, schätze ich mal, oder Verwandte in Athen.«

»Natürlich. Sonst würde man sie nicht aufbewahren.«

»Heute Nachmittag fand eine Beerdigung statt«, erzählte ich ihr. »Eine ziemlich große, wie mir schien.«

»Ja. Mr Gaitis. Ich habe die Prozession gesehen.«

Der Name sagte mir nichts, deshalb nickte ich bloß und wollte mich gerade zum Gehen wenden, als sie zu meiner Überraschung hinzufügte: »Er war ein schlechter Mann.«

»Ein schlechter Mann? Dafür kamen aber heute ziemlich viele Freunde.«

Eleni schüttelte den Kopf. »Heute Abend werden sie feiern, das ist meine Meinung.«

Christos verdiente sein Geld mit Hotels, aber seine Leidenschaft war der Wein. Er lachte, als er sah, dass Ingrid und ich beide Visanto tranken und nicht einmal wussten, dass der Name lediglich eine Kurzform von *vin santo* darstellte – ›Wein aus Santorin‹ –, und nahm uns mit zu den Weinbergen, die wir von der Straße aus gesehen, aber nie besucht hatten.

Unser generelles Unwissen in Bezug auf den Rest der Insel, abgesehen von Oia, schien ihn zu entsetzen. Meine Streifzüge mit Palmer hatte ich ja auch stets zu Fuß im erreichbaren Umkreis des Städtchens unternommen, und Thira suchten Ingrid und ich nur auf, wenn die Geschäfte es erforderten. Christos bestand darauf, uns die archäologischen Ausgrabungsstätten von Akrotiri und dem alten Thera zu zeigen, das Profitis-Ilias-Kloster und die kleinen Dörfer im Landesinneren, die uns Tag für Tag auf unseren Fotografien umgaben, in denen wir allerdings nie gewesen waren.

Bei jenem ersten Abendessen hatten wir natürlich schon begriffen, dass er ein angesehener Mann war, doch seit bekannt war, wie viele neue Arbeitsplätze er in der Gemeinde schaffen würde, glich er einer Art einheimischem Helden. Wo immer wir hinkamen, standen uns die Türen offen, die regulären Öffnungszeiten für Touristen besaßen keine Gültigkeit mehr und anstelle von Kaffee bot man uns Wein an.

Erst jetzt, unter Christos' Anleitung, verstand ich den Lebensrhythmus der Insel richtig. Als der Sommer in den Herbst überging, machte er uns auf Besonderheiten dieser Jahreszeit aufmerksam, die wir zuvor nur am Rande wahrgenommen hatten: die Vogelschwärme, die gen Süden zogen, sobald es kühler wurde; die Katzen, die im Winter wieder zu Jägern wurden, nachdem sie den Sommer über von den Urlaubern gefüttert worden waren; das zunehmende Bellen der streunenden Hunde, die im Sommer auf ihren warmen Hausdächern so fotogen wirkten und nun wieder sich selbst überlassen wurden.

Ich war darauf bedacht, Christos' Einladungen dann und wann auszuschlagen, um Ingrid und ihn allein zu lassen, damit ihre Beziehung sich entwickeln konnte. Denn darauf schien es hinauszulaufen. Zumindest entnahm ich das Ingrids ungewohnt widerwilligen Entgegnungen, wenn wir sie damit aufzogen. Der letzte Beweis erschien in Form von Elenis und Anatoles jüngstem Sohn, der für ein paar Monate nach Hause kam und halb bei seinen Eltern und halb im Haus eines Freundes bei den Goulas wohnte. Er sah gut aus, war sportlich und charmant und damit genau der Typ Mann, auf den Ingrid sich noch vor Kurzem gestürzt hätte. Doch diese Zeiten waren vorbei. Wenn Christos in Thessaloniki oder Athen oder irgendeiner anderen europäischen Stadt weilte, war sie ihm absolut treu. Sie verlor nicht viele Worte darüber und ich ritt auf dem Thema nicht herum, aber es war klar, dass sie sich verliebt hatte.

# KAPITEL 26

*Die Mutter von Subjekt B wurde in Drabbel's Buchhandlung in der West End Lane, NW6, dabei beobachtet, wie sie folgenden Reiseführer erstand:* Lonely Planet, Santorin
*Die Mutter von Subjekt A stattete der Mutter von Subjekt B einen dreistündigen Besuch zu Hause ab …*

Ich sah die beiden, noch bevor sie mich entdeckten. Es war an einem Freitag, spätnachmittags, und da die Nebensaison begonnen hatte, waren sie vermutlich mit dem Vierzehn-Uhr-Flieger aus Athen gekommen. Sie standen mit ihren Reisetaschen vor dem Ilias, wo sie wahrscheinlich der Taxifahrer hingeschickt hatte, weil es das zentrumsnahste Hotel war, das noch geöffnet hatte.

Ich beobachtete, wie sie hineingingen. Ein schwarzer Kopf und einer in glänzendem Rotgold. Als ich ihnen schließlich folgte, war die Empfangshalle wieder leer, woraus ich schloss, dass Eleni ihnen ihr Zimmer zeigte – womöglich waren sie ihre einzigen Gäste. Wie viel Zeit blieb mir dann wohl noch, bis sie ausgepackt hatten und sich auf die Suche machten? Es war eigentlich egal, denn ich hatte keinerlei absehbare Verpflichtungen. Zwar war der Laden geöffnet und würde es bis nach Sonnenuntergang bleiben, doch außerhalb der Hauptsaison war es so ruhig, dass wir uns abwechseln und zwischendurch spazieren gehen oder etwas erledigen konnten. Ich drehte zu dieser Tageszeit meistens meine Runden.

»Rachel, hallo!« Elenis Wangen waren von den Anstrengungen des Eincheckens gerötet. »Ich habe neue Gäste, gerade angekommen. Aus England. Ich werde sie bei Panomeréa vorbeischicken, ja? Nach dem Sonnenuntergang vielleicht.«

Während sie verschwand, um alles für ihre Neuankömmlinge herzurichten, versuchte ich, mich auf die Musik im Hintergrund zu konzentrieren, ein griechisches Instrumentalstück mit Geige und Laute. Und dann, schneller als erwartet, hörte ich englische Stimmen. Sie standen nur wenige Meter von mir entfernt am Fuß der Treppe. Mariel hatte einen Hut im Sixties-Stil mit weicher Krempe und den Reiseführer in der Hand. Jenny trug Jeans und einen Regenmantel mit Gürtel. Die beiden sahen aus wie immer.

»Entschuldigung, hallo noch mal, wir wollten nur fragen ... Wir suchen eine Frau namens Rachel Freeman. Sie wohnt im Haus Callidora ...?« Es war Jennys Stimme, freundlich, ernst und ein wenig unsicher, ob sie das fremde Wort richtig ausgesprochen hatte.

»Callidora, sagen Sie?« Eleni zögerte und sah über Jennys Schulter hinweg durch den Torbogen in meine Richtung. Dann wanderte ihr Blick zur Tür: Dies war meine Gelegenheit zur Flucht, und ihr Instinkt riet ihr, dass ich mich aus dem Staub machen sollte. Sie hatte diesen Beschützerinstinkt nie ganz verloren und ich liebte sie dafür. Doch ich lebte nun hier, besaß sogar ein Geschäft. Ich war nicht mehr dieselbe Frau, dieses verheulte, zittrige Wesen, das sie noch vor Olivers Ankunft gewarnt hatte.

Ich hielt den Atem an, als müsste ich ein Stück unter Wasser schwimmen, bevor ich den Mund aufmachte: »Jenny! Mariel! Ich bin hier, ich habe euch vorhin ankommen sehen und ich ...«

»Rachel!« Sie drehten sich gleichzeitig um und auch ihre Mienen waren identisch. Nun erkannte ich, dass beide doch um einiges älter aussahen, als ich sie in Erinnerung hatte. Die

Jahre, von denen ich geglaubt hatte, sie ausgelöscht zu haben, erwachten in den Gesichtern vor mir zu Leben. Jahre des Schocks, der Sorgen und der Schuld. All das, was ich nicht hatte ertragen können und wovor ich weggelaufen war: ein Spiegelbild meiner eigenen Trauer. Plötzlich sah ich wieder Jen am Tag des Unfalls vor mir. Ihr Schmerz war so unmittelbar, so tief empfunden gewesen, dass ich mich schnell abwenden musste.

»Das ist, nun ja, ein bisschen überwältigend …« Ich umarmte die beiden mit echter Herzlichkeit. Schließlich waren es meine besten Freundinnen, ein fester Teil meiner Welt und Emmas Welt gewesen.

»Meine Güte«, staunte Mariel. »Ich kann nicht fassen, dass du tatsächlich die ganze Zeit hier gewesen bist! Es scheint einfach nicht möglich …«

Jenny war schon den Tränen nahe. »Wir wollten so oft kommen, seit sie …« Sie brach ab und ihre feuchten Augen weiteten sich erschrocken, als hätte sie Angst, sich bereits verplappert zu haben. »… seit du gegangen bist.«

Ich nickte. »Seid ihr über Athen geflogen?«

»Ja, es scheint um diese Jahreszeit keine Direktflüge von England aus zu geben.«

»Dann habt ihr sie nicht mitgebracht? Die Kinder, meine ich.« Ich sah mich um, als müsste ich wie früher, wenn wir zusammen waren, Köpfe zählen.

»Nein«, antwortete Jenny verlegen, »wir dachten … nun ja, mit der Schule und allem.« Aber es gelang ihr nicht sonderlich gut, ihre Gedanken zu verbergen. Nach so langer Zeit dachten sie also immer noch das Gleiche wie zuvor: dass ich beim Anblick der einstigen Spielgefährten meiner toten Tochter zusammenbrechen würde. Dass ich mich an sie klammern und sie mit mir an den Abgrund zerren könnte.

»Gut«, meinte ich leichthin, »denn es gibt hier nicht viel, um Kinder zu beschäftigen, stimmt's, Eleni?«

Eleni nickte unsicher.

»Und es ist auch sehr abschüssig. Das ist euch bestimmt schon aufgefallen. Gar nicht geeignet für …«

Ich sah den Zweifel in ihren Augen, als hätte ich ihren schlimmsten Verdacht bestätigt: Ich klang viel zu locker, fast schon wie eine Reiseleiterin. Was auch immer sie erwartet hatten, ich erfüllte es nicht.

»Rachel?« Eleni hatte offensichtlich ebenfalls meinen seltsamen Tonfall wahrgenommen und bot erneut eine Gelegenheit zur Flucht. »Du musst doch zurück zur Arbeit, nicht wahr?«

Mariel und Jenny sahen zuerst sie und dann wieder mich an. »Ach ja, dein Laden«, meinte Jenny. »Wie läuft der denn?«

»Gut so weit.« Ich nickte Eleni dankend zu. »Ihr werdet ihn bestimmt noch sehen, während ihr hier seid. Meine Kollegin Ingrid ist momentan dort, also muss ich mich nicht beeilen. Wollt ihr mitkommen und euch anschauen, wo ich wohne?«

Auch der daraufhin folgende Blickwechsel war nicht zu verkennen. Ich ahnte, was sie wohl dachten: Dann stimmt es also, sie lebt tatsächlich hier. Sie hat sich nicht einfach in Luft aufgelöst.

Als wir uns von Eleni verabschiedeten, drückte sie fest meine Hand und flüsterte mir zu: »Alles Gute«, als wäre ich auf dem Weg zum Galgen.

»Ist schon in Ordnung«, flüsterte ich zurück, »ehrlich.«

Ich führte sie zurück hinaus in den Sonnenschein. Die schmalen Gassen und unebenen Stufen erlaubten uns fürs Erste zu schweigen. Die beiden waren erstaunt, als wir bereits Minuten später meine Terrasse erreichten.

»Hier wohnst du?« Mariel klang ziemlich begeistert. »Da bist du ja mittendrin.« Sie ging zur Terrassenmauer und beugte sich zum Klippenabhang hinunter. »Wie schön, jeden Tag diese Aussicht zu haben. So viel Luft und Platz!« Mein neues Zuhause wirkte in der Tat idyllisch mit dem blau gestrichenen

Törchen in der niedrigen Mauer, den Liegestühlen, den Webteppichen auf den Fliesen, die traditionell gesprenkelt waren, um das widerspiegelnde Sonnenlicht zu brechen – genau jenes Bild, das ich einst für einen Reiseführer oder ein Buch über Gartengestaltung ausgewählt hätte.

»Auf dieser Seite vom Dorf sind wir vom Nordwind geschützt«, erklärte ich, »deshalb ist es selbst im Winter noch wunderbar warm.«

»Mhm, es tut so gut, die Sonne zu spüren.« Jenny hielt ihr Gesicht dem Himmel entgegen. In London war es bestimmt trüb, und Palmers Berichte hatten seit jenem Urlaub, den wir organisiert hatten, keinen weiteren für sie und Daisy erwähnt. Mariels plötzlich sorgenvolle Miene lenkte meine Aufmerksamkeit wieder auf sie. »Ich bin überrascht, dass es dir so weit oben nicht unwohl ist, Rachel. Du weißt schon, wegen deiner Höhenangst.«

Ich schnitt eine Grimasse. »Anscheinend bin ich geheilt.«

»Wirklich? Wie kommt's?«

»Keine Ahnung, aber vom Tag meiner Ankunft an war die Phobie weg.«

Sie schaute zweifelnd drein. »Das verstehe ich nicht.«

»Ich weiß, ich konnte es erst auch nicht fassen, aber inzwischen habe ich mich daran gewöhnt.« Zum Beweis hüpfte ich über die Mauer und streckte meinen Arm in Richtung des Meeres in der Tiefe aus. »Seltsam, was?«

Als ich die Tür aufschloss und sie in meine Höhle einlud, merkte ich, dass sie sich inmitten der spärlichen Einrichtung wieder unwohl fühlten. Sie murmelten höflich vor sich hin, während sie sich umsahen. Nach der sonnigen, farbenfrohen Terrasse wirkte es hier drin kalt und einsam. Abgesehen vom gerahmten Foto von Kamari gab es keine Dekoration, keinerlei Accessoires, wie sie mein Heim in London geziert hatten, keinen hübschen Schnickschnack aus Pariser Antiquitätengeschäften oder hohe Kristallvasen mit langstieligen Rosen. Keine Kleinmädchenschuhe und Schultaschen …

»Es ist hübsch und schlicht«, meinte Mariel und Jen nickte zustimmend. Sie taten mir wirklich leid. Was konnten sie schon sagen? ›O Gott, Rachel, was für ein idealer Ort zum Trauern?!‹ Ich dachte an ihre jeweiligen Behausungen, Mariels aufgeräumtes Reihenhaus mit den beschrifteten Schubladen und dem vom Staubsaugerdruck gestreiften Teppich und Jens vollgestopfte Wohnung, wo alles in Stolperreichweite lag und Armeen von Stofftieren mit Bobs Computerkram kämpften.

»Benutzt du das hier als Büro?« Mariel streckte die Hand nach den Stapeln brauner Umschläge im Alkoven neben meinem Bett aus. Ich zuckte erschrocken zusammen: Palmers Berichte! Und der oberste war sogar offen, so dass die Ecken einiger Fotos unter den weißen DIN-A4-Blättern herausschauten.

»Ja, ein bisschen was schwappt immer über.« Schnell schloss ich die kleinen Türen, die den Stauraum abschirmten. Mariel schien keinen Verdacht zu schöpfen. »Kommt, ich zeig euch die Küche …« Ich durfte gar nicht daran denken, welche Infos diese Briefe enthielten oder was Mariel und Jen für Gesichter machen würden, wenn sie auch nur einen einzigen davon zu sehen bekämen. Mein Instinkt war richtig gewesen, sie würden es nie verstehen.

Jenny lehnte im Türrahmen und kämpfte mit einem heftigen Schluckauf, der den Eindruck erweckte, als würde sie gleich entweder in Tränen ausbrechen oder sich übergeben. Ich beobachtete, wie ihr Blick über meine Vorräte auf den Küchenregalen wanderte: ein Zwei-Liter-Kanister Olivenöl, große Gläser mit getrockneten Kräutern, Kaffeepackungen.

»Dann wohnst du schon die ganze Zeit hier?«

Irgendwie konnte ich ihr nicht so leicht in die Augen sehen wie Mariel. »Ja, zumindest nach den ersten paar Wochen. Ich habe Glück, noch hier sein zu dürfen. Mein Vermieter hat gesagt, ich darf für immer bleiben. Ich bin eine Art Dauergast. Habt ihr die Aussicht vom Fenster gesehen? Das ist der Vulkan. Und alles unter Wasser zwischen hier und dort ist ebenfalls vulkanisch.«

Jenny sah brav auf das Viereck glitzernden Blaus. Es überraschte mich nicht, dass sie weniger bereitwillig auf mein Reiseführer-Blabla einging als Mariel: Sie hatte die ihr eigene Direktheit nicht verloren. »*Für immer?* Soll das heißen, du kommst nie wieder zurück? Aber was ist mit … mit allen zu Hause?«

Mariel schnappte aus ihrer Ecke hinter der Tür hörbar nach Luft. Sie hatten also eigentlich vereinbart, nicht so schnell zum Kern der Sache zu kommen. Nun dräng sie doch nicht, schien ihr Blick Jen signalisieren zu wollen, vergiss nicht, dass sie uns nicht erwartet hat. Jennys Schluckauf setzte wieder ein.

»Es gibt dort niemanden«, sagte ich leise und sah von einer zur anderen. »Es tut mir leid, ich meine es nicht so, wie es klingt. Was ich sagen will, ist … nun, es gibt niemanden, der nicht ohne mich klarkäme.«

»Das ist nicht –«, setzte Jen an, doch Mariel unterbrach sie rasch. »Das verstehen wir doch, natürlich tun wir das.«

»Wie geht es denn Cat und Daisy?«, wechselte ich schnell das Thema. »Sie sind groß geworden, nehme ich an?«

Mariel erkannte zweifellos, dass sie nun nicht mehr zurückkonnte, und entschied sich für einen sachlichen Tonfall: »Cat hatte eine Erkältung nach der anderen. Wir mussten mit ihr zum Arzt, um sicherzugehen, dass es keine Mandelentzündung ist. Toby hat in ihrem Alter die Mandeln rausgekriegt.«

Gerne hätte ich das gebrochene Handgelenk erwähnt oder die Schulsituation, aber natürlich konnte ich das nicht. Mariel redete betont munter weiter und tat ihr Bestes, uns wieder auf sicheren Boden zu führen, doch Jen machte ihr sofort einen

Strich durch die Rechnung. »Die Mädchen reden übrigens immer noch von Emma. Manchmal wenn wir Fotos anschauen oder wenn wir irgendwohin fahren, wo wir nicht mehr gewesen sind, seit …«

*Seit …?* Ich rang mir ein Lächeln ab und wünschte, sie würde es einfach aussprechen.

»Das tun wir alle. Wir vermissen sie alle. Sie ist immer noch …« Und wieder konnte sie ihren Satz nicht beenden. Welches Klischee hatte ihr diesmal auf der Zunge gelegen? Mein Hals wurde plötzlich ganz eng vor lauter Ärger.

»Was, Jen? Was wolltest du sagen? Seit sie zu den Engeln gegangen ist? Dass sie niemals wirklich fort sein wird? Dass sie *im Geiste* immer noch bei uns ist?«

Jen schien sich von meinem unerwarteten Zähnefletschen ernsthaft bedroht zu fühlen und trat einen Schritt zurück durch die Tür in den Bogen aus Sonnenlicht. Der Läufer hatte sich im Wind ein wenig aufgerollt und brachte sie damit fast zum Stolpern. Erschrocken sah sie hinunter, als wäre sie beinahe über die Klippenkante gefallen. Sie blickte mich verletzt an. Nun ärgerte mich der Gedanke, dass sie glaubte, sie hätte ein Recht, von meiner Wut gekränkt zu sein. Dass sie sich selbst in dieser Sache überhaupt irgendwie wichtig nahm! Was wollten sie denn hier nach dieser langen Zeit? Sie wollten mir doch bestimmt nicht nur sagen, wie traurig *sie* immer noch waren, dass meine Tochter durch eine Windschutzscheibe geschleudert und auf heißem Asphalt zerschmettert worden war? Dass sie wussten, wie *ich* mich fühlte? Mir wurde klar, wie recht Eleni gehabt hatte, dieses Wiedersehen mit Vorsicht zu genießen, denn ihr Besuch brachte mich vollkommen durcheinander. Durch ihr Auftauchen in meinem privaten Universum war es den beiden irgendwie gelungen, mich zurück nach Hause zu ziehen. Es kam mir vor, als seien erst Wochen oder Tage seit Emmas Tod vergangen.

Mariel trat gelassen zwischen Jen und mich und sah von einem verzerrten Gesicht zum anderen. »Lasst uns doch irgendwo etwas trinken gehen. Wir sind von der Reise ziemlich erschlagen und es wäre schön, einfach draußen in der Sonne zu sitzen.«

»Natürlich.« Plötzlich schämte ich mich. Warum fiel es mir so schwer, ihre Anwesenheit hier zu akzeptieren? Sollte ich mich nicht glücklich schätzen, dass ich ihnen so wichtig war, dass sie gekommen waren, dass ich ihnen immer noch am Herzen lag? Ich versuchte, einen klaren Gedanken zu fassen und mir zu überlegen, was hier von mir erwartet wurde. »Würdet ihr gerne etwas essen gehen, oder ist es dafür noch zu früh? Ein spätes Mittagessen? Fisch vielleicht? Ich gehe um diese Zeit manchmal hinunter zum Hafen in Ammoudi. Dort gibt es Restaurants direkt am Wasser.«

»Das klingt gut«, bestimmte Mariel. »Oder, Jen?«

Jen blinzelte. Sie schien immer noch beleidigt zu sein. »Ja, natürlich.«

# Kapitel 27

Ich führte die beiden die Marmara hinunter, am Ilias vorbei zu Panomeréa, wo ich sie oben an der Straße warten ließ, während ich kurz die Treppe hinuntersprang, um Ingrid von meinen Plänen in Kenntnis zu setzen. Zum Glück war Manfred gerade da, so dass Ingrid mich nicht mit zu vielen Fragen aufhalten konnte und ich bereits nach einer Minute wieder draußen war.

So ganz war mir selbst nicht klar, warum ich meine Besucher den Zickzackpfad hinunter nach Ammoudi führte, wo es doch auch hier oben genug offene Tavernen und Cafés gab. Wollte ich sie mit diesem anstrengenden Abstieg bestrafen? Oder versuchte ich, Zeit zu schinden, um mich zu sammeln, bevor die unausweichliche Befragung losgehen würde? Wir schwiegen jedenfalls den größten Teil des Weges.

»Es ist immer noch so warm«, bemerkte Máriel, als wir uns schließlich an einem Tisch am Wasser niedergelassen hatten. »Selbst um diese Jahreszeit. Da laufen die Geschäfte hier bestimmt gut.« Sie war offenbar entschlossen, am Smalltalk festzuhalten.

»Ja, wir hatten bisher Glück diesen Winter«, stimmte ich ihr zu. »Es hat kaum geregnet. Nicht wie letztes Jahr.« Ich schlug die Karte auf. »Hat keinen Sinn, hier zu lange reinzuschauen, sie werden uns ohnehin vorsetzen, was sie heute Morgen gefangen haben. Aber wie wäre es mit einem Salat? Oder mit Fava, der hiesigen Spezialität? Das ist wirklich köstlich.«

»Gern, mir ist alles recht«, murmelte Jenny.

»Bestell du!«, stimmte Mariel ihr an mich gewandt zu.

Nachdem der Kellner Wasser und Brot gebracht hatte, sah ich die beiden aufmerksam an. »Und wie geht es Oliver? Ich nehme an, ihr habt immer noch Kontakt?« Natürlich durfte ich mir nicht anmerken lassen, was ich alles aus Palmers Observationsberichten wusste.

Mariels Gesicht wurde weich, als sie nach einer Antwort suchte. »Er behauptet, es ginge ihm gut, aber, nun ja … Rachel, um ehrlich zu sein, das ist einer der Gründe, weshalb wir hier sind. Ich glaube nämlich, dass er immer noch hofft, du würdest zurückkommen.«

Ich merkte, wie ich die Stirn runzelte. »Aber das kann doch nicht sein? Nicht nach all dieser Zeit …« Beim Anblick ihrer besorgten Gesichter bekam ich Schuldgefühle. Sie verdienten mehr Ehrlichkeit von mir. »Er schreibt mir«, sagte ich. »Ungefähr einmal im Monat. Wir hatten die ganze Zeit Kontakt.«

»Das ist gut.« Jen nickte. Nach einer kurzen Pause sah sie zu Mariel hinüber und meinte dann: »Er begleitet mich in die Kirche. Ich glaube, das tut ihm gut.«

»Ach?«

»Ja. Und mit den ganzen Kirchen hier, würdest vielleicht auch du –«

»Das bezweifle ich«, unterbrach ich sie. »Du hast offenbar vergessen, dass ich religiös erzogen wurde. Mich brauchst du nicht zu bekehren, Jen.«

»Das meinte ich doch nicht …« Aber sie schluckte den Rest des Satzes hinunter.

Ich sah wieder Mariel an. »Ich hätte gedacht, dass er inzwischen umgezogen ist. Das ist so ein großes Haus für eine Person. Es war schon für drei zu groß.«

Sie nickte traurig.

»Seid ihr oft dort gewesen?« Seid ihr in Emmas Zimmer gewesen?, sollte das heißen. Habt ihr gesehen, was noch von ihr geblieben ist?

Jen musste die Verbindung gedanklich selbst gemacht haben, denn sie antwortete: »Er hat uns gebeten zu kommen, kurz nachdem es passiert war … Er wollte wissen, ob die Mädchen sich vielleicht etwas von Emmas Sachen aussuchen wollen.«

Ich schluckte schwer, denn mir fiel wieder das Foto von Cat mit Emmas Puppe ein. »Das war eine gute Idee. Aber ich schätze, für diese Spielsachen sind sie inzwischen längst zu alt.«

»Bitte schön, die Damen!« Beim Klang der fröhlichen Männerstimme zuckten wir alle zusammen. Der Kellner brachte uns einen riesigen, dunkel gegrillten Fisch. Erst als der große ovale Teller zwischen uns stand, fiel mir wieder ein, dass Jen ja Vegetarierin war. »Sollen wir für dich etwas anderes bestellen?«

»Nein, nein, mir reichen Salat und Kartoffeln.« Offensichtlich bemühte sie sich, sich hier nicht als Märtyrerin zu fühlen. Wahrscheinlich rief sie sich in Erinnerung, dass ja nicht ihr Leben für immer zerstört worden war.

»Was hältst du denn dann von dieser gerichtlichen Klage?« Mariel reichte mir den Fischteller und machte sich ans Entfernen der Gräten in ihrer Portion. »Hält Oliver dich da auf dem Laufenden?«

Es überraschte mich ein wenig, dass sie darüber Bescheid wussten. »Der Mann ist tot«, meinte ich knapp, »das sollte reichen, finde ich.« Ich spürte, dass ich sie mit dieser Aussage zutiefst verwirrte. Vor allem Jen wirkte irritiert.

»Ich habe das Versicherungsgeld genommen«, fügte ich hinzu und war gleichzeitig sauer auf mich, dass ich meinte, mich erklären zu müssen. »Das wisst ihr vermutlich. Oliver wollte das so. Ich habe einen Teil davon fürs Geschäft verwendet.«

Mariels Stirn glättete sich. »Oh, nicht die Klage gegen Morris. Dabei ging es doch nur um Schadensersatzzahlungen, oder? Ich meine die neue, dieses Zivilverfahren gegen den

Lockley-Jungen. Na ja, neu ist das auch nicht mehr gerade, es zieht sich ja schon Ewigkeiten hin.«

Ich starrte sie an. *»Lockley?«*

»Der Beifahrer«, fügte Jen hinzu. »Andrew Lockley.«

»Ich weiß, wer er ist«, erwiderte ich unwirsch. »Ich habe einen Brief von ihm bekommen.«

»Wirklich? Wann?«

»Vor Jahren schon.«

»Was stand drin?«

»Nur dass es ihm leidtut.« Mir war nicht danach, Jen die Details zu erläutern. Sie tat hier, als sei sie selbst Teil eines Anwaltsteams.

»Hm. Das werden sie sicher zu seiner Verteidigung anbringen.«

»Seiner *Verteidigung*? Verteidigung gegen was? Die Polizei hat nie Anklage gegen ihn erhoben.« Ich versuchte, mich daran zu erinnern, was ich in den Wochen nach dem Unfall über Lockleys Zukunft gehört hatte. Wenn ich mich nicht täuschte, hatte man ihn einfach gehen lassen. »Meines Wissens konnte man ihm nicht nachweisen, dass er mitschuldig war, oder etwas in der Art.«

»Das stimmt«, bestätigte Mariel. »Das hat die Polizei gesagt. Aber dies hier ist ein Privatverfahren, kein Strafprozess. Oliver finanziert es selbst.«

»Da komme ich nicht mehr mit …«

»Die Nachforschungen der Versicherung haben einiges zutage gefördert, was die Polizei euch nicht erzählt hat oder vielleicht nicht wusste. Zum Beispiel, dass Lockely annahm, Morris würde an jenem Tag noch fahren, und ihn trotzdem dazu ermuntert hat, Hasch zu rauchen und Ecstasy zu schlucken.«

»Er wird dafür nicht ins Gefängnis wandern oder so«, warf Jen ein, »aber wäre es nicht toll, wenn Gerechtigkeit walten würde?«

*Toll*? »Nicht wirklich«, meinte ich kühl und durchbohrte Jen mit meinem Blick, bis sie wegsah. »Was ist ›toll‹ daran zu wissen, ob Morris oder Lockley die Drogen genommen haben oder den anderen dazu ermuntert haben oder was auch immer du sagen willst? Keiner von beiden hatte vor, jemanden umzubringen, und Morris wollte sich bestimmt auch nicht selber umbringen, oder? Es war ein Unfall.«

»Ja, aber –«

»Natürlich«, unterbrach Mariel sie rasch und warf Jen einen schnellen Blick zu. »Rachel hat recht, es macht keinen Unterschied. Es tut mir leid, ich dachte, du weißt davon. Oliver ist sehr damit beschäftigt, und wir haben einfach angenommen, dass er es erwähnt hat.«

Dann hatte ich Oliver also unterschätzt. Es ging ihm gar nicht ums Geld, sondern um Schuld, Schuld unter dem Deckmantel einer Suche nach Gerechtigkeit (und dank Jens Hilfe hatte er sogar Gott auf seiner Seite!). Und natürlich Arbeit. Ich hätte wissen sollen, dass eine simple Schadensersatzforderung niemals mühsam genug sein würde, nicht für jemanden, dessen Fähigkeit, sich der Welt zu entziehen und sich auf seine Arbeit zu stürzen, legendär war. Sogar in der Zeit nach Emmas Tod war er auf dem Laufenden geblieben, hatte sich stundenlang in sein Büro mit Fax und Computer zurückgezogen. Und was konnte schon arbeitsintensiver sein als eine Klageausarbeitung vor Gericht. Viele Stunden, die Aufteilung von Schuld, ein Stapel Geldscheine, der verloren oder gewonnen werden konnte: besser als jedes verschreibungspflichtige Medikament. Perfekt.

Doch es gab da noch etwas anderes, etwas, das nur ich wissen konnte. Solange Olivers Gerichtsprozesse liefen, würden die Leute um ihn herum Emmas Namen sagen, sie würden ihn in Protokollen niederschreiben, in Dokumente einfügen, sie würden ihn im Zeugenstand aussprechen. Es war seine Art, sie bei sich zu halten. Das zumindest verstand ich.

Als wir den Aufstieg zurück ins Dorf schließlich geschafft hatten, wurde es bereits dunkel. An den Stufen zum Ilias blieben wir stehen.

»Können wir dich morgen wieder treffen?«, wollte Mariel wissen. »Ich meine, natürlich nur, wenn du von der Arbeit her Zeit hast.«

Beim Anblick ihres erschöpften Gesichts bemühte ich mich, so herzlich wie nur möglich zu lächeln. »Aber natürlich. Soll ich euch morgens im Hotel abholen? Dann kann ich euch alles richtig zeigen.«

»Das musst du nicht …«

»Nein, wirklich, ich tue es gern. Ihr seid den ganzen Weg hierhergekommen.« *Umsonst.* Das Wort hing unausgesprochen zwischen uns. Ich wusste, sie würden weinen, wenn sie alleine waren. Jenny aus verletztem Stolz und Verwirrung, aber auch Mariel auf ihre leise Art, wobei sie sich auf die Lippen biss. Sie würden einander trösten und dann nacheinander zu Hause anrufen und sich nach den Kindern erkundigen. Sie würden eine Weile auf den Betten liegen, die Fotos anschauen, die sie in der Handtasche mitgebracht hatten, und sich die wunderbaren Umarmungen vorstellen, die sie bei ihrer Rückkehr erwarteten.

Und auch ich rollte mich auf meinem Bett zusammen und dachte an *mein* Kind. Unsere Köpfe nebeneinander auf dem Kissen, ihre weiche Haut, ihr weiches Haar, ihr weicher Atem. So viel Weichheit.

# Kapitel 28

Ich hatte mit ihnen vereinbart, sie am darauffolgenden Tag in unserem Laden zu treffen. Ingrid hatte am Nachmittag zuvor gerade mal zwei Kunden gehabt und nichts dagegen einzuwenden, auch heute wieder mit diversem Papierkram und einem Buch, das sie zu Ende lesen wollte, allein zu bleiben. Als ich ihr Mariel und Jen kurz vorstellte, wirkte ihre Zurückhaltung fast schon wie Desinteresse. Ich warf ihr einen dankbaren Blick zu, den die anderen hoffentlich nicht bemerkten.

»Wir kommen später zurück und kaufen etwas«, versprach Mariel ihr höflich, als ich versuchte, die beiden nach draußen zu bugsieren.

»Wir gehen nach Armeni«, fügte ich über die Schulter gewandt hinzu. Obwohl mir vor einem weiteren Tag wie gestern grauste, verhielt ich mich genau wie jeder andere Auswanderer, der für Besuch von zu Hause den Reiseleiter spielt.

»Besser runter als rauf«, scherzte Ingrid. »Das ist ’ne ordentliche Strecke, Leute. Ich hoffe, ihr habt Wasser dabei?«

Die beiden waren heute in der Tat vorbereitet. Mariel hatte sogar Turnschuhe angezogen. Nach den waghalsigen Klettertouren entlang den Klippen trauten sie mir nun anscheinend noch mehr neue seltsame Verhaltensweisen zu. Wahrscheinlich dachten sie, ich würde sie auf die Probe stellen, ihre Geduld und ihr Vertrauen. So bestand ihre neue Strategie nun darin, das Terrain zu ihrem Vorteil zu nutzen. Mariel war besonders geschickt darin – ich hatte das Gefühl, sie hatte sich über Nacht jede Menge Wissen über die Insel angelesen.

»Das ist dann also ein alter Hafen, aber die Fähren legen von Athinios ab, oder?«

»Ja«, antwortete ich. »Genau gegenüber von Thira. Bis vor Kurzem fuhren sie noch hierher. Offenbar war das immer ein ziemliches Schauspiel, wie alle an Land sprangen und dann die Felsen hinaufkraxelten.«

Wir ruhten uns im Schatten genau über der Siedlung aus und sahen hinunter auf die winzige Kirche und die gewölbten Dächer der Gebäude entlang dem Kieselstrand. Heutzutage war kaum noch eine Menschenseele zu sehen. Ich erzählte ihnen, dass es dort unten einst sieben Schiffswerften gegeben hatte, doch inzwischen bis auf einen einzigen Bootsschuppen alle geschlossen waren. Mit Blick aufs Wasser meinte ich schließlich: »Es tut mir leid, dass ich vor meiner Abreise nichts davon erzählt habe. Ich wünschte, ich hätte es getan. Aber ich dachte, ein Brief würde genügen. Wahrscheinlich wollte ich einfach nicht, dass es mir jemand ausredet.«

Da waren sie natürlich sprachlos. Um ehrlich zu sein, überraschte mich mein plötzliches Geständnis selbst.

»Es schien einfach so extrem«, erwiderte Mariel leise.

»Ich bin sicher, es kam dir richtig vor«, fügte Jen hinzu, die heute durch und durch versöhnlich schien. Dann hoben sie beide gleichzeitig zu sprechen an:

»Wir wollten dich besuchen. Da sagte Oliver, du wärst weg. Er stand total unter Schock.«

»Es war, als sei er in Trance oder so.«

»Wir wussten nicht, ob er meinte, du wirst vermisst oder was …«

»Ich habe Alysa angerufen. Ich kam mir furchtbar vor, sie damit zu belästigen, aber wir haben uns solche Sorgen gemacht …«

»Dann kam dein Brief …«

»Meiner erst einen Tag später …«

»… da wussten wir zumindest, dass du *irgendwo* bist.« Am Leben, meinten sie wohl. Sie mussten befürchtet haben, ich könnte der Versuchung erliegen, Emma zu folgen, solange ich noch nicht ganz begriffen hatte, wohin genau sie gegangen war. Eine Packung Tabletten, ein Sprung von einer Brücke in die Themse. Sie hatten sich vorgestellt, wie wahnsinnig vor Trauer sie in meiner Situation wären. Sie dachten, sie könnten es nachfühlen.

»Wir wären schon viel früher gekommen.« Mariels Mund zuckte verdächtig. »Wir haben natürlich deine Karten an die Mädchen bekommen. Aber wir hatten es Oliver versprechen müssen. Er wollte uns noch nicht mal deine Adresse geben. Das konnten wir gar nicht verstehen …«

»Wir hätten dir sagen sollen, dass wir kommen, aber wir hatten ja keine Telefonnummer. Wir waren gar nicht sicher, ob wir dich überhaupt finden würden …«

Es war ihnen wichtig, mir all das sagen zu können, mir ihre eigenen Verletzungen mitzuteilen, um die Lücken zu füllen. Sie hatten die Zeit vermisst, als wir noch ein eingeschworenes Team waren und jede über die andere Bescheid wusste. Ich hörte ihnen geduldig zu. Dann fragte ich: »Wann ist euer Rückflug?«

Das brachte sie erneut völlig aus dem Konzept. »Gleich morgen früh.« Mariel hatte sich als Erste wieder erholt. »Aber wir können umbuchen, falls du möchtest, dass wir noch bleiben. Warum kommst du nicht mit, Rachel? Ich bin sicher, es gibt noch freie Plätze. Nur für ein paar Tage? Du könntest bei uns wohnen, sehen, wie du dich fühlst?«

Ich schüttelte den Kopf. »Ich kann nicht. Ich habe schließlich den Laden.«

»Aber deine Freundin kann doch sicher für dich übernehmen, meinst du nicht? Ingrid hat vorhin selbst gesagt, wie ruhig es ist. Um diese Jahreszeit gibt es bestimmt nicht viel Kundschaft, oder?«

Ich antwortete nicht und sie wussten, was das bedeutete.

Zum Mittagessen war es noch zu früh, aber wir konnten in der Taverne an der Mole etwas trinken. Der Besitzer, Yorgos, ein fröhlicher Mann mit wettergegerbtem Gesicht und aufgesprungener Unterlippe, bemerkte die neuen Gesichter natürlich sofort. »Mögen Sie Bootsfahrt? Geht immer noch jeden Tag.«

»Wir reisen leider morgen ab«, erwiderte Mariel höflich.

»Tickets kein Problem. Mein Sohn Kapitän.«

»Das sagt er immer«, meinte ich lächelnd. »›Mein Sohn Kapitän.‹ Das ist wie ein Sprichwort.«

Und wieder warfen sie sich diesen Blick zu, der wohl hieß: ›Sie scheint hier alle zu kennen. Sie gehört wirklich hierher.‹

Nachdem Yorgos davongeschlurft war, um sich um unsere Getränke zu kümmern, erkundigte ich mich nach Jake, der vor Kurzem Geburtstag gehabt hatte. Ich stellte mir den süßen Jungen mit den Locken vor, wie er neben den Mädchen auf den Fotos zu sehen war. Der neue Dritte im Bunde. Er war inzwischen sechs und ging schon zur Schule. Emmas Alter, als sie gestorben war.

»Er ist ein Schatz.« Mariel lächelte. »Und immer so gut gelaunt. Es stimmt wirklich, Jungs sind unkomplizierter.«

»Er fehlt dir bestimmt?«

Sie senkte den Blick und rührte in ihrem Kaffee. »Ja. Aber Toby tut es auch mal gut, Zeit mit ihm allein zu haben.«

»Cat hilft bestimmt mit.«

»Ja, sie kommandiert ihn gerne ein bisschen herum.« Mariel hielt einen Moment lang inne. »Wie du ja weißt.«

Ich sah auf. *Wie du ja weißt.* In diesen Worten lag die Botschaft. Ich hatte Mariel gekannt, seit wir zwanzig waren, und konnte so gut zwischen ihren Zeilen lesen wie jeder Simultanübersetzer. Wie erfolglos diese Mission auch sein sollte, sie würde mich nicht aufgeben, sie war nicht bereit, die Verbindung abbrechen zu lassen. Offenbar besaß sie immer noch die Fähigkeit, etwas auszusitzen. Vier oder fünf Jahre bedeuteten ihr nichts, sie würde auch fünfzig warten, wenn es sein musste.

Ich wandte mich an Jen. »Du hast also kein zweites Kind mehr bekommen?«

Sie senkte den Kopf, als wünschte sie, ebenfalls in ihrem Getränk rühren zu können, doch sie hatte Limonade bestellt. Nicht mal mit einem Strohhalm konnte sie herumspielen. Sie wirkte nervös, als spürte sie, dass ich eine neue Erklärung erwartete, eine bessere als die in der Vergangenheit. Hatte Emmas Tod für sie einen Unterschied gemacht? Das wollte ich doch in Wirklichkeit wissen, oder?

»Ich glaube, wir können es uns einfach nicht leisten«, sagte sie schließlich und nahm schnell einen Schluck Limonade. »Bob ist auch immer noch nicht so wild darauf, er bekommt nicht genug Aufträge …«

»Er hat sich nämlich selbstständig gemacht«, sprang Mariel zu Jens Rettung ein. »Vor Ewigkeiten schon. Vielleicht hat Oliver dir davon erzählt. Ziemlich bald nachdem du gegangen bist.«

»Ich habe davon gehört«, meinte ich unverbindlich. »Aber der Erfolg hat sich noch nicht eingestellt?«

Jen schüttelte den Kopf. »Nicht wirklich. Anfangs mussten wir erst mal so viel Geld reinstecken, bis er die ganze Ausrüstung beisammenhatte.«

»Das tut mir leid.«

»Und mit einem Baby bräuchten wir ja auch eine größere Wohnung, was einfach nicht realisierbar ist.«

»Ihr braucht wirklich mehr Platz«, stimmte Mariel ihr zu.

»Daisy wird immer älter, der Abstand wäre zu groß …« Jen nannte also immer noch die alten Gründe und Mariel unterstützte sie dabei.

»Sie haben gerade an der neuen Schule angefangen.« Geschickt wechselte sie nun das Thema. »Die Bewerbungen waren ein ganz schönes Affentheater.«

»Ach ja?« Ich merkte, wie Adrenalin durch meine Adern schoss. Heute traute ich mir irgendwie selber nicht. Ich fühlte mich unberechenbar. »Sie gehen jetzt aufs Greencroft-Mädchengymnasium, nehme ich an?«

Sie nickte. »Cat wurde um ein Haar nicht genommen. War ein echter Albtraum.«

»Ach ja?« Während ich den Details lauschte, die ich ja bereits selbst durchlebt hatte, stellte ich mir automatisch Emma in der grau-roten Uniform der Greencroft-Mädchen vor, genau wie Cat und Daisy. Vom ersten Tag an hatte sie die Schule geliebt …

Bevor wir uns auf den Rückweg ins Dorf machten, führte ich meine Besucherinnen ans andere Ende des Strandes, um ihnen das Treibholz zu zeigen, das uns zu unserer Ladendeko inspiriert hatte. »Ist es nicht wunderschön? Seht nur, wie viele Schichten Blau das sind, bestimmt drei oder vier. Und direkt darunter auch noch Orange. Diesen Effekt könnte man bewusst nie erzielen. Könnt ihr euch vorstellen, wie viele Stunden dieses Holz im Meer verbracht hat?«

Meine lange Rede musste sie überrascht haben, denn sie beugten sich eifrig hinunter. Jen fasste ihr Stück ganz vorsichtig an, als überprüfe sie eine Fußsohle auf Hornhaut, und zum ersten Mal seit ihrer Ankunft spürte ich, wie mir ihr gegenüber das Herz aufging. Die Mädchen hatten es so genossen, wenn sie ihnen die Fußnägel gemacht und lackiert hatte. Glitzernder Nagellack in Lila oder Babyrosa aus ihrem Sortiment an Fläschchen. Sie konnte so gut mit den Kindern – Emma hatte Jen angebetet. Bei der Erinnerung musste ich lächeln, aber Jen sah nicht in meine Richtung.

Wir brauchten lange für den Rückweg, weil wir an jeder Biegung anhielten, um die Aussicht zu genießen. Ich zeigte auf

Callidora auf der anderen Seite der Bucht. »Im Sommer kann man es leichter erkennen wegen der Bougainvillea. Wie eine leuchtende Fahne in Pink sieht man sie bereits schon auf halber Strecke von Thira aus.«

Ich wusste, dass sie inzwischen aufgegeben hatten. Als wir die Hauptstraße erreichten, schnauften wir alle drei heftig. Jen nannte Erschöpfung als Grund, direkt ins Hotel zurückzukehren. Mariel kam noch mit zu mir, wo ich uns beiden ein Glas Visanto einschenkte. Zum ersten Mal hatte ich Schuldgefühle, echte Schuldgefühle, dass ich die ganzen Jahre über nichts von mir hatte hören lassen und dass ich sie mit Palmer so hinterging. Denn es war doch eine Art Täuschung, oder? Vielleicht war es an der Zeit, es beim Namen zu nennen.

»Weißt du, dass ich noch mal in London war?« Dieses Geständnis war ein Versuch, meine Schuld zumindest akut zu mildern. »Mehr als einmal sogar, wie Oliver dir vielleicht erzählt hat. Ich musste einfach, denn Mum weigert sich hierherzukommen.«

Mariels Blick war voller Mitgefühl. »Sie empfindet also immer noch dasselbe?«

»Ja, ich glaube auch nicht, dass sie es je überwinden wird. Sie antwortet nie auf meine Postkarten oder Briefe. Es ist, als ob ihr Hass auf Santorin sie davon abhält, auch nur das Wort an sich auf einen Briefumschlag zu schreiben. Es hat sich zu einer regelrechten Phobie entwickelt.«

»Das ist wirklich traurig. Arme Alysa. Vielleicht wenn du Neuigkeiten über ihre Familie hättest? Hast du irgendjemanden ausfindig machen können, seit du hier bist?«

Ich schüttelte den Kopf. »Sie sind alle nach dem Erdbeben aufs Festland gezogen.«

»Und was ist mit der Schwester, die gestorben ist? Ist die nicht hier beerdigt?«

»Da bin ich gerade dran, aber ich finde ihr Grab nicht. Du

hast allerdings recht, vielleicht macht Mum ein bisschen auf, wenn ich ihr durch meine eigenen Nachforschungen mein Interesse beweisen kann. Trotzdem ist es verrückt, denn schließlich hat sie die Antworten zu meinen Fragen.«

»Das ist schwierig«, stimmte Mariel mir zu. »Du willst sie ja nicht unnötig aufregen.«

Und nach all dieser Zeit wurde mir plötzlich klar, warum ich ausgerechnet hierher gekommen war. Ich war nicht etwa betrübt darüber, dass meine Mutter sich nicht überwinden konnte, mich hier zu besuchen, sondern vielmehr hatte ich diesen Ort ausgesucht, gerade *weil* ich wusste, sie würde nicht kommen. Mit ihr zusammen zu sein machte mir Angst, und nicht nur, weil ihre Trauer die meine verstärkte. In Wahrheit erinnerte mich jeder Moment, den ich sie altern sah, an die Tatsache, dass Emma nicht da sein würde, um mich dabei zu beobachten. Hier in Oia, wo die Frauen ein bisschen wie sie aussahen und klangen, konnte ich indirekt bei meiner Mutter sein. Diese Weihnachtsbesuche, nun ja, das war das Mindeste, was sie verdient hatte. Doch im Augenblick konnte ich ihr mehr auch nicht geben.

Früher hätte ich keine Sekunde gezögert, diese Erkenntnis mit Mariel, dieser intelligenten, fürsorglichen, loyalen Freundin, zu teilen. Jetzt war es mir unmöglich. Mein Mund war wie zugeklebt. Stattdessen sagte ich: »Ab und zu rumort die Erde immer noch, aber natürlich nichts Ernstes wie damals, fünfundsechzig.«

Mariel sah hinaus zu den dunklen Inseln in der Caldera. Vulkane und Erdbeben, dachte sie bestimmt, *mein Gott*, was für ein Ort! Kein Wunder, dass Alysa nicht mehr zurückkommen will. »Stell dir vor, nicht zu wissen, wann es das nächste Mal rumst«, meinte sie schließlich.

»Hier weiß man wenigstens, dass man damit rechnen muss.« Zumindest war man sich der Gefahr bewusst und bereitete sich darauf vor. Wenn hier jemand schlechte Nachrichten überbrachte, kam es wenigstens nicht aus heiterem Himmel.

Mariel beobachtete mich und wusste vermutlich, dass sie in gefährliches Terrain vorgedrungen war. Statt sich jedoch wie Jen panisch zurückzuziehen, beschloss sie, sich weiter vorzutasten. »Ach Rachel, bist du sicher, dass es dir hier bessergeht? Dir ist das denkbar schlimmste Unglück widerfahren, das allerschlimmste! Aber wir glauben eben, dass du jetzt nach Hause kommen solltest, zu deiner Familie und deinen Freunden.«

»Ich habe Freunde hier«, sagte ich. »Es ist schon eine Menge Zeit vergangen.« Es war schrecklich, die Tränen in ihren Augen zu sehen.

»Ich halte es nicht aus«, sagte sie schlicht. »Ich halte nicht aus, was Emma passiert ist. Unser kostbares, kostbares Mädchen …«

Ich nickte und biss fest die Zähne zusammen, damit mein Gesicht nicht wild zuckte.

»Ich muss immer an den Tag ihrer Geburt denken. Weißt du noch, wie wir ins Krankenhaus kamen? Sie war so winzig, nur eine kleine Maus …« Mariel schluchzte. »Toby und ich, und auch Jen, wir werden immer das Gleiche für dich empfinden, das weißt du. Wir werden nie vergessen, *nie.*«

»Ich weiß.«

Ich nahm ihre Hand und wir schwiegen eine Weile.

»Ich war ein bisschen hart zu Jenny, stimmt's?«, fragte ich seufzend. »Dieses ganze Kirchenzeug, das regt mich einfach auf. Und sie hat Oliver offensichtlich zu ihrem Spezialprojekt gemacht.« Noch während ich sprach, wurde mir bewusst, wie unfair meine Worte waren. Jen hatte doch bloß an ihn gedacht, sie war für ihn da, im Gegensatz zu seiner Frau. Und sie hatte für mich genauso viel getan wie für ihn.

Mariel tupfte sich die Augen ab. »Sie ist momentan ziemlich unglücklich. Sie und Bob, nun, es ist ein Wunder, dass die beiden noch zusammen sind. Sie hätten sich beinahe getrennt, ungefähr ein Jahr nachdem du weg warst.«

»Was ist passiert?«

»Sie wollte eine Weile bei uns wohnen, nur so zur Probe. Doch dann präsentierte er ihr plötzlich diesen Traumurlaub. Der schien sogar Wunder zu wirken. Wir waren alle ziemlich erleichtert. Aber nach und nach entwickelte sich alles wieder zum Alten, vielleicht noch schlimmer als vorher. Sie sollten sich trennen, aber gleichzeitig denke ich, dass das Leben dann noch härter wäre. Außerdem gibt es ja noch Daisy.«

»Was für eine verfahrene Situation.«

Sie nickte. »Ich glaube, es war die richtige Entscheidung für sie, keine Kinder mehr zu bekommen.«

Und wieder war da dieser Gedanke: Wie konntest du nur? Dich in die natürliche Entwicklung einer Beziehung einzumischen? Wie es schien, hatte ich lediglich Daisy zu einem Leben ohne Geschwister verdonnert.

Ich nickte. »Sag ihr, dass es mir leidtut, ja?«

»Natürlich, aber das ist nicht nötig. Sie versteht das schon.«

»Mariel?«

»Ja?«

»Ich habe in letzter Zeit oft an unser gegenseitiges Versprechen denken müssen …«

»Versprechen?«

»In Bezug auf die Mädchen, damals. Der Schwur.«

»Ach, das.«

»Ich fühle mich schrecklich, dass ich nicht für sie da bin. Schließlich bin ich Cats Patentante. Ich sollte Teil ihres Lebens sein, sie führen und Dinge für sie tun!«

»Ach, Rachel, sag doch so was nicht. Du hast den Kontakt zu ihr gehalten, das ist das Wichtigste. Geburtstagskarten, Weihnachten, das reicht, bis du so weit bist.« Die geduldige Mariel. Sie klang, als seien Monate vergangen, nicht Jahre.

»Ich möchte nur, dass du weißt, ich habe es nicht vergessen. Sollte irgendetwas passieren, dann bin ich da …«

»Aber natürlich!« Mariel seufzte. »Mein Gott, ich hoffe, unser Überraschungsbesuch hat dich nicht völlig aus dem Konzept gebracht?«

»Nein«, erwiderte ich bestimmt, »es war schön, euch zu sehen.«

»Wirklich?«

»Ja.« Und ich wusste, es war falsch, aber ich war so müde und hatte das Gefühl, genug getan zu haben. Ich war ihr auf halbem Weg entgegengekommen, und nun konnte ich mir erlauben, mich wieder zu entziehen. Obwohl wir uns noch etwa eine Stunde unterhielten, glich der Rest der Unterhaltung einem Gespräch durch den Briefkastenschlitz einer verschlossenen Tür.

Am nächsten Morgen reisten sie ab.

# Kapitel 29

Obwohl ich schon oft in Christos' schönem Haus zu Besuch gewesen war, seit er und Ingrid ein Paar geworden waren, war ich jedes Mal aufs Neue beeindruckt: Man hatte in drei Richtungen Blick aufs Meer, die Wände bestanden aus Vulkangestein und die Dielen waren die gleichen wie früher auf den Schiffen. Es war Elenis Vorschlag gewesen herzukommen.

Während ich mit meinem Londoner Besuch beschäftigt war, hatte sie auf dem Rathaus im Sterberegister und den Begräbnislisten nachgeschlagen. Meine Tante gehörte zu etwa einem halben Dutzend Menschen, die beim Erdbeben damals ums Leben kamen. Herunterfallende Steine hatten sie auf der Brust getroffen, sie lebte noch vierundzwanzig Stunden, bis ihre Lungen nachgaben und sie den Kampf verlor.

»Sie hatte kein Glück«, schloss Eleni.

»So kann man es auch sagen.« Es verschaffte mir unerwartet Erleichterung, die Fakten von dritter Seite bestätigt zu bekommen, so als hätte ich meiner Mutter ihre Version der Familiengeschichte nie ganz abgenommen.

Dem Tod des alten Gaitis war zu verdanken, dass noch ein anderes Detail zutage getreten war: Diverse Familientagebücher waren dem Museum in Thira gestiftet worden. Eleni erhielt die Erlaubnis, einen einzigen Eintrag in Bezug auf Miss Phoena Vlachos einzusehen. Wie sich herausstellte, war sie die Hauptstraße hinunter in Richtung Ufer geflohen, als sie getroffen wurde. Vermutlich war sie auf der Suche nach meiner Mutter und meinen Großeltern, besorgt um deren Sicherheit.

Ich runzelte die Stirn. »Aber warum sollte Phoena in einem Familientagebuch der Gaitis erwähnt werden?«

Eleni zuckte mit den Schultern. »Die Familie muss deine Tante gekannt haben. Vielleicht hat sie für sie gearbeitet. Sie waren sehr reich. Ich habe auch viele andere Namen gefunden. Es gibt hier kein Geheimnis.«

Das einzig Seltsame war, dass der Verbleib ihrer sterblichen Überreste nirgends in der Gemeinde verzeichnet war. Sie hatte keine Kiste, keine ›Knochenrechnung‹.

»Ich habe alle Listen überprüft.«

»Das war es dann wohl.« Ich überlegte mir, ob das ausreichen würde, um die alten Diskussionen mit meiner Mutter wieder aufzunehmen. Vermutlich nicht.

»Hast du Christos zu alldem befragt?«, wollte Eleni wissen.

»Ja, aber erinnert sich nicht an Phoena.«

Wieder zuckte sie mit den Schultern. »Aber an Gaitis sollte er sich wohl erinnern. Einen Versuch ist es allemal wert.«

Das Geräusch von Schritten auf dem polierten Holzboden holte mich zurück in die Gegenwart. Es handelte sich um Christos in Freizeitkleidung, der besorgt dreinschaute. »Rachel, du bist nicht im Laden? Ist etwas passiert?«

»Nein, nein, Ingrid hat gerade übernommen. Sie meinte, du wärst zu Hause, und ich würde dich gerne etwas fragen.«

»Natürlich. Ich wollte mir sowieso gerade einen Kaffee machen. Komm mit in den Innenhof.«

Wir setzten uns in den Schatten. Hier gab es zwar keinen Meerblick, aber es handelte sich trotzdem um einen meiner Lieblingsplätze in Oia, absolut privat und selbst in den heißesten Monaten immer schön kühl. »Eleni meinte, ich soll noch mal mit dir reden, weil ich versuche, etwas über meine Tante herauszufinden, die beim Erdbeben starb.«

Er nickte ernst.

»Wir wissen jetzt, dass sie nicht hier beerdigt wurde, und ich würde gerne ihr Grab besuchen. Ich denke einfach immer wieder, dass du garantiert irgendwann meiner Mutter oder meiner Tante begegnet sein musst. Meine Mutter ist nur ein paar Jahre älter als du, Alysa Vlachos.«

Er schüttelte den Kopf. »Ich kann mich nicht an sie erinnern. Tut mir wirklich leid. Ich war damals noch sehr jung, nicht mal fünf. Ich erinnere mich nur an die Kinder in meinem Alter. Nach dem Erdbeben haben wir in den Häuserruinen gespielt.« Er stand auf. »Warte, ich zeig dir ein Bild ...«

Er kam mit einem vergilbten Abzug zurück, der Soldaten zeigte, die den Abbau der Burg überwachten. »Laut meinem Vater waren nicht alle Gebäude zerstört genug, um abgerissen zu werden. Doch als der Bürgermeister Widerspruch einlegte, hat man ihn ins Gesicht geschlagen!«

»Das ist ja unglaublich! Auf dem Foto hat man den Eindruck von echter Kameradschaft.«

»Nun, Fotos halten immer nur einen einzelnen Moment fest, nicht wahr? Und das hier ist schon sehr alt, also wohl kaum ein heimlicher Schnappschuss. Wahrscheinlich eher gestellt.«

»Das stimmt.«

»Deine Mutter hat dir sicherlich von dem Mann erzählt, der sich über seine Tür gelegt hat, über die ... wie sagt man?«

»Schwelle? Nein, was ist da passiert?«

»Als die Soldaten kamen, um sein Haus abzureißen, warf er sich über die Schwelle und rief: ›Nur über meine Leiche!‹«

Ich musste zwangsläufig an die Bemerkung meiner Mutter denken, sie würde nur über ihre Leiche hierher zurückkehren. Was für eine traurige Parallele. »Und, durfte er bleiben?«

Christos nickte. »Sein Haus steht immer noch. Er selbst ist natürlich tot, wie die meisten Leute aus der Zeit.«

»Hieß er Gaitis?«, fragte ich, weil mir Elenis Tipp wieder einfiel.

Christos' Gesicht verdüsterte sich. Er klopfte mit den Fingerknöcheln auf das Foto. »Wie bist du diesem Mann begegnet?«, wollte er wissen.

Ich blinzelte überrascht. »Bin ich nicht. Zumindest nicht bewusst. Vielleicht war er mal im Laden wie die meisten Einheimischen. Nein, ich habe nur zufällig neulich die Leute bei seiner Beerdigung gesehen. Eleni hat mir gesagt, wer er war. Sie meinte, er war ein schlechter Mann.« Das klang ein wenig lächerlich aus meinem Mund und ich fügte lachend hinzu: »Du weißt ja, wie sie ist.«

Mein mangelnder Ernst schien Christos nicht zu gefallen. »Sie hatte recht. Mein Vater war gegen ihn. Er hat aus Oia Kapital geschlagen, unser Dorf Stück für Stück verkauft.«

»Wie meinst du das?«

»So lief das eben nach dem Erdbeben.« Er sah wieder das Foto an. »Als sie die Gebäude einrissen, wurden sie pro Kubikmeter bezahlt, also baggerten sie mehr ab als nötig. Da steckte Gaitis mit drin. Und er war nicht der Einzige, o nein. Und hinterher hat er so viel vom Dorf aufgekauft, weil es sehr billig war. Die *skapha* für mein Hotel, die haben ihm gehört. Er hat sich geweigert, sie selbst neu aufzubauen, aber er wollte sie auch nie verkaufen.«

Er blickte ziemlich finster drein und ich bereute, überhaupt hierhergekommen zu sein und Salz in alte Wunden gestreut zu haben. Nun hatte ich ihm die Laune verdorben und außerdem nichts Neues über Phoena herausgefunden. »Na, zumindest gibt es immer noch einige von euch, die sich daran erinnern, wie Oia vorher war. Leute, die die Wahrheit kennen.«

Seine Züge entspannten sich. »Das ist zwar richtig, aber jedes Jahr werden es weniger.« Er schenkte mir ein tapferes Kleinejungslächeln. »Und wenn wir mal weg sind, wer wird sich dann noch erinnern?«

»Wieder mal einer deiner geheimnisvollen Briefe?«, erkundigte sich Ingrid von der Tür aus. Ich saß an unserem provisorischen Schreibtisch im ›Büro‹ im Keller und hatte die Post dieser Woche vor mir ausgebreitet. Ausnahmsweise hatte ich Palmers Bericht auf dem Weg zum Laden statt auf dem Heimweg abgeholt. »Ja, bloß das monatliche Update. Nichts Besonderes.«

»Er hält die hellenische Post ganz schön auf Trab, was?«

Ich ignorierte ihren Sarkasmus. »Ich brauche hier nicht mehr lange, ich will nur noch schnell diesen Rechnungsstapel abarbeiten.«

»Keine Eile. Ich benutze den Tisch, wenn du fertig bist.« Doch sie ging nicht. »Irgendwas Aufregendes?«

»Nur das Übliche. Wir müssen Manfred bald bezahlen. Er ist so liebenswürdig, uns nie zu erinnern, und ich bin immer spät dran.«

»Nein, ich meinte von deinem Freund Palmer?«

»Ich glaube nicht.« Ich legte die Seiten seines Briefes oben auf den Stapel und tat so, als würde ich die Worte überfliegen. Ich schämte mich viel zu sehr, Ingrid gegenüber zuzugeben, dass die Berichte zwar nach wie vor eintrafen, ich sie aber nicht mehr las.

Der Besuch von Mariel und Jen und vor allem jene letzte Unterhaltung mit Mariel hatten meinen Blick auf die Dinge verändert und es erschreckte mich, was ich nun sah: Wie hatte ich glauben können, ich hätte ein Recht darauf, mich in das Leben der Mädchen einzumischen, die Aufgabe ihrer Mütter besser machen zu wollen als diese selbst! In den Jahren unserer Trennung schien ich irgendwie die unwesentliche Kleinigkeit vergessen zu haben, wie sehr Mariel und Jen ihre Kinder anbeteten. Selbst hier, auf Santorin, hatte es nicht einen Moment gegeben, in dem Cat, Daisy und Jake nicht bei ihnen waren. Ihre Kinder waren ein Teil von ihnen. Immer wieder hatte ich mir vorgestellt, wie sie sich wohl fühlen würden, wenn man sie ihnen wegnehmen würde. Gleichzeitig hatte ich kaum einen Gedanken daran verschwendet, wie es mir erginge, wenn eine mir unbekannte Person Emma folgen, Kopien ihrer Zeugnisse lesen, heimlich Fotos von ihr machen und sich in den natürlichen Lauf der Dinge einmischen würde – mir wurde ganz schlecht dabei. Was für eine entsetzliche Verletzung der Privatsphäre. Ich hatte keine andere Wahl, als es zu beenden.

Meine einzige Rettung war, dass ich im Zuge dieser ganzen Verrücktheit auch vergessen hatte, was es bedeutete, ein Kind kurz vor der Pubertät zu sein. Ab ungefähr meinem neunten Lebensjahr hatte ich alles, was mir wichtig war, vor meiner Mutter verborgen. Ich hatte ihr lediglich über meinen Vater ausgewählte Informationen zukommen lassen, wenn mir gerade danach war. Was hätte irgendein Fremder draußen auf der Straße mit seinem Notizbuch da schon für eine Chance gehabt? In viel subtilere Mysterien waren Cat und Daisy verstrickt worden, als Palmer und seine Kollegen je erahnen könnten, und das war erst der Anfang. Ja, es war uns gelungen, die logistischen Abläufe zu überwachen, aber wir hatten nicht den leisesten Schimmer, was in den Köpfen der Mädchen vor sich ging, dessen war ich mir nun ganz sicher.

»Habe ich dir eigentlich erzählt«, wollte Ingrid wissen, die immer noch hinter mir herumlungerte, »dass jemand die Santa Irini kaufen wollte? Eine dieser alten Witwen, die oben bei den Windmühlen wohnt.«

Ich drehte mich um. »Wirklich?« Ich musste zugeben, dass mich diese Nachricht ein wenig durcheinanderbrachte. Zwar freute ich mich über das Geschäft, doch gleichzeitig fand ich es schade, dass Irene nun nicht mehr wohlwollend über uns wachte. »Das sind ja erfreuliche Neuigkeiten! Gut gemacht. Musstest du mit dem Preis runtergehen?«

Ingrid zog eine Schnute. »Machst du Witze? Ich habe der Dame gesagt, dass sie unverkäuflich ist.«

Ich öffnete überrascht den Mund. »Aber warum denn? Sie hängt da seit Jahren. Außerdem haben wir den ganzen Monat über so gut wie nichts verkauft.«

»Das Geschäft läuft schon«, meinte Ingrid. »Wir haben sie ja nicht mal ausgestellt! Die Kundin hat sie im Lagerraum gesehen.«

»Aber nur, weil wir vergessen haben, sie wieder aufzuhängen, nachdem du sie das letzte Mal unbedingt jemandem zeigen musstest! Natürlich steht sie zum Verkauf.«

»Aber es ist doch offensichtlich deine tote Tante, oder? Wir können sie nicht einfach weggeben. Das wäre ja, als würde man, nun ja, die eigene Großmutter verkaufen.« Ihrem Gesicht war anzusehen, dass ihr offensichtlich eine neue Erleuchtung gekommen war. »Rachel, das könnte es doch sein! Das auf dem Bild ist nicht deine Tante, sondern deine *Großmutter*!«

Ich seufzte. »Ingrid, das ist überhaupt keine Verwandte von mir! Glaub mir, ich weiß, wie meine Großmutter aussieht. Ich habe sie ungefähr hundert Mal gesehen.«

Ingrid schmollte enttäuscht.

»Schau her, ich weiß, es war witzig, da ein kleines Rätsel zu haben, aber ich denke, wir müssen einfach akzeptieren, dass sie weder meine Tante noch eine andere Verwandte ist. Es gibt auf Santorin niemanden, der nicht irgendwann mal hier im Laden war, und keiner hat etwas gewusst.«

»Alles nur eine Frage der Zeit«, widersprach Ingrid. »Irgendjemand muss es schließlich wissen.«

Ja, dachte ich, meine Mutter. Und ich würde nicht mehr lange warten müssen, bis ich das Thema erneut anschneiden konnte, denn mein jährlicher Weihnachtsbesuch stand in einem Monat an.

»Sie wurde ziemlich wütend, um ehrlich zu sein«, meinte Ingrid plötzlich. »Das war komisch, aber ich hatte irgendwie das Gefühl, dass sie haargenau dieses Bild wollte. Sie hat sich nämlich ansonsten nichts wirklich angeschaut, kam einfach in den Lagerraum spaziert, obwohl ich das Seil davorgehängt hatte.« Sie erschauderte. »Ich finde diese alten Witwen ein bisschen gruselig. Wusstest du, dass sie *für immer* Schwarz tragen?«

»Nun, falls sie zurückkommt, sollten wir es ihr einfach geben.« Ich wandte mich wieder meinen Papieren zu. »Hast du sie wenigstens gefragt, ob sie weiß, wen es darstellt?«

Ingrid lachte. »Um ehrlich zu sein, war sie so alt, dass sie möglicherweise nicht mal weiß, wer sie selbst ist.«

Sie stand nun direkt hinter meiner Schulter. »Darf ich nicht mal einen winzigen Blick riskieren? Ich habe noch nie einen dieser berühmten Berichte zu Gesicht bekommen. Ich vermute ja, es handelt sich um heimliche Liebesbriefe … *Geliebte Rachel* … nein, das passt nicht, bestimmt hat er einen Kosenamen für dich. Äpfelchen, oder so etwas.«

*»Äpfelchen?«* Ich prustete los, doch eine Sekunde später brach ich ab, denn mein Herz klopfte plötzlich laut gegen die Rippen. »Warte mal kurz …« Während Ingrid im Hintergrund geplappert hatte, hatte ich, ohne es zu wollen, einige der Worte auf dem Papier vor mir tatsächlich gelesen. »O Gott.«

»Was? Rachel, was ist denn?«

»Nichts.«

»Nun schau nicht so komisch drein!«, rief Ingrid. »Was ist passiert?«

»Ich fass es nicht.« Was auch immer meine jüngsten Vorsätze sein mochten, ich hatte nun ungewollt eine Information erhalten, die ich nicht so einfach ignorieren konnte: Die Mutter von Subjekt A war von zu Hause ausgezogen und hatte Subjekt A mitgenommen. Jen hatte Bob verlassen.

Es war einige Tage nach ihrer Rückkehr aus Santorin passiert. Mariel hatte recht gehabt: Jen wollte sich hier nicht nur meinen Geistern stellen. Man hatte die Wohnung in Fairhazel

Gardens gekündigt, in der die Familie gelebt hatte, seit ich sie kannte. Sie waren dort drei Monate nach Daisys Geburt eingezogen, nachdem sie sich vorher eine Einzimmerwohnung in der Camden Road geteilt hatten. Als Mariel und ich Jen zum ersten Mal besuchten, standen immer noch ein paar unausgepackte Umzugskisten herum. Nun verbrachte Bob die drei Monate Kündigungsfrist alleine dort, während Jenny und Daisy bei Mariel und Toby Unterschlupf gefunden hatten. Plötzlich gingen die Mädchen nicht nur auf dieselbe Schule, sondern wohnten auch noch unter einem Dach.

Im Nu warf ich meinen neu gefassten Vorsätze über Bord, griff zum Telefon und wählte die Nummer von Palmers Büro.

Er hustete. »Ich habe fast schon damit gerechnet, von Ihnen zu hören.«

»Das klingt nach was Ernstem.«

»Sie hatten aber doch auch vorher schon Probleme«, warf er ein.

»Aber nicht in dieser Größenordnung. Dieses Mal ist es wirklich aus.«

»Okay, wenn Sie meinen, dass Eheberatung keinen Sinn mehr hat …«

»Ich glaube kaum. Ich möchte einfach nur sichergehen, dass Daisy ein Dach über dem Kopf hat.« Das wird meine letzte Tat sein, fügte ich in Gedanken hinzu. Sobald Daisy versorgt ist, teile ich es Palmer mit.

»Was wollen Sie unternehmen?«, fragte er.

»Nun, ich habe eine Idee. Ob sie verrückt ist, müssen Sie mir sagen …«

Die Tatsachen waren folgende: Jen und Daisy konnten ja nicht für immer bei Mariel und Toby bleiben. Wo würde Jen sich also als Nächstes hinwenden? Ihre Eltern und ihre beiden Brüder wohnten in der West Country, aber sie stand ihnen nicht sonderlich nahe, wenn ich mich recht erinnerte. Außerdem würde sie Daisy bestimmt nicht von der neuen Schule nehmen wollen, sondern für möglichst viel Kontinuität sorgen.

Geld war der entscheidende Stolperstein, wenn es darum ging, sich ein eigenes Heim zu suchen. In Gedanken ging ich die vielen alten Berichte durch: In keinem war die Rede davon gewesen, dass sich irgendwann ihre Vermögensverhältnisse geändert hatten. Hatte nicht sogar Palmer kürzlich berichtet, dass Bob mit der Miete im Rückstand war? Vielleicht gab es ja irgendwo noch Ersparnisse, von denen niemand wusste, aber aller Wahrscheinlichkeit nach besaß Jen nichts.

Mein Plan war deshalb, dass Palmer eine Wohnung vor Ort suchen und sie im Namen seiner Firma mieten sollte. Dann konnte er sie an Jen zu einem Sonderpreis untervermieten. Natürlich durfte die Miete nicht so niedrig sein, dass sie Verdacht schöpfte, aber sie musste für jemanden mit einem Teilzeitjob erschwinglich sein. Er würde behaupten, die Vermieterin habe eine feste Stelle in Übersee angenommen und zuverlässige Mieter seien ihr deshalb wichtiger als die Einnahmen – genau was Christos für mich getan hatte. Ich hoffte, dass Jen darauf einsteigen würde, da sie an Altruismus glaubte. So oder so war es ja im Grunde die Wahrheit.

Palmer fand eine Wohnung in Canfield Gardens, ganz in der Nähe des Hauses, in dem Oliver und ich anfangs gewohnt hatten. Obwohl sie im Dachgeschoss lag – die bisherige Wohnung hatte einen Gartenanteil gehabt –, durften die Mieter den parkähnlichen Gemeinschaftsgarten mitbenutzen. Außerdem waren es zu Fuß nur wenige Minuten zu den Challoners und in die Schule. Die Wohnung war teilmöbliert und frisch gestrichen und somit einzugsbereit. Sie war außerdem teuer, aber damit hatte ich gerechnet. Zur Not würde der Rest der Schadensersatzsumme die Differenz zwischen der echten Miete und dem, was Jen mir zahlen würde, decken. Zumindest bis

Daisy achtzehn war. Palmer unterschrieb den Mietvertrag und holte die Schlüssel ab. Dann machte er einen Aushang im Schreibwarengeschäft am Ort und setzte eine Anzeige in die Zeitung. *Zwei-Zimmer-Wohnung in Canfield Garden, Vermieter in Übersee sucht dauerhaft passenden Mieter gegen niedrige Miete.* Bei den etwa vierzig Zuschriften, die er bereits am ersten Tag erhielt, war keine von Jen dabei. Auch am zweiten oder dritten Tag nicht. Am vierten Tag warf er bei den Challoners einen Flyer in den Briefkasten. Am fünften rief Jen an.

»Sie unterschreibt morgen den Vertrag«, berichtete Palmer. »Bis Weihnachten sollten sie eingezogen sein.«

»Und der Vermieter weiß, dass er nur Ihr Büro kontaktieren darf? Niemals Jen direkt? Sie darf nie erfahren, wie hoch die Miete eigentlich ist …«

»Ja, weiß er, wird sie nicht, keine Sorge.« Und nach kurzem Schweigen fügte er hinzu. »Soll ich Ihnen etwas Seltsames verraten?«

»Was?«

»Ich begreife langsam, wobei es hier geht, bei diesem Projekt. Man fühlt sich einfach irgendwie gut, oder, wenn man so etwas für jemanden tut.«

»Palmer, ich muss mit Ihnen reden. Nach alldem hier … Hören Sie, ich komme zu Weihnachten nach London, um meine Mutter zu besuchen. Können wir uns da treffen?«

»Natürlich, an was hatten Sie denn gedacht?«

»Gibt es in der Nähe Ihres Büros eine Kneipe, wo wir uns abends mal treffen können?«

Ich schrieb mir den Namen auf, den er mir nannte, und beendete das Gespräch. Irgendwie herrschte in mir ein ziemliches Gefühlschaos und diese Jenny-Geschichte war nicht der einzige Grund dafür. Ich musste mir wohl eingestehen, dass ich mit Beendigung der monatlichen Berichterstattung auch meinen Kontakt zu ihm beenden würde.

# Kapitel 30

Am Morgen meiner Abreise nach London traf der erste – und einzige – Brief von Oliver ein, in dem er den Prozess gegen Andrew Lockley erwähnte. Wie sich herausstellte, hatte er gewonnen, und ein Zeitungsausschnitt lieferte mir die Einzelheiten:

*Gestern wurde Andrew Lockley auf Grundlage der Wahrscheinlichkeit, der gängigen Beweisführung am Zivilgericht, am Tod der sechsjährigen Emma Freeman mitschuldig gesprochen. Das langwierige und kostspielige Verfahren, durch das Freeman in manchen Kreisen zur Heldenfigur wurde, könnte einer größeren Gruppe zugutekommen: den Familien aller Verbrechensopfer.*

Ich konnte nicht feiern, denn ich musste zum tausendsten Mal an jenen Friedhof im Norden Londons mit den schwarzen Bäumen und dem vorbeirauschenden Verkehr denken. Sie gehörte dort nicht hin. Sie hatte keine Zeit, uns zu zeigen, wo sie hingehörte. Vielleicht hätte sie, so wie ich, irgendwann hier Wurzeln geschlagen.

Es war lange her, seit wir gemeinsam neue Orte besucht hatten (›Lass uns auf Erkundungstour gehen, Mami!‹), doch manchmal hatte ich unten am Meer immer noch Momente des Déjà-vu, in denen ich mich an gemeinsame sonnige Tage erinnerte, an Ferien mit warmem Meerwasser und endlosem Himmel, als wir beide vom Park oder vom Strand hereinkamen. Unsere Lippen schmeckten noch nach Salz und die

Wangen brannten von der Sonne, die uns geblendet und ausgelaugt hatte.

Nach dem relativ erfolgreichen ersten Besuch bei meiner Mutter war ich ein zweites und ein drittes Mal zurückgekehrt, bis es zu einer Art jährlichem Arrangement wurde. Meine Mutter schien sich darüber zu freuen, als würde sie weniger erwarten und lieber keine Fragen stellen.

Dieses Mal sprachen wir natürlich über den Lockley-Fall. Mum hatte ihre eigene Sammlung an Zeitungsausschnitten und ich war froh zu spüren, dass sie zu akzeptieren schien, dass die Sache nun abgeschlossen war. Sie fragte mich auch nach Bob und Jen, denn sie hatte den Kontakt zu meinen alten Freunden gehalten und wollte gerne mit mir über die Trennung reden.

»Ich war mir bei ihm nie so ganz sicher«, meinte sie. »Irgendetwas stimmte nicht so recht bei den beiden.« Über Oliver und mich hatte sie das nie gesagt, nicht ein einziges Mal.

»Manche Beziehungen sind halt nicht für die Ewigkeit gemacht«, erwiderte ich. »Wenn dann Druck von außen kommt, wird es zu schwierig.«

Sie sprach nicht aus, was sie garantiert dachte, nämlich dass manche Dinge – wie zum Beispiel das Verklagen von Mitschuldigen am Tod der Tochter – gemeinsam getragen werden sollten. Nur so waren sie überhaupt auszuhalten.

Ich beschloss, das Thema Phoena gleich anzuschneiden. »Mum, bitte sei nicht böse auf mich, aber ich habe etwas aus Santorin mitgebracht, was ich dir zeigen möchte.«

»Was denn?«

Ich versuchte, meine Nervosität zu unterdrücken, als ich das Foto von Santa Irini aus meiner Tasche holte und auswickelte. Nun, da der Moment der Enthüllung gekommen war, sah das Gesicht auf dem Bild meiner Mutter viel weniger ähnlich als in meiner Vorstellung. Ich kam mir ein bisschen lächerlich vor. »Wir haben uns gefragt, ob das vielleicht Phoena ist. Oder vielleicht eine andere Verwandte von uns?«

Sie sah abrupt auf. *»Wir?«*

»Ingrid und ich. Die Freundin, mit der zusammen ich den Laden habe.«

»Ich verstehe.« Ich hörte deutlich die Erleichterung in ihrer Stimme.

Erst nach einigen Sekunden war sie bereit, mir das Foto aus der Hand zu nehmen. Dann fing sie zu meiner großen Überraschung plötzlich an zu kichern. »Ich habe keine Ahnung, wer das hier ist, aber ich schätze, ihr Vater war kein Seemann wie meiner. So was wie das hier gab es nur für die Ehefrauen und Töchter von Kapitänen, meine Liebe.« Natürlich!, dachte ich, da hätte ich eigentlich von allein draufkommen können. Papu war wie sein Vater und Großvater vor ihm Seemann geworden und hätte niemals das Geld gehabt, um eine solche Portraitaufnahme zu bezahlen. Das Bild konnte gar nichts mit meiner Familie zu tun haben.

»Ich dachte nur, ich versuche es mal. Es ist uns irgendwie ein Rätsel. Niemand in Oia erkennt sie.«

Mum sah mich an, als sei ich besonders dämlich. »Weil sie offensichtlich nicht von dort ist.«

»Du meinst, es wurde von irgendwo anders hingeschickt?«

»Natürlich, von ihren Eltern, könnte ich mir denken.«

»Ach.« Dann war Santa Irini also von ihren Eltern einem heiratswilligen Mann von Oia angepriesen worden, wie die Miniaturen, die man einst von fern den Tudor-Königen geschickt hatte. Dann folgte daraus auch, dass sie zurückgewiesen worden war. Wegen ihres eigenwilligen Gesichtsausdrucks vielleicht oder wegen der Unzulänglichkeit ihrer Mitgift.

»Sie hatte Glück«, fügte Mum hinzu. »Wenn sie in eine Familie in Oia eingeheiratet hätte, wäre sie vielleicht tot.«

Ich beschloss, ihre ungewöhnliche Gesprächsbereitschaft auszunutzen. »Kannst du dich denn noch daran erinnern? An den Tag des Erdbebens?«

»Ich war ja schon zwölf.« Sie hatte die Stirn in Falten gelegt. »Natürlich erinnere ich mich.«

»Was ist passiert? Ich meine, wie hat es angefangen?«

Sie betrachtete mich aufmerksam, als wolle sie wie früher abwägen, ob ich alt genug sei, um zu hören, was sie zu sagen hatte. Ich hielt ihrem Blick stand. Ich *bin* alt genug, dachte ich grimmig, vergiss nicht, dass auch ich weiß, was Leiden bedeutet. Seufzend schien sie zum gleichen Schluss zu kommen.

»Es war früh am Morgen. Fünf Uhr oder so. Yiayia weckte mich und wir sahen gemeinsam nach draußen. Ich konnte nichts erkennen als Staub, dicker roter Staub überall, und meine Mutter presste mich so fest an sich, dass ich kaum atmen konnte. Das Geräusch war sehr, sehr laut. Die Explosionen klangen wie Donnergrollen von unter dem Meeresboden. Es dauerte den ganzen Tag.«

»Was ist mit Phoena passiert?«

»Zuerst wussten wir nichts von Phoena. Sie war nicht zu Hause. Anfangs dachten wir nur an unseren Nachbarn, denn seine Frau schrie, er sei verletzt worden. Also eilten wir zu Hilfe. Die herunterfallenden Steine hatten ihm den Arm gebrochen. Ich sah auch noch eine Frau mit gebrochenem Bein. Wir liefen alle ans Ufer, doch das Wasser bewegte sich auf und ab, weißt du, es stieg und fiel. Schrecklich.« Sie hielt sich an der Sofalehne fest, als sei sie ein Rettungsfloß, und schloss die Augen. Ich war mir nicht sicher, ob sie versuchte, das Bild vor ihrem inneren Auge zu verdrängen oder es schärfer zu stellen.

»Wo war euer Haus?«

»Nicht weit von der Burg entfernt. Aber wir sind sofort weg, meine Mutter und ich. Mein Vater schob uns mit seiner

Familie ins Boot seines Freundes und wir segelten nach Perissa hinüber.«

»Was war mit Papu?«

»Er blieb, um nach Phoena zu suchen. Meine Mutter weinte während der gesamten Überfahrt, und als wir an den Strand kletterten, wurde sie noch unglücklicher, denn sie sah die Zelte und die Schiffe der Marine, die Nahrungsmittel brachten. Ich glaube, da wurde ihr erst klar, was für eine Katastrophe das war.«

»Ich habe Fotos gesehen.« Ich nickte. »Diese ganzen Schiffe am Horizont. Es sah aus wie im Krieg.«

»Schlimmer, denn wir kannten unseren Feind nicht.«

Wieder nickte ich. »Ich habe in Oia nach Phoenas Grab gesucht. Ich habe mir Sorgen um die Knochenrechnung gemacht.«

Mum sah mich verwirrt an. »Um *was* für eine Rechnung?«

»Für die Knochen, dass ihre Gebeine in der Kirche aufbewahrt werden. Aber sie stand nicht auf der Liste.«

»Was meinst du damit?« Ihre Stimme wurde lauter und ich dachte schon, dass sie sich furchtbar aufregen würde, aber stattdessen lachte sie wieder leise und grimmig in sich hinein. »Aber Phoena ist in Athen beerdigt, Rachel. Wir haben ihre Leiche mitgenommen. Du musst dir in Oia um nichts Sorgen machen. Von unserer Familie ist dort nichts geblieben.«

Außer mir, dachte ich und spürte plötzlich Frustration aufsteigen. Ich wusste, ich sollte mich mit ihrer Geschichte zufriedengeben, und vielleicht lag es an meiner Enttäuschung bezüglich des Fotos oder vielleicht hatte ich mir gewünscht, auf dieser Reise *alle* meine Rätsel und Täuschungen aufzudecken. Stattdessen hörte ich mich sagen: »Es gibt da aber doch noch etwas anderes, oder, Mum? Etwas, das du mir über Phoena nicht erzählst. Wie ist sie gestorben? Warum war sie nicht zu Hause wie alle anderen?«

»Nein, das war alles.« Aber ich hatte recht. Sie wirkte aufgelöst und funkelte mich an, als hätte ich sie durch zu viele Fragen betrogen.

»Erzähl es mir, Mum. Was auch immer es ist, ich will es wissen.«

Sie fuchtelte mit den Armen. »Rachel, es ist egal, was du ›willst‹! Denk doch zur Abwechslung auch mal an jemand anderen als immer nur an dich selbst.«

»Was?«, krächzte ich. »Ich denke doch an jemand anderen! Ich denke an Phoena. Was glaubst du, worüber wir uns unterhalten haben?« Und bevor ich mich richtig bremsen konnte, rannte ich wie eine Fünfzehnjährige aus dem Raum, die Treppe hinauf und in mein Zimmer.

Beim Anblick meines offenen Koffers und der Briefstapel darin beruhigte ich mich sofort wieder. Die Fotos hatte ich nicht mitgebracht, denn von denen konnte ich mich nicht trennen, aber die Berichte hatte ich zusammengesucht und mit hierher gebracht, jeden einzelnen von ihnen.

*Subjekt A ging nicht zur Schule; ihre Mutter rief im Sekretariat an und meldete ihre Tochter mit Halsschmerzen krank. …*
*Subjekte A und B wurden von der Mutter von Subjekt B zur Fairhazel Dance School gefahren …*

Ich war nicht sicher, wie lange ich gelesen hatte, als ich es an meiner Zimmertür leise klopfen hörte. »Rachel? Kann ich reinkommen …?«

Mum? Sie drückte die Klinke herunter und trat mit zerknirschter Miene ins Zimmer. Bei meinem Anblick auf dem Bett, mit Kissen im Rücken, umgeben von unzähligen weißen Blättern, blieb sie jedoch abrupt stehen.

»Was ist das alles?«

Ich hätte lügen können, so tun, als handle es sich um Geschäftspapiere, und sie schnell wegpacken. Doch stattdessen antwortete ich schlicht: »Das sind Berichte.«

»Berichte?«

»Ja, Berichte von einem Privatdetektiv hier in London. Er hat sie mir jeden Monat nach Santorin geschickt.«

»Berichte über was?« Sie nahm einen in die Hand und überflog ihn mit gerunzelter Stirn. »Wer ist Subjekt A?«

»Daisy«, antwortete ich. »Und Subjekt B ist Cat.«

Ich wusste, was sie sagen würde, und war darauf vorbereitet, ihr in allem zuzustimmen. Ich würde mich lediglich weigern, es den beiden Familien zu beichten. Ich würde jedoch dafür geradestehen, dass ich etwas falsch gemacht hatte.

»Ich werde damit aufhören«, sagte ich schnell. »Das ist mit ein Grund meines Besuchs. Ich treffe den Detektiv und werde ihn anweisen, aufzuhören.«

Sie nahm einfach einen nach dem anderen schweigend in die Hand, las ein oder zwei Zeilen, bevor sie zum nächsten überging. Schließlich sagte sie: »Ich bin froh, dass du das getan hast.«

»Wie bitte?«

»Ich bin froh.« Sie nickte, offensichtlich ziemlich überzeugt. »Nun verstehe ich es besser.«

»Was denn?«

»Ich konnte die ganze Zeit über einfach nicht begreifen, dass es dir scheinbar egal war.«

Ich senkte meinen Blick auf die Tausende von Zeilen. *Subjekt B wurde dabei beobachtet, wie sie mit ihrer Mutter in den Park ging …*

»Aber es war dir nicht egal, oder?«

Ich sah sie an. »Natürlich nicht. Ist es mir auch jetzt nicht.«

# Kapitel 31

Palmer und ich trafen uns an meinem dritten Abend in London, dem Tag vor Heiligabend. Unser Treffpunkt, ein großer Pub mit riesigen Fenstern auf die Straße hinaus, war viel voller, als ich es erwartet hatte, aber wir fanden zwei Plätze am anderen Ende der Bar, hinter einer hölzernen Trennwand.

Palmers Haare waren merklich länger als bei unserer letzten Begegnung, und er wirkte damit ziemlich anders – lockerer, attraktiver. Was war wohl passiert, dass er sich der Welt nun nicht mehr ganz so akkurat präsentierte? Eine Frau vielleicht. Der Gedanke war seltsam ernüchternd.

»Was mögen Sie trinken?«

Ich sah ein Schild für Glühwein und bat um eine Tasse. Während ich ihn an der Bar beobachtete, stellte ich plötzlich fest, dass ich ihn ja nun seit mehreren Jahren kannte, ihn aber nie wirklich hatte altern sehen. Jene Veränderungen in der äußeren Erscheinung der Mädchen hatte ich jeden Monat fast auf den ersten Blick festmachen können. Aber vielleicht war genau das der Grund: Man bemerkte Veränderungen nur auf Bildern, die den Beweis für einen eingefroren hatten. Von Palmer besaß ich keine Fotos.

»Sie sehen gut aus«, meinte ich, als er den Glühwein vor mich hin stellte und sich auf den Hocker gegenüber sinken ließ.

»Sie auch.« Als sein Blick über meinen Oberkörper wanderte, überkam mich ein unerwarteter Anflug von Schüchternheit. Ich trug ein dunkelrotes Stricktop, das für Oia im

Winter genau richtig, aber hier in London viel zu dünn war. Der mit Spitze eingefasste Kragen stand ein Stück offen. Es kam mir falsch vor, ihn hier in London zu treffen, als würde man am Wochenende einem Lehrer begegnen, wenn die gewohnten Rollen wegfallen und das mögliche Wesen des anderen sichtbar wird. Dieses Gefühl hatte ich in Oia nie gehabt, auch nicht an jenen langen Nachmittagen, wenn wir nicht mehr über die Mädchen, sondern über uns sprachen. In Oia schienen wir zusammenzupassen.

Ich öffnete den Mund und zögerte. Obwohl ich mir genau überlegt hatte, was ich sagen wollte, wurde mir auf einmal klar, dass ich seine Reaktion überhaupt nicht einschätzen konnte. »Palmer, der Grund, weshalb ich Sie treffen wollte, ist folgender: Ich glaube, es ist an der Zeit, das Projekt Gute Fee zu stoppen.«

Er schaute mich einige Sekunden lang schweigend an, bevor er den Blick senkte und kurz nickte. »In Ordnung.«

Ich nahm einen großen Schluck Glühwein. Er war schrecklich süß und gekochte Orangenstücke schwappten gegen meine Oberlippe. »Ich war ein bisschen verrückt, nun ja, das muss für Sie offensichtlich gewesen sein. Dieses ganze Theater, die Mädchen in dieselbe Schule zu bekommen, das ging mich eigentlich nichts an.«

»Ich weiß ehrlich gesagt nicht, ob ich da Ihrer Meinung bin. Das mit den Schulen haben Sie gut gemacht.«

»Ja, aber irgendein anderes Mädchen hat dadurch den Kürzeren gezogen, oder nicht? Meinetwegen.«

»Sie können nicht alle retten. Es ist nur natürlich, dass wir uns um unsere Nächsten kümmern.«

Ich nickte und genoss einen Moment lang den Gedanken, die beiden Mädchen seien meine. »Und trotzdem muss es aufhören. Ich will auf keinen Fall, dass sie es je herausfinden.«

Er schien diese Bemerkung als Angriff auf seine eigene Vertrauenswürdigkeit zu werten und verteidigte sich in ungewohnt barschem Tonfall: »Alles, was wir für Sie getan haben, war hundertprozentig vertraulich, das sollten Sie doch wissen.«

»Aber natürlich«, erwiderte ich hastig, »das habe ich nicht gemeint. Ich fühle mich nur irgendwie schuldig deswegen und, ach, einfach nur lächerlich, schätze ich mal.«

»Das tun die Menschen manchmal. Da sind Sie nicht die Einzige.« Er nahm einen Schluck aus seinem Bierglas – auch das ein ungewohntes Detail, denn in Oia tranken wir Wein oder Bier aus der Flasche. Mir war irgendwie plötzlich ganz komisch zumute, als hätte ich Schwierigkeiten, ihn wiederzuerkennen.

»Was ist mit Jennys Wohnung?«, fragte er. »Wollen Sie die weiter laufen lassen?«

»O ja, auf jeden Fall. Solange sie möchte. Wir können Daisy nicht noch mal verpflanzen. Sie ist jetzt in einem schwierigen Alter. Würden Sie sich weiterhin darum kümmern? Lassen Sie mich einfach wissen, wenn etwas anfällt.«

»Ja, selbstverständlich.«

»Aber ich glaube, von jetzt an sollte ich den Mädchen wohl einfach nur Schecks zum Geburtstag schicken, wie jede normale Patentante auch.«

Er grinste. »Vermutlich ist das ein vernünftiger Kompromiss.«

Ich hatte nur die Hälfte meines Glühweins getrunken, aber der Rest war ein kaltes Gemisch aus Zucker und Bodensatz. Ich stellte die Tasse ab. Die Vorstellung, mich in die Meute an der Bar zu stürzen, war abschreckend.

»Und wie geht es Ihnen sonst so?«, erkundigte ich mich.

Er zuckte mit den Schultern. »Alles wie gehabt. Das neue Jahr bringt meistens neue Klienten, wie Sie sich vorstellen können. Die Leute stehen die Feiertage durch und dann, peng, kommen sie zur Vernunft und handeln.«

»Wirklich? Die Jahreszeit macht da einen Unterschied?«

»Durchaus. Liegt vermutlich an diesen ganzen übersteigerten Feiertagserwartungen. Am Ende geht es bei den meisten persönlichen Problemen doch darum. Ich finde, die Menschen gehen mit den Erwartungen der anderen nicht besonders gut um.«

Mir gefiel die Vorstellung gar nicht, dass in dieser Kneipe hier die Beziehungen der Leute ringsherum sich unausweichlich dem Ende entgegen entwickelten. Dieses Treffen fühlte sich langsam ziemlich düster an. Gar nicht das, was ich erwartet hatte.

»Und Ihre Familie?« Ich hielt inne. »Wie geht es der? Dem Garten …?«

Er lächelte. »Sie sind sehr besorgt um meinen Garten. Dem Garten geht es gut. Im Winter gibt es mehr zu tun, als man denkt.«

»Das stimmt. Ich erinnere mich. Und die Kinder?«

Er blinzelte, und zum ersten Mal an diesem Abend hatte ich das Gefühl, seine Zurückhaltung durchbrochen zu haben. »Nun, da habe ich kürzlich einen ganz schönen Schrecken bekommen …«

»Einen Schrecken? Wie meinen Sie das? Geht es ihnen gut?«

»Es geht ihnen prächtig. Nichts dergleichen. Es geht um meine Exfrau. Sie hat damit gedroht, nach Glasgow zu ziehen. Sie hat dort Familie.«

»Und wann soll das sein?«

»Irgendwann im neuen Jahr.«

Nun erkannte ich, was heute Abend wirklich anders an ihm war: Es hatte nichts mit seinem Aussehen zu tun. Sosehr er es auch verbarg, er wirkte wie ein verurteilter Mann. Er musste sich Sorgen um diesen Umzug machen. *Die Leute stehen die Feiertage durch und dann, peng, kommen sie zur Vernunft und handeln.* Ich konnte mir ungefähr vorstellen, wie es sich anfühlen musste, so machtlos zu sein, wenn es um etwas so Wichtiges ging. An den Entscheidungen, die das Wohl der Kinder betraf, nicht beteiligt zu sein. Es war eine andere Art Qual als die meine, aber trotzdem schmerzhaft. Wie grausam das Leben zu uns allen sein konnte.

»So schlimm ist es nicht.« Vermutlich spürte auch er den Unterschied. »Matt ist ja jetzt sowieso auf dem College und in ein paar Jahren wird Zoe ihm folgen. Ich sage mir immer wieder, es ist egal, wo ihr Zuhause ist.«

»Genau. Sie werden die Ferien da verbringen, wo sie es wollen. Vielleicht sehen Sie sie ja sogar öfter? Und möglicherweise suchen sie sich später mal eine Stelle in London. Matt könnte ins Familienunternehmen einsteigen?«

Er schüttelte den Kopf. »Auf keinen Fall, das hat er schon gesagt. Er sieht vermutlich, was es aus mir gemacht hat.«

»Wie meinen Sie das?«

»Nun ja, anfangs ist es bestimmt aufregend. Etwas, das man seinen Klassenkameraden erzählen kann. Mein Vater ist Detektiv, wie im Fernsehen. Aber es ist ja nicht so, als würde ich Zugräuber oder Serienmörder verfolgen. Schlussendlich haben die beiden wohl gemerkt, dass mein Beruf die Familie zerstört hat.«

»Dazu gehören immer zwei –«, setzte ich an, doch er unterbrach mich sofort.

»Es lag vor allem an mir. Ich war zu jung, um zu kapieren, dass man diese Jahre nie mehr zurückgewinnt.«

Sein Blick war unergründlich, als er mir in die Augen sah. Ich musste an Oliver und seine ganzen Schuldgefühle denken. »Aber Sie haben doch noch viele gemeinsame Jahre vor sich, das ist das Wichtigste.«

»Nicht wenn die Kinder so sauer auf mich sind, dass sie davon nichts wissen wollen.«

»Lassen Sie sich davon nicht runterziehen«, sagte ich, aber er hörte mich nicht, weil an der Bar hinter uns plötzlich laut gegrölt wurde. Die Gesichter der Männer waren rot und aufgedunsen vom Alkohol. Man hatte das Gefühl, sich mitten in einem Fußballstadion zu befinden.

Ich sah wieder Palmer an und erkannte, dass auch er hier rauswollte. Jetzt, wo unsere Geschäftsbeziehungen beendet waren, wollte er um Himmels willen bestimmt nicht hier sitzen und meine neugierigen Fragen zu seinem Privatleben, über Besuchsrecht und den Stand seines Gartens beantworten. Die Sache war die: Ich hatte ihn für einen Auftrag bezahlt und dieser Auftrag war nun abgeschlossen. Er hatte Gefallen an Santorin und an mir gefunden – und ich an ihm –, aber über freundschaftliche Zuneigung konnte das nicht hinausgehen.

»Nun, ich schätze mal, wir sollten –«

»Rachel«, unterbrach er mich und beugte sich vor. »Darf ich Sie etwas fragen, bevor Sie gehen?«

»Natürlich.« Die plötzliche Welle der Freude ließ mich schwanken, als ich dachte: *Er möchte in Kontakt bleiben und ich auch. Und ich auch!* Ich konnte nicht aufhören zu lächeln.

»Ich habe mich immer gefragt, warum Sie sich nicht von ihm scheiden ließen?«

Mein Lächeln gefror. »Sie meinen –«

»Freeman. Ihr Mann. Das haben Sie nie wirklich erklärt.«

Ich starrte ihn schockiert an. Das war nicht nur die Frage, die ich am wenigsten erwartet hätte, sondern auch das Letzte, woüber ich nachdenken wollte. Ich konnte in seinen Augen erkennen, dass er es nicht verstand, es gar nicht verstehen konnte.

»Das ist schwer zu erklären, Palmer. Ich bin nicht sicher, ob ich dazu in der Lage bin.«

Wir schwiegen und ich hatte das Gefühl, dass sein Blick leer und dann völlig ausdruckslos wurde. Im nächsten Moment war mein Kopf von einer anderen Stimme angefüllt, die meine eigene und seine völlig übertönte. Es dauerte eine Sekunde oder zwei, bis ich sie zuordnen konnte. *Du wirst Oliver nie verlassen, oder?* Simons Stimme, der liebe Simon. Warum dachte ich jetzt plötzlich daran, wo ich doch Oliver im Grunde vor Jahren verlassen hatte.

»Werden wir ... Bleiben wir in Kontakt?«, fragte ich.

Er nickte. »Natürlich. Ich muss Ihnen ja die jährlichen Abrechnungen zur Wohnungsmiete schicken.«

»Ach, ja.« *Bitte ihn, sie persönlich vorbeizubringen*, drängte ich mich stumm, *rette das hier, es ist noch nicht zu spät.*

Aber er sah mich nun nicht mal mehr an. Ich hatte ihn enttäuscht. Verzweiflung senkte sich in schrecklichen kalten Böen auf mich herab. »Ich werde veranlassen, dass das Büro einen Abschlussbericht mit Rechnung schickt. Lassen Sie mich einfach wissen, wenn es noch etwas gibt, was ich für Sie tun kann. Ich bin sicher, das kriegen wird dann noch irgendwie unter.«

»In Ordnung.« Ich zog meinen Mantel von der Stuhllehne. »Ich sollte dann wohl zu meiner Mutter zurück.«

»Natürlich. Auf Wiedersehen.«

»Auf Wiedersehen.«

Ich küsste ihn zum Abschied auf beide Wangen, wie ich es irgendwann in Oia bei seiner An- und Abreise begonnen hatte. Und ich redete mir ein, das hier sei nichts anderes.

Ich wusste, was ich tun würde, noch bevor ich die Kneipentür geöffnet hatte, der kalte Luftstrom gegen meine Beine peitschte und mir das Haar aus dem Gesicht wehte. Ich würde ihm nach Hause folgen. Ich wollte sehen, wie er den Schlüssel ins Schloss steckte, die Lampe im Flur anknipste und daheim war, an einem Ort, wo er sich nicht auf diese anonyme, unauffällige Person zusammenschrumpfen musste, die er der Außenwelt präsentierte. Mir fiel wieder ein, dass ich bei unserer ersten Begegnung gedacht hatte, dass er das Gesicht eines Charakterschauspielers besaß. Damals hatten mich vor allem seine Gesichtszüge fasziniert, doch inzwischen war mir klar, dass mehr dazugehörte: seine Körpersprache – der leise Schritt, das mitfühlende Nicken, die kleinen Angewohnheiten, die möglicherweise einstudiert und bis zur Perfektion geübt waren. Ich wollte wissen, ob er irgendwo das Original leben konnte, wenn er wollte, sein echtes Selbst.

Ich setzte also meine Mütze auf, zog die Handschuhe an und stopfte die Enden meines Schals oben fest in den Mantelkragen. Lichter blinkten und schrilles Stimmengewirr war zu hören. Überall schienen sich Leute um Taxis zu streiten. Offensichtlich gab es davon immer zu wenig. Wie würde ich das hier dann anstellen? Falls Palmer Auto fuhr, würde ich niemals schnell genug ein Taxi ergattern. Vielleicht könnte ich ein Privatfahrzeug anhalten und den Fahrer dafür bezahlen, ihm zu folgen? Hör auf mit diesem Unsinn, schalt ich mich selbst. Das hier ist kein Notfall. Wenn du ihm nicht folgen kannst, musst du einfach nach Hause gehen.

In diesem Moment trat er aus der Kneipe, knöpfte seinen Mantel zu, schlug den Kragen hoch und wandte sich nach einem kurzen Blick auf die Uhr nach links. Ich wartete ein paar Sekunden, bevor ich hinterherging. Unter meiner Wollmütze schien jeder meiner Schritte laut zu hallen, wie nachträglich hinzugefügte Soundeffekte bei einem Film. Meine Wangen glühten vor Kälte, aber auch vor Scham. Wieder machte ich mir Sorgen um Taxis, aber dann überquerte er plötzlich die Straße in Richtung Victoria Station und lief die Treppen zur U-Bahn hinunter. Schnell rannte ich hinterher, denn es trennten uns bereits eine Menge Menschen. Ich kannte mich mit dem Fahrkartenautomaten nicht aus, kramte hektisch nach den passenden Münzen und erreichte gerade noch rechtzeitig die Rolltreppe, um zu sehen, welche Plattform er unten ansteuerte: die Victoria Line Richtung Norden. Die Victoria Line, so gar nicht mehr vertraut inzwischen, obwohl ich sie doch viele Jahre über täglich gefahren war. Der Bahnsteig war überfüllt, und als der Zug einfuhr, stiegen mindestens so viele Leute aus wie ein. Im Waggon stank es nach Alkohol und Hamburgern und überall lagen Zeitungen herum. Irgendjemand hatte das zerrissene Weihnachtspapier eines hastig geöffneten Geschenks zurückgelassen, das nun in die Rillen des Fußbodens getrampelt wurde. Die Enge löste einen ersten Anflug von Panik in mir aus, so dass ich mich auf den U-Bahn-Plan auf Augenhöhe konzentrierte. Palmer hatte gesagt, er wohne in Wanstead, also im Osten Londons an der Central Line. Er würde in Oxford Circus umsteigen, zwei Haltestellen weiter.

Doch er stieg bereits an der nächsten aus und spazierte am Fenster meines Waggons vorbei. Ich schaffte es gerade noch hinaus, bevor die Türen sich wieder schlossen. Die verärgerten Gesichter der Leute, die ich zur Seite schieben musste, ignorierte ich einfach. Was wollte er in Green Park?, überlegte ich, während ich hinter ihm herhastete. Ein Besuch? Noch ein Klient mit einem Anfall von Schuldgefühlen? Ich folgte ihm auf die Rolltreppe und wusste selbst nicht so genau, an welchem Punkt ich diese lächerliche Mission aufgeben würde. Ich konnte doch nicht ernsthaft glauben, ihm in eine weitere Kneipe folgen und den Abend dort verbringen zu können, ohne dass er mich entdeckte. Am Ende der Rolltreppe überraschte er mich wieder, denn statt zum Ausgang zu gehen, nahm er die nächste Rolltreppe hinunter zur Jubilee Line. Vielleicht war er ja umgezogen. Warum hätte er das auch erzählen sollen, schließlich kannten wir nur einige ausgesuchte Details aus dem Leben des anderen, doch die großen Dinge blieben unerwähnt. Wieder sprang ich in den Waggon neben seinem. Dieser war leerer, so dass ich einen Sitzplatz ergatterte. Ich ließ mich zurücksinken und legte meine heißen Handflächen auf das kühle Plastik der Armlehnen. Das war schon besser. Plötzlich wurde mir bewusst, dass dies hier meine alte Pendelstrecke von Pendant gewesen war. Nach Hause zu Emma, um sie bei Mariel oder Jen abzuholen oder um, wenn ich mit Abholen an der Reihe war, direkt zur Schule zu eilen. Stets hatte ich mich vergewissert, auch Saft oder einen Apfel für jede dabeizuhaben. Sobald sie aus der Schule kamen, bestanden sie auf einen Snack, bevor sie mir die Neuigkeiten des Tages berichten würden. Da war es selbstverständlich, dass wir nun sitzen blieben, während die meisten Fahrgäste in der Baker Street ausstiegen, und an St. John's Wood vorbei bis Swiss Cottage fuhren. Ich glaubte nun zu wissen, was hier lief: Er war überhaupt nicht umgezogen, sondern wollte nur noch mal nach den Mädchen sehen. Einen Blick auf Daisys neues Zuhause werfen, bevor er den Fall abschloss. Genau wie ich anscheinend das Bedürfnis hatte, sicherzugehen, dass es *ihm* gutging. Ein formeller Abschluss unseres Geschäfts, eine nette kleine Parallele. Ich bezweifelte aber, dass er die beiden noch sehen würde, denn es war weit nach ihrer Schlafengehenszeit.

Er überquerte jedoch vor der U-Bahn-Station nicht die Straße, wie ich das getan hätte, um zur Finchley Road zu gelangen, sondern bog in die College Crescent ab, an Buckland Crescent vorbei und erreichte die gebogene Häuserreihe von … von Belsize Park. Ich folgte ihm entsetzt. Nun begriff ich. Hier ging es nicht um Daisys neue Wohnung oder die Mädchen allgemein. Hier ging es um mich. Er wollte einen letzten Blick auf *mein* Haus werfen, auf Olivers Haus.

Es lag im Dunkeln, bis auf den schwachen Lichtschein durchs Buntglasfenster in der Haustür und dem Fenster zum oberen Treppenabsatz. Ich erinnerte mich, dass diese Lampe von einem Timer gesteuert wurde und die ganze Nacht brannte, falls Emma aufwachte und aufs Klo musste. So oft hatte ich an Oliver allein in unserem riesigen Haus gedacht, das tagsüber verlassen dalag, während er arbeitete, und in das er erst abends im Dunkeln zurückkehrte, wenn es ruhig auf den Straßen war und nur seine Vorhänge noch nicht zugezogen waren. So oft hatte ich mich gefragt, ob Andy sich wohl immer noch jeden Donnerstag um den Garten kümmerte und Jacinta zweimal die Woche zum Putzen kam. Die meiste Zeit hatte sie damit verbracht, Emmas Spielsachen und Bücher aufzuräumen und ihre Schulblusen zu bügeln. Was gab es dort jetzt noch zu tun? Ein Weinglas zu spülen, ein paar alte Zeitungen zu entsorgen? Vermutlich blieben ganze Zimmer von einer Woche zur nächsten unberührt.

Palmer blieb im Schatten einiger Häuser schräg gegenüber von meinem stehen. Auch ich hielt an und konnte den Blick kaum von meiner alten Eingangstür lösen. Bilder von ihr in diesem Haus verschwammen vor meinen Augen: Wie sie durch die Küche tanzte und gleichzeitig eine Erdbeere aß; wie sie meinen Körper hinaufkletterte und dabei Affengeräusche machte; wie sie im Türrahmen unseres Schlafzimmers auftauchte und wortlos einen Zipfel der Bettdecke hob, um darunterzukrabbeln; wie sie zitternd auf dem Badvorleger stand, bis ich ihr das vorgewärmte Handtuch reichte … Aus dem Nichts hörte ich plötzlich Christos' Stimme wieder: »Wenn wir mal weg sind, wer wird sich dann noch erinnern?« Das war für mich das Schlimmste geworden, die Vorstellung, dass, wenn mein schmerzender Körper und Olivers die Welt verließen, keiner mehr da war, der sich an sie erinnerte. Daisy und Cat, die einige Straßen weiter schliefen oder noch wach waren, würden sie später als Erwachsene noch an ihre erste Freundin denken, wenn sie selber Familie hatten? Taten sie es jetzt überhaupt noch?

Einen Moment lang hielt ich es nicht mehr aus. Die Vorstellung, ein weiteres Jahr, selbst einen weiteren Monat ohne sie ertragen zu müssen … Einen Augenblick war ich genauso zerbrochen, genauso ausgelöscht wie damals. Ich spürte, wie meine Beine unter mir nachzugeben drohten, doch das Geräusch eines Stöhnens ließ mich zusammenfahren und aufsehen. Palmer hatte sich gegen die Mauer sinken lassen und das Gesicht in den Händen verborgen, als reagiere er körperlich auf meinen Schmerz.

Dann erhellten plötzlich Scheinwerfer den Asphalt und ein Taxi hielt direkt neben mir. Eine Frau stieg aus. Sie schenkte mir keine Beachtung, als sie auf das Tor zum Haus nebenan zuging, und einen bizarren Moment lang überlegte ich, ob ich tatsächlich da war.

»Brauchen Sie ein Taxi?«

Der Fahrer meinte mich. Ich schob mich an die Bordsteinkante, beugte mich zum geöffneten Fenster hinunter und flüsterte: »Ja, bitte.«

»Wo soll's denn hingehen?«

»Ealing.«

»Na, dann steigen Sie mal ein. Eiskalt heute Abend, was?«

Als wir davonfuhren, traute ich mich nicht, durch das Heckfenster zu schauen. Ich ertrug es nicht, das Haus meiner Tochter erleuchtet, aber leer zu sehen. Ich ertrug es nicht, Palmer dort stehen zu sehen, den Kopf in den Händen vergraben, oder mir vorzustellen, wie lange er dort warten wollte.

# VIERTER TEIL

*I don't have plans and schemes*
*And I don't have hopes and dreams*
*I don't have anything*
*Since I don't have you*
The Skyliners, 1959

# Kapitel 32

*Oia, einige Jahre später*

Der Heiratsantrag, den Christos Ingrid machte, war bereits in Oias Geschichte eingegangen – oder zumindest kam es mir so vor –, nachdem ich Augenzeuge der verschiedenen Phasen geworden war und es anschließend unzählige Male für die vielen Gratulanten nacherzählen musste, die begierig auf Details warteten. Ingrid selbst war in dieser Offensive nicht die treibende Kraft gewesen – zumindest hatte sie mir gegenüber nie den Wunsch nach Heirat geäußert –, nein, diese Rolle war von Eleni übernommen worden. Einmal waren wir ohne Ingrid bei Christos auf ein paar Drinks gewesen und Eleni lag Christos mit diesem Thema schon in den Ohren, noch ehe sie ihr erstes Glas leer getrunken hatte. Schließlich versuchte der duldsame Anatole, seine Frau zum Schweigen zu bringen, und fügte dann auf Englisch hinzu: »Ich habe dir doch bereits gesagt, Eleni, Christos wartet auf den Schnee.«

»Schnee?«, wiederholte ich verwirrt. »Hier in Oia? Christos, ich glaube, da kannst du lange warten.«

»Nein, wir hatten einmal welchen, vor vielen Jahren. Seltener als Erdbeben, das stimmt, aber wir hatten mal Schnee.« Christos erklärte mir, dass Ingrid damals in England Schnee gesehen hatte und sie davon so begeistert war, dass sie selbst jetzt, Jahre später, noch davon sprach. Er glaubte deshalb, dass der perfekte Heiratsantrag dieses ›magische Element‹ beinhalten musste. Einen Winter würde er noch warten, und wenn die Götter ihn wieder im Stich ließen, müsse wohl doch ein Skiurlaub herhalten. Während er sprach, füllten sich meine Augen mit Tränen. Er hatte ganze Jahreszeiten über auf den perfekten Moment gewartet! Das spiegelte für mich das Typische der Inselbewohner wider: den Optimismus, den Hang zur Theatralik, in Verbindung mit der Duldsamkeit eines Seemanns.

Und dann hatte es seltsamerweise tatsächlich geschneit. Nicht sehr lange, zugegeben, aber doch lange genug, dass Christos von seinem Büro in Perivolas zur Panomeréa laufen konnte, wo Ingrid und ich unseren vorösterlichen Frühjahrsputz unterbrochen hatten und staunend am Fenster standen.

»Ingrid, komm doch mal kurz auf die Straße raus.«

Ich sah von der Tür aus zu, wie sie zu ihm auf die Marmara hinaufging und dabei Schneeflocken in den Handflächen fing, bis er ihre Hände in seine nahm und fragte: »Miss Ingrid Sullivan, möchtest du die neue Mrs Kafieris werden?«

Ingrid quietschte. »Natürlich will ich das.«

Der Tag, an dem es schneite, war Valentinstag. Die Einheimischen betrachteten das als absolut passend. Aber *natürlich* konnte ein solcher kinoreifer, romantischer Zufall nur hier passieren. Wo denn sonst? Für wen sonst, wenn nicht für die Einwohner von Oia?

»Gott sei Dank«, rief Eleni nur, als ich zu ihr eilte, um ihr die frohe Botschaft zu überbringen. »Endlich, endlich, endlich.«

»Verflixt noch mal«, beschwerte sich Ingrid, »hier drin ist es aber ziemlich duster!«

Wir befanden uns in der winzigen Familienkapelle neben Christos' Haus, die für gewöhnlich nur am Tag des Schutzheiligen im März geöffnet war. Dieses Jahr würde sie ein zweites Mal im Juni für die Kafieris-Sullivan-Hochzeit aufgeschlossen werden. Es sollte eine schlichte Trauung werden, denn Christos hatte ja bereits ein Mal zuvor in Oia geheiratet, und auch wenn seine Exfrau mit den Kindern längst in Thessaloniki lebte, gehörte es sich nicht, sie allzu öffentlich in ihrer Heimatstadt durch eine andere zu ersetzen.

»Soll das heißen, du bist noch nie hier drin gewesen?«

»Na, ich bin ja nun nicht gerade der religiöse Typ, oder?«

Wir sahen uns im Dämmerlicht der Kapelle um. »Dann wird es höchste Zeit. Es ist ja schon Ewigkeiten her, seit ihr euch verlobt habt und du bei ihm eingezogen bist. Dabei warst du früher echt eine von der schnellen Truppe!«

Sie lachte über meine Bemerkung. Es stimmte, dass ihre Verlobungszeit inzwischen fast so lange dauerte, wie Eleni einst auf Christos' Heiratsantrag hatte warten müssen. Jedes Mal, wenn jemand Ingrid geradeheraus fragte, ob sie denn jetzt ein Datum festgelegt hätten, erwiderte sie knapp: »Nö, zu beschäftigt.« Für mich klang das ein bisschen nach Jenny und der Art, wie sie ihren Wunsch nach mehr Kindern immer abgetan hatte – »Nö, zu teuer« –, und so war niemand mehr erleichtert als ich, als sie schließlich den Termin verkündeten. Ein Freitag im Juni, genau an dem Tag, als Cat und Daisy ihre ersten Abschlussprüfungen hatten.

Natürlich gab es auch einige Komplikationen, Fahrten nach Athen wegen ihres Reisepasses und anderer verwaltungstechnischer Hindernisse, die es zu überwinden galt, damit die Hochzeit stattfinden konnte. Ingrid musste sich sogar in einer orthodoxen Kirche taufen lassen. Diese Zeremonie beinhaltete ein richtiges Eintauchen in ein Wasserfass, und Ingrid hatte alles Erdenkliche getan, um Eleni und mich von dieser Veranstaltung fernzuhalten.

Beim Gedanken daran musste ich lächeln. »Ich glaube ja, dass Eleni kurz davor war, sich von Anatole scheiden zu lassen, damit *er* dich heiraten kann, wenn ihr zwei das noch länger rausgezögert hättet!«

»Ich weiß, aber mit dem Laden und den Swallow Suites war einfach immer was los, oder? Außerdem ist mir das Heiraten selbst gar nicht so wichtig. Einfach zusammen sein reicht schon.«

Ich nickte voller Bewunderung, denn für mich war das Wichtigste gewesen, mich zu verlieben, mich an jemanden zu binden und die Sache zu besiegeln. Ich hatte nichts von Ingrids Eigenständigkeit besessen. Hier in Oia hatte ich das erste Mal überhaupt allein gelebt.

»Und, was meinst du?«, wollte sie wissen. »Ich mach mal die Tür ganz auf, damit ein bisschen Licht reinkommt.«

Es fiel in warmen gelben Strahlen herein und ich sah mich um. Ingrid hatte recht, die Kapelle war ziemlich schmucklos, aber gleichzeitig auch still und friedlich. Außerdem besaß sie eine wunderschöne geschnitzte Altarrückwand. Besonders das Bild eines Heiligen hoch zu Ross hatte es mir angetan. »Das muss eines von denen sein, die im achtzehnten Jahrhundert in Russland gemalt wurden. Christos hat davon erzählt. Schon unglaublich, dass solche Schätze an Orten wie diesem versteckt sind und niemand sie je zu Gesicht bekommt.«

»Na, aber komm ja nicht auf die Idee, sie befreien zu wollen«, meinte Ingrid lachend. »Wenn wir versuchen würden, so was in der Panomeréa zu verkaufen, würden sie uns wahrscheinlich verhaften. Die religiösen Dinge müssen wir uns wohl für unser Museum aufheben.«

»O ja.« Die letzten Jahre über hatten wir immer mal wieder davon gesprochen, ein Kunstmuseum in Oia zu eröffnen. In meinen Augen war das nichts als ein Hirngespinst, wenn auch ein erfreuliches. Es erinnerte mich an die Begeisterung für unsere ersten Ideen für den Laden, als jede Unterhaltung zwischen uns mit den Worten begann: »Wäre es nicht toll, wenn …« Ingrid jedoch war es ernst damit. Inzwischen hatte sie die Leitung und Gestaltung von Panomeréa übernommen.

Sie hatte die Miniaturen gefunden, die wir nun neben unseren Fotos anboten, exquisite kleine Hinterglasgemälde in traditioneller Technik. Es handelte sich um die Arbeiten eines britischen Künstlers, den sie in Akrotiri aufgetan hatte. Außerdem begann sie, Fotos aus der Zeit direkt nach dem Erdbeben mit in unser Sortiment aufzunehmen, was wir anfangs vermieden hatten, da es uns ein wenig makaber vorkam. Doch wieder einmal hatte sie den richtigen Riecher besessen, denn im Kontext unserer ganzen Sammlung wirkten diese Bilder plötzlich positiv, ja fast schon feierlich.

Wir waren inzwischen gewiefte Geschäftsfrauen, Ingrid und ich. Auf fünfzig Schritte Entfernung erkannten wir die Pärchen, die am ersten Abend mit großen Augen durch die Läden spazierten. Sie hatten den Kopf noch zu voll vom Sonnenuntergang, um sich auf nur einen Gegenstand zu konzentrieren. Zwischen ihnen hindurch schlängelten sich die Urlauber an ihrem letzten Abend, die sich erst kurz vor der Abreise entschieden hatten, was sie eigentlich wollten. Sie waren die beste Kundschaft. Der letzte Spaziergang zum Sonnenuntergang am Goulas, das letzte Abendessen … Nur eine Sache konnte ihre wunderbaren Erlebnisse noch krönen: ein Erinnerungsstück, das perfekte Souvenir. Ja, an den letzten Abenden, nach Sonnenuntergang, machten die Geschäfte den meisten Umsatz, und da bildeten wir keine Ausnahme. Die Kunden kamen in gelöster Stimmung zu uns und verließen den Laden mit Päckchen unterm Arm.

»Übrigens, Rachel, ich wollte dich noch was fragen.«

»Ach ja?« Ich ließ mich von ihrem beiläufigen Tonfall nicht täuschen, vor allem als ich sah, wie genau sie mich musterte.

»Du darfst aber nicht böse werden …«

»Warum sollte ich das?«

»Wir haben uns überlegt, ob du vielleicht Palmer zur Hochzeit einladen willst?«

»Palmer?« Ich versuchte, ihr meine Überraschung nicht zu zeigen. Es hatte lange gedauert, bis meine Freunde aufgehört hatten, mich nach Palmer zu fragen, aber ich hatte angenommen, es endlich überstanden zu haben. »Ich glaube nicht, Ingrid. Ich habe ja keinen Kontakt mehr zu ihm.«

»Warum nicht?«

Ein Gefühl der Enttäuschung machte sich in meiner Magengegend breit, wie immer, wenn ich an den Abend unseres Abschieds dachte. »Ich bekomme diese Berichte nicht mehr. Nun ja, eine letzte Sache läuft da noch, aber darum kümmert sich eine seiner Büroangestellten.« Ich hatte zugegebenermaßen gehofft, dass er sich selbst um diesen Routineschriftverkehr kümmern und es als Anlass nehmen würde, den Kontakt zu halten. Doch das tat er nicht.

Ingrid nickte. »Ich sag's ja nur ungern, aber ein bisschen abgefahren war das ja schon mit dieser Bespitzelung.«

»Ja, ich kann mir vorstellen, wie das von außen gewirkt haben muss.«

»Aber das heißt doch nicht, dass wir ihn nicht zur Hochzeit einladen können. Er ist immer noch einer deiner engsten Freunde.«

»Ingrid, ich habe ihn seit Jahren nicht mehr gesehen. Wie kannst du ihn da als einen meiner engsten Freunde bezeichnen?«

Sie sah mich einen Moment lang ziemlich frustriert an, doch da sie möglicherweise meine geheime Qual spürte, überlegte sie es sich anders und sagte ganz sanft: »Ich finde das ehrlich schade, Rachel. Ihr beide habt euch offensichtlich so gut verstanden. Das konnte jeder sehen. Wenn ich an diese ganze Zeit denke, die Anfänge des Ladens, die Begegnung mit Christos, da denke ich immer auch an ihn.«

»Ich auch«, krächzte ich.

»Wir sollten ihn wirklich einladen.«

Ich spürte, wie meine Verzweiflung an die Oberfläche drängte. »Oh, bitte, tu's nicht. Er hat bestimmt viel zu tun.«

»Das ist doch kein Grund. Schließlich ist bis dahin noch ziemlich viel Zeit.« Wie sie so dastand, die Hände beinahe in die Hüften gestützt, wurde mir klar, dass ich etwas tun musste, was ich noch nie zuvor getan hatte, nämlich meine Beziehung zu Palmer in Worte fassen – die Beziehung, die über das Projekt Gute Fee hinausging. Sie mir selbst eingestehen.

»Ich weiß, es klingt bescheuert«, fing ich vorsichtig an, »aber unsere Freundschaft, also, wenn er früher hierherkam, dann hat er sich immer selbst eingeladen. Wenn seine Arbeit es zuließ. Ich habe ihn nie darum gebeten.«

»Das ist aber schon ein bisschen altmodisch«, meinte Ingrid grinsend, »zu erwarten, dass immer er den ersten Schritt macht.«

»Aus deinem Mund klingt das, als wären wir miteinander ausgegangen.«

»O Gott, nein. Das richtige Wort wäre ›umwerben‹, stimmt's? Alles andere wäre zu riskant für euch beide gewesen und hätte die Wahrscheinlichkeit erhöht, dass ihr miteinander –«

»Ingrid!«, unterbrach ich sie so streng ich nur konnte. »Wir sind weder miteinander ausgegangen, noch hat er mich umworben. Ich habe dir schon mal gesagt, dass das Thema für mich abgehakt ist. Ich freue mich wirklich für dich und Christos, aber ich selbst will keine Beziehung mehr haben.«

»Aber du bist viel zu jung!«, rief Ingrid, die mit ihrer Geduld am Ende war. »Das ist lächerlich! Wie kannst du in deinem Alter Sex aufgeben?«

»Ich bin jetzt über vierzig.«

Sie seufzte. »Ja und? Da setzt ja wohl kaum die Altersschwäche ein, oder?«

»Du klingst wie ich, wenn ich mit meiner Mutter spreche! Also natürlich nicht über Sex.«

Lachend traten wir hinaus ins Sonnenlicht und spazierten den kurzen Weg durch die engen Gassen zurück zum Laden. Obwohl wir nun Hilfskräfte einstellten, die uns an Ostern und während der Sommersaison aushalfen, waren wir nach wie vor selten tagsüber zusammen unterwegs. Ingrid neben mir war still geworden, darum erwartete ich zwangsläufig neue schwierige Fragen zum Thema Palmer.

»Ich habe mich gefragt«, sagte sie zögerlich, »ob ich wohl meine Mutter kontaktieren soll. Was meinst du?«

*»Was?«* Die Palmer-Sache hatte irgendwie die ganze Zeit dicht unter der Oberfläche vor sich hin gegärt und ständig gedroht hervorzubrechen. Aber das hier kam so unerwartet, dass ich wie angewurzelt stehenblieb und sie anstarrte. Ich hatte nicht den blassesten Schimmer, was ich sagen sollte. »Deine *Mutter*?«

Sie nickte und blinzelte in die Sonne. »Ja. Ihr von der Hochzeit erzählen, sie vielleicht einladen. Christos meint, wir würden ihren Flug bezahlen, sie im Haus unterbringen. Was meinst du?«

Immer noch stand ich sprachlos vor ihr. Wenn sie das schon besprochen hatten, dann war es so gut wie entschieden.

»Rachel?«

»Tut mir leid, Süße. Ich weiß nicht, was ich sagen soll. Du hast vorher nie etwas in der Art erwähnt.«

»Ich habe auch vorher noch nie eine Hochzeit geplant. Ich muss einfach nur immer wieder denken, dass doch jeder anfangs nur das Beste erwartet, oder? Das muss ihr doch auch so gegangen sein, vor Urzeiten, bevor ich auf die Welt kam. Vielleicht sollte ich ihr noch eine Chance geben. Ich meine, will ich sie wirklich den Rest meines Lebens nicht mehr sehen?«

»Aber es ist so lange her –«

»Elf Jahre«, unterbrach Ingrid mich. »Ich habe sie seit elf Jahren nicht mehr gesehen. Stell dir das vor! Über ein Jahrzehnt im Leben deines Kindes …« Sie brach ab, schnappte erschrocken nach Luft und verzog entsetzt das Gesicht, wie sie es immer tat, wenn ihr unabsichtlich eine Bemerkung in Sachen Eltern-Kind-Trennung herausgerutscht war.

»Das ist wirklich eine lange Zeit«, stimmte ich ihr schnell zu. »Aber hast du dir überlegt, dass sie vielleicht eine neue Familie hat, ein neues Leben?« Dasselbe konnte man natürlich auch über Palmer sagen, ein Gedanke, der mich im Lauf der Zeit immer wieder gequält hatte. »Würdest du überhaupt wissen, wo du sie findest?«

»Ich denke schon. Wozu gibt es das Internet? Da kann man doch heutzutage jeden ausfindig machen. Außerdem sind es ja noch drei Monate bis zur Hochzeit.«

Falls sie sich noch daran erinnerte, dass sie eine Tochter hatte. Falls sie noch am Leben war. Ich hoffte, dass sie es noch war und dass diese Geschichte hier gut enden würde.

»Aber was, wenn sie sich nicht verändert hat?«, meinte Ingrid bitter. »Was, wenn sie immer noch die alte Säuferin ist? Das muss sie wohl sein, schätze ich mal, da sie all die Jahre nie versucht hat, mich zu finden. Wenn man nämlich meinen Namen – oder deinen – im Internet in die Suchmaschine eingibt, dann tauchen die Swallow Suites ganz oben in der Liste auf, mit einem Link zu unserer Seite. Und da steht dann auch unsere E-Mail-Adresse. Kontakt aufzunehmen ist ganz einfach.«

Ihr Blick spiegelte Enttäuschung wider und bei ihrem Anblick verspürte ich einen Stich in der Herzgegend. Wie erfolgreich sie ihr Leben gemeistert hatte! Eine Mutter könnte sich keine bessere erwachsene Tochter wünschen. Und trotzdem hatte sie ihre Tochter gehen und den Kontakt abreißen lassen, noch bevor Ingrid auf die andere Seite der Erdkugel gezogen war, und nie versucht, sie zu finden. Ich konnte diese Art der Vernachlässigung in keiner Weise nachvollziehen.

»Ich würde noch ein bisschen darüber nachdenken«, riet ich

ihr sanft. »Das soll *dein* Tag werden. Und wenn es auch so aussieht, als wäre es Christos' Show, sind das doch alles jetzt auch deine Freunde. Niemand gehört mehr hierher als du.«

»Ja, du hast recht.« Sie schlang die Arme um ihren Oberkörper, als wolle sie sich wärmen, obwohl es für Februar ziemlich mild war und wir direkt in der Sonne standen. Ihr Blick fiel auf den hohen Stapel gefalteter bunter Teppiche im Fenster des Weberladens, und sie schien davon so fasziniert, als hätte sie sie nie zuvor gesehen. Ich musste plötzlich an Emma denken, wie sie mit Filzstiften Regenbogen gemalt hatte.

»Und selbst wenn ich sie frage, ist es nicht meine Entscheidung, oder? Es ist ihre.« Ingrid trat auf das Fenster zu und streckte die Hand aus, als erwarte sie, den Webstoff durch die Scheibe hindurch berühren zu können. »Es war immer ihre Entscheidung.«

Auf einmal schienen die Farben zu verschwimmen und ich wandte rasch den Blick ab.

# Kapitel 33

Obwohl Ostern vor der Tür stand, war Oia immer noch relativ leer. Ich saß im Café gegenüber vom Laden, trank Kaffee und sah unsere Rechnungsbücher durch. Der Steuerprüfer hatte seinen Besuch für diesen Nachmittag angekündigt. Auf einmal merkte ich, dass mich jemand beobachtete. Ich sah in seine Richtung, ohne Blickkontakt aufzunehmen. Männlich, um die dreißig, gut aussehend mit ausgeprägter Stirn und grünen Augen. Keine Begleitung und auch kein Bier vor ihm auf dem Tisch, weder Reiseführer noch Kamera, nur ein kleines elektronisches Gerät, das alle paar Sekunden piepste, woraufhin er mit gerunzelter Stirn mit den Daumen auf die Tasten drückte. Die restliche Zeit behielt er mich im Auge. Ich hatte einen Platz mit dem Rücken zur Straße gewählt, während er ihr zugewandt saß. Als ich mich umdrehte, erkannte ich, dass man durch die offene Tür gegenüber einen Teil von Ingrids Oberkörper sehen konnte, die sich gerade streckte, um einen Bilderrahmen abzustauben. Wie lange er hier wohl schon auf seinem Beobachtungsposten saß?

»Kenne ich Sie?«, sprach ich ihn freundlich an.

»Sind Sie zufällig Rachel Freeman?«

»Ja.«

»*Die* Rachel Freeman, die mit Oliver Freeman verheiratet ist?«

»Warum fragen Sie?«

»Nun …« Ohne vorher um Erlaubnis zu fragen, zog er seinen Stuhl an meinen Tisch herüber und beugte sich kameradschaftlich vor. »Ich will mit offenen Karten spielen, Mrs Freeman. Mein Name ist Jason Cheatle, ich bin freiberuflicher Journalist und komme aus London.«

»Ein Journalist.«

»So ist es. Ich wurde beauftragt, einen Beitrag zu einem Sonderheft des *Telegraph* zu schreiben, in dem es um die Neustrukturierung der Regierung und all das geht. Portraits von allen Entscheidungsträgern, also den *richtigen*, meine ich, nicht den Ministern.«

»Aha.« Obwohl ich keine Ahnung hatte, warum er mir all das erzählte, versuchte ich weiterhin meine freundliche Miene zu wahren. Er war redselig, wie ich das nur von Londonern kannte: relativ charmant, aber gleichzeitig sehr direkt. Er würde bekommen, weshalb er hergekommen war – ganz anders als die ausschweifenden Einleitungen der Einheimischen, wenn sie auch nur eine alltägliche Bitte hatten.

»Ihr Mann wird natürlich mit dabei sein. Um genauer zu sein, überlegen wir uns, sein Portrait zu unserem Leitartikel zu machen …«

Ich sah ihn fragend an, denn ich wusste immer noch nicht, wovon er hier eigentlich sprach. »Mr Cheatle, ich bin mir nicht sicher, wie ich –«

»Bitte nennen Sie mich doch Jason.« Er kratzte sich an der Stelle, wo Wangenknochen und Ohr aufeinandertrafen. »Ich möchte nur ein wenig über seinen Werdegang sprechen, das ist alles. Was zu dieser neuen, sozial gesinnten Rolle geführt hat, nachdem er so lange im Finanzsektor gearbeitet hat. Vielleicht hat es ja mit dem Tod Ihrer Tochter zu tun …«

»Wie bitte?« Wir starrten uns an, ohne zu blinzeln. »Sie sind doch sicher nicht den ganzen Weg aus London hergekommen, nur um mich nach meinem Mann zu fragen?«

»Um ehrlich zu sein, mache ich Urlaub mit meiner Frau, aber als die Zeitung herausfand, dass Sie hier leben, gaben sie mir den Auftrag, Sie in Oia aufzusuchen, um uns ein wenig zu unterhalten. Ich hoffe, das können wir.«

»Nun, ich habe dazu nichts zu sagen, tut mir leid.« Hastig sammelte ich meine Sachen ein und kramte in der Tasche nach Kleingeld. Mist, ich hatte nur einen Zehn-Euro-Schein, da würde ich auf Wechselgeld warten müssen. Ich hätte doch ins Ilias gehen sollen, ich hatte allerdings befürchtet, dass ich mich dort nur mit Eleni verplaudern und uns beide von der Arbeit abhalten würde.

Cheatles Miene spiegelte einen Moment lang Bestürzung und dann Frustration wider. »Mrs Freeman, Rachel, einige wenige Fragen sind doch bestimmt möglich, oder? Sie sind nach wie vor verheiratet, stimmt's? Sie haben sich nie von ihm scheiden lassen. Warum?«

»Verzeihen Sie, aber ich muss wirklich gehen.« Ich gab Naida, der Kellnerin, ein Zeichen, dass ich später zahlen würde.

»Kein Problem.« Sie scheuchte mich mit einer Handbewegung fort und wandte sich wieder dem Tresen zu, wo ein Paar in Trekkingkleidung sich nicht entscheiden konnte, welchen Kuchen sie wollten.

»Mrs Freeman, bitte …!«

Er war von seinem Stuhl aufgestanden, und ich erwartete fast, dass er mir folgen, mich an der Kleidung festhalten und so nötigen würde zu bleiben. Doch als ich das nächste Mal in seine Richtung sah – aus der sicheren Entfernung meines Ladenfensters –, war er zu seinem Tisch zurückgekehrt und wieder mit seinem Handy beschäftigt.

Unser Büro, das sich im früheren Lagerraum befand, lag direkt unter der Treppe zur Marmara und damit nur wenige Meter vom Sitzplatz dieses Schreiberlings entfernt. Ich fuhr schnurstracks unser Laptop hoch und wählte mich ein. Es schien

Ewigkeiten zu dauern, bis endlich die Internetverbindung stand und ich ›Oliver Freeman‹ in die Suchmaschine eintippen konnte. Verwirrt starrte ich auf die Liste mit Ergebnissen. Meine Suche erbrachte Hunderte von Seiten, die meisten mit der Endung ›co.uk‹: die BBC, die *Times*, Channel 4 …

Ich fing an zu lesen und klickte zwischen den verschiedenen Websites hin und her. Seine Karriere hatte definitiv eine neue Richtung eingeschlagen. Oliver war nun als Berater in der Downing Street Number 11 tätig und stand im Zentrum irgendeiner Debatte um Treuhänderfonds von Kindern. Es handelte sich um einen Skandal, darin waren sich alle einig. Oliver jedoch war nicht der Schuldige, sondern hatte die Missstände überhaupt erst aufgedeckt. Ein Held. Immer wieder wurde das Wort ›Kreuzritter‹ verwendet.

Sosehr ich Olivers berufliche Fähigkeiten auch respektierte, so unwahrscheinlich erschien mir dieser Wandel, so dass ich eine Sekunde lang an eine simple Verwechslung dachte: ein anderer Oliver Freeman vielleicht? Aber nein, die nächste Seite zeigte weiter unten ein Foto, wie er ein Bürogebäude in Westminster verließ. Er war ein wenig untersetzter als in meiner Erinnerung und etwas grauer, aber es handelte sich zweifellos um Oliver. Der Text daneben berichtete von einer Pressekonferenz, die er gegeben hatte, und sprach von seiner unheimlichen Fähigkeit, die Vorhaben des Kanzlers vorauszusagen. Ich klickte weiter: ein Artikel aus einer der Sonntagszeitungen. Dieser erwähnte eine Ehefrau, die ›zurzeit ein Einsiedler-Dasein auf der griechischen Insel Santorin fristet‹. Nun, Jason vom *Telegraph* würde dem wohl nicht viel hinzufügen können.

Ich wählte einen neuen Link und zwang mich, genauer hinzusehen, als die Worte vor mir auftauchten:

*Freemans berufliche Laufbahn mag beneidenswert sein, aber im Privatleben scheint er mit weniger Glück gesegnet. Er heiratete 1986 Ra-*

*chel Headon, doch das Paar lebt seit dem tragischen Unfalltod ihrer Tochter 1994 getrennt. (Freeman gewann später einen Zivilprozess gegen einen der beteiligten Autofahrer, Andrew Lockley. Der Fall und sein Urteil gelten als richtungweisend.) Es heißt, Freemann sei aktuell eine Beziehung zu einer früheren engen Freundin seiner Frau eingegangen.*

Ich hielt inne. Eine ›frühere enge Freundin‹, was zum Teufel sollte das heißen? Ich scrollte nach unten, aber der Text war hier zu Ende und es folgte lediglich ein blinkendes Werbebanner für Autos.

»Rachel?«, rief Ingrid vom Verkaufsraum. »Mr Frangidis ist wegen der Steuern da.«

»Ich komme schon.«

Verwirrt schloss ich den Browser und suchte meine Unterlagen zusammen. Erst da wurde mir plötzlich bewusst, dass ich mich gar nicht erinnern konnte, wann Oliver mir das letzte Mal geschrieben hatte.

Dafür fiel mir etwas anderes wieder ein, was ich nun in neuem Licht sah. Als ich letztes Jahr bei meiner Mutter Weihnachtsgeschenke auspackte, reichte sie mir eine Karte, die per Post für mich gekommen war. Die üblichen Weihnachtswünsche, eine verschneite Dorfszenerie, die Art Karte, die in größeren Packen mit verschiedenen Motiven zu haben ist. Sie stammte von Bob. Unter seinen Namen hatte er ein PS gekritzelt: *Ich schätze, Du weißt, was los ist. Rufst Du mich an?*, gefolgt von einer Handynummer. Wahrscheinlich sucht er nach der Trennung von Jen nach Verbündeten, hatte ich gedacht, und dass er damit reichlich spät dran war, denn zu diesem Zeitpunkt waren sie bereits seit Jahren nicht mehr zusammen. Vielleicht ging er davon aus, dass ich gar keinen Kontakt mehr zu ihr hatte, nachdem ihr Versuch, mich zurückzuholen, so erfolglos gewesen war. Möglicherweise war er in einem alten Adressbuch über meinen Namen gestolpert und hatte sich gefragt, ob meine Stimme wohl noch zu haben war.

Bob tat mir leid in diesem Moment, weil er scheinbar so wenig Freunde hatte, dass er alte Bekannte wie mich aufstöbern musste, Freundinnen von Jenny, zu denen er von Anfang an keinen rechten Draht gehabt hatte. Doch nach dieser ganzen Zeit würde ich wohl kaum Partei für ihn ergreifen. Nein, die Karte war seltsam, aber schnell vergessen. Ich hatte sie neben die anderen auf den Kaminsims gestellt und schließlich in den Mülleimer geworfen. Das Nächste, was ich über ihn hörte – in einem Brief von Mariel mit einem Dankeschön für Cats Geburtstagsgeschenk –, war, dass er eine neue Freundin hatte und zu ihr gezogen war. Darüber dachte ich nicht lange nach, denn die zweite Info war wesentlich interessanter gewesen: Mariel war zufällig Simon begegnet und hatte dabei erfahren, dass er jemanden von Pendant heiraten wollte. (Plötzlich musste ich an dieses junge Mädchen denken, das ich kurz vor dem Ende einige Wochen lang angelernt hatte, Helen oder Harriet oder so ähnlich.)

Nun fragte ich mich, ob Bob wohl etwas anderes gemeint hatte. Ging er davon aus, ich wüsste, dass seine Anspielung sich nicht auf seine Trennung von Jenny bezog, sondern auf ihre beginnende Beziehung zu Oliver? Aber nein, das ergab keinen Sinn. Zwischen Oliver und Jen hatte nie eine Anziehungskraft bestanden, ihre Namen klangen ja noch nicht mal richtig zusammen. Völlig undenkbar. Ich zweifelte nicht daran, dass ich all das vergessen hätte – Cheatle, Bob und die ganze Angelegenheit –, wenn nicht weitere Neuigkeiten eingetroffen wären: Nur wenige Wochen später erhielt ich statt der üblichen Jahresabrechnung für Jens Wohnung in Canfield Gardens von Palmers Büro eine kurze Nachricht, dass die Mieterin gekündigt habe.

Ich war alleine im Laden, als ich spontan beschloss, ihn anzurufen. Sobald ich die Entscheidung getroffen hatte, wollte ich sie unbedingt in die Tat umsetzen. Ungeduldig seufzte ich sogar laut über einen Kunden, der sich nach Ladenschluss noch zu lange umsah. Den ganzen Tag über war nichts los gewesen, und er musste ausgerechnet jetzt kommen und mit gerunzelter Stirn, als entziffere er uralte Geheimschriften, in der Kiste mit den losen Abzügen herumblättern. Schätzungsweise ein Last-Minute-Geschenk für seine Frau, etwas, das sie auf einer früheren Reise gemeinsam bewundert und ewig bereut hatten, nicht gekauft zu haben. Ein ganz klassischer Fall, den ich tausend Mal miterlebt hatte. Normalerweise war ich verständnisvoll und hilfsbereit, egal was die Uhr sagte, doch heute wünschte ich mir nur, er würde sich endlich entscheiden und verschwinden. Schließlich trat er mit seinen ausgewählten Fotos und einem halben Dutzend Fragen an den Tresen. Ich verpackte und stempelte ihm seinen Einkauf, schob das Päckchen in eine Tüte und folgte ihm dann zur Tür, wo ich das ›Anoikto/Geöffnet‹-Schild umdrehte.

Ich musste die Nummer erst nachschlagen. »Hier spricht Rachel, Rachel Freeman.«

*»Rachel?«*

»Letzten Monat war ein Mann aus London hier.« Ich musste es einfach gleich loswerden. »Ein Journalist.«

Am anderen Ende der Leitung hörte ich ihn einatmen. »Oh.«

Ich blinzelte die Tränen zurück. »Oliver scheint ja inzwischen richtig berühmt zu sein. Außerdem pflegt er offensichtlich eine Beziehung zur Mutter von Subjekt B, wenn ich das recht verstehe.«

»Sie ›verstehen‹ was?«

»Nun kommen Sie schon, Palmer!«, platzte ich aufgewühlt heraus. »Wenn sogar *ich* in der Zeitung davon gelesen habe, dann kann es Ihnen nicht entgangen sein. Warum haben Sie mir nichts davon gesagt? Ein Anruf! Ein Brief! Sie hätten zumindest Jens Abrechnung eine Notiz beilegen können.« Ich klang ziemlich hysterisch. Eine schlechtere Art hätte ich mir wohl kaum ausdenken können, um wieder Kontakt mit ihm aufzunehmen.

»Rachel, bitte beruhigen Sie sich.«

Ich drückte den Hörer schmerzhaft gegen mein Ohr. Seine Stimme war leise, voller Mitgefühl. Es schien unendlich lange her, seit ich ihn in diese schäbige Pension in Westlondon bestellt hatte und davon ausgegangen war, diesen Mann nie wiederzusehen. Ich war damals einfach nur dankbar gewesen, dass er kein schmieriger Typ war.

»Ja, ich habe seinen Namen in der Zeitung gelesen«, gab Palmer zu. »Irgendein Regierungskomitee, richtig?«

»Das ist mir egal«, rief ich. »Ich spreche von ihm und Jenny!«

»Ah. Haben Sie unsere Nachricht bekommen, dass sie aus der Wohnung auszieht? Geht es darum?«

»Natürlich, Palmer! Und ich habe die Zeitungsartikel online gesehen – Bob scheint es seit über einem Jahr gewusst zu haben! Er hat mir eine Nachricht geschickt, aber ich habe nicht kapiert, was er meint.«

Am anderen Ende herrschte eine Zeitlang Stille. »Und was genau erwarten Sie von mir, Rachel?«

»Ich habe nur …« Ich wusste nicht, was ich sagen sollte, denn mir war selbst nicht klar, was ich eigentlich von ihm wollte.

»Rachel?«

Die Verbindung war schlechter geworden, als sei sie hundert Mal umgeleitet worden, und ich schnaubte verärgert.

»Schauen Sie, ich will ja nicht unhöflich sein, aber es ist nicht mehr mein Job, Sie über Ihre alten Freunde auf dem Laufenden zu halten.« Sein Tonfall war mir nicht vertraut. »Und ich könnte noch hinzufügen, dass es überhaupt nie mein Job war, Ihnen von den Erwachsenen zu berichten.«

»Nun kommen Sie schon«, rief ich. »Nach allem, was Sie über mich und meine Situation wissen, glauben Sie nicht, dass ich da einen kleinen Hinweis verdient hätte? Es von einem Reporter zu erfahren …« Zu meinem großen Entsetzen fing ich an zu schluchzen und die Tränen strömten mir übers Gesicht. Schnell griff ich nach einem Taschentuch, um mir die Nase zu putzen.

»Hey.« Seine Stimme klang nun mitfühlend. »Nun weinen Sie doch nicht. Vielleicht hätte ich mich melden sollen. Ich schätze, ich dachte einfach, jemand anders würde es tun. Aber Freeman ist nicht so bekannt, wie Sie zu denken scheinen, er ist aus dem Nichts aufgetaucht. Ich habe selbst auch nur zufällig einen Artikel in der Zeitung gesehen.«

Das Sonderheft des *Telegraph* wird das ändern, dachte ich. Dann werden es alle wissen. »Und als Jen Ihnen gesagt hat, dass sie ausziehen will, hat sie da eine neue Adresse angegeben?«

Nach einem kurzen Schweigen gab er zu, dass dies der Fall war. »Belsize Park. Ihr altes Haus.«

In meinem Kopf wirbelten tausend Gedanken durcheinander. »Wie konnte er dafür Zeit haben, mit seinem neuen Job?« Ich musste über meine Frage beinahe selbst laut lachen, denn wie hatte er Zeit für Charlotte haben können? Und ich für Simon?

»Wie Bob es wohl herausgefunden hat?«, sprach ich einen Gedanken laut aus.

»Expartner sind meistens ein bisschen wachsamer, oder?« Er ließ die Bemerkung einen Moment so stehen, bevor er hinzufügte: »Natürlich kann sie es ihm einfach auch selbst gesagt haben, wenn sie noch gut miteinander auskommen.«

Das würde bedeuten, es war etwas Ernstes mit Oliver und ihr, etwas, zu dem sie beide standen. »Wann ziehen sie und Daisy aus der Wohnung aus?«

»Die Kündigungsfrist beträgt zwei Monate, also werden sie noch ein paar Wochen dort sein. Ich habe sofort veranlasst, dass man Ihnen Bescheid sagt, als ich es gehört habe. Außerdem haben wir natürlich den Vermieter informiert.«

»Und dann ziehen sie direkt zu Oliver?«

»Ja.«

Oliver und Jen. Ich konnte es immer noch nicht fassen. Das war in etwa so undenkbar wie dass ich mich in Bob verliebte. Eine kategorische Fehlkombination, ganz abgesehen von Treuebruch und persönlichem Verrat. Andererseits konnte ich es wohl kaum als Treubruch bezeichnen, oder? Ich hatte Oliver vor fast einem Jahrzehnt verlassen, er schuldete mir nichts, am allerwenigsten Treue. Und Jen? Nun, ich spielte offensichtlich keine solch große Rolle in ihren Gedanken wie sie in meinen. Sie hatte ja auch nicht mehrere Jahre damit verbracht, mich beobachten zu lassen, sie hatte nie regelmäßige Berichte über mein Leben bekommen. Nach diesem einen, erfolglosen Besuch mit Mariel, als ich sie so unfair behandelt hatte, dachte sie vermutlich nur noch selten an mich. Und von Mariels Briefen konnte Jen genauso gut nichts gewusst haben.

Und nun würde sie von meinem alten Heim Besitz ergreifen. Würde Oliver wenigstens die seltsamen Umstände dieser Nachfolge zugeben? Würde er alle meine verbliebenen Habseligkeiten vom Grund und Boden entfernen, bevor er ihre durch die Tür tragen ließ? Vielleicht hatte er sich deren auch schon längst entledigt, ein weiterer Lieferwagen voll, ein weiterer Glücksfall für den örtlichen Wohltätigkeitsverein.

Plötzlich fühlte ich mich unendlich allein. Ich hörte Palmer an seiner Zigarette ziehen und stellte mir vor, wie der Rauch langsam durch seinen Mund und die Nasenlöcher entwich. »Das Timing ist schrecklich für Daisy«, sagte ich, denn ich suchte verzweifelt nach Möglichkeiten, das Gespräch in die

Länge zu ziehen, ihn in der Leitung zu halten, um mir vormachen zu können, er sei hier bei mir statt in London.

»Wie meinen Sie das?«

»Na, mit ihren Prüfungen im Sommer. Zu viel Unruhe mit dem Umzug und allem. Ich finde es ziemlich egoistisch von Jenny, nicht bis danach zu warten.« Ich war mir bewusst, dass ich wie ein bockiges Kind klang.

»Vielleicht glaubt sie, lange genug gewartet zu haben.« Wieder schwieg er und nahm einige Züge von seiner Zigarette. Du solltest damit aufhören, dachte ich plötzlich völlig aus dem Zusammenhang gerissen, bevor es dich umbringt.

»Vielleicht.« Meine Stimme kippte wieder. Ich wusste, es war falsch, ihn so aus heiterem Himmel anzurufen und ihn mit dieser Sache zu belasten. Ich hatte ihn noch nicht mal gefragt, wie es ihm ging, was *sein* Leben machte. Ein Teil von mir hatte Angst vor der Antwort, die ich bekommen könnte.

»Gibt es denn sonst noch etwas, das ich für Sie tun kann?«, fragte Palmer nach einer weiteren Schweigepause, und obwohl sein Ton sanft war, hörte ich, dass er das Gespräch beenden, sich von mir verabschieden wollte. »Wir haben hier schon noch ein paar Kapazitäten frei.«

»Nein, ist schon in Ordnung. Ich hätte Sie nicht anrufen sollen. Es gibt nichts, was Sie tun können. Ich war nur ein bisschen durcheinander, sonst nichts. Und ich wusste nicht, wen ich sonst hätte anrufen sollen. Ich muss nun einfach warten.«

»Auf was?«

»Darauf, dass Oliver sich wieder meldet.«

# Kapitel 34

*Liebe Rachel,*
*es ist schon eine Weile her, seit ich das letzte Mal geschrieben habe. Wie schnell die Zeit vergeht! Ich hoffe, Dir und Deinem Laden geht es bestens. Manchmal denke ich, besonders an trüben Tagen, an den wunderbaren Sonnenschein, den Du dort genießt.*
*Toby und mir geht es gut. Abgesehen von zu viel Arbeit wie immer. Die Mädchen bereiten sich auf ihre GCSE-Prüfungen vor, zumindest tut Daisy das. Ich würde mir niemals anmaßen zu behaupten, ich wisse, was Cat so treibt, obwohl wir unter einem Dach leben! Sie ist ihr eigener Herr.*
*Rachel, ich schreibe Dir, weil es etwas gibt, das Du wissen solltest. Ich möchte es aber nicht in einem Brief erklären. Wenn Du also in den nächsten paar Wochen nichts von Oliver hörst, ruf mich an. Die Nummer ist die gleiche.*
*Alles Liebe, Mariel*

Olivers Brief kam eine knappe Woche später.

*Liebe Rachel,*
*ich denke, es ist an der Zeit, dass wir unsere Trennung offiziell machen …*

Den Rest brauchte ich kaum noch zu lesen. Für Oliver kam die Arbeit stets an erster Stelle, und wenn Pressegemunkel über ein chaotisches Privatleben seine neue Karriere gefährden könnte, dann war ihm daran gelegen, unverzüglich klare Verhältnisse zu schaffen.

Aber vielleicht war das auch ungerecht. Bestimmt war es ungerecht. In Wahrheit hatte er diesen undefinierbaren Zustand meiner Unentschlossenheit mit großer Geduld ertragen. Ich war diejenige, die gegangen war und die ihn trotz regelmäßiger Besuche in unserer Heimatstadt und einem jahrelangen Briefwechsel nicht ein einziges Mal aufgesucht hatte, um ihm eine Erklärung oder Entschuldigung zu liefern. Unter anderen Umständen würde unsere Ehe längst als verjährt abgetan werden. Aber ich konnte nicht zulassen, Emma, und damit auch Oliver, als längst verjährt zu betrachten. Das war die Antwort, die ich Palmer auf seine Frage hin, warum ich mich nie hatte scheiden lassen, in jener Nacht in London vorenthalten hatte – und über die Jahre hinweg auch Ingrid und Eleni. Oliver und ich teilten uns einen Nachnamen, denselben Namen, der auf dem Grabstein in Nordlondon stand. *Wir* hatten sie geschaffen, und solange ich mit ihrem Vater verheiratet war, blieb ein winziger Teil meiner Tochter am Leben, hier in der Gegenwart. Und aus demselben Grund wusste ich, dass ich nie wieder meinen Mädchennamen annehmen würde, egal wie viele Mrs Freemans mir folgen sollten.

Nachdem wir die vorgeschriebene Trennungszeit von fünf Jahren bereits doppelt absolviert hatten, war keine weitere Zustimmung und kein persönliches Treffen mehr nötig. Wir wussten jedoch beide, dass wir uns sehen mussten, wenigstens ein einziges Mal, bevor ich die Dokumente unterschrieb. Das waren wir uns und Emma schuldig.

Es war ein Samstag. Das Klingeln am anderen Ende war so laut, als säße eine maunzende Katze auf meiner Schulter. Beinahe hätte ich wieder aufgelegt, bevor er abnahm. Würde er überhaupt zu Hause sein? Eine seltsame Vorstellung, Oliver auf dem Sofa neben dem Kamin oder Oliver, der eine noch tropfende Tasse aus der Spülmaschine nahm und Pulverkaffee direkt aus dem Glas hineinschüttete. Oliver, der die Sonntagszeitung las, während er sich mit der freien Hand die Haare kämmte, die noch feucht vom Duschen waren.

»Ja, hallo?«

Das Herz klopfte mir bis zum Hals. »Oliver, ich bin's.«

Stille. Entsetzte Stille.

»Ich, Rachel.« Meine Zunge war trocken und zu groß für meinen Mund, so dass ich leicht lispelte.

Ich hörte, wie er sich räusperte. »Ich weiß. Wie geht's dir?«

»Gut, danke. Und dir?«

»Gut, ja.«

»Ich habe deinen Brief bekommen, wegen der Scheidung. Und ich habe gedacht, ich sollte anrufen und dir sagen, dass das natürlich in Ordnung geht, was immer du brauchst.«

»Ah, gut, gut.« Nun klang er älter, mehr wie sein Vater.

Während des folgenden kurzen Schweigens konnte ich gedämpfte Geräusche im Hintergrund hören. Zwei Stimmen, oder drei. Ich hielt den Atem an. Eine dieser Stimmen war weiblich gewesen: Jenny, vielleicht, oder Daisy? Ich hatte doch hoffentlich nicht genau an dem Tag angerufen, als sie in mein altes Heim einzogen, in Emmas Heim? Welches Zimmer würde Daisy sich wohl aussuchen? Ich stellte mir die Stapel mit Schulbüchern vor, halbleere Kaffeetassen, einen jungen blonden Schopf, der sich über Notizen beugte.

»Aber bitte denk nicht, du müsstest hierherkommen«, sagte ich rasch. »Ich meine, mach dir nicht die Mühe.« Ich klang so furchtbar steif und gekünstelt. Konnte er Alysa in meiner Stimme hören? »Die Flüge sind um diese Jahreszeit sowieso meistens ausgebucht, jetzt so kurz vor Ostern. Ich werde nach London kommen und dich treffen.«

Das war völlig unlogisch: Warum sollte ich leichter einen freien Platz ergattern als er? Doch statt mich darauf hinzuweisen, sagte er nur freundlich: »In Ordnung. Das passt mir ehrlich gesagt auch besser. An wann hattest du denn gedacht?«

»Nächste Woche. Aber nicht im Haus, wenn das geht. Könntest du mich im St James's Park treffen? Am Freitag? Drei Uhr?«

»Ja, natürlich. Du meinst am See? Auf der Brücke?«

»Ja, perfekt.«

Wo wir immer zusammen spazieren gegangen waren. Wo wir uns befanden, als die Wehen einsetzten, eine Woche zu früh, und wir mit dem Taxi ins Krankenhaus rasten, obwohl wir genau wussten, dass es möglicherweise erst Stunden später richtig losgehen würde. Sie hatte uns nur vorgewarnt. Ich wurde wieder heimgeschickt, da mein Muttermund sich noch nicht mal einen Zentimeter geweitet hatte. Sie kam erst tags darauf.

Am Tag unseres Treffens war es für die Jahreszeit ungewöhnlich warm in London. Obwohl die Vögel der Sache nicht ganz trauten, hatten die Menschen überall um mich herum beschlossen, ihr Glück zu versuchen, und zeigten auf den grünweiß gestreiften Liegestühlen im Park nackte Haut. Der See glitzerte, eine strahlende Renoir-Leinwand unter der Sonne. Es war fast ein Schock, Frauen in Jeans und mit Sonnenbrille die Wege entlangspurten zu sehen, statt zur Kulisse passend mit Handschuhen und Sonnenschirmen gemächlich zu flanieren. Ich fühlte mich zwischen den Parkbesuchern sehr steif und fremd, wie sie so mit einstudierter Hast umeinander herum wuselten. In Oia schlurfte man bei größeren Menschenmengen einfach gemütlich mit.

Oliver wartete bereits auf der Brücke, als ich mich vom Einkaufszentrum her näherte. Da stand er in Anzughosen und Hemd, mit deutlichem Bauchansatz. Das Blond seiner Haare war einem Grau gewichen (ob das Grau in meinen wohl im grellen Londoner Licht sichtbar war? Welch eitle Überlegung!), Nase und Wangenknochen waren gerötet. Rosemarys feine Züge waren hinter der erschlaffenden Haut bereits verschwunden. Er war vierundvierzig, der ältere Bruder des Jungen, den ich einst kennengelernt hatte.

Gerne hätte ich ihn noch ein Weilchen länger beobachtet, ihm beim Atmen zugesehen, doch er entdeckte mich beinahe sofort und hob den Arm. Wir schienen beide gleichermaßen linkisch, wie wir aufeinander zugingen. Würden wir abrupt mit gewissem Abstand stehenbleiben, um der Begrüßungsfrage auszuweichen? Nein, wir bewegten uns relativ natürlich vorwärts, bis wir in einer Umarmung aufeinanderstießen. Mein Busen drückte sich weich an seine Brust. Er küsste mich durch die Haare hindurch aufs Ohr und trat dann, den Blick abgewandt, einen Schritt zurück.

»Hattest du eine gute Reise?«

»Ja, ich bin gestern Abend angekommen.«

»Wohnst du bei Alysa?«

»Ja.« Auch ich wich seinem Blick aus. »Oh, sieh nur, die Weiden. Sie sind so perfekt und grün. Ich habe lange keine Weiden mehr gesehen.«

Er nickte. »Schau mal da drüben, hast du das London Eye schon gesehen?«

Ich blickte übers Wasser, an Westminster vorbei auf das silberne Rad vor dem strahlend blauen Himmel. »Es ist hübsch. Bis du schon mal mitgefahren?«

»Ein Mal. Eine Geschäftssache.«

Wir spazierten los. Laut den Parkschildern konnten wir zwischen der Royal Parks Constabulary, den Cabinet War Rooms und dem Guards Museum auswählen. Ich fühlte mich hier beschützt, von London und auch von Oliver.

Er erkundigte sich nach Santorin und dem Laden. Er sagte, er sei im Internet auf unsere Website gestoßen und dass es nach einer interessanten Sammlung klinge. Ich fragte nach seiner beruflichen Veränderung. Er sei Mitglied eines Komitees gewesen und dann von einem der Berater des Kanzlers angesprochen worden. Er habe sich schnell entscheiden müssen, ob er mit einsteigen wolle, und sein Chef habe ihn dabei sehr unterstützt. Warum auch nicht, schließlich gehe es um eine solch entscheidende Sache. Die Zeitungen seien jedoch eine echte Plage. Er sei überrascht, wie sehr die Regierung sich bemühte, ihnen zu gefallen. Man habe allmählich fast den Punkt erreicht, wo die Kolumnisten die Politik bestimmten.

Ich beschloss, den Journalisten nicht zu erwähnen, der in Oia aufgetaucht war. »Ich muss gestehen, ich bin nicht mehr so recht auf dem Laufenden, was die britische Politik betrifft, aber das klingt alles sehr glamourös.«

»Nicht im Geringsten.« Seine Sprache war noch nüchterner, als ich in Erinnerung hatte. Er runzelte die Stirn. »Meiner Meinung nach ist es aber eben wichtig, dass Eltern, die keine Erfahrung in Finanzdingen haben, für ihre Kinder die gleichen Optionen haben wie diejenigen, die sich auskennen. Bis die heutige Generation erwachsen ist, wird es nämlich keine staatlich finanzierten Universitäten mehr geben, musst du wissen.«

Das klang nicht nach jenem Menschen, der einen schamlos elitären Weg durch die Privatschulen und die Universität direkt in den Finanzsektor gegangen war und der auf Chefarztanwesenheit bei der Geburt seiner Tochter bestanden hatte und sich später weigerte, sie an einer staatlichen Schule anzumelden. Aber genau das war wohl der Knackpunkt: Er war nicht mehr derselbe Mensch.

»Natürlich«, sagte ich. »Alle Kinder verdienen das Beste. Ein Spielfeld der Gleichberechtigung.«

»Genau.« Er strahlte jetzt auch etwas anderes aus. Er hatte diese gewisse Zerstreutheit verloren, die immer einsetzte, sobald es um etwas anderes als die Arbeit ging – eine Variation der Verträumtheit, in die ich mich anfangs verliebt hatte.

»Wie geht es den Mädchen?«, erkundigte ich mich. »Daisy und Cat? Siehst du sie noch?«

Er warf mir einen schnellen Seitenblick zu. »Ja, es geht ihnen prächtig. Cat hat allerdings gerade ein wenig Ärger am Hals. Mehr als Ärger eigentlich, eher schon kurz vor der Katastrophe.«

»Was soll das heißen?« Ängstlich dachte ich an Mariels letzte Nachricht, diese Bemerkung über ihre Tochter – *sie ist ihr eigener Herr.* Wieder mal typisch Mariel, dass sie ihre eigene Krise herunterspielte, um meine Gefühle zu schonen.

Oliver verzog ungeduldig das Gesicht. »Nichts, was das ganze Theater rechtfertigen würde, wenn du mich fragst. Sie raucht, vielleicht auch ein bisschen Hasch, aber das ist nicht das erste Mal, und die Schulen meinen, sie müssten hyperkorrekt sein.«

Ich runzelte die Stirn. »Drogen? Aber Oliver, sie ist gerade mal fünfzehn!«

»Sechzehn«, verbesserte er mich. »Nun komm schon, Rachel, das machen sie alle in dem Alter. Was wir im College getrieben haben, tun sie jetzt. Unsere Schwangerschaftsrate bei Teenagern ist die höchste in ganz Europa.«

»Sie ist *schwanger?*«

»Nein, ich will nur sagen, dass die Welt sich geändert hat, und das muss man einfach realistisch sehen.«

Ich war wie vor den Kopf gestoßen. Es war, als würden wir über unser eigenes Kind in diesem Alter diskutieren, als wären wir immer noch zusammen und würden über Emma streiten. Allerdings war ich es, die nicht mehr auf dem Laufenden war, nicht Oliver.

»Wird es sich klären lassen? Oder meinst du, sie bekommt einen Schulverweis?«

»Nein, ich denke nicht. Es wird Gras über die Sache wachsen, wie immer bei Cat. Wo immer ich kann, setze ich mich für sie ein.«

Das musste ich erst mal verdauen. Ich kam mir plötzlich schrecklich naiv vor.

»Und was ist mit Daisy? Geht es der gut?«

»Könnte nicht besser sein. Sie ist ausgesprochen gut in der Schule, Einserschülerin.«

»Sie war schon immer clever.«

»Stimmt.«

»Das mit Bob und Jen tut mir übrigens leid.«

»Das ist ja inzwischen schon lange her.« Noch ein Seitenblick. Offenbar war er sich unsicher, ob ich Bescheid wusste oder nicht.

»Bob hat aber immer noch Kontakt zu ihr, oder?«

»Ja, natürlich. Er wohnt zwar jetzt in Forest Hill, doch er sieht Daisy jedes zweite Wochenende. Sie übernachtet samstags bei ihm. Zwischen ihm und Jen läuft alles recht freundschaftlich.« Er klang bereits wie ein Stiefvater. In seiner Stimme lag echter Stolz, wenn er von Daisy sprach, und das machte mich traurig und verwirrt und eifersüchtig.

Ich holte tief Luft. »Oliver, ich weiß von dir und Jen.«

Er öffnete erschrocken den Mund. Offensichtlich hatte er dies hier doch nicht erwartet, absolut nicht. Er war nicht darauf vorbereitet. »Mariel?«, murmelte er.

»Um genau zu sein, nein, aber das ist egal.«

»Ich habe gewartet, Rachel«, sagte er. »Ich habe lange gewartet.«

Ich hatte den Eindruck, dass er seine Schritte beschleunigte, denn ich hatte Mühe, mit ihm auf einer Höhe zu bleiben. »Darum geht es nicht, Oliver. Ich wollte nie, dass du wartest. Es ist nur, mein Gott, warum ausgerechnet … meine Freundin?«

Er gab ein ungläubiges Geräusch, halb Lachen, halb Schnauben, von sich. Eine tolle Freundin bist du gewesen, dachte er bestimmt. »Rachel, weil *ausgerechnet sie* für mich da war, von Anfang an.«

Die Formulierung ›von Anfang an‹ verschlug mir die Sprache. Emmas Tod war nicht der Anfang, wollte ich schreien, er war das Ende. Ich war inzwischen den Tränen nahe. »Das ist nicht fair. Ich war nicht in der Lage, für irgendjemand da zu sein. Ich war kurz vor dem …« Ich verstummte.

»Das waren wir alle, Rachel. Das waren wir alle.«

Ich zögerte. Ich wusste, ich hatte kein Recht, aber trotzdem öffnete sich mein Mund und die Worte purzelten unzensiert heraus: »Denkst du noch an sie? An Emma?«

Die Frage schien zwischen uns in der warmen Luft zu schweben, und ich war bereits einige Schritte weitergegangen, bevor ich merkte, dass er stehengeblieben war. Als ich mich umdrehte, sah ich, dass er sich verkrampft nach vorne beugte, als wolle er einen schrecklichen Wutanfall unterdrücken. Es war entsetzlich, als würde man unter Wasser einer Bombe beim Detonieren zusehen. »Natürlich denke ich an sie, verdammt noch mal«, brüllte er, was ihm erschrockene Blicke aus den Liegestühlen und von den Picknickdecken einhandelte. Wutausbrüche dieser Art waren an diesem ruhigen und zivilisierten Ort unbekannt. »Wofür hältst du mich? Für eine Art Monster?«

Ich blinzelte und streckte die Hand aus, um seinen Unterarm zu berühren, aber er zuckte vor meinen Fingern zurück. »Das habe ich nicht …«, stammelte ich. »Ich meinte, es ist besser, in die Zukunft zu schauen, nicht wahr?«

Er starrte mich weiterhin verachtungsvoll an, aber ich konnte meine unbeholfenen Worte nicht zurückhalten. »Selbst jetzt noch. Die Tage sind leichter, wenn man es sich nicht dauernd in Erinnerung ruft.«

»Ich muss es mir nicht *in Erinnerung rufen*, Rachel. Sie ist da, sie ist immer da!« Seine Gesichts- und Halsmuskeln zitterten vor Zorn.

»Ich weiß«, flüsterte ich. »Ich weiß. Bitte sei nicht wütend. Komm, wir setzen uns da drüben hin …« Widerwillig folgte er mir zur nächsten Parkbank. Ich nahm seinen Arm und zog ihn neben mich herunter, so dass unsere Körper sich berührten.

Mein Gesicht war nur wenige Zentimeter von seinem entfernt. Die Haut hinter seinem Ohr war trocken und schlug zum Hals hin winzige Fältchen. Ich wollte seinen Kopf streicheln, den er nach vorne auf die Brust hängen ließ, aber ich traute mich nicht und nahm stattdessen seine Hand. »Es tut mir leid, Oliver, es tut mir wirklich leid. Es tut mir leid, dass ich weggelaufen bin und dir kein Mitspracherecht eingeräumt habe. Verzeih mir, dass ich dich diesen ganzen Rechtskram alleine habe durchstehen lassen, diesen entsetzlichen Prozess gegen Lockley, einfach alles.« Verzeih mir meinen Stolz, den Stolz auf meine Trauer und die Verachtung für die deinige. Verzeih mir die Schwäche, die selbst jetzt noch verhindert, dass ich das alles laut ausspreche.

Einen Moment lang ächzte und stöhnte die Welt um mich herum, der Verkehr, die Baumaschinen und die Flugzeuge über uns beim Landeanflug auf Heathrow, und auch Oliver, der nun eher zutiefst unglücklich als wütend schien. Verzweifelt suchte ich nach einem anderen Schuldigen. Seine Mutter! Wo war Rosemary gewesen, als Jen ›als Einzige‹ für ihn da war? War dieser gepeinigte Mann hier neben mir nicht mindestens so sehr ein mutterloser Sohn, wie er ein kinderloser Vater, ein Ehemann ohne Frau war? Und was war mit seiner Schwester Gwen? Mit den Kollegen? Irgendjemand, nur nicht Jen.

»Ich hätte früher kommen sollen.« Wie absurd das klang, als sei ich mit meinen Beileidsbekundungen eine Woche oder zwei zu spät dran.

Er starrte auf den Boden vor sich. »Und warum bist du nicht?«

»Ich weiß es nicht …« Ohne darüber nachzudenken und ohne zu fragen, legte ich meine Hand auf seinen Nacken und berührte die oberen Halswirbel. »Ich vermute, ich dachte, du könntest nie wieder glücklich sein, wenn ich da war, um dich zu erinnern.«

»Ich hätte so oder so nie wieder glücklich sein können.«

»Ich weiß, mir geht es genauso. Aber man muss trotzdem weiterleben, nicht wahr? Ein bisschen Freude finden oder was auch immer dem am nächsten kommt. Es ist schwer, aber ab und zu gibt es Momente, oder?« Wenn man mit einer Freundin zusammen Spaß hat und sieht, wie ihr die Lachtränen in die Augen steigen. Wenn man auf den Klippen oben über dem Wasser steht und die Erde betrachtet, die sich wie durch ein Wunder dagegen behauptet und es auch noch lange tun wird, nachdem es einen nicht mehr gibt. Wenn man jemanden kennenlernt, der scheinbar ohne Erklärung begreift, wer man ist. Und erst in diesem Moment, als ich Olivers Profil sah und spürte, wie sehr sein Körper sich nach der sehnte, die ihn trösten konnte – nicht ich, sondern Jen –, wurde mir bewusst, wie sehr ich Palmer vermisste. Warum nur hatte ich ihn ziehen lassen? Aus denselben komplizierten Gründen, aus denen ich an Oliver festgehalten hatte? Denn so wie Oliver Emma darstellte, würde Palmer für mich immer mit Cat und Daisy verbunden sein. Er war mein Komplize in diesem Unterfangen, das ich inzwischen bereute und gerne vergessen würde. Oder vielleicht war es noch einfacher: Vielleicht lag es daran, dass ich mir angewöhnt hatte, Freunde loszulassen.

Meine Hand wanderte über Olivers Schulter, und ich lehnte mich an ihn, um ihn festzuhalten. »Du hast ein neues Leben, Oliver, du hast überlebt und du verdienst jetzt jede Sekunde Glück, die du haben kannst.« Ich dachte daran, was ich während all der Jahre meines Parallellebens für ihn empfunden hatte. Ich hatte nie akzeptieren können, dass sein Verlust so groß war wie meiner. Ich hatte mir eingeredet, dass er kein Recht hatte, so zu leiden wie ich, oder überhaupt die Fähigkeit dazu.

Ich hatte mich getäuscht. Sein Verlust war nicht nur genauso entsetzlich wie meiner, sondern im Grunde noch schlimmer: Er hatte gleichzeitig Emma und mich verloren. Wäre ich an jenem Tag mit ihr gestorben, es hätte für ihn nicht härter sein können.

»Ich glaube, sie war glücklich«, sagte ich und drückte ihn, »weißt du, an diesem letzten Tag. Ich glaube, sie hatte Spaß auf diesem Ausflug.«

»Ich habe sie morgens nicht mehr gesehen«, flüsterte er, »und am Abend zuvor auch nicht. Ich habe ihr keinen Abschiedskuss gegeben.«

»Ich auch nicht«, flüsterte ich. Nicht Emma, sondern ihm. An jenem letzten Tag im Arbeitszimmer war ich nicht zu ihm hinübergegangen, um ihn zum Abschied zu küssen. Und ich erkannte nun etwas, das ich mir bis zu diesem Moment nicht zu denken erlaubt hatte: Alle meine Handlungen, diese ganze Zeit über, waren meiner Überzeugung entwachsen, dass Emma unsere Ehe über ihre normale Lebenserwartung hinaus am Leben erhalten hatte und dass ihr Tod uns einen Grund gab, uns voneinander zu lösen, was wir bestimmt früher getan hätten, wären wir kinderlos geblieben. Aber jetzt, dachte ich, wie ginge es uns jetzt, wenn es sie nie gegeben hätte? Meine enge Verbindung zu ihr hatte so viel von dem ausgelöscht, was früher einmal für ihn reserviert war. Und er war damit zufrieden gewesen. Es war ihm sogar zupass gekommen, mir ihre Pflege zu überlassen und sich seiner eigenen Besessenheit zu widmen. Doch ohne ihre Geburt hätte ich das nie zugelassen, ich hätte auf Bedingungen bestanden, um einen Teil von ihm eng bei mir zu behalten. Ohne sie wären wir immer noch zusammen, das wurde mir nun klar.

Ich spürte, dass er sich langsam beruhigte, und so saßen wir schweigend und reglos da, die Oberarme aneinandergedrückt, bis ich schließlich spürte, wie er sein Gewicht verlagerte, mit den Schultern rollte. Er riss sich wieder zusammen, sah auf die Uhr. »Ich sollte besser zum Auto zurück, mein Parkschein läuft gleich ab.«

»Ist gut.«

»Ich meine, ich könnte noch mal Geld einwerfen …?«

Ich schüttelte den Kopf. »Nein, du musst los. Ist schon in Ordnung.«

Er richtete sich auf. »Hast du einen Anwalt? Hier in London?«

»Ich kümmere mich gleich am Montag darum und sage dir dann Bescheid, bevor ich zurückfliege.«

»Gut. Danke.«

»Oliver?«

»Ja?«

Einen Moment lang war ich von einer solchen Sehnsucht erfüllt, einfach seine Hand zu nehmen und mit ihm aus dem Park zu spazieren, wieder mit ihm zusammen und ihm ergeben zu sein. Ich wollte es so sehr, dass ich kaum atmen konnte.

Er wartete und versuchte nicht zu zeigen, wie sehr es ihn dorthin zurückzog, wo er herkam.

»Ich wollte nur … ich meine … ich will kein Geld von dir. In der Scheidung. Du hast mir diesen Scheck am Anfang gegeben, die Schadensersatzzahlung von Morris …«

Er runzelte die Stirn. »Das wird dein Anwalt nicht zulassen und ich auch nicht.«

Ich machte eine kurze Pause, denn das interessierte mich eigentlich gar nicht. Ich wollte etwas anderes sagen, auch wenn es zu spät war. Ich wollte ihm sagen, dass ich ihn geliebt hatte und immer lieben würde, aber stattdessen hörte ich mich über Geld sprechen, das Einzige, was nun wirklich nicht zählte. »Okay, dann vielleicht eine kleine Summe. Das Geld, das wir für sie gespart haben, das könnte ich nehmen.«

Er nickte. »Ich sorge dafür, dass wir eine Lösung finden.«

Wir sahen einander an. Wir verabschiedeten uns mit einem Kuss auf die Wange. Dann sah er noch einmal auf die Uhr und ging davon.

# Kapitel 35

Die Straße nach Ammoudi war den ganzen Winter über gesperrt gewesen, um die Stellen auszubessern, die langsam zu den Klippen hin abbröckelten. Auch die Restaurants am Wasser hatten geschlossen und beendeten damit nach über einem Jahrzehnt mein Ritual. Selbst während der Hochsaison, wenn Ingrid und ich von morgens bis abends im Laden standen, hatte ich wenigstens einmal die Woche einen Spaziergang unternommen und dort unten ein Glas Wein getrunken oder etwas gegessen – auf gewisse Art meine letzte Verbindung zu der Frau, die ich damals nach meiner Ankunft in Oia gewesen war. Damals kam ich keinen Tag ohne diese höllische Klettertour aus, denn jeder weitere Schritt die steilen Klippenpfade hinauf oder hinunter hatten den Moment hinausgezögert, an dem Emmas Fehlen mich erneut von innen heraus auffressen würde. Als jetzt die Straße und die Restaurants wieder eröffnet wurden, merkte ich, dass ich die Gewohnheit abgelegt hatte.

Ich ging immer noch hinunter nach Armeni, wenn sich die Gelegenheit bot, setzte mich an einen Tisch in der Taverne und sah zu, wie ausgemergelte Katzenfamilien um die Gäste herumstrichen und miauend um Futter bettelten, bis Yorgos sie verscheuchte. Oft erschreckten seine Schreie die Gäste mehr als die Katzen, woraufhin er den Touristen sogleich Karten für eine Bootsfahrt anbot (sein Sohn war immer noch Kapitän).

Im Sommer war Armeni ein beliebter Ankerplatz für Yachten und die eine oder andere tauchte jetzt schon vor Ostern auf. Auch der letzte Bootsschuppen war inzwischen seit ein paar Jahren geschlossen. Dymas hatte einen Job auf dem Bau in Baxedas angenommen. Ab und zu zimmerte er immer noch Rahmen für uns, aber meistens kauften wir jetzt Fertigrahmen en gros ein und bearbeiteten oder bemalten sie selbst. Es war die kostengünstigste Variante.

Es war traurig, die ganzen Bootsschuppen mit den verriegelten Toren zu sehen. Ich dachte an all die Segelschiffe, die hier im neunzehnten Jahrhundert gebaut worden waren, als diese sieben Werften Hochkonjunktur hatten und im Frühjahr der Hafen voller Schoner war. Damals lebten die Menschen in Oia im festen Rhythmus von Reparatur und Reise, Abfahrt und Wiederkehr – immer und immer wieder, so regelmäßig wie die Gezeiten. Damals war Oia unter dem Namen ›Kapitänsdorf‹ bekannt gewesen. Doch mit jedem neuen Jahr des zwanzigsten Jahrhunderts hatte es seine Vormachtstellung Stück für Stück eingebüßt. Der Ort hatte sich gerade an seinen gesunkenen Status gewöhnt, als das Erdbeben ihm den Todesstoß versetzte. Erst jetzt sah ich, welch Wunder es war, dass Oia wiederauferstanden war, wie Leute wie Anatole und Eleni den Ort buchstäblich von den Toten auferweckt hatten. Da war Elenis bittersüßes Verhältnis zu den Touristen nur verständlich. Für sie war der Ort so wertvoll wie ein erstgeborener Sohn: Niemand würde je gut genug dafür sein.

Panomeréa, wie die meisten touristischen Läden, nahm pünktlich zu Ostern wieder seine verlängerten Öffnungszeiten auf. ›Schwerstarbeit‹, nannte Ingrid die Zwölfstundentage, und wahrhaftig kamen einem die ersten Wochen fast wie eine Strafe vor und waren anstrengender als gegen Ende der Saison. Zumindest hatten wir uns bis September ans Herumstehen, Lächeln und den Smalltalk gewöhnt.

So stand ich eines Abends Mitte April alleine im Laden,

der Rücken tat mir weh, und ich sehnte mich mehr nach einem Drink, als eigentlich gut war. Am liebsten hätte ich mich auf dem Tisch zusammengerollt und ein Schläfchen gehalten. Wenn ich meinen Schlummer genau auf den Sonnenuntergang abstimmte, wäre ich sogar ziemlich sicher. Denn für eine Stunde jeden Tag war die Marmara wie ausgestorben, weil sich alle bei der Burg oder auf den Terrassen Richtung Westen hinaus befanden. Dies gehörte zu den Dingen, die sich nie änderten.

Heute jedoch geschah etwas Ungewöhnliches. Als der Himmel gerade seinen schönsten Farbton annahm, staksten ein Paar schlanke Beine in gemusterten Strumpfhosen die Treppe herunter und eine junge Frau tauchte im Türrahmen auf. Sie trug ein gestreiftes Kleid, das mir seltsam bekannt vorkam, und darüber ein zerrissenes Tournee-T-Shirt. Einen dünnen schwarzen Schal hatte sie einmal um den Hals geschlungen, so dass das Ende ihr bis zur Hüfte hinunterbaumelte. Ihr Haar war dick und dunkel und ihre weit auseinanderstehenden Augen blinzelten mehrmals, um sich an die helle Spotlight-Beleuchtung zu gewöhnen. Dann hob sie grüßend eine Hand.

»Hallo. Bist du meine Tante Rachel?«

In meiner Brust zog sich etwas schmerzhaft zusammen, als hätte mir ein Faustschlag die Luft genommen. »Entschuldigung, wie bitte?«

»Ich bin Catherine. Catherine Challoner.«

»Cat?« Einen Moment lang starrte ich sie gleichermaßen erschrocken und entzückt an. Sie kam mir vor wie eine Figur aus einem Gemälde, die plötzlich in den dreidimensionalen Raum tritt. Und im Grunde war sie genau das. Ich hatte sie zum letzten Mal im Alter von sechs Jahren leibhaftig gesehen, am Morgen von Emmas Tod. Ich schloss meine Augen und öffnete sie wieder: Da stand sie, sah mich unverwandt an und spielte am Riemen ihrer Handtasche herum. Eindeutig aus Fleisch und Blut.

»Ist alles in Ordnung?«, fragte sie, offensichtlich belustigt.

»Bist du's wirklich?«, flüsterte ich.

»Klaro. Nun schau mich nicht so an, das macht einem ja richtig Angst.« Ihre melodiöse, gedehnte Sprechweise klang so gar nicht wie der gepflegte Tonfall ihrer Mutter, sondern ganz neu, unerwartet zynisch, als könne nichts auf der Welt sie mehr überraschen.

»Was machst du denn hier?« Meine Beine unterm Ladentisch zitterten und ich traute mich noch nicht aufzustehen.

»Dich besuchen natürlich.« Sie lächelte. Tobys Lächeln, verschmitzt und freundlich zugleich.

»Kannst du … kannst du dich denn noch an mich erinnern?«

Sie nickte. »Ein bisschen. Ich habe dich natürlich auf Fotos gesehen. Jeden Tag. Du hängst bei uns an der Wand. Mum und Dads Hochzeitsbilder.«

»Ja, klar. Ich war Trauzeugin.«

»Und dann die vielen Kinderfotos. Mum hat ganze Alben voll davon.« Sie schien ein wenig zu zögern, bevor sie fortfuhr: »An Emma kann ich mich besser erinnern. Wir haben zusammen Ostereier bemalt. Ich musste gerade erst wieder daran denken, wegen der ganzen Osterdeko überall. Oh, ist es okay, Emma zu erwähnen?«

»Aber selbstverständlich«, antwortete ich. »Ich erinnere mich auch an die Ostereier, jetzt wo du's sagst. Sie waren sehr hübsch. Eine von euch hat einen Preis beim Wettbewerb im Café unten an der Straße gewonnen.« Ich wusste noch genau, dass es Emma gewesen war, denn Ostern 1994 war für mich noch wie gestern, während es für Cat ewig zurückliegen musste.

»Na, das war garantiert nicht ich«, sagte sie. »Ich bin total mies in Kunst. In den meisten Dingen eigentlich.«

»Ich bin sicher, das ist nicht wahr.« Ich starrte sie immer

noch an. Sie war groß und graziös, oder zumindest fast graziös, denn ihre Bewegungen waren immer noch ein wenig befangen, als experimentiere sie noch mit dem Erwachsensein, als sei das Konzept ihr noch so neu, dass andere es vielleicht auch merken könnten. Dieser gelangweilte Tonfall war lediglich typisch für die großen Kinder in diesem Alter. So würde Emma auch sein, oder? Genau so. Denk nicht drüber nach, warnte ich mich eindringlich. Fang ja nicht an zu weinen und bring Cat damit in Verlegenheit. Aber sie war so wunderschön, und so lebendig! Ihre Lebendigkeit war fast übermenschlich, ihr Körper so nah, dass ich seine Wärme fühlen und den leichten Schweißfilm auf ihrer Stirn erkennen konnte. Ich konnte spüren, wie in ihr Sicherheitsbedürfnis und Abenteuerlust miteinander kämpften. Das Abenteuer lockte offenbar mehr.

»Was machst du denn hier in Santorin?«, fragte ich. »Bist du zum Urlaub mit deinen Eltern da?«

»Nö, nur ich allein.«

Einen Augenblick lang fürchtete ich, sie sei ohne Erlaubnis abgehauen, bis mir wieder einfiel, dass sie ja schon sechzehn war. Ich hatte ihr im Januar eine Karte geschickt. Ihr Geburtstag kam zuerst, dann Daisy vier Monate später und Emma als Letzte, das Julibaby, das Oliver und ich beinahe Julia getauft hätten. Sechzehn. Sie konnte ohne die Einwilligung ihrer Eltern verreisen. Sie konnte eine Menge Dinge ohne die Einwilligung ihrer Eltern tun.

Sie trat einen Schritt oder zwei vor und betrachtete die ausgestellten Fotos, die ihr am nächsten waren, genauer. »Das ist ein cooler Laden. Gehört der dir?«

»Ja, mir und einer Freundin.« Ich folgte ihrem Blick zu einer Aufnahme, die zwei Kinder zeigte, die mit baumelnden Beinen auf einer Mauer in Pyrgos saßen, die Augen im hellen Sonnenlicht zusammengekniffen. Wie oft hatte ich mir überlegt, wer diese Kleinen waren, wie ihr Leben ausgesehen hatte, als das Foto gemacht wurde, und wie sie sich später entwickelt hatten. Wie oft hatte ich mir vorgestellt, das Foto stelle eine echte Verbindung zwischen mir und dieser unbekannten Vergangenheit dar? Doch vor mir stand nun der Beweis, dass Fotos nie dasselbe sind und auch nie sein können. All diese Aufnahmen von Cat, die Palmer Monat für Monat geschickt hatte – und nicht eine davon besaß auch nur ein Tausendstel der emotionalen Kraft ihrer Gegenwart nach nur zwei Minuten. Für eine Sekunde verlor das Panomeréa-Unternehmen für mich jegliche Bedeutung. Es war nichts weiter als das Fantasiegebilde zweier Frauen, was ›Kunst‹ sein könnte, es war leer und aufgeblasen. Ich dachte plötzlich an diese schreckliche Formulierung, die manche Menschen verwendeten, wenn sie von einer Idee oder einem Arbeitsprojekt sprachen, das eine menschliche Lücke füllte: ›Das ist mein Baby.‹

Ich versuchte, mich zusammenzureißen, denn Cat erwartete offensichtlich, dass ich in dieser Begegnung die Führung übernehmen würde. Sie hatte ihren Teil getan, sie war hergekommen. »Cat, weiß Mariel … weiß deine Mutter denn, dass du hier bist?«

Diese Frage schien sie in Habachtstellung zu versetzen, gefolgt von kokettem Augenaufschlag. »Ähm, es wäre *möglich*, dass sie glaubt, ich bin bei meiner Freundin Lara in Sussex. Ein schöner ruhiger Ort zum Lernen. Ups!«

»Und was ist mit der Schule?«

»Wir haben doch Osterferien. Und ja, ich habe mein Lernzeug mitgebracht.«

Ich musste lächeln. »Hör zu, Cat, ich kann hier erst in ein oder zwei Stunden dichtmachen, nach dem Sonnenuntergang. Aber ich könnte uns einen Kaffee kochen und du erzählst mir so lange, was los ist?«

»Prima.«

Meine Hände zitterten leicht, als ich das Wasser eingoss, aber

Cat schien nichts zu bemerken. Als wir uns mit unseren Tassen auf den alten Hockern niedergelassen hatten, holte sie theatralisch Luft und verkündete: »Der Grund, weshalb ich hier bin, ist, dass Onkel Ollie und Tante Jen eine Affäre haben.«

Ich formte mit den Lippen ein besorgtes »Oh?«, obwohl das für mich ja nichts Neues war. Wieder fiel mir dieser wunderbare Gegensatz ihrer Wortwahl auf, das kindische ›Onkel/Tante‹ im Kontrast zum abgeklärten ›eine Affäre haben‹, als seien ihr solche Dinge seit Ewigkeiten ein Begriff.

»Alles hat sich verändert.« Ihr Mund blieb trotzig, während die Augen mich anzuflehen schienen. »Sie *wohnen* jetzt bei ihm. Daisy *hasst* es. Es ist einfach *grotesk*! Aber wir dachten, nun ja, du bist schließlich immer noch mit Onkel Ollie verheiratet …«

»Aber das ist bereits über zehn Jahre her, meine Süße.« Meine Süße hatte ich Emma immer genannt, wie selbstverständlich es mir über die Lippen kam.

Cat warf mir einen seltsamen Blick zu, gab aber keinen Kommentar von sich. Vielleicht hatte sie sich auf solche kleinen Eigenheiten einer alten Jungfer eingestellt. »Mum sagt jedenfalls, du bist die Einzige, die das klären kann. Wenn du es nur willst.« Das hatte Mariel garantiert nicht gesagt, so viel wusste ich, zumindest nicht zu Cat direkt. Vielleicht hatte sie eine an Toby gerichtete Bemerkung mitgehört. Die passte nun perfekt in ihre Kampagne der Rebellion.

Ich legte meine Hand auf ihren Unterarm, ganz leicht, als hätte ich Angst vor einem elektrischen Schlag. »Wir lassen uns scheiden, Cat. Es tut mir leid, wirklich. Ich habe Oliver vor ein paar Wochen getroffen, um mit ihm darüber zu sprechen. Nächsten Monat soll das vorläufige Scheidungsurteil gefällt werden.«

Ihre Gesichtszüge entgleisten. »Was? Das hat Onkel Ollie aber schön für sich behalten. Ich wusste doch, ich hätte früher herkommen sollen. Ich hab's Daisy gesagt. Gott, warum müssen sie um alles so ein verdammtes Geheimnis machen?!«

»Vielleicht wollte er es nicht gerne herumposaunen«, sagte ich. »Mir jedenfalls ging es so. Aber es ist die Wahrheit, und damit können er und Jenny zusammen sein, mit wem sie wollen.«

»Sollten sie aber nicht. Es ist *eklig.*«

»Versteht ihr Mädchen euch denn nicht mit ihm?«

»Na, er ist schon in Ordnung. Aber er ist nicht Daisys Vater, oder? Er ist ihr *Onkel.*«

»Nicht wirklich. Nicht im verwandtschaftlichen Sinn.«

»Hmm. Wie auch immer.«

Ich versuchte es erneut. »Bestimmt haben viele deiner Freunde geschiedene Eltern, neue Familien –«

Sie unterbrach mich. »Aber das hier ist anders.«

Ich schwieg einen Moment lang. Sie hatte ja recht. »Wie kommt Daisy denn damit klar?«

»Ach, die spricht nicht mehr mit ihrer Mutter. Seit Ewigkeiten schon nicht mehr. Nicht seit sie dort eingezogen sind. Sie verbringt jetzt mehr Zeit bei ihrem Dad. *Sie* lässt sich nicht kaufen.«

Die Heftigkeit in ihrem Ton überraschte mich. Mir kamen zwei Gedanken: Erstens, der Ärger der Mädchen richtete sich direkt gegen Jenny; und zweitens, Cat und Daisy standen sich so nah, dass Cat die Empörung ihrer Freundin wie ihre eigene empfand. So falsch Ersteres auch sein mochte, so sehr freute ich mich jedoch über Letzteres.

»Daisy sagt, ihre Mutter hat ihr ganzes Leben damit verbracht, sich Sorgen ums Geld zu machen, und jetzt findet sie es fantastisch, alles haben zu können, was sie will –«

»Schau«, unterbrach ich sie, diesmal ein wenig ungeduldiger, »so ist Daisys Mutter nicht. Wenn du glaubst, sie hätte sich ›kaufen‹ lassen, dann stimmt das nicht. Sie kennt Oliver schon sehr lange, seit ihr alle Babys wart –«

»Genau das meine ich doch! Deshalb ist es ja so widerlich! Wie Inzest!«

Ich musste ein Lächeln unterdrücken. Die unlogische Argumentation, die glühende Leidenschaft – hier hatte ich genau die pubertäre Melodramatik, die Mariel, Jenny und ich gleichermaßen erhofft und gefürchtet hatten. Oft hatten wir davon gesprochen, dass wir die Mädchen in dem Alter ›verlieren‹ würden, während jede heimlich hoffte, ihr Nachwuchs würde die Ausnahme von der Regel darstellen. »Sie werden zu Monstern«, pflegte Mariel zu sagen. »Mädchen sind schlimmer, das sagen alle. Aber wir bekommen sie zurück. Wir bekommen sie zurück, wenn sie zu vernünftigen Erwachsenen geworden sind.« – »Umso mehr ein Grund, zwei Ersatzmütter im Hintergrund zu haben«, hatte Jen erwidert. »Wenn eine von uns durchdreht, können die anderen übernehmen.«

Ich blinzelte und fühlte Schuldgefühle in mir aufsteigen. »Daisy wird sich bestimmt wieder mit ihrer Mutter vertragen. Und ihrem Vater wird es gutgehen. Er hat doch jetzt auch eine neue Beziehung, oder?«

Cat durchbohrte mich mit ihrem Blick. »Dann macht es dir also nichts aus?« Sie schaute finster drein. »Blöde Frage. Wenn dem so wäre, wärst du schon vor Jahren zurückgekommen.«

»Ach, Cat, das stimmt nicht, ich schwör's dir. Ich weiß eben nur, dass sich diese Dinge klären werden.« Niemand ist gestorben, alles lässt sich lösen. Wie hatte Mariel es einst genannt, wenn unsere Männer in die Offensive gingen? Zwergen-Aufstände. Und mehr war das hier auch nicht. Am Ende würden alle wieder zufrieden sein.

Ich wartete, bis sie ihren Kaffee in großen Schlucken ausgetrunken hatte, als könne sie es nicht erwarten, davonzustaksen, bevor ich fragte: »Wo übernachtest du denn, Liebes?«

»Keine Ahnung.« Sie zeigte auf einen Rucksack, den sie oben an der Treppe abgestellt hatte.

»Du darfst natürlich gerne bei mir wohnen, aber da ist es ziemlich eng. Es gibt noch nicht mal ein Gästezimmer. Soll ich dir ein Zimmer in einem netten Hotel besorgen? Der Osteransturm müsste inzwischen abgeklungen sein. Gib mir einen Moment, dann tätige ich ein paar Anrufe.«

Das Ilias war ausgebucht, aber in den Swallow Suites war es ruhiger. Ich schloss den Laden für einen halbe Stunde, spazierte mit ihr nach Perivolas hoch, half ihr beim Einchecken und versicherte ihr, dass sie nicht würde bezahlen müssen. Dann ließ ich sie allein, damit sie duschen und sich ausruhen konnte. In ihrem bunten Stilmix, das Päckchen Marlboro Lights wie ein Schatz an den Körper gedrückt, wirkte sie in der schicken Umgebung wie ein Model, das sich zwischen den Shootings ausruht. Ich beschloss, die Zigaretten unkommentiert zu lassen.

»Es ist schön, dass du gekommen bist«, sagte ich, bevor ich das Zimmer verließ. »Wirklich schön. Du bist zu so einem hübschen Mädchen herangewachsen, Cat.«

»Ahh, danke, Tante Rachel.« Auf einmal wirkte sie zugleich schüchterner und sensibler. »Tut mir leid, dass ich vorhin etwas unhöflich war. Dieses ganze Zeug interessiert dich sicher nicht die Bohne! Ich bin nur einfach ein bisschen enttäuscht, weißt du.«

»Das verstehe ich gut, mach dir keine Sorgen. Wir reden später in Ruhe.«

Beim Gehen musste ich kurz vor einer von Christos' Spiegelnischen halten, um die Tränen wegzuwischen und mich wieder zusammenzureißen.

Ich führte sie zu einem späten Abendessen in die Schwarze Perle aus. Ich konnte nicht anders, als mir auszumalen, dass dieses außergewöhnliche Mädchen meine Tochter war. Sie hatte zum aktuellen Anlass großzügige Mengen Make-up aufgetragen, und obwohl ihre Augen mit dem dunkelgrauen Lidschatten riesig wirkten, konnte man immer noch sehen, wie perfekt ihre Haut und wie frisch und rein das Weiß ihrer Augen war. Sie strahlte eine solche Reinheit aus, egal, was für Worte sie in den Mund nahm oder was sie Oliver zufolge sonst so anstellte. Es verschlug mir den Atem zu wissen, dass mein Stolz auf sie nur ein Bruchteil dessen sein konnte, was Mariel empfinden musste. Was hatte sie damals über die Gefühle gesagt, wenn man jemanden ansah, der sich dessen nicht bewusst war? Wie fühlte es sich wohl an, wenn sie Cat anschaute, ihre fast erwachsene Tochter? Wenn ich Emmas Fehlen wie nagenden Hunger spürte, glich Cats Existenz für sie dann einem warmen vollen Bauch, sicher und zufrieden?

Cat nahm meinen Vorschlag zu Aperitif und einer Flasche Wein an. Sie trank zügig und geübt und rauchte zwischen jedem Gang. Genauso gut hätte sie fünfunddreißig sein können.

»Und?« Sie hob das Kinn, um den Rauch auszublasen. »Hab ich dich geschockt, als ich hier einfach so aufgetaucht bin?«

Ich antwortete nicht sofort. »Ja, das hast du. Ich finde es interessant, dass du gekommen bist und nicht Daisy selbst.«

»Ich bin sechzehn, sie noch nicht. Da kann man so was leichter abziehen. Außerdem büffelt sie.«

»Solltest du das nicht auch?«

»Tu ich doch, hab ich doch schon gesagt. Aber wir haben die ganze Zeit darüber geredet, mein Gott, seit Ewigkeiten schon, und es wäre lächerlich gewesen, nicht endlich etwas deswegen zu unternehmen.«

»Ach ja?«

»Wir waren uns sicher, dass du helfen kannst, aber Daisy meinte, es sei nicht okay, dich damit zu belästigen. Sie sagte, es wäre ›ungeheuerlich‹ für dich. Sie trägt manchmal gerne ein bisschen dick auf.«

»Dann weiß sie also auch nicht, dass du hier bist?«

Cat ignorierte das ›auch nicht‹ und meinte: »Klar weiß sie es. Und Lara. Man kann nicht ohne Komplizen abhauen.«

Ich lachte. Sie hatte so viel Charme. Ich konnte mir genau vorstellen, wie sie sich ausgemalt hatten, ich würde sofort angebraust kommen, Oliver und Jen in flagranti erwischen und dieser Verbindung ein Ende bereiten, die ihnen nicht in den Kram passte – ungeachtet der Gefühle der restlichen Beteiligten. Ich konnte mich noch gut an die Intrigen und Szenarien meiner eigenen Pubertät erinnern. Sie waren so lebendig wie später als Erwachsene gewesen. In diesem Alter fehlte einem lediglich noch das Bewusstsein, dass andere Menschen nicht bloße Schauspieler waren, denen man Regieanweisungen geben und Sätze in den Mund legen konnte, sondern dass sie leider dazu neigten, auf ihre ganz eigene Art zu agieren.

»Dir ist klar, dass ich auf einem Anruf bei deiner Mutter bestehen muss, oder?«

»Schon erledigt.« Sie zeigte auf das Handy, das neben ihrem Brotteller auf dem Tisch lag.

»Ich meine, um ihr zu sagen, wo du wirklich bist.«

Sie verdrehte die Augen. »Ich schätze, ja.«

Ich spürte, dass sie es tun würde. Was hatte Oliver gesagt? Sie hat einen guten Charakter. »Weißt du, ich finde es ganz schön mutig von dir, ganz allein den weiten Weg hierherzukommen, und auch noch im Auftrag von jemand anderem. Ihr müsst ziemlich gute Freundinnen sein.«

»Klar. Wie Schwestern, schätze ich mal.«

»So war das schon früher. Ihr habt euch wie Schwestern gestritten, aber gleichzeitig wart ihr auch ein Herz und eine Seele. Für andere Kinder war es richtig schwierig, da reinzukommen. Ihr habt immer gesagt: ›Tut uns leid, aber hier hat's nur Platz für drei.‹«

Sie wurde still, denn sie wusste, dass ich von Emma sprach.

Einen Moment lang schien sie unsicher, was sie als Nächstes sagen sollte.

»Mum und Dad haben immer behauptet, dass wir dich in den Ferien besuchen würden, aber da ist nie was draus geworden. Sie versprechen *dauernd* Sachen und halten sie dann nicht.«

Ich lächelte. »Ich wollte sie auch besuchen, als ich in London bei meiner Mutter war. Aber irgendwie habe ich es wohl nie geschafft.« Ich hielt inne. »Es tut mir leid, dass ich nicht für dich da war, Cat, als du aufgewachsen bist. Ich war keine besonders tolle Patentante, was?«

»Hast *du* denn einen neuen Partner?«, wollte sie plötzlich wissen. »Jemanden hier?«

Ich sah überrascht auf. »Nein.«

»Niemanden? Nie? Mum sagt …« Sie unterbrach sich und zog eine Grimasse.

»Deine Mum hat gesagt, dass es jemanden gibt?«

»Nein, nun ja, nicht direkt. Wahrscheinlich hat sie nur gemeint, dass das der Grund sein könnte, warum du nicht mehr zurückgekommen bist. Und du bist so cool in Bezug auf Onkel Ollie, deshalb dachte ich, vielleicht liegt es daran.«

»Nein, leider nicht. Es gab da jemanden, den ich mochte, aber …« Ich suchte nach Worten. »Aber es ist nichts daraus geworden.«

Cat sah mich erstaunt an. »Warum?«

»Kein besonderer Grund, nur die Umstände, schätze ich. Schlechtes Timing.«

»Oh.« Sie wirkte enttäuscht. Umstände und Timing waren für eine Sechzehnjährige lahme Ausreden. Ich suchte in Gedanken nach Alternativgründen, den echten Gründen, doch wahrscheinlich würden Angst und Pessimismus nicht viel besser ankommen.

»Wirst du denn *je* zurückkommen?« Sie griff nach ihren Zigaretten und klopfte mit einer geübt gegen die Schachtel. »Zurück nach London ziehen, meine ich.«

»›Je‹ ist eine lange Zeit.« Ich lächelte.

»Stimmt, so wie in ›wird die Schule *je* enden‹? Und was dann? Wofür machen sie das ganze Theater? Für noch mehr Schule.«

»Die Uni? Das ist immer noch besser, als seinen Lebensunterhalt zu verdienen. Da bist du dann echt auf dich allein gestellt.«

»Ich kann's kaum erwarten!« Grinsend zündete sie ihre Zigarette an.

Und wie ich sie so an diesem Abend sah, erwachsen und selbstbewusst, wusste ich, dass ich mir keine Sorgen um sie machen musste und nie gemacht hatte. Die junge Frau vor mir war so gut auf die Welt vorbereitet, dass sie den ersten Schritt hinein schon getan hatte.

Am nächsten Morgen hatte ich einen Termin bei der Bank, den ich nicht verschieben konnte, und als ich im Laden ankam, war Cat bereits dort. Bruchstücke ihrer Unterhaltung mit Ingrid drangen die Stufen zu mir hoch:

»Das ist ein supertoller Rock, Cat. Mensch, was hast du nur für eine superschlanke Taille! Da kann man ja mit zwei Händen rumfassen. Kann ich mir deine Taille für meinen Hochzeitstag ausleihen?«

»Ich bin gar nicht so dünn. Da solltest du mal ein paar der Mädchen in meiner Klasse sehen.«

»Aber mal ernsthaft, hast du je daran gedacht, Model zu werden?«

»Ja, schon. Im TopShop – das ist ein total cooler Klamottenladen in London – hat mich mal eine Frau angesprochen, die meinte, sie sei Agentin. Sie hat ein Foto von mir gemacht und ich musste ihr versprechen, mich bei ihrer Agentur zu melden, aber Mum war davon nicht so begeistert. Sie sagte, ich sei zu jung und dass Models hohl im Kopf seien und es die Entwicklung bremse. Und als ich dann mit meiner Freundin Daisy hin bin, haben sie so ein Trara wegen meiner Narbe gemacht, da dachte ich mir ›Scheiß drauf‹ und bin gegangen.«

Ingrid musste sie fragend angesehen haben, denn Cat fuhr fort: »Hier an meinem Bein, schau. Die Haut ist dort ganz seltsam und silbrig … Ich hatte einen Unfall, als ich klein war. Dabei hat es mir das ganze Bein aufgerissen.«

»Oh, war das mit Rachels Tochter Emma?«

»Genau. Sie ist gestorben. Ich war deshalb ewig in Therapie. Es war schrecklich.«

»Wie war sie denn so?«

»Ich erinnere mich nicht mehr so gut. Ich wünschte, ich täte es. Mum sagt, wir haben ständig zusammen gekichert. Einmal hab ich mir auf der Gymnastikmatte in die Hose gemacht, weil sie mich zum Lachen gebracht hat. Wir haben die Matte rumgedreht, damit man's nicht sieht, aber Miss Morrissey hatte das Ganze beobachtet. Ich musste ein ekliges Paar alte Sporthosen aus dem Schrank tragen. Daran erinnere ich mich.«

Ich hörte die beiden unten lachen. Da ich das Gefühl hatte, nicht länger heimlich zuhören zu dürfen, klapperte ich die Stufen mit übertriebenem Gepolter hinunter. »Hallo, junge Frau! Hast du deine Mutter angerufen, damit sie dich in Gatwick abholt?«

Cat strahlte mich an. »Ja.«

»Prima. Und sie ist nicht allzu böse?«

»Natürlich nicht. Na ja, ein bisschen. Aber keine Sorge, auf dich ist sie nicht sauer.«

»Das ist gut.« Ich hatte nicht angenommen, dass Mariel das sein würde. Ich glaubte nämlich, genau zu wissen, wie sie sich in einer solchen Situation verhalten würde. Ungefähr fünf Sekunden lang wäre sie rasend wütend und dann pragmatisch. Ja, Cat sollte bei ihrer Freundin zum Lernen sein, aber sie war nicht in Gefahr, sie war in guten Händen.

»Hör zu, Cat, ich hab mir überlegt, ob du dir vielleicht was aus dem Laden aussuchen möchtest? Ein Souvenir, ein Geschenk von mir. Zu deinem sechzehnten Geburtstag. Und auch eins für Daisy. Sie kann ihrs ja schon vorab haben.«

»Au ja, danke. Das wäre cool.« Sie ging direkt auf die letzten beiden Aufnahmen von Nikos zu. »Die hier gefallen mir am besten.«

Wahrscheinlich merkte sie, wie Ingrid und ich uns ansahen, denn sie fügte schnell hinzu: »O Scheiße, sind die total teuer oder so? Es stehen keine Preise drauf.«

Ich eilte an ihre Seite und nahm die Fotos von der Wand. »Nein, nein, sie sind bloß unsere Lieblingsbilder. Du hast ausgezeichneten Geschmack. Und ich würde sie niemandem lieber schenken als dir.«

Das schien sie zu freuen. Ich merkte, wie aufgeregt sie wurde, als sie zusah, wie wir die Bilder einwickelten und dann vorsichtig in die Tüten aus festem Papier mit der blauen Aufschrift und den Schnurhenkeln schoben. »Wow, vielen, vielen tausend Dank!«

Während wir auf ihr Taxi zum Flughafen warteten, tranken Cat und ich zusammen noch einen Kaffee.

»Ich drücke dir die Daumen für deine Prüfungen, versprochen. Welche Fächer wirst du für deine A-Levels wählen, was meinst du?«

»Französisch, schätze ich. Zumindest darin bin ich gut, nach Mums kleiner Einkerkeraktion *française*.«

»Was war denn das?«

Sie erzählte mir mit großer Begeisterung, wie sie vor knapp einem Jahr etwas mit der ›falschen Sorte‹ Jungs angefangen hatte. Der Auserwählte war neunzehn und sie fünfzehn, und sie gewöhnte sich bald an, mit ihm in Bars und Studentenkneipen abzuhängen, wo sie trank, rauchte und ›Diverses‹ tat (ihre Worte). Mariel hatte jedoch sofort eingegriffen, unbezahlten Urlaub genommen und war mit Cat und Jake nach Frankreich gefahren, wo sie die ganzen Sommerferien verbracht hatten. Es hatte funktioniert, denn von dort aus konnte Cat sich kaum heimlich nach London schleichen, und auch vor Ort gab es keine netten jungen Franzosen, mit denen sie aus Trotz hätte anbändeln können. Als im Herbst die Schule wieder anfing, fand sie heraus, dass ihr alter Lover sich schnell anderweitig getröstet hatte (»Der Mistkerl!«), und Cats Französisch hatte sich so verbessert, dass ihre Lehrer vorschlugen, sie solle es für die letzten zwei Schuljahre als A-Level-Fach wählen. »Ende gut, alles gut, wie es so schön heißt.«

Ich hob die Augenbrauen. »Klingt, als würdest du deinen Eltern gerne mal ein bisschen Kopfzerbrechen bereiten.«

Sie grinste. »Dad meint, das sei mein gutes Recht. Was soll ich darauf schon sagen?«

Ich konnte nicht anders, als zurückzulächeln. »Und was ist mit Daisy? Welche Fächer möchte die gerne machen?«

Cat lachte. »Ach, höchstwahrscheinlich alles. Die ist so schrecklich intelligent.«

Und Emma, wo hätten ihre Interessen wohl gelegen, fragte ich mich. Eher bei den schönen Künsten, wie bei mir, oder doch den Finanzen wie bei ihrem Vater? Oder hätte sie vielleicht die Schule abgebrochen, um mit irgendeinem Kerl in einer Strandhütte in Koh Samui zu leben, in Cornwall Kaffee zu servieren, Trauben auf Santorin zu pflücken … Wie gerne ich ein SOS an alle Eltern schicken würde, die sich um ihre pubertierenden Kinder sorgten. Es war egal, mit welchen Fächern sie abschlossen, wo sie letztendlich aufs College gingen oder ob sie überhaupt gingen, solange man sich nur noch eine Weile in ihrem Licht sonnen konnte.

»Das freut mich für sie«, sagte ich. »Das freut mich für euch beide. Ich bin stolz auf euch.«

Sie lächelte geschmeichelt, und in dem kurzen Moment, bevor ihr einfiel, ihre Freude zu verbergen, sah ich wieder das sechsjährige Mädchen vor mir. »Es wird sich schon alles klären, denke ich. Mum sagt, ich bin ein Glückskind.«

»Wie denn das?« Lächelnd versuchte ich, nicht den Atem anzuhalten.

»Echt wahr. Mir ist aufgefallen, dass immer, wenn alles total schiefgeht, plötzlich alles wieder irgendwie wird. Meistens kriege ich eine zweite Chance. Daisy auch. Ehrlich gesagt ist es ein bisschen seltsam …« Sie verstummte, denn ihre Aufmerksamkeit wurde von einem neuen Kellner abgelenkt, einem hübschen jungen Kerl mit langen Wimpern. So einer, den Ingrid früher zum Frühstück vernascht hätte. Als er ihren Blick bemerkte, sah sie mit auffälligem Desinteresse weg, und ich atmete langsam aus.

Verdankten sie einen Teil dieses Glücks vielleicht mir, mir und Palmer? Oder Oliver?

Falls es so war, würden sie es nie erahnen. Sie wussten nichts davon.

# Kapitel 36

Nachdem ich mich bei unserem letzten Telefonat so blamiert hatte, beschloss ich, diesmal auf Nummer sicher zu gehen und eine E-Mail zu schicken:

*Lieber Palmer,*
*vielen Dank für die ganzen Unterlagen zur Wohnung in Canfield Gardens. Ich bin froh, dass das nun alles abgewickelt ist. Außerdem wollte ich mich für meinen Anruf entschuldigen, als ich das mit Oliver und Jen eben erst herausgefunden hatte. Es tut mir leid, ich hätte Sie da nicht hineinziehen sollen. Ich konnte einfach keinen klaren Gedanken fassen.*

Ich hielt inne und nahm die Finger von der Tastatur. Waren das denn jetzt klare Gedanken? Ein Schmetterling hatte sich in meinem Bauch eingenistet und ich hörte Cats Stimme in meinem Ohr: *Und warum nicht?* Die Umstände, hatte ich geantwortet, schlechtes Timing. *Ach.* Unzureichende Ausflüchte, die in diesem speziellen Schreiben nichts zu suchen hatten. Ich würde es schlicht halten:

*Haben Sie am ersten Wochenende im Juni schon etwas vor? Ingrid und Christos heiraten nämlich und wir haben uns überlegt, ob Sie vielleicht Lust haben zu kommen …*

Für Ingrids Junggesellinnenabschied hatte Eleni sich ein ungewöhnliches Abenteuer ausgedacht: einen Sonnenuntergangs-

Ausflug nach Skaros, der mittelalterlichen Hauptstadt, die von den Klippen bei Imerovigli in einer großen, gezackten Pyramide herausragte. Man konnte sie von Oia aus sehen – genauer gesagt von unserer Dachterrasse. Imerovigli, der höchste Küstenpunkt der Insel, lag näher bei Thira und war bei Touristen sehr beliebt. Einige der besonders luxuriösen Hotels befanden sich dort. Als wir Eleni die engen Küstensträßchen entlang folgten, rief Ingrid immer wieder, wie hübsch es hier doch sei, und spähte mit professionellem Interesse an den ›Nur für Gäste‹-Schildern vorbei. Mir war das Ganze ein wenig zu klaustrophobisch: Die Gassen und Durchgänge waren meist so schmal, dass wir nur im Gänsemarsch hindurchpassten, und jedes Fleckchen war mit Ferienanlagen zugebaut.

»Seht mal, das da unten muss der Weg sein.« Ingrid zeigte auf die höher liegenden Windungen eines *karavolades*-Weges, der als schmaler, staubiger Trampelpfad nach Skaros führte. Lachend tänzelten die beiden auf dem steilen Weg nach unten vor mir her, mit so sicherem Tritt wie Katzen. Man konnte genau das ebene Stück sehen, bevor der Anstieg begann. Auf beiden Seiten ging es steil nach unten. Außer den niedrigen Sträuchern nichts, woran man sich im Falle eines Absturzes festhalten konnte, und das Geländer bestand an den wenigen Stellen, wo es überhaupt existierte, lediglich aus einem rostigen Stück Kabeldraht.

Der Draht war es wohl, der schließlich etwas in mir weckte, was so lange geschlummert hatte. Zuerst kam die Übelkeit, gefolgt von Schwindelgefühl, das sich vom Kopf durch meinen Körper bis in die Fingerspitzen ausbreitete, bis ich den Eindruck hatte, sie seien in sprudelndes Wasser getaucht worden. Ich stellte mir nicht etwa vor zu fallen, sondern ich konnte vielmehr *ganz genau spüren*, wie es sich anfühlen würde, wenn das Wasser auf mich zustürzte, um mich zu verschlingen. Dann kam das Allerschlimmste, ein Gefühl drohender Gefahr, das so intensiv war, als wolle ich mir Blutegel vom Körper reißen: Panik.

»Komm schon, Rachel. Beeil dich!«, rief Ingrid mir von unten zu. »Gleich geht die Sonne unter und da wollen wir doch auf der anderen Seite sein. Ich glaube, es ist weiter, als es aussieht.«

»Wisst ihr was«, stammelte ich und konnte kaum einen weiteren Schritt tun. »Ihr zwei geht am besten ohne mich weiter …«

»Was?«

»Ich glaube, ich kann das nicht.«

Meine Rettung kam, wie passend, in Form einer Kirche, eine der unzähligen kleinen Kapellen der Insel, nicht größer als die, in welcher Christos und Ingrid heiraten würden. Sie stand da schlicht und weiß im Sonnenlicht, bereit für den Moment, wenn ihre Mauern sich rosa verfärben und hundert Kameralinsen sich auf sie richten würden. Ohne genauer hinzusehen, schaffte ich es auf den winzigen Vorplatz, wo ich mich gegen die Mauer sinken ließ und tief durchatmete.

Die anderen eilten zu mir zurück. »Was ist los, Rachel? Du siehst furchtbar aus!«

»Nichts, mir ist nur plötzlich irgendwie schlecht. Immer wenn ich nach unten schaue.«

Eleni wurde ernst. »Hast du Höhenangst? Das wusste ich nicht.«

»Das kann nicht sein!«, rief Ingrid. »Nicht nach all dieser Zeit.«

»Ich hatte das früher, vor Jahren, aber nicht mehr, seit ich hier lebe. Es scheint zurückgekommen zu sein.« Ich betete, dass sie weitergehen möchten, bevor sie meine körperlichen Symptome bemerkten, denn ich zitterte nun heftig und war den Tränen nahe.

Ingrid schien besorgt. »Warum vergessen wir's nicht einfach und fahren zusammen nach Oia zurück?«

Ich sah sie entsetzt an. »Nein, nein, mir geht es gut. Lauft ihr nur weiter. Ich mache ein Foto, wenn ich euch drüben sehe.«

»Nun, wenn du meinst …«

Zu meiner großen Erleichterung waren sie bereit, ohne mich weiterzuziehen. Ich lehnte mich mit dem Rücken an die Terrassenwand, atmete tief durch und konzentrierte mich auf die Einzelheiten meiner direkten Umgebung: die kleine Kirche mit ihrer blauen Tür und dem Kreuz; wie der abblätternde Verputz mit der Farbe auf der Außenwand einer Landkarte glich; die ausgebleichten lilafarbenen Disteln und die helle Asche des Erdreichs.

Ab und zu drehten Eleni und Ingrid sich um, um mir zu winken – Eleni in Khaki war vor der trockenen Erde fast nicht zu erkennen, Ingrid, die Hände auf die Hüften gestützt, die Haare wie ein goldene Fahne im Wind –, und ich bemühte mich, fröhlich zurückzuwinken. Sie blieben stehen, um Mauerreste zu begutachten, die einst Teil einer komplexen geheimen Stadt gewesen waren, und zeigten hinüber nach Oia, das von hier aus wie eine Schicht Gletschereis aussah, das mit dem braunen Matsch verschmolz.

Schließlich nahm ich all meinen Mut zusammen und kroch langsam an den Rand der Mauer. Ich sah hinab. Sofort hatte ich das Gefühl, als baumele ich an einem Bein, aus einem Hubschrauber hängend, über dem offenen Meer. Die Wellen schienen im Takt mit meiner Angst zu wogen. Ich dachte an die Worte meiner Mutter über jenen Tag des Erdbebens – ein Detail, das ich die ganzen Jahre über nicht vergessen hatte. Es kam mir vor, als würde die ganze Insel schwanken. Ich schloss die Augen.

Ich konnte nicht mit Sicherheit sagen, wie viel Zeit vergangen war, als das Geräusch klatschender Hände mich in die Gegenwart zurückholte: das vertraute und leicht absurde Schauspiel von Menschen, die dem Himmel applaudieren.

Sonnenuntergang. Die Spaziergänger, die nach Ingrid an der Kirche vorbeigekommen waren, befanden sich nun schon auf dem Rückweg. Wo blieben Ingrid und Eleni? Demnächst würde ich womöglich meine Ängste überwinden und dem schmalen Pfad folgen müssen, um sicherzugehen, dass ihnen nichts passiert war. Ich schloss wieder die Augen und zählte: noch eine Minute, zwei, drei …

Als ich das nächste Mal hinschaute, waren sie bereits in Sichtweite, natürlich kerngesund. Eleni erreichte mich heftig schnaufend und mit gerötetem Gesicht als Erste. »Geht's besser?«

»Ein bisschen. Tut mir leid, dass ich so ein Feigling war. Keine Ahnung, was da passiert ist.«

»Es ist sehr steil dort, wo man hinübergeht. Das hätte dir nicht gefallen. Selbst ich …« Sie legte die Hand auf den Bauch und öffnete ihren Mund zu einem lautlosen Schrei, um ihr Mitgefühl auszudrücken.

»Die Aussicht ist fantastisch«, schwärmte Ingrid, die sich mit leuchtenden Augen zu uns gesellte. »Wir haben drüben auf der anderen Seite noch eine kleine Kirche entdeckt. Und man kann durchs Fernglas die Touristen sehen, die am Goulas den Sonnenuntergang anschauen.«

»Der Himmel hat eine wunderschöne Farbe«, stimmte ich ihr zu.

Ingrid sah mich aus schmalen Augen an. »Du brauchst einen Drink, und zwar einen ordentlichen. Na komm.« Sie näherte sich mir wie einer Patientin nach einer Hüftoperation.

»Alles in Ordnung, kein Problem. Geh du voran.«

»Gut, dann nehmen wir dich in die Mitte. Dann hast du jemanden links und rechts, nur für den Fall.«

Als wir wieder oben waren und hinter dem festen Fensterglas eines Cafés saßen, konnte ich die Formen im Meer unten wieder vernünftig betrachten. Das hier war also die Region in all ihrer Brutalität. Orte wie dieses Dorf, das nur eine Haaresbreite vom Verschwinden entfernt war und buchstäblich mit jedem Schritt der Wanderer ein Stückchen mehr abbröckelte. Und trotzdem kamen Leute hierher, lebten sogar hier. Was war dies doch für eine außergewöhnliche Insel, musste ich zum wiederholten Male denken.

»Also nun sehe ich die Welt definitiv wieder mit anderen Augen«, erklärte Ingrid. »Bis vor an den Rand zu gehen und sich dann ins Wagnis zu stürzen.«

»Willst du heiraten oder dich umbringen?«, meinte Eleni lachend.

Ich spürte, wie ich mich entspannte und diese seltsame Panikattacke bereits der Vergangenheit angehörte. Das Gefühl verstärkte sich, als der Kellner uns den besten Wein brachte, den er vorrätig hatte. Er schmeckte nach Blaubeeren und Honig.

»Nervös?«, fragte ich Ingrid. Ich hatte plötzlich Angst, mein Verhalten könnte die Stimmung verdorben haben, denn eigentlich wollten wir ja etwas feiern.

Sie grinste. »Wegen der Hochzeit oder wegen des Wiedersehens mit meiner Mutter?«

»Beides.«

»Wegen der Hochzeit nicht wirklich. Aber ja, ganz extrem in Bezug auf Letzteres.« Sie nahm einen großen Schluck Wein. Ich erinnerte mich noch gut an ihren bleichen Gesichtsausdruck, als die Mail ankam, eine Kombination aus Schrecken und Freude. Meine Mutter lebt, sie ist bei Sinnen und sie ist daran interessiert, sich wieder mit mir zu versöhnen! »Ich kann's nicht glauben«, hatte sie immer wieder gesagt. »Das kann kein Scherz sein, oder?«

»Wir bringen sie hierher, ja?«, meinte Eleni. »Nach Skaros? Oder hat sie auch Angst vor der Höhe?«

»Ich glaube, ich habe sie immer nur am Boden gesehen«,

sagte Ingrid nachdenklich. »Höchstens mal oben im Einkaufszentrum. Ist das nicht verrückt?«

Eleni und ich sahen uns an. Wir hatten das Thema unter uns vermieden, möglicherweise aus Angst, einen Blick auf die schlimmsten Befürchtungen der anderen zu erhaschen.

»Und was ist mit dir?«, neckte Ingrid mich. »Bist *du* nervös?«

»Wegen …?«

Sie verdrehte die Augen. »Du weißt genau wegen was. Oder wegen *wem*, sollte ich wohl besser sagen.«

Palmer. Unsere zweite unerwartete Zusage. Er wollte kommen, und die Aussicht machte mich nervös. Nervös und verlegen, nervös und glücklich.

»Ich habe nie genau gewusst, was zwischen euch beiden ist.« Eleni sah mich aufmerksam an. »Er ist nicht verheiratet inzwischen, oder?«

Ingrid schnaubte. »Nur du bist so wild darauf, alle zu verheiraten, Eleni. Außerdem, glaub mir, wenn er eine Frau hätte, dürfte er gar nicht kommen. Schaut euch den armen Nikos an, er steht total unterm Pantoffel!«

Wir lachten und stießen an.

Zwei Tage vor der Hochzeit, während Ingrid die letzten Vorbereitungen im Haus überwachte, fuhr ich zum Flughafen, um ihre Mutter abzuholen. Mit meinem Pappschild ›Rachael Sullivan‹ beobachtete ich die Ankunft der Passagiere durch die Türen zur Gepäckausgabe. Viele Paare und ab und zu größere Gruppen. Selbst diejenigen, die nicht damit rechneten, abgeholt zu werden, musterten die wartenden Gesichter und handgeschriebenen Schilder – als könne der Gott der Transfer-Arrangements sie vielleicht mit einer Überraschungslimousine gesegnet haben –, bevor sie nach draußen zum Bus oder Taxi gingen.

Keine Rachael. Schließlich waren alle meine Schilderkollegen begrüßt worden und mit ihren Besuchern zum Auto gegangen. Dann wartete ich, bis der nächste Schwung kam. Jetzt waren die Namen auf den Schildern deutsch und die Passagiere hatten andere Frisuren und Gepäckstücke. Laut der Anzeigetafel ein Charterflug aus Frankfurt. Wieder keine Rachael. Ich studierte die Monitore. Vielleicht hatte sie ja den Olympic-Anschlussflieger in Athen verpasst und kam stattdessen mit dem nächsten. Doch nachdem auch diese Neuankömmlinge sich verlaufen hatten und ich fast vier Stunden am Flughafen verbracht hatte, gab ich auf und reihte mich ebenfalls in die Taxischlange ein.

Ingrid wartete hinter einem der Fenster von Christos' Haus auf mich, und selbst auf die Entfernung konnte ich ihre Miene in sich zusammenfallen sehen, als sie erkannte, dass ich alleine kam. Doch bis sie mir die Tür öffnete, hatte sie sich wieder unter Kontrolle.

»Ich schätze, sie ist nicht aufgetaucht?«

Ich nahm sie in die Arme – »Es tut mir so leid« –, doch sie entzog sich mir und wandte sich ab.

»Ist schon in Ordnung. Ich hatte nichts anderes erwartet. Ich wollte nur sichergehen. Danke, dass du gefahren bist.«

Ich folgte ihr nach drinnen und bemühte mich um einen lockeren Tonfall: »Vielleicht hat sie ihren Anschlussflug verpasst und kommt stattdessen heute Abend? Oder morgen früh? So wird es sein. Hast du deine Mails abgerufen?«

»Noch nicht. Aber das hat keinen Sinn, glaub mir.« Ich hatte Ingrid noch nie in dieser Stimmung erlebt: mehr als enttäuscht, weinerlich, fast schicksalsergeben, gefährlich. Als sie mir nun den Rücken zudrehte, hörte ich, dass im Hintergrund Musik lief. Ein melancholischer Song, der mir entfernt bekannt vorkam:

*I don't have anything*
*Since I don't have you*

»Was für ein trauriges Lied«, sagte ich leise.

»Ja, nicht wahr? Ich habe es auf einer von Christos' alten Platten gefunden. Meine Mutter hat das die ganze Zeit gehört.« Ich sah, dass sie leise angefangen hatte zu weinen, doch als ich auf sie zuging, um sie zu trösten, gebot sie mir mit einer abrupten Bewegung stehenzubleiben. »Nicht diese Version«, fuhr sie fort, »aber eine andere. Sie hat immer gesagt, es erinnert sie an meinen Vater. Sie war immer in so komischer Stimmung, wenn sie dieses Lied aufgelegt hat.« Sie sah mich mit wildem Blick an. »Die alte Kuh und ihr Selbstmitleid.«

»Vielleicht ist es ja besser so«, meinte ich sanft. Ich war nicht sicher, wie ich mich verhalten sollte, und ließ mich nach einigem Hin und Her auf der Kante eines Sessels nieder. »Vielleicht wäre es ein bisschen zu viel gewesen, ihre Ankunft, so kurz vor der Hochzeit, wo du an so viel denken musst. Ihr hättet gar keine Zeit gehabt, euch wieder richtig zu beschnuppern. Wenn sie stattdessen vielleicht später zu Besuch kommt, wenn du dich eingelebt hast …«

»Ich bin seit zehn Jahren hier, Rachel. Ich würde sagen, ich habe mich ziemlich gut eingelebt!« Ingrid wischte sich die Nase mit Daumen und Zeigefinger ab und drückte ihre Nasenspitze wie zu einer kindlichen Stupsnase hoch. »Weißt du, selbst als ich noch klein war, hat mich das verletzt.«

»Verletzt?«

»Dieses Lied. Was sollte das denn heißen? ›I don't have anything‹ – Ich habe nichts? Wo sie doch *mich* hatte?«

*I don't have love to share*
*And I don't have one who cares*
*I don't have anything*
*Since I don't have you*

»Ach, Liebes, ich bin sicher, so hat sie das nicht gemeint. Was auch immer ihr –«

Wieder unterbrach sie mich, indem sie meine Worte mit

einer Handbewegung wegwischte. »Ist schon okay, Rachel, du musst mich nicht trösten. Geh zurück in den Laden.«

Ich zögerte. Vielleicht war es tatsächlich am besten, sie allein zu lassen, so wie auch ich gerne meine Ruhe hatte, wenn es mir nicht gut ging. »Paula ist dort, das weißt du doch. Sie erwartet mich erst in einer Stunde zurück.«

»Egal.«

Wenigstens ist dieses blöde Lied jetzt aus, dachte ich, als die letzten Takte verklangen, doch zu meinem Entsetzen fing es wieder von vorne an. Sie hatte es auf Endlosschleife gestellt:

*And I don't have fond desires*
*And I don't have happy hours*

»Sollen wir das nicht lieber ausschalten? Ich glaube nicht, dass es besonders weiterhilft.«

Ingrid ignorierte meine Bemerkung. »Ich habe einen Beschluss gefasst«, sagte sie plötzlich und warf mir einen kampflustigen Blick zu. »Ich habe beschlossen, zu Christos zu gehen und ihm zu sagen, dass die Hochzeit abgeblasen ist. Ich finde nicht, dass wir das durchziehen sollten.«

»Wie bitte?«

»Überleg doch mal, Rachel. Jeder weiß, dass die Dinge sich gerne wiederholen. Ich werde dasselbe tun wie meine Mutter, ich werde ein Kind bekommen, Christos wird mich verlassen, ich werde anfangen zu trinken, ich werde ihm wehtun. Was auch sonst? Ich kenne ja nichts anderes.«

»Ingrid, nein. Das ist nicht alles, was du kennst. Und das weißt du genau. Die Tatsache, dass du selbst diese Erfahrung gemacht hast, wird dich gegen all das schützen. Christos wird dich nicht verlassen, er betet dich an ...«

»Er hat seine erste Frau verlassen, oder etwa nicht?«

»Die hat er geheiratet, kaum dass er richtig erwachsen war. Das hier ist etwas ganz anderes. Wie du hat er jemanden gefunden, mit dem er den Rest seines Lebens verbringen will.«

»Das ist doch nur ein Klischee«, brummte sie. »Ich meine, woher willst ausgerechnet du das wissen? Du hast doch deinen Mann verlassen, oder?«

»Ja, aber die Umstände …« (Schon wieder dieses Wort.)

»Die Umstände waren schrecklich, ja, ich weiß, aber du bist trotzdem gegangen. Wer garantiert mir, dass mich nicht das Gleiche erwartet?«

Ich versuchte, ihrem Blick zu begegnen, der wild durchs Zimmer streifte. Als sie mir schließlich in die Augen sah, traf es mich wie ein Blitz und ich zuckte beinahe zurück. »Mein Gott, Rachel, du hast kein alleiniges Anrecht auf Unglück, weißt du! Und diese Kinder, die dir so wichtig sind, Cat und die andere, ist dir nicht klar, dass nichts zählt, außer persönlich für sie da zu sein? Glaub's mir!«

Ich schnappte nach Luft. Ingrids Wangen glühten vor Wut. »Warum verdammt noch mal heiraten die Leute überhaupt, möchte ich mal wissen? Es ist lächerlich. Dumm und lächerlich. Erwachsene Menschen, die sich wie Kinder benehmen und so tun, als würde Glück ewig anhalten.«

»Niemand behauptet, dass das so ist, Ingrid. Niemand weiß, was passieren wird. Aber du musst an das glauben, was du jetzt fühlst.«

»Also, ich glaube, dass etwas ganz Beschissenes geschehen wird, das glaube ich.«

»Niemand weiß …«, wiederholte ich. Inzwischen weinte auch ich, und als sie das bemerkte, schien sie plötzlich innezuhalten.

»He, o Gott, wein doch nicht, Rachel. Ich hätte meinen Mund halten sollen.« Sie stieß einen langen gequälten Seufzer aus. »Hör mir einfach nicht zu.«

»Ich will dir aber zuhören. Und du hast recht, hier geht es nicht um mich.« Ich stand auf und trat einen Schritt auf sie zu. Diesmal erlaubte sie, dass ich sanft nach ihrem Ellbogen griff.

»Denk bitte noch mal drüber nach, bevor du mit Christos sprichst.«

»Ich habe einfach solche Angst. Dass es schiefgeht.« Sie schniefte und benutzte nun den Ärmel, um ihre Nase abzuwischen. »Sie hat mich verhext. Sie ist ein schlechter Mensch, Rachel.« Das hatte sie von Christos und Eleni übernommen, dass wir alle gut oder schlecht waren, keine Abstufungen.

»Ganz im Gegensatz zu dir. Du und Christos, ihr liebt euch. Du wirst eine fantastische Mutter sein, wenn es so weit ist.«

»Vielleicht.«

»Auf jeden Fall. Das zumindest kann ich dir garantieren.«

*I-I-I-I-uh don't have anything*

*Since I don't have you-uu-uu …*

»*Bitte* lass uns das ausschalten.«

»Einverstanden.«

Ich drückte auf die Stopptaste und schlagartig wurde die Stimmung freundlicher, positiver. Stimmen und hämmernde Geräusche drangen durch die offenen Fenster vom Innenhof herein.

»Es tut mir leid, dass sie nicht gekommen ist, wirklich. Aber du hast es versucht. Du musst dir jetzt nichts vorwerfen.«

Ingrid nickte. »Sie hätte es mir sowieso nur verdorben. Insgeheim wusste ich das. Ich hatte nur gehofft, dass vielleicht ein Wunder geschieht. Ich sollte besser mal nachsehen, wie die Jungs mit dem Aufbau der Pavillons vorankommen …«

»Gut. Dann schaue ich bei Paula vorbei. Ich lasse auch Eleni wissen, was passiert ist.«

»Danke.«

Als ich bereits die Tür erreicht hatte, hatte sie sich immer noch nicht von der Stelle gerührt. Sie saß einfach nur da, zupfte an ihrer Unterlippe herum und wirkte einen Moment lang jünger als damals vor zehn Jahren, als ich sie kennengelernt hatte.

Als ich beim Ilias ankam, war ich kurz davor zu explodieren.

»Sie ist nicht gekommen«, stellte Eleni leise fest.

»Nein, ist sie nicht, die blöde Ziege! Was für eine Mutter ist denn diese Frau …?«

Eleni reagierte auf meinen ungewöhnlichen Wutausbruch mit der sonst mir üblichen Gelassenheit. »Ich denke da anders. Was muss in einem Leben geschehen, dass eine Mutter so wird?«

»Nichts entschuldigt das«, tobte ich. »Kinder sollten immer an erster Stelle kommen. Wenn man mit sich selbst Probleme hat, sollte man versuchen, die vor ihnen zu verbergen. Sie verstehen das nicht und werden sonst unglücklich.«

»Ja«, stimmte sie mir zu. »Da hast du recht. So sollte es sein. Aber wenn deine Kinder erwachsen sind …« Sie hielt inne und wog wohl ab, ob sie ihren Satz beenden konnte. »Dann fühlt sich das anders an, als wenn sie noch klein sind.«

Ich nickte. »Da kenne ich mich natürlich nicht aus.«

Sie schenkte uns beiden Kaffee ein und setzte sich zu mir. »Meinst du nicht, dass sie das vielleicht getan hat, weil sie Ingrid liebt?«

Ich sah sie verwundert an. »Wie passt denn das zusammen?«

»Sie will kommen, da bin ich sicher, aber sie weiß vielleicht selbst, dass sie Probleme macht. Vielleicht hat sie Angst, dass sie die Hochzeit mit ihrem Verhalten verderben könnte.«

»Könnte natürlich sein. Daran habe ich gar nicht gedacht.«

»Gott sei Dank ist sie heute *nicht* aufgetaucht. Es hätte viel schlimmer kommen können.«

»Möglicherweise hast du recht.«

Christos veranlasste später, dass sein Agent im Reisebüro ein paar Anrufe tätigte. Rachael Sullivan hatte nicht für ihren Flug eingecheckt. Vor drei Wochen war sie ins Büro der Airline in Melbourne marschiert und hatte ihr Ticket gegen Bargeld getauscht.

# Kapitel 37

*Liebe Rachel,*
*ich wollte Dich als Erste wissen lassen, dass ich vorhabe, wieder zu heiraten, sobald unsere Scheidung durch ist. Jenny und ich werden uns diesen Sommer in London im kleinen Rahmen trauen lassen. Ich hoffe sehr, dass wir Deinen Segen haben. Keiner von uns beiden möchte Dir auf irgendeine Weise Kummer bereiten.*
*Alles Liebe,*
*Oliver*

Ich war mir nicht sicher, warum, aber diese Neuigkeiten veranlassten mich dazu, alles stehen- und liegenzulassen und nach einem Foto zu suchen, das ich damals aus London mitgebracht, aber seit Jahren nicht angeschaut hatte. Toby hatte es von uns sechs gemacht, den drei Müttern mit den drei Töchtern, wie wir bei Mariel in der Küche standen und in einer großen Schüssel Kuchenteig anrührten. Die Mädchen knieten auf Barhockern und hatten die Köpfe so dicht an der Schüssel wie nur möglich. Cat, der Teig an der rechten Wange klebte, hatte ihr Gesicht als Einzige der Kamera zugewandt. »Ihr seid wie ein Hexenzirkel, der die nächste Generation anlernt«, hatte Toby lachend gemeint. Emma wollte prompt wissen, was ein Hexenzirkel sei, woraufhin Toby sie fragte, ob sie eine gute oder eine böse kleine Hexe sei. Eine gute, hatte sie mit ernstem Gesicht geantwortet.

Wir hatten uns für austauschbar gehalten, Mariel, Jenny und ich, bereit, die Töchter der anderen von jetzt auf gleich zu beschützen. Wie lange Jen und ich uns auch schon nicht mehr nahestanden, welche Spannungen auch immer bei unserem letzten Treffen am Werk waren, vor langer Zeit hatte ich von ganzem Herzen geglaubt, sie sei die Frau, der ich meine Tochter anvertrauen würde, wenn mir etwas zustieß. Nun hatte sie tatsächlich meinen Platz eingenommen, und ich besaß weder die Stärke noch den Wunsch, unser Versprechen jetzt zu brechen.

Ja, sie hatten meinen Segen.

Sollte Christos' ›geheimes‹ Oia je existiert haben, so waren diese Zeiten nun definitiv vorbei. Es war das Jahr der Olympischen Spiele und der Ort hatte sich selten so überfüllt angefühlt: Die Besucher waren so zahlreich, dass die Gassen sie gar nicht fassen konnten und man in Seitensträßchen ausweichen musste, um einander Platz zu machen. Szenen für einen Hollywoodfilm waren vor Kurzem hier gedreht worden, der demnächst in den USA in die Kinos kam und dem Ort einen neuen Besucherandrang bescherte. Die Osteuropäer hatten uns zudem auch entdeckt und wurden von ihren Kreuzfahrtschiffen und in Bussen vom Hafen aus angekarrt. Auf einem Schild oben in der Windschutzscheibe war angeschrieben, welche Sprache an Bord gesprochen wurde. Viele stürzten sich sofort auf die Kirchen, in der Hoffnung, dass drinnen vielleicht gerade etwas ›Griechisches‹ im Gange war (idealerweise eine Hochzeit!).

Zur großen Freude der Touristen fanden die Trauungen, nach denen sie so gierten, meist in der Hauptkirche statt, der *Agia Panagia*, wobei anschließend die gesamte Gästeschar in Grüppchen auf den Platz stürmte, was Dorfbewohner und Urlauber in gleichem Maße anlockte und oft ein wildes Durcheinander gab. Abgesehen von den manchmal wirklich auffälligen Trachten der Hochzeitsgesellschaft gehörten zum Beispiel mit Blumen geschmückte Maultiere, in den Himmel aufsteigende Luftballons, Feuerwerk, Musik und generelles Herumgekaspere dazu, ob eingeplant oder nicht.

Es war deshalb eine ganz schöne Leistung für Ingrid und Christos, ihre Hochzeit so diskret und unaufwändig zu halten wie geplant. Der Weg vom Haus zur Kapelle würde sie zwar auf öffentliche Pfade, aber nicht allzu dicht an die Hauptstraßen führen. Als die Türen sich schlossen, damit die Zeremonie beginnen konnte, blieben nur eine Handvoll interessierte Gesichter außen vor, und die einzige Kamera innen war die von Manfred.

Mein Griechisch war letztendlich nie viel besser geworden, aber ich konnte das Ereignis wenigstens auf optischem Level genießen. Christos trug einen wunderschönen, cremefarbenen Anzug und Ingrid ein langes hellgelbes Kleid, dessen Ausschnitt mit Muscheln besetzt war. Die Haare fielen ihr lose über den Rücken und der Effekt war so schön und einfach, wie die Kulisse es verlangte. In der Kapelle war es dermaßen beengt, dass alle unter einer gewissen Spannung standen und selbst auf das leiseste Fußscharren hörten. Ein kleines Kind zappelte herum und kicherte. Manfred versuchte, das Klicken seiner Kamera zu dämpfen. Vor uns in der Mitte reichte der Priester Christos und Ingrid weiße Kerzen und steckte ihnen die Ringe an die Finger. Es folgte ein kompliziertes Ritual des wieder Abstreifens und gegenseitigen Ansteckens, bis sie sich schließlich für den Rest der Zeremonie an der Hand halten durften. Die ganze Zeit über blieben ihre Gesichter so feierlich wie die der Heiligen an den Wänden und im gelben Kerzenschein ebenso golden. Zuletzt setzte ihnen der Priester die *stefana* – die Blumenkrone – auf den Kopf, als Zeichen ihrer Verbindung. Es gab Wein, sie schritten einmal gemeinsam um den Tisch am Altar, und dann waren sie verheiratet.

Oliver waren einst Zweifel in Bezug auf mich gekommen. Es geschah einige Monate vor unserer Hochzeit. Er war mit Kollegen aus, die ihn aufzogen, er sei viel zu jung, um sich schon fest zu binden, eine viel zu gute Partie, und die damit seine eigenen Bedenken wieder entfachten, die er ausgelöscht zu haben glaubte. Hatte er mir den Antrag gemacht und heiratete er mich, weil mein Vater vor Kurzem gestorben war? Weil ich so offensichtlich der Rettung bedurfte und er zufällig zur rechten Zeit am rechten Ort war? Die Frage, die er sich an jenem Abend stellte, war: War es für ihn vielleicht der falsche Ort und die falsche Zeit?

Als er von Stunde zu Stunde kältere Füße bekam und ihm der eine fast abfror, machte er einen Deal mit sich. Wenn er aus der Kneipe auf die Straße hinaustrat und innerhalb von sechzig Sekunden ein Taxi bekam, würde er die Hochzeit durchziehen und mit mir zusammenbleiben. Es wäre ein Zeichen. Aber wenn eine Minute verstrich und er kein Taxi ergatterte, dann sollte es nicht sein. Er zählte sogar die Sekunden auf seiner funkelnden neuen Uhr, ein limitiertes Modell irgendeines Schweizer Herstellers, die er sich von seiner letzten Bonuszahlung geleistet hatte.

»Ich dachte, das wüsstest du«, sagte Gwen Jahre später zu mir, als wir ausnahmsweise mal nur zu zweit beisammensaßen und ein bisschen zu viel Wein getrunken hatten.

»Nein«, antwortete ich.

»Hat es nicht der Trauzeuge in seiner Rede bei eurer Hochzeit erwähnt?«

»Nein.«

»Er liebte dich, versteh mich nicht falsch. Er wollte das alles. War bloß die typische Nervosität, als es dann ernst wurde. Haben doch alle.«

Ich hatte sie nicht.

Das Taxi war offensichtlich gekommen. Als Oliver aus der

Kneipe trat, hielt es gerade an, um den einen betrunkenen Idioten abzuladen und den nächsten aufzugabeln. Als seine Freunde ihm vom Bürgersteig aus hinterhergrölten, saß er allein auf dem Rücksitz, zufrieden, dass das Schicksal nun für ihn entschieden hatte, und war auf dem Weg quer durch die Stadt zu mir.

»Habe ich euch schon gratuliert?«

»Nur ungefähr hundert Mal. Aber weißt du was? Nicht ein einziges Mal auf Griechisch!«

Ich lachte.

Irgendetwas an Ingrids Pose auf dem Sofa, das Kleid unter den verschränkten Beinen gerafft, erinnerte mich an die Mädchen bei Emmas letzter Geburtstagsparty. Sie schob den Stoff ihrer Röcke zusammen, um mir neben sich Platz zu machen.

»Immer noch kein Palmer in Sicht?«, erkundigte sie sich.

»Nein, aber er hat noch mal angerufen. Er hat noch einen Platz im letzten Olympic-Flieger ergattern können.« Palmer saß seit heute Morgen um neun in Athen fest, da es einen Triebwerkschaden an der Maschine gegeben hatte und alle Anschlussflüge tagsüber komplett ausgebucht waren. In gewisser Weise war es eine Erleichterung gewesen, denn Hochzeit und Wiedersehen wären vielleicht ein bisschen viel für meine Nerven gewesen. Ich wollte nicht noch mal etwas Ähnliches wie auf Skaros erleben und sah mich schon als hysterisches Häufchen Elend zu seinen Füßen kauern. Nein, so konnte ich ihn nun allein begrüßen und noch dazu – es musste wohl gesagt werden – gestärkt durch eine nicht unerhebliche Menge Alkohol. »Wenn du ihn heute Abend verpasst, kannst du ihn immer noch morgen sehen, bevor er wieder abreist«, versicherte ich ihr.

»Gut«, meinte Ingrid. »Ich bin froh, dass es sich nur um eine Verspätung handelt.« Sie hatte ihre Mutter heute kein einziges Mal erwähnt und glich in keiner Weise mehr dem gebrochenen Wesen von vor ein paar Tagen, egal ob der Schmerz abgeklungen war oder nicht. Den ganzen Abend über, im Innenhof des Hauses, zwischen den Palmen, Jasminbüschen und Geißblattsträuchern und den bunten Gewändern der Gäste, hatte sie so hell gestrahlt wie die Sonne. Ich hatte noch nie eine glücklichere Braut gesehen.

»Hör dir das an, ich hatte heute noch gar keine Gelegenheit, dir das zu erzählen«, meinte sie jetzt, »aber Christos und ich haben uns gestern Abend lange unterhalten. Nun halt dich fest! Er will das Museum finanziell unterstützen! Er hält es für eine ausgezeichnete Idee. Er sagt, er will uns helfen, noch weitere Investoren zu finden, vielleicht sogar Gelder von der Regierung beantragen. Dann könnten wir hochkarätige Ausstellungsstücke aus Athen holen und Oia damit echt bekannt machen.«

»Ich glaube, das wäre ein bisschen kompliziert«, erwiderte ich. »Denk doch nur dran, wie schwierig es schon war, allein die Lizenzen für Panomeréa zu erneuern.«

»Ach, er wird sich schon um die ganzen Bestechungsgelder und so kümmern.«

Wir lachten. Sie nahm meine Einwände nicht wirklich ernst, und jetzt war nicht der richtige Zeitpunkt, um ihr zu zeigen, dass ich meinte, was ich sagte. Ich war mir nicht sicher, wann ich angefangen hatte, mich von ihr zu lösen. Vielleicht am Tag, als ich sie Christos vorstellte und den Blickwechsel der beiden bemerkte. Es war schleichend passiert und heute ließ ich vollends los. Ingrid brauchte mich nicht mehr, zumindest nicht so wie früher, und ich freute mich für sie. Ich freute mich und ich war stolz. Sie würde ihr Kunstmuseum unabhängig von mir führen. Vielleicht würde sie sogar eine aufgeweckte, ehrgeizige junge Ausländerin anstellen, die zum Kellnern nach Oia gekommen war.

Das war der natürliche Lauf der Dinge.

Da sie mich gut genug kannte, um zu wissen, dass es sinnlos

war, jetzt nachzubohren, wechselte sie das Thema. »Kaum zu glauben, wie viele Geschenke wir bekommen haben! Alle waren so großzügig.«

Die Geschenke türmten sich, noch ungeöffnet, auf einem großen polierten Holztisch am anderen Ende des Wohnzimmers. Auf einem kleineren Stapel mit Briefen daneben befand sich auch meines. Ich freute mich zu hören, dass sie mit dem Öffnen bis nach der Hochzeitsreise warten wollten. Das Letzte, was ich wollte, war zugegen sein, wenn sie die kleine Karte und die darin gefalteten Dokumente öffnete.

»Ehrlich gesagt ist es ein bisschen überwältigend. Die ganze Woche sind Geschenke angekommen, selbst von Leuten, die wir nicht eingeladen haben.«

»Wie schön, nach den Flitterwochen heimzukommen und sie gemeinsam öffnen zu können. Ich erinnere mich noch gut daran.«

Sie sah mich mit traurigen Augen an. »Besitzt du noch irgendetwas von *deinem* Hochzeitstag?«

»Nein, aber ich habe mit Oliver gesprochen, und wenn ich das nächste Mal zu Hause bin, hole ich vielleicht ein paar Sachen.«

»In London, meinst du?«

»Ja.« Ich lächelte. »Seltsam, es nach dieser langen Zeit immer noch zu Hause zu nennen. Übrigens, Ingrid, mach dir keine Sorgen um den Laden, während du weg bist. Du brauchst nicht anzurufen. Genieß einfach die Zeit zu zweit.« Das Paar würde seine Flitterwochen in einer Privatvilla direkt am Strand neben einem von Christos' Hotels an der Küste nahe Athen verbringen. Sie würden über zwei Wochen weg sein.

Sie schnaubte. »Machst du Witze? Ich weiß mit Sicherheit, dass Christos mindestens zwei Geschäftstermine hat, während wir dort sind.«

»Nun, da ich selbst ja genug Erfahrung damit habe, wie es

ist, mit einem Workaholic verheiratet zu sein, sollte ich dir besser keine Ratschläge geben, zumindest nicht am *ersten* Tag deiner Ehe.«

Da musste sie kichern und warf instinktiv einen Blick durch die offenen Türen in Richtung ihres Gatten. Ich dachte an den Moment vor ein oder zwei Stunden, als die Eröffnungstakte eines neuen griechischen Tanzes den Gästen besonders aufgeregte Quietscher entlockten und ich aus meiner Unterhaltung aufschaute und der gelbe Wirbelwind ihrer Haare sich mitten ins Getümmel gestürzt hatte. Und ich musste an etwas denken, das Palmer bei unserem letzten Treffen in London gesagt hatte: *Man bekommt diese Momente nicht zurück.* Was auch immer Ingrids Mutter davon abgehalten hatte, hier zu sein, ich konnte nur hoffen, dass es das wert war.

Ich nahm die verborgene Abkürzung zwischen den Terrassen meiner Nachbarn hindurch und erreichte damit Callidora ungefähr zur gleichen Zeit wie Palmer über die normale Route. Als ich mich unbeholfen über die Mauer hievte, sah ich ihn in einem hellen Leinenanzug am Törchen stehen. Er grinste über meinen uneleganten Auftritt. Einen Augenblick lang war ich überwältigt, dass er eingewilligt hatte zu kommen, dass er den letzten Flug aus Athen genommen hatte. Es schien mir wie eine Art Wunder.

»Hallo«, sagte ich. »Sie sehen ein bisschen zerknautscht aus.«

Sein Grinsen wurde noch breiter. »Das ist alles, was Sie mir zu sagen haben? Nach vier Jahren?«

»Tut mir leid. Das ist nicht gerade der klassische Spruch, was?«

»Wohl eher nicht.«

Ich starrte ihn ein wenig blöde an. Er sah noch genau gleich aus, klang genau gleich, weckte genau die gleichen Gefühle in mir. »Dann haben Sie es also geschafft?«

»Aber nur haarscharf. Um ehrlich zu sein, dachte ich schon,

ich müsste am Flughafen übernachten. Ich habe eben im Ilias eingecheckt, aber ich kannte das Mädchen an der Rezeption nicht. Ich schätze mal, Eleni und Anatole sind noch auf der Hochzeit.«

»Ja, als ich ging, wurde es gerade ein bisschen ruhiger. Kommen Sie doch rein.«

Als ich die Tür aufschloss, kletterte er wie ich über die Mauer auf die Terrasse und landete einen Meter von mir entfernt. »Dann ist die Party noch gar nicht vorbei?«

»Nein, sie feiern immer noch …« Ich wartete darauf, dass er vorschlug, wir sollten noch vorbeischauen, schließlich war es zu Fuß nur zwei Minuten entfernt, und nachdem er den ganzen Weg angereist war, sollte er wohl wenigstens sein Gesicht zeigen. Ich hatte jedoch den Eindruck, dass er von mir dasselbe erwartete.

»Wie schön, dass Sie da sind.« Ich lächelte und schwankte dabei ein wenig. Mir wurde klar, dass ich ziemlich viel getrunken hatte. Dann sah ich, fast so erstaunt wie er, dabei zu, wie ich nach seiner Hand griff und ihn in die Wärme des Hauses zog. Nachdem ich die Tür fest hinter uns verschlossen hatte, kam es mir vor, als spränge jemand aus den Schatten vor mir, um meinen Part für mich zu übernehmen. Verwirrt bemerkte ich, dass ich mein Bett nachmittags sehr sorgfältig gemacht und eine der Lampen in meiner Abwesenheit hatte brennen lassen.

»Rachel –« Sein Mund war nahe an meinem Ohr, doch ich ließ ihn nicht ausreden. Stattdessen nahm ich sein Gesicht in beide Hände und beugte mich vor, um ihn zu küssen. Das Gefühl seiner Lippen auf meinen war extrem seltsam. Selbst in Anbetracht aller Küsse je zuvor, freudig und widerwillig, Küsse von Oliver und Simon und den anderen, fühlte sich das hier unbekannt und ungewohnt an, zumindest die ersten paar Sekunden lang. Als würde man Leckerbissen, die einem durchaus vertraut waren, mit verbundenen Augen kosten.

Wir zogen unsere Kleider aus und warfen sie auf einen Haufen neben dem Sofa, während wir uns am Rand des Bettes aufeinander zubewegten. Doch als ich seinen nackten Oberkörper an meinem spürte, entflammte nicht etwa die schlummernde Leidenschaft in mir, wie ich es Leute nach langer Keuschheit hatte beschreiben hören. Das Gefühl des blinden Schmeckens blieb. Mir wurde bewusst, dass ich angestrengt die Brauen zusammenzog und mich fest konzentrierte. Ich sagte kein Wort, aus Angst, meine Gedanken könnten mich so im Stich lassen wie mein Körper. Er war es, der sprach, der immer wieder meinen Namen sagte und mir hastige Komplimente machte, wie einer, der seine Gefühle zu lange für sich behalten musste. Es machte mich verlegen und ich war dankbar für das Schummerlicht.

»Bist du sicher, dass du das willst?«, fragte er.

»Ja.«

Dann lagen wir auf dem Bett, er schob meine Beine auseinander und dann war er in mir. Der Rhythmus des Klammerns und Stoßens. Ich merkte, wie sich seine Atmung beschleunigte und ich wurde mir des Geruchs und der Wärme seines Atems bewusst. Das Gewicht seines Körpers war tröstlich, wie er meinen so komplett bedeckte. Dann küsste er mich und plötzlich verspürte ich Lust, dieses schnelle, fließende Gefühl, das sich so schwer von der Angst unterscheiden lässt.

Er keuchte. »O Gott.«

Nachdem er sich von mir heruntergerollt hatte, merkte ich, wie er mein Gesicht im Lampenschein betrachtete und darauf wartete, dass ich ihn ansah. Ich fühlte mich bereits anders. Ich wusste, ich war zweiundvierzig Jahre alt, aber ich hatte eine unziemliche Variante der Schulmädchen-Entjungferung durchlebt. *Bist du dir sicher, dass du das willst?*

»Das kommt ein bisschen unerwartet«, sagte er und die Luft zwischen uns war auf einmal viel zu still.

Ich spürte, wie mein Gesicht unter seinem Blick zu glühen anfing. »Ich weiß nicht, was … Wahrscheinlich habe ich einfach einem Impuls nachgegeben.« Ein Impuls, den ich das erste Mal vor Jahren wahrgenommen hatte, in jener Kneipe in Victoria, bei diesem Abschied, der ein neuer Anfang hätte sein sollen.

Er schien meine Gedanken zu lesen. »Ich habe mir das seit langem gewünscht.«

Ich nickte.

»Vielleicht seit unserer ersten Begegnung.«

»Wirklich?«

»Ich konnte an nichts anderes denken.« Beim Anblick meiner ungläubigen Miene versuchte er sich zu verbessern und verhaspelte sich dabei. »Ich meine nicht das hier, Sex. Ich meine dich, dein Gesicht. Ich weiß auch nicht, ich wollte dich gerne sehen, wie du gewesen sein magst, bevor ich dich traf, als du noch glücklich warst.«

Ich spürte die Tränen aufsteigen und streckte die Hand aus, um ihn zu berühren. »Ich bin nicht sicher, ob das je wieder passieren wird, Palmer. Nicht auf dieselbe Weise wie zu Emmas Lebzeiten … Verzeih mir.«

»Aber da gibt es doch nichts zu verzeihen, o bitte, nicht …«

Er hielt mich ganz lange fest, bis ich flüsternd fragte: »Bleibst du hier?«

Er verstand mich nicht. »Mein Rückflug ist erst am Montagmorgen.«

»Nein, ich meine hier, bei mir, statt im Hotel? Bis du gehen musst.« Wie schnell dieser Instinkt zurückgekehrt war, das weibliche Bedürfnis nach Vereinigung. Nach erster Eroberung musste das Männchen in Reichweite gehalten werden.

Er nickte. »Ich tue alles, was du willst.«

Erst am nächsten Morgen, als wir im Bett lagen und redeten, merkte ich, dass ihn etwas bedrückte und eine Reihe von Verdrehungen und Zuckungen in seiner sonst so kontrollierten Körpersprache auslöste. Als ich aus dem Bad zurückkam, sah ich, dass er seine Shorts angezogen und sich in der Tür eine Zigarette angezündet hatte, von wo aus er den Rauch auf die Terrasse hinauspusten konnte. Die Sonne hinter ihm glich einem Feuerball. Es musste schon mindestens Mittag sein.

Ich schnappte mir meinen Morgenmantel, wickelte mich hinein und kauerte am Rand des Bettes. »Palmer?«

»Hm?«

»Ist schon in Ordnung, ich weiß, was los ist.« Meine Stimme war bewundernswert ruhig.

»Was *wo* los ist?« Sein Blick war wachsam.

»Du bist verheiratet, stimmt's? Du hast eine neue …« Ich suchte nach dem richtigen Wort, »… ein neues Leben.«

Er seufzte und kam zu mir herüber, wo ich, halb in die Laken gewickelt, kniete, und streichelte mit dem Daumen über meine Wange. »Du bist so schön, weißt du das?«

»Danke.« Irgendwie klang das in meinem Herzen nach Abschied. Ich hatte also recht, er gehörte zu jemand anderem.

Er kehrte zu seiner Zigarette zurück und nahm einen tiefen Zug. »Ich bin nicht verheiratet, nein.«

Mein Herz machte einen kleinen Satz. »Aber du hast deine Meinung geändert. Es gibt irgendeinen anderen Grund, warum das hier nicht möglich ist.« Keine Frage, eine Feststellung. »Ich verstehe das schon, keine Angst. Ich habe nie erwartet, dass du alles stehen- und liegenlässt …«

»Du ›verstehst‹ also? Was, bist du bereit, mich so schnell aufzugeben?« Er lächelte mir quer durchs Zimmer zu. »Glaub mir, ich werde alles daransetzen, das hier zu ermöglichen.«

»Was ist es denn dann? Komm schon, Palmer. Ich merke doch, dass irgendwas los ist.«

Auch darüber lachte er. »Soso? Du hast mich in den letzten vier Jahren kein einziges Mal gesehen.«

»Aber ich kenne dich doch«, erwiderte ich schlicht.

Er drückte die Zigarette aus, sah in die Ferne, und als sein Blick zu mir zurückkehrte, war er voller Widerstand. Ich machte mich auf einen weiteren, viel längeren unangenehmen Moment gefasst.

»Ich habe vor ein paar Jahren aufgegeben, weißt du. Ich habe ungefähr ein Jahr lang aufgehört.«

Ich war mir nicht sicher, ob er von den Zigaretten oder von mir sprach. Ich kletterte aus dem Bett und schob mich näher zu ihm. Die Hitze von draußen war unglaublich intensiv.

»Ja, es gibt tatsächlich etwas«, meinte er schließlich. »Komisch, dass es dir aufgefallen ist. Ich hätte nicht damit gerechnet. Es ist etwas, das ich dir schon vor langer Zeit hätte sagen sollen.« Seine Augen suchten nach den Zigaretten, die auf dem Fensterbrett neben meiner Schulter lagen. Ich reichte sie ihm und sah zu, wie er eine zweite ansteckte. »Ich will nur, dass du weißt, dass es keine Geheimnisse mehr gibt, bevor wir tun, was wir hier vorhaben. Das hier ist das letzte.«

Ich schaute ihn verwirrt an. »Was für ein Geheimnis, Palmer? Meinst du …?« Plötzlich hatte ich ein Stechen in den Lungen. »Es ist doch nichts mit den Mädchen, oder?«

Er schüttelte den Kopf. »Es hat mit Freeman zu tun.«

*»Oliver.«* Dann fiel der Groschen und der Schmerz verschwand. »Du meinst, dass er Jenny heiratet. Das ist in Ordnung, das weiß ich schon. Er hat mir deswegen geschrieben.«

Ein Blick in sein Gesicht sagte mir, dass ich falsch geraten hatte. »Geht's dir damit gut?«, wollte er wissen.

Ich nickte. »Ja, wirklich. Und nun erzähl mir, was du sagen wolltest. Über Oliver.«

»In Ordnung.« Er sah mir direkt in die Augen. »Es hat mit dieser Schadensersatzzahlung vom Prozess gegen Morris zu tun. Erinnerst du dich? Es ist schon Jahre her.«

»Ja, natürlich.« Ich wusste nicht, worauf er hinauswollte.

»Kurz nachdem ich hierhergekommen war. Ich habe dir doch erzählt, dass Oliver mir das Geld gegeben hat, oder?«

»Darum geht es ja«, sagte er. »Nun, ich habe da ein bisschen nachgeforscht, nachdem du mir das erzählt hast. Ich weiß, dazu hattest du mich nicht beauftragt und es ging mich nichts an, aber …«

»Was gab es denn da nachzuforschen?«

Er runzelte die Stirn. »Ich kenne mich mit diesen Geschichten ein wenig aus und das klang irgendwie nicht richtig.«

»Wie meinst du das? Willst du sagen, er hat Morris gar nicht verklagt?«

»Doch, das hat er, beziehungsweise, da Morris tot ist, die Versicherungsgesellschaft, wie du ja weißt. Er hat sie unter dem Fatal Accidents Act verklagt, genau wie er sagte. Aber er hat nicht viel Schadensersatz bekommen. Es ist im Grunde ein Skandal, wie wenig man in solchen Situationen erhält. Es waren jedenfalls knapp achttausend Pfund.«

Mir fiel die Kinnlade hinunter. »Achttausend? Aber der Scheck war über dreihunderttausend Pfund! Damit habe ich doch den Laden eröffnet und dich bezahlt …«

Palmer nickte schuldbewusst. »Das ist ein großer Unterschied. Ich hätte dir das früher erzählen sollen.«

Meine Gedanken drehten sich wild im Kreis. »Wenn er doch nur achttausend bekommen hat, was war das dann für Geld, das er mir geschickt hat? Irgendein privater Deal mit der Morris-Familie?« Aber nein, die hatten ja nichts, wenn ich mich recht erinnerte. Lockleys Eltern waren die Vermögenden gewesen.

»Es war sein eigenes Geld«, sagte Palmer leise. »Er behauptete zwar, es sei die Schadensersatzzahlung, aber es war seines. Er hat einige Investments verkauft, um an das Bargeld zu kommen.«

Ich dachte eine Weile darüber nach. Irgendwie war ich gar

nicht so furchtbar überrascht. Es ergab auf gewisse Weise einen Sinn, denn Oliver kommunizierte über Geld, und all das, was in seinen Briefen gefehlt hatte, steckte darin, in diesem Geld. Es war Schuldgeld, Liebesgeld, eine Art Geld, die zu kompliziert war, um sie genau zu bestimmen. »Nun«, sagte ich betont munter, weil ich das jetzt nicht analysieren wollte, »es war ja rein technisch gesehen auch meines, oder, da wir verheiratet waren? Und wenn die Scheidung durch ist, wird es wohl noch mehr geben.« Ich lachte. »Ich bin wohl die erste Frau in der Geschichte, die sagt, die Gegenpartei bietet zu viel.« Plötzlich verstummte ich. *Die Gegenpartei.* Ich wollte die Worte gerne zurücknehmen. Ich wollte nicht, dass Emmas Vater die gegnerische Partei war. Selbst jetzt, so lange nach ihrem Tod, wollte ich, dass sie wusste, dass wir auf derselben Seite standen, auf ihrer Seite.

Ich merkte, dass Palmer mich immer noch beobachtete. Meine Reaktion hatte ihn offensichtlich nicht befriedigt. »Du hast aber schon recht. Ich meine, warum sollte Oliver so ein Geheimnis daraus machen, warum sollte er so tun, als käme das Geld von woanders her? Damals hatte ich ja immer noch Zugriff auf unser gemeinsames Konto und er sagte, ich solle Geld abheben, wann immer ich es brauchte.«

Er nickte. »Das ist genau der Punkt. Du hast doch kein Geld genommen, oder?«

»Nicht mehr nach dem ersten Monat oder so. Ich hatte ja mein eigenes. Aber was soll das? Es ergibt keinen Sinn.«

»Es ergibt schon Sinn«, widersprach Palmer. »Er hatte Sorge, du könntest nicht genug haben. Er wollte sich um dich kümmern, aber er wusste, dass du es nicht annehmen würdest, wenn du es merken würdest. Er musste dir helfen, ohne dass dir bewusst war, was er tat.«

Er nahm meine Hand und verhakte seine Finger mit meinen. »Kommt dir das irgendwie bekannt vor?«

Es herrschte Schweigen. Ich sah besorgt in sein aufgewühltes Gesicht. »Ich verstehe aber nicht so ganz, warum dich das beschäftigt. Dass er das für mich getan hat oder …«

»… oder dass ich beschlossen habe, es dir zu verschweigen?« Er verzog das Gesicht. »Beides, schätze ich. Ich wusste, du würdest ihn treffen. Ich hätte es dir sagen sollen. Vielleicht wäre deine Entscheidung in Bezug auf ihn dann anders ausgefallen.«

Ich drückte seine Hand. »Natürlich hätte das nichts geändert. Da war er doch schon mit Jenny zusammen. Wir haben uns getroffen, um die Scheidung zu besprechen, nicht um uns wieder zu versöhnen.«

»Bist du sicher?«

Ich dachte an jenen Tag, diesen strahlenden Nachmittag im St James's Park, und an das Wiedererwachen alter Gefühle, das ich längst nicht mehr für möglich gehalten hatte. »Ich weiß es nicht. Das ist die Wahrheit. Aber Fakt ist, dass nichts, was ich an diesem Tag hätte sagen können, seine Meinung geändert hätte, denn er hatte sich in jemand anders verliebt. Und jetzt …«

»Und jetzt?«

Ich hielt inne. »Wird mir klar, dass auch ich das hatte.«

Er sah mich mit fragenden Augen an. »Wirklich?«

Ich beugte mich vor, um ihn zu küssen. »Ja«, antwortete ich schlicht. »Wirklich.«

»Vier Jahre«, flüsterte er in meine halb geöffneten Lippen. »Wir haben vier Jahre vergeudet.«

Ich dachte an vier Kerzen auf einem Kuchen. Ein Kuchen in Form eines Märchenschlosses, weiß und pink mit Gummibärchen und Smarties und Marshmallows. Ich küsste ihn wieder. »Vier Jahre sind nicht so besonders lang.«

# Kapitel 38

*Einige Wochen später*

Souvenir ist kein griechisches Wort, sondern kommt aus dem Lateinischen mit Umweg übers Französische. Ich nahm mein Foto von Kamari von der Wand, unser erster Verkauf, noch immer in Dymas' Originalrahmen mit den Farbschichten und dem Geruch nach Meerwasser und Seetang. Manfred besuchte mich mit seinen Kontaktabzügen und ich durfte mir ein Hochzeitsfoto von Ingrid und Christos aussuchen. In Schwarzweiß war der Kontrast zwischen ihren gebräunten Gesichtern, dem weißen Haar und den weißen Zähnen faszinierend. Ich sah sofort, welches ich wollte: Ingrids Aufmerksamkeit war auf etwas abseits der Kamera gerichtet, während er sie ansah. Es war Manfred gelungen, ein unglaubliches Gefühl des Neubeginns einzufangen. Ob es wohl am Licht lag? Obwohl das Foto am frühen Abend aufgenommen war, wirkte es eher wie Morgendämmerung.

Und dann gab es da noch Santa Irini, die sich nach wie vor in meinem Besitz befand, immer noch mit ungeklärter Herkunft, das letzte Rätsel. Sie sollte wohl bei mir bleiben, wer immer sie auch sein mochte. Ich wickelte die drei Bilder im Laden in Seidenpapier und schob sie in eine Panomeréa-Tüte.

Das würden meine einzigen Souvenirs sein.

Palmer half mir in Callidora beim Packen. Ein paar Bücher, einige Geschenke von Eleni und Anatole, Briefe von Oliver und Weihnachtskarten von Mariel und den Mädchen. Ein Stapel brauner Umschläge aus der Zeit, als die Berichte des Projekts Gute Fee noch jeden Monat per Post kamen. Es war überraschend wenig, zumindest überraschend für ihn.

»Ich dachte, wir wären damit tagelang beschäftigt, aber das wird ja bloß ein paar Stunden dauern.«

»Dir muss doch aufgefallen sein, dass ich nicht viel besitze.«

»Ich nahm an, du hast es vielleicht anderswo aufbewahrt.«

»Man braucht nicht viel, wenn man es sich recht überlegt. Ein paar Kleidungsstücke, Zahnpasta, eine Kaffeetasse ...«

»Ich wage zu behaupten, dass das für eine Frau eine recht ungewöhnliche Sicht der Dinge ist.«

Ich lachte.

»Gehört die Lampe dir?« Er hob sie von ihrem Platz auf der Hutschachtel und blies dabei ein wenig Staub weg.

»Nein, die gehört zum Inventar. So wie fast alles andere auch. Ich bin wie Miss Havisham bei Charles Dickens, was? Ich habe nichts verändert.«

»Keine Sorge. Bei mir gibt es Beleuchtung.«

»Oh, gut. Denn offensichtlich bringe ich ja keine wirkliche Mitgift mit. Keine Schiffe und Weinberge.«

»Das waren noch Zeiten.« Er sah sich auf der Suche nach dem nächsten Gegenstand um und dabei fiel sein Blick auf die Hutschachtel. »Hast du die in der ganzen Zeit hier mal aufgemacht?«

»Du bist sehr neugierig.«

»Mein Job, schon vergessen?«

»Ich habe immer vermutet, dass ich Subjekt X bin.«

Er grinste und betrachtete immer noch die Schachtel. Ich hatte sie im Lauf der Jahre mehrmals hin und her geschoben, je nachdem, wie viel Lagerraum wir für Panomeréa gerade brauchten. Nun stand sie neben der Kommode, mit einem Spitzendeckchen darauf, wie diese Schneeflocken aus Papier, die Kinder an Weihnachten basteln, gekrönt von der Lampe.

»Die Antwort ist Nein, ich habe sie nicht geöffnet. Nicht wirklich. Aber ich werde es tun.«

»Was ist denn drin? Entschuldige, sag mir ruhig, dass mich das nichts angeht.«

»Ist schon in Ordnung, ich gehe dich schließlich etwas an. Lass sie uns jetzt aufmachen.«

Ich ging in die Hocke und zog am Deckel. Er saß fest, hatte sich vielleicht verklemmt. Dann fiel mir wieder ein, dass er schon immer ein wenig zu eng war. Als ich einen Fingernagel darunter schob, schien Palmer, der inzwischen auf der Bettkante saß, seine Meinung zu ändern. »Du musst das wirklich nicht tun …«

»Hast du etwa Angst vor der Büchse der Pandora?«

Er lächelte nur schief und beobachtete mich weiter.

Eine Hutschachtel fasst nicht viel. Schließlich ist sie für ein leichtes Objekt etwa von der Größe eines menschlichen Kopfes konzipiert. Ganz obenauf lag ein Foto, das von uns beiden im Zug, das ich bald nach meiner Ankunft außer Sichtweite gepackt und ohne hinzuschauen hier reingelegt hatte. Es gab natürlich noch andere Fotos, eine Handvoll für jedes Jahr ihres Lebens. Eines, wie ich sie im Krankenhaus im Arm hielt, ein winziges Kätzchen in meiner Armbeuge, dann eines von ihrer Weihnachtsballettaufführung mit roten Strumpfhosen und weißem Tüllröckchen. Und ein Paar ihrer ersten Schuhe, vorne völlig abgewetzt, die Sohle unberührt – Schuhwerk eines Krabbelkindes; ein Sonnenhut mit Gänseblümchenmuster, den ich einfach nicht hatte wegwerfen können. Nun fiel mir wieder ein, wie sie das Band unterm Kinn herausgezogen und darauf herumgekaut hatte.

Zu sehen, was ich aufgehoben hatte, erinnerte mich daran, warum ich das hier so lange nicht angerührt hatte, denn jeder Gegenstand löste einen direkten Schub jenes echten, greifbaren Schmerzes aus, den ich gefühlt hatte, als ich nur noch fliehen konnte. Ich war wie taub gewesen, als ich diese Dinge ausgewählt hatte, aber nun sah ich, dass eine Spur an Methode und Voraussicht dahintersteckte. Schulzeugnisse waren unerträglich gewesen und würden es immer bleiben, da sie doch immer von Potential und Zukunft sprachen, aber da war eine Geburtstagskarte von uns an sie, ein Geburtstag, an dem sie noch nicht lesen konnte, deshalb war die Nachricht darin eher für uns bestimmt – *Unserer wunderschönen Tochter, wir lieben Dich jede Minute mehr, Deine Mami und Dein Daddy.* Die Seite war voller Kreuzchen, die für Küsse standen, und ich konnte mich noch daran erinnern, wie ich einfach nicht damit hatte aufhören können, als würde ich sonst unsere Liebe begrenzen, wo sie doch grenzenlos war. Deshalb hatte ich einfach weitergemacht, bis es keinen Platz mehr gab.

Emmas Gesicht war nach dem Unfall nicht mehr zu erkennen und auch ihre Hände waren zerrissen worden. Man hatte sie in eine Decke gewickelt, durch die schwarz das Blut gesickert war. Ich hatte sie offiziell durch den Leberfleck an ihrem linken Knöchel identifiziert. Ihre Füße waren perfekt, unberührt, diese winzigen Zehen, die einst noch viel winziger gewesen waren, immer noch zu winzig. Ich hatte diese kleinen Fußsohlen an mein Gesicht gepresst – sie hatten sich auch nicht viel kälter als an einem Wintertag angefühlt – und mir gewünscht, ich könnte ihren Fußabdruck für immer auf meiner Haut tragen.

Ich zeigte Palmer die Ringschachtel mit der blutverkrusteten Haarsträhne, inzwischen rostrot und pulverig. »Ich habe es einfach nicht geschafft, es auszuwaschen. Ich wollte, ich weiß auch nicht, ihre DNA erhalten, schätze ich. Bescheuert, denn ihre DNA steckt ja in den Haaren selbst.«

Er berührte die Haare vorsichtig, wie ein Riese, der eine Blume pflückt. Dann berührte er mein Haar. Und sein Daumen streichelte über meinen rechten Wangenknochen. »Ihre DNA ist in *dir.*«

Ich nickte und blinzelte.

Er nahm mich in den Arm und sprach über meinen Kopf hinweg, so dass ich seinen Atem an meinem Haar spürte. »Ich weiß, du hast erwartet, in ihr weiterzuleben, aber du darfst nicht vergessen, dass sie in dir weiterlebt.«

Mir war zum Heulen zumute, und so vergrub ich meinen Kopf an seiner Brust wie ein Kind bei den Eltern. »Das ist nicht das Gleiche. Sie hätte selber Kinder gehabt und dann in denen weitergelebt ...«

Er drückte mich ganz fest, und als er wieder sprach, war es nur noch ein Murmeln. »Warum wollen die Menschen ein Stück von der Zukunft? Denk doch, wo wir uns befinden. Das alles könnte morgen vorbei sein. Ein Erdbeben, ein Vulkanausbruch, aber heute lebst du.«

Wir hielten einander lange Zeit umschlungen, bis ich die Schulter seines Hemdes durchweicht hatte. Als ich mich wieder erholt hatte, löste ich mich und wandte mich erneut den verschiedenen Objekten zu. Ich brachte sogar ein Lächeln zustande. »Mein Vater würde sagen, ich sehe sie im Himmel wieder. Dort erwartet auch er mich. Als hätten wir eine Art Familientreffen.«

»Ich dachte, du glaubst nicht an Gott?«

»Tue ich auch nicht. Nicht wirklich.« Das letzte Mal hatte ich mit Gott in Jens Auto gesprochen, ihn angefleht, sie zu verschonen, sie am Leben zu halten, auf Kosten alles anderen, meines Lebens, ihrer Schulfreundinnen, sogar Cats und Daisys.

»Gott kann mir den Buckel runterrutschen«, sagte ich.

Palmers Blick wanderte zur offenen Tür, zum seidigen blauen Band, wo in der Tiefe das Meer auf den Himmel traf. »Nun, da ist Er an den richtigen Ort gekommen.«

Ich erzählte es Ingrid als Erste, sobald sie aus den Flitterwochen wieder zurück waren und sich an den Berg aus Hochzeitsgeschenken machten. Sie kam in den Laden gestürmt, in der Hand das Dokument, das ich von einem Anwalt in Thira hatte aufsetzen lassen und das der frischgebackenen Mrs Kafieris Panomeréa überschrieb.

»Das ist zu viel, Rachel. Ich verstehe das nicht.«

»Ich gehe«, sagte ich schlicht.

»Was? Du verlässt Oia? Den Laden?«

»Ja. Es ist an der Zeit. Ich werde nichts mehr richtig beitragen können, deshalb ist es viel besser, wenn er offiziell dir gehört. Und da du nun mit einem griechischen Staatsbürger verheiratet bist, passt das alles wunderbar.«

Sie sah zwischen mir und den Dokumenten hin und her. »Hat das irgendetwas mit Palmer zu tun?«

Ich nickte und empfand Freude beim Gedanken, bald wieder bei ihm zu sein, jeden Tag mit ihm zu verbringen. »Er ist nach eurer Hochzeit noch eine Weile geblieben. Er hat mir dabei geholfen zu bestätigen, dass ich das Richtige tue.«

»Dann hat er dich also zurück nach London gelockt?« Einen Moment lang wirkte sie bedrückt, bevor sie sich sichtlich bemühte, ein fröhliches Gesicht zu machen. »Nun, ich schätze, wenn du wirklich glaubst, dass das das Richtige ist.«

Ich wartete kurz, bis ich mir ein breites Lächeln erlaubte. »Um ehrlich zu sein, nein. Ich habe ihn hierher gelockt. Ich verlasse Oia, nicht Santorin. Wir haben unten am Strand in Baxedas ein Haus gemietet, und sobald wir eingezogen sind, werden wir neue Geschäftsideen entwickeln.«

Sie taumelte in meine Arme und grinste selig. »Rachel, du dumme Kuh! Ich dachte schon, du gehst zurück nach London.«

»Nun, das tue ich auch, aber nur für ein paar Tage, um meine Mutter zu besuchen.«

»Und er zieht hierher? Heißt das, er gibt seine Detektei auf?«

»So ist es. Genau das hat er vor. Und natürlich muss er mit seinen Kindern reden. Hoffentlich kommen sie uns in den nächsten Semesterferien besuchen. Ich muss sie ja kennenlernen, wenn ich ihre Stiefmutter werden soll.«

Sie sah mich mit hochgezogenen Augenbrauen an. »Stiefmutter? Ich würde ja sagen, nicht so hastig, aber das mit euch geht ja nun schon fast zehn Jahre.«

»Ja, das nennt man wohl auf niedriger Flamme köcheln.«

Sie faltete die Papiere auseinander und wieder zusammen. »Ich werde den Laden genau so lassen, wie wir es vereinbart haben. Genau so.«

»Keine Acrylbilder aus Taiwan?«

»Keine Acrylbilder aus Taiwan.«

»Ich komme nachsehen. Und sobald du ausgepackt hast und dich der Alltag wiederhat, nehme ich dich mit zu unserem neuen Haus. Es liegt direkt am Strand.«

»Ich kann es kaum erwarten.«

Als ich Haus Callidora verließ, entdeckte ich eine Libelle hoch oben über der Tür, die vom Gitter des Oberlichts gefangen war. Bei meiner Ankunft war ein großer Käfer an genau der gleichen Stelle herumgebrummt, und Eleni hatte ein Wort auf Griechisch gesagt, das ich nicht ganz verstanden hatte. Auf Englisch hatte sie mir dann erklärt, dass es sich um ein Glückssymbol handelte.

Ich hatte bis jetzt nicht mehr daran gedacht.

»Rachel!« Mum erwartete Neuigkeiten, das konnte ich genau sehen. Ich hatte sie schließlich noch nie im Sommer besucht und bei meinem Anruf auch keine Erklärung geliefert. Seltsam war jedoch, wie optimistisch sie wirkte. Ich fürchtete, sie könnte glauben, ich sei für immer zurückgekommen.

Wir saßen mit unseren Teetassen am Küchentisch. »Ich wollte dir erzählen, dass ich aus meinem Haus in Oia ausziehe.«

»Ach?«

»Nur nach Baxedas hinunter, also nicht wirklich weit.«

»Da unten ist es windig.« Ihr Ton war freundlich, sachlich.

Ich wartete auf Blickkontakt und holte tief Luft. »Aber ich möchte, dass du weißt, dass ich nicht aufhören werde, dich einzuladen. Nie.« Diese Erklärung klang ein bisschen nach Oliver, und auch nach Mariel.

Sie lächelte, ein amüsiertes Lächeln, das sie Emma immer geschenkt hatte. »Das ist schon recht, Liebes. Ich habe bereits beschlossen zu kommen.«

»Was? Hab ich das gerade richtig gehört?«

Sie nickte und schien dabei fast so ungläubig wie ich. »Gott weiß, wie viele Jahre mir noch bleiben, aber ich muss wohl das Risiko eingehen, dass ich nicht mehr bin, wenn das nächste Erdbeben kommt.«

Ich starrte sie mit offenem Mund an. »Und die Vulkane?«

»Es ist wahrscheinlicher, dass ich an einer gewöhnlichen Erkältung sterbe – sagt Doktor Green zumindest. Herrgott, meine Hände schwitzen bereits, wenn ich nur daran denke.« Sie stemmte sich mit den Handflächen auf den Tisch, um aufzustehen. Dann ging sie zur Tür. »Gut. Jetzt, wo das geklärt ist, möchte ich dir jemanden vorstellen.«

Ich sah sie immer noch sprachlos an. Das hier war unglaublich – sie konnte doch keinen Gefährten meinen, oder, nach dieser langen Zeit? Es würde allerdings ihren seltsamen Sinneswandel erklären.

»Ich gehe sie nur schnell holen …«

»Sie?« Ich hörte, wie sie die Treppe hinaufstieg. Wen um alles in der Welt hatte sie da oben im anderen Zimmer versteckt? Wer auch immer das war, hatte sich in der Viertelstunde, die ich nun da war, mucksmäuschenstill verhalten.

»Hier.« Sie kam mit einem kleinen Schnappschuss in Schwarzweiß zurück. Verwirrt nahm ich das Foto.

»Darf ich dir deine Tante Phoena vorstellen.«

*»Phoena?«* Das Foto war in Oia aufgenommen, ganz eindeutig, denn es besaß dieselbe Atmosphäre der Abgeschiedenheit wie die Fotos, die wir im Laden verkauften. In der Mitte zog eine Gruppe Dorfbewohner in einer Prozession die Hauptstraße hinunter. Nach den Bannern und Dekorationen zu urteilen, muss es irgendein Festtag gewesen sein. Phoena war eine ernste kleine Figur mit energischem Kinn in der Bildmitte, den Blick geradeaus gerichtet, ungefähr im selben Alter wie Cat und Daisy jetzt.

»Mum, das ist … unglaublich.«

»Sie war nicht besonders klug oder gebildet oder so«, sagte Mum, »aber sie war immer mittendrin, mit ihr machte immer alles Spaß.«

Ich sah wieder das Foto an. »Mum? Erzählst du mir …?« Sie nickte, noch bevor ich meinen Satz beendet hatte. »… was passiert ist?«

Ich sprach schnell und konnte mich gar nicht bremsen. »Ich verstehe das einfach mit dem Erdbeben nicht, warum war sie nicht zu Hause mit dir und Papu und Yiayia. Es war doch so früh am Morgen, warum war sie nicht im Bett wie du?«

Mum sah hinunter auf ihre Hände. »Sie war bei der Arbeit. Sie hatte eine Stelle bei einer Familie in Sideras. Kennst du diese Gegend?«

Ich nickte. »Ja, da wohnen meine Freunde Ingrid und Christos.« Seltsam, mir vorzustellen, wie meine Tante, diese lebendige, dunkle Figur aus dem Foto, die stillen weißen Gässchen im Herzen des Dorfes hinunterspazierte. Ich dachte an die Häuser links und rechts von Christos', die nach dem Erdbeben verbarrikadiert und seither kaum betreten wurden, dazu verdammt, halb verfallen auf das nächste Beben zu warten. Vielleicht hatte sie ja in einem von ihnen gearbeitet, oder sogar in dem von Christos selbst?«

»Sie hatte eine Stelle als Magd. Das war keine leichte Arbeit, aber sie war jung und sie hatte Energie.«

Von mir aus hätten wir es gerne hierbei belassen können, bei dem Gedanken an eine frühe Schicht eines kalten Morgens 1956 vor Sonnenaufgang, doch Mum fügte plötzlich hinzu: »Der Ehemann der Frau, für die sie arbeitete, war ein einflussreicher Mann in Oia. Er hatte ein Verhältnis mit meiner Schwester angefangen.«

»Wie bitte?«

»Es stimmt. In der Nacht vor dem Erdbeben war sie nicht nach Hause gekommen, sondern hatte eine Nachricht geschickt, sie werde noch gebraucht. Er hat sie wieder dabehalten, wir haben später davon erfahren. Als der Staub kam und die Schreie begannen, hat er sie dann aus dem Haus geschickt. Er wollte nicht mit ihr entdeckt werden.«

Ich dachte über diese Worte nach. »Aber das war doch irgendwie auch sinnvoll, oder? Sie heimzuschicken? Vielleicht hat er gedacht, sie wäre in einem *skapho* sicherer als in einem *kapetanospito*?«

Meine Mutter schüttelte den Kopf. »Es wäre besser gewesen, sie wäre drinnen geblieben, denke ich. Schließlich hat Gaitis überlebt, und seine Frau und Kinder auch. Phoena wurde draußen auf der Straße getroffen, als sie versuchte, den Weg nach unten zu erreichen. Papu hat sie gefunden. Sie hatte nicht mal ihre Schuhe an, man hatte sie in solcher Eile fortgeschickt.«

Ich horchte auf. »Hast du *Gaitis* gesagt?«

»Ja. Bist du ihm in Oia begegnet?« Wieder schüttelte sie den Kopf. »Genau das hatte ich befürchtet.«

Schnell verbesserte ich sie. »Nein, nein, Mum. Ich habe ihn nicht getroffen. Er ist jetzt tot, er ist schon vor Jahren gestorben. Aber ich glaube, ich habe seine Frau gesehen, oder zumindest jemanden, die ihn kannte. Und ich vermute, sie hat versucht, dieses Bild zu kaufen, das ich dir mal gezeigt habe. Wahrscheinlich sah es Phoena doch ähnlich genug, um ihr Angst einzujagen.«

Mum nickte. »Ich schätze, sie hatte Schuldgefühle. Alle fühlen sich am Ende schuldig. Was für eine Verschwendung. Es ändert auch nichts daran, was bereits passiert ist.«

Wir sahen einander an.

»Ich dachte, du hast keine alten Fotos mehr?«, fragte ich plötzlich. »Dad hat mir erzählt, du hättest sie alle weggeworfen.«

»Das habe ich ihm gegenüber auch behauptet.«

»Gibt es denn noch mehr? Wo sind sie?«

Sie wies mit dem Blick auf das Zimmer oben, ihr Schlafzimmer. »Ich wollte sie damals zerstören, das stimmt, aber man muss etwas behalten können. Das ist manchmal der einzige Weg, um sicher zu wissen, dass es jemanden wirklich gegeben hat.«

Sie hatte eine Blechschachtel voll. Eine alte Keksdose mit einem Bild von zwei Mädchen in Spitzenkleidchen vorne drauf, die einander über eine Teekanne hinweg ansahen. Ingrid und ich hätten hierfür ein kleines Vermögen bezahlt.

»Du kannst das mit nach Santorin nehmen, wenn du willst.«

»Wirklich? Ich würde sehr gerne einige davon im neuen Haus aufhängen.«

»Dann werde ich sie sehen, wenn ich dich besuchen komme.«

»Bist du sicher?«

»Ja, da gehören sie hin.«

Wir sahen uns an, als man etwas weiter die Straße hinauf ein Auto bremsen hörte, das dann langsam weiterfuhr, während der Fahrer offensichtlich die Hausnummern abklapperte. Dann hörte man ihn parken und das Abstellen des Motors.

Ich ging zum Fenster, um hinauszusehen. »Mum?«

»Ja?«

»Ich hoffe, es macht dir nichts aus, aber ich habe jemanden hierher eingeladen.«

»Wen?«

»Jemand, den ich dir gerne vorstellen würde … jemand, der mir wichtig ist. Ich dachte, vielleicht könnten wir eine Tasse Tee zusammen trinken oder etwas zu Mittag essen gehen …«

Ich blickte über die Schulter und sah Palmer aus seinem Auto steigen, ein kleines blaues Gefährt, das dringend mal wieder in die Waschanlage sollte. Mir fiel wieder ein, wie er mir mal erzählt hatte, dass er bei Aufträgen immer mit dem Rücken zum entsprechenden Haus parkte und das Kommen und Gehen der jeweiligen Personen im Rückspiegel beobachtete. Heute hatte er vorwärts eingeparkt, so dass ihm die Sonne in die Augen schien.

# Epilog

*Juli 2006*

Die Luft vor der Greencroft-Mädchenschule roch nach Backstein und verbrannten Federn. Es war heiß, griechisch heiß, so dass man alle Türen des Hauptgebäudes geöffnet hatte, um ein wenig Durchzug zu erhalten. Am Haupteingang schüttelten eine Person in schwarzer Robe und zwei weitere in schicken Anzügen den ankommenden Gästen die Hand: Paare mittleren Alters in der Hitzewelle angepassten schicken Outfits, allesamt stolze Eltern. Bald ließ der konstante Strom nach und nur noch wenige unterhielten sich draußen auf den Stufen. Dafür waren mehr »Ich hoffe, wir sind nicht zu spät dran«-Rufe zu hören. Schließlich drehte sich auch die Person in der Robe um und ging hinein.

Ich sah auf meine Uhr: 10.57 Uhr. Aus dem Augenwinkel registrierte ich einen rosafarbenen Luftballon, der in der stillen Luft schlapp an seinem Band hing, mit dem er ans Geländer gebunden war. Wir hatten ausgemacht, uns um viertel vor elf zu treffen. Nervös zog ich die kleine Einladungskarte aus der Tasche und las zum hundertsten Mal den Text:

*Greencroft-Mädchenschule*
*Abschlusszeugnis-Verleihung 2006*
*Samstag, 15. Juli um 11.00 Uhr in der Willis Hall*
*Bitte benutzen Sie den Haupteingang in Greencroft Gardens, NW6*

Ich drehte die Karte um und betrachtete Mariels Nachricht: *Die Mädchen wollten wissen, ob Du vielleicht gerne kommen würdest? Deine Mariel*

»Rachel, Rachel! Wir sind zu spät dran, bitte verzeih! Du musst gedacht haben, wir kommen nicht mehr!«

Es war Mariels Stimme, und als ich sah, dass es nur Toby und sie waren, entspannte ich mich sofort. Ich hatte die ganze Truppe erwartet.

»Rachel, das ist wunderbar. Wir freuen uns so, dass du gekommen bist.« Toby drückte mich fest an sich. Er hatte kaum ein graues Haar und wirkte immer noch jugendlich und trotz der Hitze ganz gelassen in seinem himmelblauen Hemd mit Blumenmuster.

»Ohne dich hätte einfach etwas gefehlt«, sagte Mariel. Mir fiel auf, dass sie sich Strähnchen in ihre dunklen Haare hatte machen lassen. Sie trug ein cremefarbenes Hemdkleid über ihren gebräunten, sehnigen Gliedmaßen. Neben den beiden fühlte ich mich viel älter, obwohl wir doch zusammen gestartet waren.

»Wo sind Bob und Jen, und die Mädchen?«

»Die Mädchen sind seit zehn zu einem letzten Probelauf hier, und Bob und Jen mussten schon um halb da sein – als Eltern der Schülersprecherin müssen sie auf besonderen Plätzen sitzen.«

»Und Jake?«

»Ach, der ist beim Cricket-Training. Der hat gar keinen Sinn für Feierlichkeiten. Außerdem liegen die beiden sich zurzeit ohnehin bloß in den Haaren. Sie machen uns wahnsinnig.«

Einen Moment lang herrschte Schweigen. An dieser Stelle sollte ich mich wohl nach Oliver erkundigen. Würde er auch hier sein?

»Am besten gehen wir direkt rein.« Toby zeigte mit dem Kopf in Richtung des einzigen verbliebenen Empfangskomiteemitglieds auf den Steinstufen. Sie bedeutete uns, uns zu beeilen. »Hier entlang, bitte! Ich wollte gerade die Türen schließen!«

»Ich konnte dir leider keinen Platz neben uns organisieren«, flüsterte Mariel mir zu. »Du bist oben auf der Galerie mit einigen Lehrern und besonderen Gästen. Ich hoffe, das ist in Ordnung. Sie sind ziemlich streng, dass nur …«

»Natürlich, das ist prima.« Ich fügte nicht hinzu, dass ich es sogar als Erleichterung empfand. Es würde nie einfach sein, einer Klasse von Mädchen, zu der meine Tochter hätte gehören sollen, beim Feiern ihrer Leistungen zuzusehen. Doch von Mariel und Jen getrennt zu sitzen, zwischen Fremden, die sie nicht gekannt hatten, würde ein bisschen helfen.

»Wenn du die Treppe hochkommst, musst du nach rechts. Dein Platz ist in der zweiten Reihe. Wir holen dich, sobald es vorbei ist.« Bevor ich ihren Anweisungen folgen konnte, nahm Mariel mich beim Arm und hielt mich zurück. »Rachel, es gibt noch etwas, das ich dir sagen sollte …«

»Ist schon in Ordnung«, sagte ich schnell. »Ich habe damit gerechnet, dass Oliver hier sein würde. Du brauchst mich nicht zu warnen.«

Sie und Toby warfen sich einen Blick zu. »Na gut, dann bis in ein oder zwei Stunden.«

Der Saal war kleiner und intimer, als ich erwartet hatte. Von der Galerie aus hatte man einen direkten Blick auf die Bühne, wo zwei im Halbkreis angeordnete Stuhlreihen von diversen Honoratioren besetzt waren. Bob und Jen konnte ich jedoch nicht sehen, da ein riesiger Blumenstrauß auf einem Tisch beim Podium mindestens sechs Gesichter verdeckte. Das Publikum unten war ein buntes Frisurengemisch, grau und mit Strähnchen, gelockt und geglättet, Haarkränze und Glatzen. Würden die Besitzer sich umdrehen und nach hinten schauen, würde ich garantiert den einen oder anderen wiedererkennen, denn bestimmt befanden sich Moss-Hamlet-Eltern unter ihnen. In den ersten vier Reihen vor den Eltern saßen ihre Töchter, ihre größten Schätze, ein Aufmarsch der Jugend: langes glänzendes Haar und eng anliegende Baumwollkragen, Pferdeschwänze und Spaghettiträger, die eine oder andere rebellisch gebleichte Stoppelfrisur oder eine tätowierte, zur Schau gestellte Schulter. Ich entdeckte Cat und Daisy nicht unter ihnen, zumindest nicht auf Anhieb. Lautes Lachen verriet mir jedoch bald den Sitzplatz von Toby und Mariel – vier Reihen hinter den Schülerinnen, genau in der Mitte. Von Oliver war noch nichts zu sehen, weder unten bei den Eltern und Schülerinnen noch hier oben auf der Galerie bei den Lehrern und zusätzlichen Gästen. Ich malte mir aus, wie er sich später hereinschlich, mich in der Reihe vor ihm erspähte und sich außer Sichtweite hielt.

Auf meinem Stuhl lag eine Kopie des Programms: Reden, Musik und dann eine Liste der Mädchen in alphabetischer Reihenfolge. Da standen sie, ziemlich weit oben: Daisy Barnes, Catherine Challoner, nur durch zwei Namen getrennt. Ich überflog die Liste, bis ich die F erreichte. Sarah Fanning, Kate Fryer. Zwischen den beiden hätte sie gestanden. Ich erlaubte mir, ihren Namen auf der Liste zu sehen: Emma Freeman, Schulabgängerin, Erwachsene. Schwieriger war es, mir ihr Gesicht vorzustellen, denn jedes Bild, das ich mir von ihr in diesem Alter ausmalte, war anders als das vorherige. Es war unmöglich, mich auf ihre genauen Züge zu einigen, ihren Teint, sogar ihre Figur und Größe. Nur der Ausdruck in ihren Augen blieb gleich. Der hätte sie nie verlassen, da war ich mir sicher.

Auf der Bühne begann die Dame in der schwarzen Robe mit ihrer Willkommensrede. Das war wohl Mrs Ratcliffe, die von Simons Vater gebeten wurde, einige Änderungen auf der Warteliste vorzunehmen. Heute sprach sie von Idealen, von

Integrität, aber dass das Leben nicht so einfach sei. Ich war dankbar für ihren versteckten Realismus.

»Heute seid ihr zum letzten Mal als Klasse beieinander.« Ihre Stimme tönte warm und mütterlich aus den Lautsprechern. »So ist diese Veranstaltung hier einerseits natürlich eine Feier eures Schulabschlusses, doch gleichzeitig auch eine Gelegenheit, darüber nachzudenken, was ihr einander bedeutet.«

Sie stellte die Gastrednerin vor, eine ehemalige Schülerin, die zuerst eine Weile im Finanzsektor tätig gewesen war, bevor sie einen erfolgreichen Handel mit Bioschokolade aufgezogen hatte. Sie sprach von den Schwierigkeiten für Frauen in der Berufswelt und davon, etwas zurückzugeben. Zwei Mädchen sangen, eine andere spielte ein Geigensolo. Dann wurden die Schülerinnen eine nach der anderen auf die Bühne gebeten, um ihre Zeugnisse, Belobigungen und Auszeichnungen in Empfang zu nehmen.

Obwohl die Reihenfolge alphabetisch war, sprang man von Ahmed zu Brigham unter Auslassung von Barnes, da Daisy als Schülersprecherin als Letzte drankommen würde. Cat wurde als Fünfte aufgerufen und ich hatte das Gefühl, dass das Publikum wieder munter wurde, als sie sich erhob. Da war sie, dasselbe Mädchen, das mich auf Santorin besucht hatte, aber völlig neu gestylt. Statt des Rockerbraut-Lagenlooks und der schweren Stiefeln trug sie nun ein raffiniertes blaues Sommerkleid mit breitem Gürtel und dazu extrem hohe Schuhe. Sie schien das Scheinwerferlicht zu genießen und ihre Haltung war gleichermaßen frech und elegant. Für mich glich sie mehr einem Starzeugen vor Gericht als einer Schulabgängerin. Ich empfand das unverwechselbare Gefühl des Stolzes.

»Catherine hat ihre A-Levels in den Fächern Englisch, Französisch und Geographie abgelegt. Sie hat außerdem Greencroft im Hockey-Team vertreten und die Elvira in *Fröhliche Geister* gespielt …« Ihre außerschulischen Leistungen fielen etwas kürzer aus als bei den vieren vor ihr, aber sie erhielt eine Auszeichnung in Französisch. »Cat hatte eine sehr bunte Zeit hier in Greencroft und sie hat viele der jüngeren Mädchen durch ihr Modebewusstsein inspiriert …«

Als Cat zurück zu ihrem Stuhl stolzierte und dabei an ihre Klassenkameradinnen gewandt mit den Augenbrauen wackelte, wurde sie von Alice Cross, brav in getupftem pinkfarbenen Rock und weißer Rüschenbluse, auf der Bühne abgelöst. »Alice gewinnt unseren Preis in Geschichte und hat bereits einen Studienplatz für Jura in Durham. Gut gemacht, Alice.« Und genau in diesem Moment beugte sich eine Frau in der zweiten Reihe auf der Bühne nach links, um etwas aus ihrer Handtasche zu holen. Dabei sah ich genug von ihrem Gesicht, um sie wiederzuerkennen: Jen.

Auch sie war älter geworden und trug nun das Haar kurz bis knapp über die Ohren (welche Angewohnheit ersetzte jetzt wohl das nervöse Zöpfeflechten?). Selbst aus dieser Entfernung konnte ich sehen, dass sie müde war, vielleicht ein wenig überwältigt von dieser langen Liste an erfolgreichen Schülerinnen, bevor ihre Tochter an die Reihe kam. Sie wirkte, als würde sie demnächst ihren Kopf an die Schulter der Person zu ihrer Rechten lehnen. Bob vermutlich, obwohl der immer noch größtenteils von den Blumen verdeckt wurde. Der kurze Blick, den ich auf ihn erhaschen konnte, zeigte mir, dass sein Haupthaar sehr schütter geworden war und er dafür ordentlich zugenommen hatte. Meine Augen wanderten wieder zu Jen. Beim Anblick ihres Gesichtes bekam ich sofort ein schlechtes Gewissen, denn ich musste an unsere letzte Begegnung denken und wie grausam ich zu ihr gewesen war. Ich hatte sie so gern und beneidete sie gleichzeitig. Ich liebte sie für alles, was sie mir einst bedeutet hatte, und beneidete sie für das, was sie hier nun heute vor sich hatte, eine Tochter, *die* Tochter, den strahlenden Star.

»Abgesehen vom Hilda-Burton-Preis für Mathematik, wird Lucy außerdem mit einem ganz besonderen Preis ausgezeichnet, der dieses Jahr neu eingeführt wurde …«

Bei diesen Worten schien der ganze Saal den Atem anzuhalten, wodurch sich die Luft plötzlich noch stickiger anfühlte. Ich lehnte mich nach vorne.

»Dieser Preis geht zu Ehren von Gurinder. Ihr erinnert euch sicherlich alle noch an Gurinder, die vor elf Monaten nach langem Kampf ihrer Leukämieerkrankung erlag. Dieser Preis wurde von ihren Freundinnen der Schule gestiftet, um das Mädchen zu ehren, das sich mit einem Höchstmaß an Mut ihren eigenen Gegnern gestellt hat … Ich bitte um Verzeihung …«

Mrs Ratcliffe brach ab, denn es gelang ihr nicht, ihre persönliche Betroffenheit zu verbergen. Entsetzt sah ich zu, wie die Gesichter um mich herum zu zittern begannen, wie Augen sich mit Tränen füllten. Männer und Frauen zückten die Taschentücher und tauschten trauernde Blicke mit ihren Sitznachbarn aus. Die Dame neben mir hatte sich der Frau auf der anderen Seite zugewandt und die beiden sprachen murmelnd miteinander und klopften sich gegenseitig auf den Arm. Zum ersten Mal bereute ich meine Anwesenheit hier. Ich war das Monster, die Fremde, die auf den Namen wartete, der nie aufgerufen werden würde. Ich wagte kaum zu atmen, als ich mich hinaus in den Flur stahl, wo ich einer Collage aus Sportfest-Fotos und den Schließfächern den Rücken zukehrte. Durch das Fenster konnte ich die Menschen unten auf der Straße beobachten, Paare mit Kinderwagen, Wohnungssuchende und Makler, Passanten beim Einkaufsbummel mit zu vielen Taschen. So viel Leben! Und ich dachte an meinen eigenen kleinen Geist, meine Schattentochter.

In der Tasche zeigte mein Handy durch Vibrationsalarm den Erhalt einer SMS an. Zuerst hatte ich Mariel im Verdacht, die vielleicht mein Verschwinden bemerkt hatte, doch dann fiel mir ein, dass sie ja meine Nummer gar nicht besaß. Ich hatte sie angerufen, um mich mit ihnen für heute Vormittag zu verabreden. Die Nachricht war von Palmer:

*Viel Glück! Das wird kein leichter Tag werden, also sei nicht zu streng mit Dir. Lass die Traurigkeit zu. Ich liebe Dich, Kuss P.*

Ich stellte ihn mir in unserem kleinen Haus am aschegrauen Strand vor, wo immer ein leichter Wind ging und man förmlich spüren konnte, wie die Haut gerbte, wenn man draußen stand. Sofort fühlte ich mich stärker.

Als ich auf meinen Platz zurückkehrte, hatten wir die R erreicht. Eine nach der anderen wurde in ihre Zukunft verabschiedet. Anhand der Liste erkannte ich, dass ich Lara verpasst hatte, die Freundin, von der Cat auf Santorin erzählt hatte, ihre Komplizin, die Dritte im Bunde. Vielleicht würde ich sie ein anderes Mal kennenlernen.

Mrs Ratcliffe hielt inne, um einen Schluck zu trinken, und sofort wurde im Publikum gemurmelt, was wohl als Nächstes kommen würde, als krönender Abschluss. Die Schülersprecherin und ihre beiden Stellvertreterinnen. Letztere hinterließen mit ihrem bescheidenen Lächeln und dem herzlichen Applaus keinen bleibenden Eindruck.

»Und so kommen wir nun zu Daisy, Daisy Barnes«, verkündete die Direktorin und lächelte ihr erstes breites Lächeln an diesem Morgen, als eine schlanke blonde Person die drei oder vier Stufen zur Bühne so fröhlich hinaufsprang wie ein Kind, das dazu aufgefordert wurde, die Kerzen auf dem Geburtstagskuchen auszublasen. Sofort fühlte ich, wie mir die Tränen kamen. Sie war winzig, kleiner als Jen und ausgesprochen hübsch. Die hochgesteckten Haare ließen ihren Hals noch länger erscheinen und in ihrem Rüschenkleid im Fünfzigerjahrestil mit den Kitten-Heel-Sandalen glich sie einer Debütantin beim ersten Ball. Sie stand ganz still und graziös da und nahm den Beifall gelassen an. Offensichtlich war sie daran gewöhnt.

Daisy, begann Mrs Ratcliffe, schien mehr als vierundzwanzig Stunden in ihrem Tag zu haben, so voll war ihr Stundenplan, sowohl schulisch als auch in ihrer Freizeit. »Für ihre Begeisterung für moderne Kunst bekannt, gewinnt Daisy natürlich den Kunstgeschichtspreis. Sie wird ein Jahr bis zum College mit einem unbezahlten Praktikum in der Tate Modern Gallery verbringen und hat außerdem vor zu reisen – das Ziel ist jedoch noch unbekannt. Na, das muss das erste Mal sein, dass unsere geliebte Schülersprecherin nicht weiß, wo es hingehen soll!« Es wurde gelacht und die Ventilatoren warfen das Geräusch zu uns hinauf in die Galerie. In der ersten Reihe entstand Bewegung, wodurch ich wieder den Blick auf Jen frei hatte, die sich mit den Fingern die Tränen wegwischte. Bob saß ziemlich reglos da, und als Jen den Arm wieder senkte, hatte ich das Gefühl, dass sich die beiden gerade, zumindest für einen kurzen Moment, an der Hand hielten. Was auch immer zwischen ihnen zerbrochen war, sie würden immer Daisy teilen. Sie war ihre Tochter. Besser hätte es nicht laufen können.

Nach einer Reihe weiterer Auszeichnungen erhielt Daisy ihr Zeugnis und wurde ans Rednerpult gebeten.

»Sehr geehrte Damen und Herren, liebe Eltern und Gäste. Man hat mich gebeten, ein paar Worte im Namen meiner Klasse zu sagen …«

Zum ersten Mal seit zwölf Jahren hörte ich ihre Stimme. Ich hätte sie natürlich nicht wiedererkannt. Sie war süß und melodiös, und wo Cat absichtlich locker tat, klang sie eifrig und voller Respekt.

»Wir hier sind extrem privilegiert, eine solch fantastische Ausbildung erhalten zu haben – ohne dass unsere Eltern dafür bezahlen mussten. Ja, wir würden gerne die Chemielabors renovieren, den Tennisplätzen neue Böden verpassen, ein neues Schwimmbad bauen, vielleicht ein Wellness-Center …« Ein Raunen ging durchs Publikum. Ihre nächsten Worte überraschten mich: »Ich bin sicher, viele von Ihnen wissen, dass Oliver Freeman mein Stiefvater ist, aber ich werde hier jetzt bestimmt nicht politisch und verteile Flugblätter …« Nun wurde gekichert und man merkte, wie sich die Atmosphäre veränderte. »Stattdessen möchte ich die Gelegenheit nutzen, mich bei allen Eltern und den anderen Menschen zu bedanken, die Geldmittel beschafft oder Spenden getätigt haben, während wir hier zur Schule gingen. Ich bin sicher, Sie haben alle die Nase gestrichen voll von gesponserten Wettläufen, aber Sie haben damit zu unserer Zukunft beigetragen und dafür sind wir sehr dankbar. Wirklich. Der Staat kann nicht alles übernehmen, und dank Ihnen liegt uns jetzt die Welt zu Füßen. Wir sind genauso gut vorbereitet wie die jungen Männer und Frauen an den besten Privatschulen.«

Sie legte die Fingerspitzen aneinander und hielt die Hände unters Kinn, als wolle sie beten. »Wie Mrs Ratcliffe bereits sagte, heute sind wir zum letzten Mal zusammen. Es ist sehr, sehr schwer, Abschied zu nehmen. Also werde ich es gar nicht erst versuchen. Vielen Dank.«

Applaus, Jubelrufe, ein wenig Fußgetrappel. Eine Umarmung von der Direktorin und der Gastrednerin. Blumen für alle auf der Bühne. Und dann, nachdem alle ihren Gefühlen Ausdruck verliehen hatten, begann das allgemeine Stuhlrücken.

Einen Moment lang überlegte ich, mich einfach davonzustehlen, wie man das in Büchern immer liest, als könne man wie ein Luftzug durch die Tür verschwinden. Dieser Fluchtinstinkt hatte mich nie ganz verlassen. Doch der mir am nächsten gelegene Eingang war nun geschlossen, um alle Zuschauer nach unten in den Hauptsaal zu führen, wo wir uns – so wurde wohl angenommen – dem Rest der Versammlung anschließen wollten. Am Fuß der Treppe stieß ich mit dem Mädchen im getupften Rock zusammen, und als wir uns gegenseitig entschuldigten, drehten sich ein paar Köpfe in unsere Richtung. Als ich wieder aufblickte, sah ich, dass Cat auf mich wartete. »Tante Rachel!« Sie küsste mich auf beide Wangen. »Es ist so cool, dass du gekommen bist! War das nicht schrecklich öde gerade? Ich dachte, ich sterbe gleich vor Langeweile, und dass, obwohl es ja auch um mich ging!«

»Es war wunderbar, sehr bewegend.«

»Komm mit, die sind alle da vorne an der Bühne.« Sie hakte mich unter und führte mich durch die Menge auf Daisy zu, die mit drei anderen Mädchen neben der Bühne stand. Jen und Bob unterhielten sich oben noch mit Mrs Ratcliffe, und Mariel und Toby plauderten mit einigen anderen Eltern ein Stück hinter Daisy. Mariel winkte mir zu und signalisierte, sie käme herüber, sobald sie könnte.

»Daisy, schau mal, wen ich hier habe! Tante Rachel, das ist Daisy! Na, du hast ja offensichtlich gerade ihre Rede gehört. Daisy, darf ich dir unsere lange verschollene Patentante vorstellen?«

Daisy entschuldigte sich bei ihrer Gruppe und streckte mir höflich ihre Hand hin, ganz die wohlerzogene Schülersprecherin. Ich hielt ihre Hand ein bisschen länger fest als nötig, ich konnte nicht anders. »Vielen Dank für das wunderschöne Foto, das Cat mir aus Oia mitgebracht hat, und für die vielen Geburtstagskarten. Die letztes Jahr zu meinem siebzehnten Geburtstag hat mir am allerbesten gefallen, das Goldfischglas mit dem Vulkan im Hintergrund.«

Nun, da ich die Gelegenheit hatte, sie mir aus der Nähe anzusehen, fiel es mir schwer, ihr Gesicht nicht in allen Einzelheiten zu studieren. Während Cat ihre Eltern sowohl im Aussehen als auch im Benehmen widerspiegelte, schien Daisy neu entworfen und bis zur Unkenntlichkeit verbessert worden zu sein. Sogar ihr Haar war ganz glatt und keine Strähne wich von ihrem Platz. Sie hielt sich für ihr Alter ausgesprochen gerade, schien sich voll unter Kontrolle zu haben. Irgendwie kam mir das falsch vor, dass von Jens Unruhegeist und Bobs Leidenschaftlichkeit so wenig zu erkennen war.

»Interessierst du dich für Fotografie?«, fragte ich sie.

»Mehr für die Malerei, aber ja, natürlich.«

»Daisy wird in Cambridge Kunstgeschichte studieren«, warf Cat ein. »Aber das hast du schon gehört. Ich hab dir ja gesagt, sie ist clever, oder? Damals auf Santorin.« Sie wollte Daisy daran erinnern, dass sie mich zuerst gesehen hatte, und das stimmte ja auch. Als Älteste der drei hatte sie mich sogar vor Emma gesehen.

»Ja, das hast du.« Ich lächelte sie an. »Ihr habt das beide ganz fantastisch gemacht. Herzlichen Glückwunsch!«

»Stell dir vor«, meinte Cat kichernd, und obwohl sie Daisy dabei ansah, schloss sie mich in ihr Geständnis ein, »als ich von der Bühne kam, habe ich gehört, wie diese alte Kuh Menders meinte: ›Diesem Mädchen fehlt es an Demut!‹ Ist das zu fassen?«

»Ähm, ja.« Daisy lachte.

»Ich glaube, es ist noch genug Zeit, um Demut zu lernen.« Und als Cat mich anstrahlte, wurde mir klar, dass meine Bemerkung nicht wirklich zu einer Mutter passte, noch nicht mal zu einer Patentante. Eher schon zu einer sehr ungezogenen Tante.

»Willst du denn später mal im Kunstgeschäft arbeiten?«, fragte ich Daisy.

»Wenn möglich. Vielleicht belege ich noch einen Managementkurs oder so etwas. Es herrscht ein solch harter Wettbewerb da draußen.«

»Nun, vielleicht kann ich dir ein Praktikum vermitteln, wenn die Zeit gekommen ist. Eine Freundin von mir möchte ein Kunstmuseum auf Santorin aufmachen. Natürlich nur, wenn deine Eltern einverstanden sind.«

»Das wäre fantastisch! Meinst du das wirklich ernst?« Und einen Moment lang hätte sie genauso gut wieder fünf sein können. Ich konnte mich noch gut daran erinnern, wie sie früher immer auf mich zugerannt kam, an mir hochsprang, ihre Beine um mich wickelte und mir die Arme um den Hals schlang.

»Vielen Dank, dass du heute gekommen bist. Mama war sich nicht sicher. Selbst heute Morgen hat sie noch gesagt, sie glaubt es erst, wenn sie dich mit eigenen Augen sieht …«

Ich nickte. »Ich würde ihr gerne Hallo sagen, wenn sie Zeit hat.«

»Auf jeden Fall. Momentan scheint sie jedoch ziemlich mit Beschlag belegt …« Über Cats Schulter hinweg sah ich, wie Jen inmitten der Gruppe diskret auf ihr Handy und dann in Richtung der Türen am Ende des Saales blickte. Sie hatte sich nur halb gedreht, so dass ich sie nicht wirklich im Profil sah, aber was ich sah, reichte aus: Jenny mit beginnendem Babybauch, noch klein, aber doch an ihrer schmalen Gestalt nicht zu verkennen. Ich war vierundvierzig, also war sie zweiundvierzig. Das war heutzutage nichts Ungewöhnliches.

Also doch noch ein Bruder oder eine Schwester für Daisy.

»Entschuldige, Rachel, wir sind gleich wieder da …« Als die Mädchen von einer Traube Schülerinnen neben uns vereinnahmt wurden, versuchte ich Jen kraft meiner Gedanken dazu zu bringen, in meine Richtung zu sehen, doch auf einmal winkte sie jemandem quer durch den Raum zu. Ich sah, wie Oliver direkt an mir vorbei auf Jenny zuging, wobei er hastig das Handy hinten in die Hosentasche stopfte. Nach wie vor kam er zu spät, nach wie vor verpasste er die Partys der Kinder. Er schüttelte zuerst Bob und dann der Rektorin die Hand. Anschließend griff er nach Jens Hand und ließ sie nicht mehr los.

Also ein Bruder oder eine Schwester für Emma.

Unbewusst suchte ich nach Daisys Gesicht in der Menge. Bereits jetzt sah ich sie in neuem Licht, für immer mit Emma verbunden. Es war noch zu früh, um mir über meine Gefühle klar zu werden, aber ich wusste, sie würden kompliziert sein, wie jedes Gefühl in meinem Leben nach Emma. Es gab keine Süße ohne Bitterkeit. Mit einem Mal wurde ich mir meines eigenen Bauches bewusst. Ich konnte mich immer noch an das Gefühl erinnern, sie in mir wachsen zu spüren, in sich zusammengerollt, unsere Bewegungen manchmal im Einklang, manchmal entgegengesetzt. Ich ließ den Blick auf der Suche nach Erfrischungen durch den Raum schweifen: Hinten im Saal war ein Tisch mit Gläsern und gekühlten Getränken aufgestellt.

Ich schenkte mir gerade ein zweites Glas Wasser ein, als ich sie plötzlich ein paar Schritte von mir entfernt bemerkte. Sie hielt einen gewissen Abstand, als sei sie unerwartet gegen eine Glaswand zwischen uns gelaufen.

»Jenny!«

»Ich kann nicht fassen, dass du hier bist!« Man musste ihr zugutehalten, dass in ihren Worten weder Vorwurf noch eine Frage zu liegen schien. Sie klangen aus ihrem Mund eher wie eine wundersame Entdeckung. »Ich meine, das ist toll, ich hatte wirklich gehofft, du würdest kommen.«

»Wir haben doch immer vom Schulabschluss gesprochen, oder?« Ich schluckte und versuchte nicht nach unten auf ihren Bauch zu sehen. »Und als Mariel mir die Einladung geschickt hat, schien es mir einfach das Richtige zu sein. Daisy ist wunderbar, ein solcher Star! Nun, das brauche ich *dir* ja nicht zu sagen.«

Jen lächelte und nun erkannte ich ganz deutlich ihre Tochter in ihrem Gesicht. »Manchmal erscheint es mir völlig unmöglich, wie die Lehrer sie ansehen und über sie sprechen …« Ich dachte, sie meinte ihr Glück, dass es sich um *ihr* kleines Mädchen handelte, die als Beste abgeschlossen hatte, doch dann wurde mir klar, dass sie diesen Engel zu Hause nicht als denselben Menschen erlebte.

»Sie heben sich das Schlimmste für die Eltern auf, schätze ich«, meinte ich lächelnd.

»Aber wirklich.« Sie besaß diese typische Ruhe aller Schwangeren. Es ist egal, was ihr mir sagt oder tut, denn ich habe alles, was ich brauche, hier in mir. Das Maß meiner momentanen Bestimmung ist wichtiger als alles andere. Oliver hatte einmal gesagt, alle schwangeren Frauen benähmen sich, als trügen sie das Jesuskind in sich. Wahrscheinlich hatte ich das genauso getan.

Jen musste meinen Blick bemerkt haben, denn sie sagte: »Ich schätze mal, du weißt es. Inzwischen kann man es sehen, ich gewöhne mich gerade erst daran.«

Ich zögerte. »Ja. Herzlichen Glückwunsch. Und auch noch zur Hochzeit. Oliver hat mir in einem Brief davon erzählt.«

Als ich lächelte, sah ich, wie sich alle Muskeln in ihrem Gesicht spürbar erleichtert entspannten. Und als sich unsere Blicke wieder begegneten, war ihrer voller Dankbarkeit.

»Du bist auch wieder mit jemandem zusammen, oder? In Griechenland?«

»Ja, wir ziehen gerade gemeinsam ein neues Projekt auf. Ein Kunstzentrum für Kinder.«

»Bist du verheiratet?«

»Nein, wir sind uns noch nicht sicher, ob wir das wollen. Eigentlich sind wir so sehr glücklich.«

Ich konnte sehen, dass sie noch etwas anderes sagen wollte, und plötzlich sehnte ich mich nach der Vertrautheit von früher, als sie keine Geheimnisse zu hüten hatte. »Weißt du«, meinte sie, »all unsere Unterhaltungen über ein zweites Baby. Weißt du noch? Wir haben dauernd darüber geredet, vor allem nachdem Mariel Jake bekommen hat.«

Ich nickte.

»Ich wusste wohl die ganze Zeit, dass ich keines mehr wollte, nicht mit Bob. Je öfter er Nein sagte, umso entschlossener war ich, das keinem Kind anzutun. Ich dachte, ich hätte einen Fehler begangen, mich überhaupt mit ihm zusammen zu tun.« Ihre Stimme war voller Emotion und sie hielt einen Moment lang inne. »O Gott, das klingt jetzt bestimmt schrecklich, weil ich weiß, dass es keinen Vergleich gibt und gar nicht geben kann, aber ein Teil von mir hat dich beneidet, dass du einfach so deine Sachen packen und verschwinden konntest. Nach Emma. Und für dieses Gefühl habe ich mich gehasst.«

Sie war nun ganz außer Atem, und ich trat einen Schritt auf sie zu, durch die gläserne Wand hindurch, bis ich nahe genug war, dass ich sie hätte berühren können. »Du hast mit Bob keinen Fehler gemacht. Wie könnte Daisy je ein Fehler gewesen sein? Sie ist fantastisch.«

»Danke.« Sie lächelte. Vielleicht erwartete sie, dass ich weiterredete, aber ich schwieg. Ich konnte nicht. Über ihre Schulter hinweg sah ich, dass Mariel sich uns mit ängstlichem Blick näherte. »Die Mädchen haben sich jedenfalls so darauf gefreut, dich zu sehen. Ich hoffe, das ist das erste von vielen Treffen?«

»Es ist nicht das erste«, sagte ich und sie verbesserte sich schnell: »Ich meine, ich hoffe, du lernst sie wieder so gut kennen wie damals.«

Ich nickte. »Das hoffe ich auch.«

»Rachel«, rief Mariel. »Es tut mir so leid, ich saß da mit den Eltern von Cats Freundin Lara fest. Sie sind nicht sehr zufrieden mit ihr, wie's scheint. Ich habe sie Toby überlassen. O Gott, ich war keine sehr gute Gastgeberin bisher, was? Ist alles in Ordnung?« Sie sah zwischen Jen und mir hin und her.

»Prima«, antwortete ich. »Wir haben uns gerade ein bisschen ausgetauscht. Es war eine wunderbare Zeremonie.«

»Ich weiß. Ich kann gar nicht fassen, dass sie erwachsen sind.«

»Mum! Mum!«, drängte Cat, die plötzlich aufgetaucht war. »Onkel Ollie will von uns allen zusammen ein Foto machen. Könnt ihr mal mitkommen?«

»Ja, Liebes. Aber deshalb musst du doch nicht so brüllen.«

»Na, dann kommt schon!«

»Du auch«, meinte Jen an mich gewandt. Sie und Mariel nahmen mich an der Hand. Zwischen ihnen kam ich mir vor wie ihr Kind.

Vor der Bühne standen sie alle aufgereiht, die Mädchen vorne, die Väter dahinter. Bob nickte mir zur Begrüßung zu, bevor er seine Meinung zu ändern schien und seinen Platz verließ, um mich zu umarmen. »Es ist lange her.«

»Zu lange.«

Jen und Mariel stellten sich links und rechts neben die Männer. »Komm du hier rüber, Tante Rachel«, bestimmte Cat. »Nach vorne, zwischen Daisy und mich.«

Oliver sah über seine Kamera hinweg und unsere Blicke begegneten sich.

»Perfekt«, sagte er. »Ich hab euch alle drauf.«

Und wir blickten in seine Richtung, Jen, Mariel, Toby, Bob, Cat, Daisy und ich, und lächelten. Und eine Sekunde lang, oder vielleicht auch zwei, vergaß ich, dass jemand fehlte.